"THE ISLAND OF DOCTOR DEATH AND OTHER STORIES AND OTHER STORIES" GENE WOLFE

デス博士の島その他の物語

ジーン・ウルフ

浅倉久志・伊藤典夫・柳下毅一郎 訳

未来の文学
FUTURE/LITERATURE

国書刊行会

目次

まえがき　5
デス博士の島その他の物語　19
アイランド博士の死　47
死の島の博士　143
アメリカの七夜　225
眼閃の奇蹟　307
解説　403

装幀　下田法晴＋大西裕二（s.f.d）

デス博士の島その他の物語

まえがき　Foreword

マーク・ジーシングがここに集めてくれた三つの物語*のほかにも、島々に関する作品がないわけではない——たとえば、ごく初期に発表した「取り替え子」“The Changeling” がそうだ。しかし、ここにおさめられた三篇はひとつのセット、題名を使った一種の言葉遊びを構成している。

最初の物語、「デス博士の島その他の物語」は、ミルフォードＳＦ作家会議（一九五六年に創立された年一回のＳＦワークショップ）に、わたしがはじめて提出した作品でもある。作家会議の座長であるデーモン・ナイトがそれを気に入ってくれて、当時彼が編集中のアンソロジー・シリーズ〈オービット〉に収録したがっていることを知らなければ、参加する勇気がわいたかどうかは疑わしい。ともかく、妻のローズマリーとわたしと四人の子供たちは、おんぼろで錆だらけの三人乗りプリマス・ステーションワゴンに乗りこみ、オハイオ州ミルヴィルからペンシルヴェニア州ミルフォードを目ざして出発した。娘のテレーズはあと

*——訳注　本まえがきは、「デス博士の島その他の物語」「アイランド博士の死」「死の島の博士」の三篇で構成された限定本『ウルフ諸島』*The Wolfe Archipelago* (Ziesing Brothers, Connecticut, 1983) に収録されたものである。

でこんな詩を書いたが、それは子供の目から見た旅の回想らしい。ロイはテレーズの兄である。

ロイ、オハイオ

あんたのこんなポラロイド写真があるよ。
古い写真。もちろんあんたは年寄りだもんね。でも、写真は色あせてない。
だけど、あんたはいまより老けて見えるし、
もう大むかしのことみたいな気がする。
膝までのカットオフをはいた、
丸鋸型のヘアカットのあんたは、
ママを笑わそうとして、
ママのおなかをさすったじゃない。
すごかったよね、あんたは。ヘビをつかまえてさ、
太くて黒くて死んだヘビを頭よりも高く持ちあげ、
細い両腕を思いきりふりかぶってた。
飛びだしたおへそのうしろから
おなかがぴょんと飛びだして。
たくさんの白のTシャツと、
まだ青いリンゴと、

盗んだスイカと、それに
ザリガニと、バックアイと、野生のオニオン。
あんたはワゴンのバックシートで眠ってた。あのドラゴン・ワゴン。
外は生き血みたいにまっかっか。なかは洞穴みたいにまっくろけ。
あんたはドラゴンのおなかで眠ってた。

わたしの場合、あのときの最も鮮明な記憶は、目的地に到着して、子供たちやたくさんの荷物を車から積みおろし、一週間の予定で借りたおんぼろキャビンのなかへそれを半分がた詰めこんだあと、あいさつにやってきた初対面のデーモン・ナイトを迎えたことだった――そして、その連れの、のっぽで背をまるめた初老の人物が、わが少年時代のアイドル、ジャック・ウィリアムスンであるのを知ったことだった。

「デス博士の島その他の物語」は、〈オービット〉に売れただけでなく（わたしが売った原稿としては十六番目に当たる）、ネビュラ賞候補にもなった。そして、まったく意外にも、ネビュラ賞の決選投票へと進出した。その年のネビュラ賞晩餐会はニューヨークで開催されることになった。ローズマリーとわたしはミルフォードまでドライブして（ローズマリーの母親がうちに泊まって、子供たちを預かってくれたため、ありがたいことに今回はふたりきりだった）、そこでデーモン・ナイトとケイト・ウィルヘルムに落ちあい、ふたりといっしょにニューヨークへ向かった。

その年のネビュラ賞晩餐会での出来事は、ハーラン・エリスンが、彼の編集になる名アンソロジー『危険なヴィジョンふたたび』で物語っているとおりだ。なにが起きたかは、簡単にいえばこうである。受賞作品を発表する役目のアイザック・アシモフが、当然どの部門にも作品名が書かれているものと思いこんでいたため、ノヴェラ部門まできたとき、「受賞作なし」という文字を見落としたのだ。名前を呼ばれたわたしは起立して、存在しないトロフィーを受けとりにいき、だれかがあわてて立ちあがって、かわいそうなアシモフに真実を伝えたため、彼は失神寸前になった。すべては一九七一年のことである。

それ以来、さぞアシモフに腹が立つだろうと何人かに同情されたが、わたしにはなんのことやらわからなかった。トマス・アクィナスは、ドミニコ派神学校の学生だったころ、巨体の持ち主なのに物静かでお人よしだったため、つねにほかの学生たちからいたずらの標的にされていた。言い伝えによると、ある日、一団の学生が彼の部屋の窓の外に集まり、空の一点を指さして、「見ろ、空飛ぶ牡牛だ！」とさけんだ。彼らの予想どおり、トマスは窓ぎわへやってきて空を見上げた。一同が大笑いしおわったとき、トマスはこういった。「わたしはドミニコ派の神学生が嘘をつく可能性よりも、牡牛が空を飛ぶ可能性のほうが高いと思ったんだ」あれからいつも考えるのだが、アシモフのまちがいを生んだのは、仲間に対する、理屈には合わないが、賞賛すべきこの種の意見だったのではなかろうか。

晩餐会から約一カ月後、ジョー・ヘンズリーと雑談中に、彼はこんな冗談をいった。おい、「アイランド博士の死」という小説を書けよ。そうすれば、みんながおまえのことを気の毒がるから、絶対に受賞確実だ。わたしは帰宅してからそれについて考え、よし、一丁やってやろうと決心し、いろいろなものを裏返しにして、べつの物語をこしらえあげた。その物語も本書に収録されているが、なんとその作品は本当にネビュラ賞をかちとり、ヘンズリーは真の予言者となった。みなさんがそれをお読みになるときは、どうかいろいろの転置をつきとめて、たのしんでいただきたい。

その後、百人ほどの読者から、こんどは「死の島の博士」が書けるか、とけしかけられて、よし、書けることを見せてやろうと考えた。その物語もここに収録されている。その作品が書かれたのは一九七四年のことで、それがこのシリーズの最終作だった。

そう、これまでは。

島の博士の死
Death of the Island Doctor

この物語が生まれたのは、『ジーン・ウルフの暦』*Gene Wolfe's Book of Days* のまえがきに登場するのとおなじ大学である。

以前、その大学にインスラ博士という退職教授がいた。こと島々の話題になると、彼は少々意固地なところがあった。それは彼の名字がラテン語で島という意味であったからにちがいない。退職してからすでに長い歳月が経つため、むかしインスラ博士がどの学部の長であったのかは、もうだれも思いだせなかった。文学部では史学部だろうというし、史学部では文学部だろうという。インスラ博士本人にいわせると、むかしはそのふたつがおなじ学部だったというが、ほかの教授たちは全員それが事実でないことを知っていた。

あるさわやかな秋の日の朝、インスラ博士は学長室にやってきて——学長がびっくり仰天したのはいうまでもない――ゼミをひらきたい、と申し出た。もう無為徒食にはつくづく飽きた。週一回の小さなゼミなら苦にならないし、長年もらっている恩給の手前、若い教授たちの負担をすこしでも和らげてあげたいから。

お察しどおり、学長はのっぴきならぬ立場に追いこまれた。時間稼ぎにこういってみた。「なるほど！　そう、じつにそれは名案ですな、博士！　じつに崇高なお考えです。古風な表現で恐縮ですが。それは自己犠牲という崇高な精神に合致するだけでなく――え――終身在職権を持つ教授たちに本大学がいつも奨励している高い身分に伴う義務《ノブレス・オブリージ》でもある。ところで、おたずねしたいが、そのゼミのテーマはいったいどういうものを？」

「島々」とインスラ博士は明快に宣言した。

「なるほどね。もちろん、そうでしょう。え、島々？」

「それに小島や、孤島や、列島や、群島や、環礁や、珊瑚島や、砂州まで含めるかもしれません」インスラ博士は、秘密を友だちに打ち明けるような口調でいった。「つまり、その場の成り行きしだいではね。しかし、絶対に半島は含みません」

「なるほど……」と学長はいってから、心のなかで思った。もしこの哀れな老人の申し出を断ったら、むこうはひどく傷つくだろう。ここで同意して、そのゼミを〝非履修単位〟としておけば、だれも受講しないだろうから、問題が発生するおそれはない。

こうして取り決めは終わり、それから六年間、毎年の履修便覧には島々に関するインスラ博士のゼミが掲載されていたが、非履修単位であるため、六年間というもの、そのゼミに登録する学生はだれひとり現れなかった。

さて、大学の教務課長は、たまたま定年間近の女性だった。考えてみれば、登録終了のあと、秋と春つごう十二回の通常学期と、六回の夏季特別学期がはじまる前にいつもインスラ博士は教務課まで足を運び、わたしのゼミに登録した学生はいるか、とたずねたことになる。だが、たまたまその年は、まだ秋というよりも、むしむしした夏の終わりで、歩道上の気温は三十二度を超え、商店の棚にはハロウィーンのカードが並び、クリスマスの飾り物が陳列される最初のひそやかな気配もあるなかで、とつぜん彼女はもう耐えられなくなったのだ。

彼女はそのとき、デスクの上で背をまるくして、新しい履修便覧（おそらく彼女にとっては最後の履修便覧）を作成中だった。エアコンは二十五度に設定されているはずなのに、オフィスのなかは三十度近い。灰色の髪がひとすじ、何度はらいのけても目の上に垂れさがってくるし、自腹を切って備えつけた扇風機の音から連想されるのは、少女時代の思い出、ママとパパに連れられてアトランタの親戚の家に泊まったとき、網戸のついたポーチで眠った思い出だった。

その重要な一瞬、重要な瞬間の長い行列のたぶん百番目に当たる瞬間に、彼女は履修便覧の末尾、教授たちの不正直な略歴の直前にある、〝雑〟と銘打たれた部門に目をやった。そこに出ているのは、島々に関するインスラ博士の〝非履修単位〟のゼミだった。

ある種の狂気が彼女をわしづかみにした。そうよ、まちがいはしょっちゅう起きるものだわ、と彼女は内心で思った。だって、去年も印刷屋のまちがいで、エッテルマン博士の実習が、月曜、酔曜、金曜になってたじゃない。それに〝非履修単位〟なんてものがあるわけないでしょ。島々に関する非履修単位のゼミなんかを、だれが受講するかしら？　とにかく、わたしたちに能率よく仕事させたいなら、まともなエアコンを入れるべきよ。

ほとんど自分でも意識しないうちに、手に持った鉛筆が履修単位時間の欄へ短く鋭い縦線を引き、彼女はとても気分がなごむのを感じた。

というわけで、その年、インスラ博士が問い合わせに訪れたときには、彼女はある種の満足を感じながら、こう答えることができた。二人の学生が――名前から判断して男子学生ひとりと女子学生ひとりが――先生のゼミに登録してますよ。

やがて、まず男子学生と、そのあとで女子学生が教務課にやってきて、島々に関する金曜午後のゼミの教室はどこですか、とたずねたとき、教務課の事務員は（当然ながら答えられずに）課長である彼女のところへその学生を連れてきた。彼女は――二度にわたって、ほとんど同程度の満足を感じながら――ゼミの教室を教えた。この大学では、教授のリビングルームで学部学生のゼミをひらくという古来の美風がほとんど廃れており、それを思いだせるのは、当のインスラ博士と、定年間近の教務課長だけだったからだ。

こうして九月のある午後、木々の葉が緑から茶色に、そして金紅色に変わりはじめたころ、ひとりの青年とひとりの娘が、インスラ博士の家の砂だらけで雑草のはびこる私道を抜け、インスラ博士の家のひびだらけの石段を登り、インスラ博士のうす暗く、きしみを立てるポーチを横切り、インスラ博士の水腐れのあるオーク製のドアをノックした。

博士はドアをひらいて、ふたりの学生をリビングルームに招きいれたが、そこは応接間というほうが似合いの古風な部屋だった。むっとほこりのにおいがするだけでなく、過ぎし日々の記念品や、古風な家具や、古い書物がぎっしり詰まっていた。博士はふたりの学生をクッションの堅いふたつの椅子にすわらせ、自分と青年のためにはコーヒー（博士にいわせればジャヴァ）を、娘のためには紅茶を運んできた。「むかしはセイロン紅茶と呼ばれていたがね」と博士はいった。「いまならさしずめスリランカ紅茶かな。ギリシア人たちはあの島をタプロバーネと呼び、アラブ人はセレンディブと呼んだ」

青年と娘はその言葉の意味をはかりかねながらも、礼儀正しくうなずいた。

テーブルの上にはスコットランド風のバタークッキーもおいてあった。博士はふたりにこう教えた。スコットランドはグレート・ブリテン島の北端にすぎないが、スコットランドそのものには三つの有名な島嶼群、シェトランド諸島と、オークニー諸島と、ヘブリディーズ諸島が含まれる。そういうと、博士はジェイムズ・トムソンの詩を引用した――

あるいはまた北海が大いなる渦巻きとなって
さい果てに暗くそそり立つシューリの島々を
泡立ちつつ巡りゆき、大西洋の荒波が嵐吹く
ヘブリディーズの島あいに打ちよせるあたり。

そのあと、博士は青年に、シューリがどこなのかを知っているかね、とたずねた。

「コミックスの『バリアント王子』の生まれ故郷だと思います」と青年はいった。「だけど、現実の土地じゃありません」

インスラ博士は首を横にふった。「アイスランドだよ」博士は娘に向きなおった。「バリアント王子は、たしかアーサー王の王国の貴族という設定だったと思う。アーサー王がアヴァロン島に葬られた

ことを思いだしてほしい。その島がどこにあるのかを答えてくれるかな？」

「アイルランドの西にある神話の島です」と娘がいった。ハイスクールでそう教わったのだ。

「いや、サマーセットにあるんだよ。一一九一年にアーサー王の柩がそこで発見されてね。柩には、『過去の王にして未来の王なるアーサー、ここに横たわる』という文字が刻まれていた。アヴァロンは、聖杯が最後に安置された場所として知られている（サマーセット州グラストンベリーの丘は、伝説のアヴァロン島と信じられていた）」

　青年がいった。「インスラ博士、それは真実の歴史じゃないように思いますが」

「つまり、公認の歴史じゃないということか。では、聞かせてくれ。きみはだれが〝真実の歴史〟を書いたかを知っているか？」

「〝真実の歴史〟を書いた人間はいません」と青年は答えた。ハイスクールでそう教わったのだ。「すべての歴史は主観的なもので、個々の歴史家の認識や、無自覚な偏見を反映しているからです」バリアント王子に関する迷答のあとなので、彼はこの答えに鼻高々だった。

「そうか。それならわたしの歴史も、公認の歴史に遜色がないといえるな。それに、アーサー王が実在の人物だった以上――彼は当時の年代記にもちゃんと名前が出てくる――どこか架空の場所に葬られたというよりも、サマーセットに葬られたというほうが蓋然性が高いんじゃないか？　ところで、〝真実の歴史〟はサモサタのルキアノスによって書かれているんだよ」

　博士はアンティオキアや、ギリシアや、イタリアや、ガリアへのルキアノスの旅のことをふたりに話し、そのつながりで、当時の船のこと、嵐と海賊の危険のこと、ギリシアの島々の魅惑のことを物語った。さらに博士は、デロス島でのアポロの誕生のこと、聖ヨハネが黙示を見たパトモス島のこと、魔法使いのコンチスが住んでいたフラクソス島のことを話した。そして、こういった。「『穏やかな秋の日に、波を切ってこの海を進みながら、それぞれの島の名を口ずさむのは、人の心を天上に運ぶほどの喜びだとわたしには思える』」しかし、この文章は韻を踏んでいないため、青年も娘もそれが有名な小説からの引用（ニコス・カザンザキス『その男ゾルバ』）だとは気づかなかった。

やがて、博士はこういった。「しかし、なぜあらゆる時代の、あらゆる土地の人々が、島々をユニークなもの、ユニークで魔法に満ちたものと考えたのだろう？　きみたちのどちらかが答えてくれるかね？」

ふたりともが首を横にふった。

「そうか。まあいい。たしか、きみたちのどちらかが小さいボートを持っていたね」

「ぼくです」と青年がいった。「アルミ製のカヌーで――ぼくのトヨタの屋根に積んであるのをごらんになったんじゃないですか」

「よろしい。きみのゼミ仲間をそのボートの乗客にすることには異存がないね？　では、きみたちふたりに宿題を出したい。いまからある島を教えるから、そこへ行って、その島でどういう不可思議なものを見つけたかを、次回にここで会ったときに話してほしい」そういうと、博士はふたりにその島への道順を教えた。ある道路からつぎの道路、そのまたつぎの道路と順々にたどって、最後に未舗装道路にはいると、その突きあたりが川で、そこからむこうを見ればその島が目につくはずだ、と。

「こんど三人で会うときには」と博士はいった。「きみたちにアトランティスや、ハイ・ブラセル（ケルト神話の至福の島）や、ユートピアの本当の場所を教えるよ」そういうと、博士はこんな詩を引用した――

何びともたどりつけぬわれらが伝説の地、

この浜辺を見つけた船乗りは絶えてなく、
この島の蜃気楼も、はたまた緑に波立つ
周辺の海さえも人目にふれたことはない。
にもかかわらず、最古の海図はいまなお
この伝説の地の輪郭を点線で記している。

（ソロー『アトランティード』の一節）

「わかりました」と青年は答え、立ちあがって出ていった。インスラ博士も立ちあがって、戸口まで娘を送っていこうとしたが、彼女は博士の顔色がよくないのに気づいて、だいじょうぶですか、とたずねた。「ああ、だいじょうぶ。この上もないぐらいに」と博士は答えた。「そうだ、もうひとつだけ、最後の引用をがまんして聞いてくれるかね？」彼女がうなずくのを見て、博士はこう口ずさんだ——

わだつみは
さまざまな声音でうめく。来たれ、わが友たち、
より新しい世界を探すならまだ手遅れではない。
波音とどろく大海原へ、いまこそ船出しようぞ、
落日の彼方に向けて、すべての星々の沈みゆく
西の海めざして、いざ帆を上げよう。

わが目的はゆるぐことなし。わが命つきるまで。
よし深淵がわれらを呑みこもうとも、恐れるな、
ことによれば幸福の島にたどりつき、懐かしき
大アキレスに再会できるやもしれぬではないか。

（テニスン『ユリシーズ』の一節）

青年と娘はデリカテッセンに立ちより、サンドイッチを買って、その代金は娘が払った。あなたが車を運転する以上、そうしなくてはこちらの自尊心がおさまらない、といったのだ（名誉にかかわる、とはいわないように彼女は気をくばった）。ふたりは六本入りの缶ビールも買ったが、その代金は青年が払った。きみにサンドイッチの代金を払ってもらった以上、そうしなくてはこちらの自尊心がおさまらない、といったのだ（名誉にかかわる、とはいわないように彼も気をくばった）。

それからふたりは、インスラ博士に教わった道順にしたがって川岸の砂地にたどりつき、トヨタの屋根からアルミ製のカヌーを下ろし、そこから百メートルほど下流の松林におおわれた小島へと向かった。

ふたりはその小島をくまなく探検し、川原で石を投げて遊び、いちばん大きな松の木の大枝のあいだを吹きわたる風のむかし話に耳をかたむけた。

そして、朽ち葉色の川の水で冷やしたビールを飲み、持ってきたサンドイッチをぱくついたあと、トヨタの駐車場所までカヌーを漕ぎもどりながら、来週インスラ博士に会ったときには、あの島に関する博士のまちがいをどう報告しようかと話しあった――つまり、あの島にはなんの不可思議なもの

も見つからなかったことを。

しかし、その翌週が(つねに翌週が訪れるように)訪れ、ふたりがうす暗く、きしみを立てるポーチに立ち、水腐れのあるオークのドアをノックしたとき、ひとりの老婦人が通りを横切ってやってくると、ノックしてもむだですよ、と教えた。

「あの方、亡くなられたのよ。先週のきのうに」と老婦人はいった。「ほんとにお気の毒。あの朝、わたしのところへ話をしに見えたときは、とてもうれしそうだった。明日は学生たちに会えるから、といってね。そのあとで、ガレージへ行かれたらしい。そこで見つかったわけ」

「ボートのなかにすわってらしたんですか」と娘がたずねた。

老婦人はうなずいた。「ええ、そうよ。もうその話はご存じなのね」

青年と娘は顔を見あわせ、老婦人に礼をのべて、その場を立ち去った。そのあと、ふたりはときどきそのことを話しあい、たびたびそのことを考えたが、それからずっとあとで(クリスマスの一週間前から、一月の新学期がはじまる直前までの長い長い休暇が訪れ、一カ月近く離ればなれになる必要にせまられたとき)ようやくふたりは気づいた。あの島に関するインスラ博士の言葉は、やっぱりまちがいではなかったのだ、と。


(浅倉久志訳)

デス博士の島その他の物語

伊藤典夫訳

The Island of Doctor Death and Other Stories

落ち葉こそどこにもないけれど、冬は陸だけでなく海にもやってくる。色あせてゆく空のもと、明るい鋼青色だった昨日の波も、今日はみどり色ににごって冷たい。もしきみが家で誰にもかまってもらえない少年なら、きみは浜辺に出て、一夜のうちに訪れた冬景色のなかを何時間も歩きまわるだけだ。砂つぶが靴の上を飛び、しぶきがコーデュロイの裾を濡らす。きみは海に背をむける。半分埋まっていた棒をひろい、そのとがった先っぽで湿った砂の上に名前を書く。タックマン・バブコック、と。

それから、きみは家に帰る。うしろで大西洋が、きみの作品をこわしているのを知りながら。

きみの家は、セトラーズ島にある大きな木造の建物だ。もっともセトラーズ島というのは通称で、実際にはそれは島ではないし、したがって名前もなければ、地図にその正確な輪郭が描かれているわけでもない。エボシガイ《バーナクル》を石で砕く、すると中からあの美しいバーナクル・グース（わが国では黒ガンといわれる鳥。黒ガンはこの貝から生まれるという伝説が西洋にある）の名の由来となったかたちが現れる。薄いぐにゃぐにゃした器官は、ガンの首または軟体動物の水管で、とらえどころのないその本体には小さな翼さえ見える。たとえていえば、セトラーズ島はそういうところだ。

ガンの首にあたる部分は細長い陸地で、そこには一本のいなか道が走っている。気まぐれな地図製作者たちは、その幅をいつも誇張して描くのだが、それが満潮時の水面とほとんど同じ高さにあることはどこにも記してはくれない。そんなことからもわかるように、セトラーズ島は、名付けるにも値しない、海岸の小さな突起であり――しかも民家が九つか十あつまっただけの村ではもとより名前もないので、曲がりくねる道路が海へと消えている以外、地図からは何もわからない。

村に名前はないけれど、家には二つの名前がある。近くからの呼び名と遠くからの呼び名だ。今世紀初頭の何年か、そこでリゾート・ホテルが経営されていたので、島と近辺の本土では、家は〈シービュー・プレイス〉の名で通っている。一方、ママがつけた名は〈二月三十一日荘〉、この名は家で使う便箋《びんせん》にものっていて、ニューヨークやフィラデルフィアに住むママの友人たちのあいだでも、「ミセス・バブコックの家」といわない場合には、おそらくそう呼ばれているのだろう。家はところによっては四階建て、ほかの部分では三階建てで、ベランダが周囲をぐるりとかこんでいる。むかしは黄色いペンキが塗られていたけれど、いま――外側の――ペンキはほとんどはげ、〈二月三十一日荘〉は灰色にくすんでいる。

ちぢれた短いあごひげを風になびかせて、リーバイスをはいたジェイスンが玄関のドアから現われる。腰のベルトにひっかけた両手の親指。「よう、いっしょに町へ行こう。ママは休みたいんだとさ」「わあい!」ジェイスンのジャガーにとびのる。レザーのシートはやわらかく、汗くさい。きみは眠りにおちる。

目がさめる。明るい街の灯が、車の窓にさしこんでくる。ジェイスンの姿は見えず、車は冷えはじめている。待っている時間が、とても長く感じられる。きみは商店のウインドウを見る。大きな拳銃を腰にさげて警官が通りすぎる。人目をおそれながら通りをゆく野良犬は、ガラスをたたいて呼びかけるきみにまでおびえている。

ジェイスンが紙袋をいくつか抱えてもどり、シートのうしろにおく。「もう帰っちゃう?」

きみには目もくれず彼はうなずき、ころがりおちないよう紙袋をきちんと積んで、体にシートベルトをとめる。

「ぼくもそとへ出たいな」

ジェイスンはきみを見る。

「お店にはいりたいよ。ねえ、ジェイスン」

ジェイスンはため息をつく。「ようし、そこのドラッグストアだ、いいな? 一分だけだぞ」

スーパーマーケットほどもありそうな大きなドラッグストアだ。ガラス製品や文具雑貨が店のおくまで何列もきらびやかにならんでいる。ジェイスンはタバコ売場に行き、ライターオイルを買う。きみは回転書棚から本を一冊とって、彼のところへ持ってゆく。「これ買っていい。ジェイスン?」

彼は本をとりあげ、もとの棚にもどす。車に帰ると、彼はもどしたはずの本をジャケットの下からとりだし、きみにわたす。

すばらしい本だ。ずっしりと重くて厚く、ページのへりは黄色く染めてある。つやのある硬いボール紙を使った表紙には、ぼろを着た男が怪物と闘っている絵。怪物はゴリラに似たところもあるし人間に似たところもあるけれど、両方あわせたよりもっと恐ろしい。その絵は多色刷りで、猿人は真赤な血をたらしている。男はたくましくハンサムで、黄褐色の髪はジェイスンのよりすこし明るく、あごひげは生やしていない。

「うれしいか？」

車はもう町をはなれている。街路灯がないので、絵を見るには、車のなかはちょっと暗すぎる。きみはうなずく。

ジェイスンは笑う。「そういうのをキャンプ（七〇年代の流行語。俗っぽさ、古臭さを意識的に生かした芸術表現）っていうんだ。知ってるか？」

きみは肩をすくめ、親指でページをめくりながら、今夜自分の部屋でひとりそれを読むときのことを考える。

「なあ、ぼく、おじさんがぼくにいいことしてくれたってママに話すんだろうな？」

「う、うん、いいよ。いってほしい？」

「ああ。明日になったらな。今夜はだめだ。家に着くころには、ママは眠ってるだろう。わざわざおこすほどのことじゃない」おこしたりしたら承知しないぞ、とジェイスンの声が語っている。

「うん」

「ママの部屋にはいるなよ」

「うん」

ジャガーは「ブルンブルンブルルル……」といって道をつっ走る。白い波頭が月の光のなかにうかび、アスファルトのすぐそばまで流木がうちあげられているのが見える。

「ぼくにはふわふわしたすてきなママがいていいな。知っているか？　ママの上にのると、大きな枕に寝てるみたいだぜ」

夜中悪夢にうなされ、さびしくてママのベッドにもぐりこみ、そのふわふわしたぬくもりに体をすりよせたときのことを思いだして、きみはうなずく――その反面、ジェイスンがなんとなくママときみをあざけっているような気がして、しゃくにさわる。

家は暗く静まっている。車がとまるより早く、きみはジェイスンのそばをはなれる。彼より先に玄関にとびこみ、大階段を、ついでその上の曲がりくねった狭い階段をのぼり、望楼にあるきみの部屋にかけこむ。

この物語は、ある男が、誰にも決して口外しないという誓いをやぶって、わたしに話してくれたものである。男の手のなかで――いや、口のなかで、というべきだろうか――物語がどれほど歪められたかは、わたしには知るよしもない。だが大筋においては、それは真実であり、わたしは耳にしたままのかたちで諸君に伝えることにしよう。これは、その男から聞いた物語である。

フィリップ・ランサム船長がその島を見つけたのは、ひとり漂流をはじめて九日目のことだった。海のもくずと消えた船をのがれ、救命いかだにたどりついて、たったひとり、いままで生きのびてきたのである。水平線上に島がむらさき色の細い線のように現われたとき、あたりはすでに暗くなりかけていた。その夜、ランサムは一睡もしなかった。彼のさめきった精神には、自分の見たものに疑いを持つような弱さはかけらもなかった。ひと目見ただけで島であることはわかったが、かわりに彼の頭にわきあがってきたのは無数の事実や推測だった。自分がニューギニア近海のどこかにいることはまちがいない。それをもとに彼は、このあたりの海流についての知識と、九日間にわたるいかだの動きを考えあわせた。また、これから着く島は――着くかもしれない島、とは考えなかった――まず十中八九、水ぎわ数フィートのところまでジャングルがうっそうと茂っているだろう。原住民がいるかどうかはわからないが、彼は自分の知るかぎりのバザール・マライ語とタガログ語を思いだそうとつとめた。パイロット、農園管理者、ハンター、兵士などをしながら、この太平洋ですごした長い年月が、そうした言葉を彼に教えたのだ。

あくる朝、彼はふたたび水平線上にむらさき色のかげを見出した。こんどのそれは少し大きく、彼が計算した方角にほとんどぴたりと位置していた。この九日間、彼には、いかだにそなえつけられたちっぽけな櫂《かい》を使う理由は何ひとつ思いあたらなかった。だが、いまこそ目標ができたのだ。ランサムは最後の水を飲みほすと、規則正しい、力強いリズムで海面をかきはじめた。櫂の動きは、ゴムボートのへさきが浜辺の砂にのりあげるまでとまらなかった。

朝。きみはゆっくりと目をさます。目がやにっぽく、ベッドの上のライトがつけっぱなしになっている。階下には誰もいない。きみはひとりでボウルとミルクと砂糖入りのオートミールを出し、キッチン・マッチでオーブンに火をつける。そうすれば開いたオーブンの口のそばで、本を読みながら朝食をとることができるからだ。オートミールがなくなると、きみはボウルの底にのこった甘いミルクとオートミールのかけらを飲み、ママの機嫌をとるためにコーヒー・ポットを火の上におく。ジェイスンが服を着終わっておりてくる。口をききたくはないようす。コーヒーを飲み、オーブンでシナモン・トーストをひときれ作る。きみはジェイスンが出かける物音に耳をすます。しだいに遠のいてゆくエンジン音。それから、きみはママの部屋にあがる。

ママは目をさまし、天井を見つめている。けれども、まだ起きあがる気にはなれないらしい。ママのどなり声がとぶ確率を少しでもへらそうと、きみはできるかぎりていねいにいう。

「今日は気分はどう、ママ？」

ママの顔がこちらに向く。「ぐったりよ。いま何時なの、タッキー？」

きみは化粧台の上の小さな折りたたみ式の時計を見る。「八時十七分過ぎ」

「ジェイスンは行った？」

「うん、いまちょっと前にね」

ママはまた天井を見つめている。「下へ行きなさい、タッキー。気分がもっとすっきりしたら、何かしてあげるから」

きみは階下でシープスキンのコートを着、ベランダに出て海をながめる。氷のように冷たい風のなかを舞うカモメたち。はるか遠く、オレンジ色の何かが波のあいだを浮き沈みしながら、しだいに近づいてくる。

救命いかだだ。きみは浜辺にかけおりる。とんだりはねたりしながら、帽子をふる。「こちら。こちら」

いかだからおりた男は上半身はだかだが、寒さなどいっこうに気にならないようす。男は手をさしだして言う。「ランサム船長です」彼と握手をかわしたとたん、きみはとつぜん背が高くなり、おとなになっている。彼ほど背も高くなく、おとなでもないが、いまのきみよりずっと背が高く、おとなになっている。「タックマン・バブコックです、船長」

「お目にかかれてうれしい。一分前まで、どうしたものかと途方にくれていたところです」

「あなたを浜に迎えるほか、何かをしたおぼえはありませんが」

「いや、声をかけてくれたおかげで、進路がとりやすくなったのです。目のほうは、荒波を見張っているのが精いっぱいで。さて、これでわたしがどこに着いたのか、あなたが何者かわかるわけだ」

　きみは家のほうに歩きながら、ランサムにきみのことママのことを説明する。そしてママが、むかしパパの行った私立学校にきみを行かせたくて、近くの学校への入学手続きをしぶっていることも。少しあとには話すこともなくなり、きみはランサムを三階の空き室に案内する。そこならたっぷり休めるし、したいこともできるだろうから。そして、きみは自分の部屋にもどり、本のつづきを読みはじめる。


「すると、この怪物どもを作ったのはあなただというんですか？」

「作った？」デス博士は体をのりだした。口元には、残忍な微笑がちらついている。

「船長、アダムの肋骨《ろっこつ》がイブになったからといって、神はイブを作ったといえるかね？　それとも肋骨を作ったのはアダムで、神はそれを自分の思うかたちに変えたにすぎないのかね？　こう考えてみたまえ、船長、わたしは神、自然はアダムなのだ」

　ランサムは、自分の右腕をおさえこんでいる怪物に目をやった。生き物の両手は、電柱すらくらくとつかめるほどの大きさだった。「あなたはこれを動物だというんですか？」

「動物、ちがう」怪物は、彼の腕をようしゃなくしめあげながら言った。「人間」

　デス博士は大きく微笑した。「そうだ、船長、人間なんだよ。そこで問題だが、きみは何だろうな？　きみをひととおり処理したら、わかるだろう。この哀れなものたちを一人前にするのに比べたら、きみの思考を鈍らすくらい簡単なことだ。しかし、きみの嗅覚をどうすれば高められるかな？　直立歩行ができないようにすること、これはいうまでもない」

「四つ足で歩く、いかん」獣人がつぶやいた。「これ、われわれのおきて」

デス博士がうしろをむくと、先にランサムが出会ったよたよた歩きのせむし男を呼んだ。「ゴロ、ランサム船長を牢にいれておけ。それから手術の用意だ」


車が一台近づいてくる。ジェイスンのうるさいジャガーではなく、静かな、とても大きそうな車だ。望楼の片隅にある細長い、重い、小さな窓を押しあげて、きみは冷たい風のなかに顔をだす。ブラック先生の大型車だ。屋根もフードも、新しいワックスでぴかぴか光っている。

階下では、ブラック先生が毛皮のえりのついたオーバーコートをハンガーにかけている。顔をあわせる前から、服にしみこんだ葉巻の煙のにおいがただよってくる。メイおばさんとジュリーおばさんが、きみの相手をしてくれる。ママと結婚することは、同時にきみを息子にすることだという事実を、彼に直接悟らせないための、これは予防措置。二人はきみに話しかける。「どうしていたの、タッキー？　一日中こんなところにいて何かおもしろいことあって？」

「なんにもないよ」

「なんにもないって。浜に貝がらなんかをさがしに行かないの？」

「行くことだってあるよ」

「あなたはハンサムなんだから、勇気をだしてもっとおもてに出なさい」メイおばさんは赤いマニキュアをした指できみの鼻のあたまをそっとつき、指をそこでとめる。

メイおばさんはママの姉、けれどもママほどきれいではない。ジュリーおばさんはパパの妹、不幸せそうな疲れた顔をした背の高い婦人だ。彼女がここへ来るのは、ママをなるべく早く再婚させて、パパがもう生活費を送らなくてすむようにするためだが、そうだとわかっていても彼女の顔を見るたびに、きみはいつもパパのことを思いだす。

ママは清潔な新しい長そでのドレスを着て、一階にいる。ママはブラック先生の冗談に笑いころげ、彼の腕にもたれかかる。きみはママの髪がどんなに美しいか考え、みんなが帰ってしまったらママにそれを話そうと心に決める。ブラック先生がいう。「そうだ、バーバラ、もうパーティの用意はしてあるのかい?」するとママ、「そんなことまだまだ。ここがどんなふうかわかっているでしょう――昨日一日じゅう掃除をしていたのに、今日はごらんのとおり、わたしが何かしたように見えて? でもジュリーとメイが手伝ってくれそうだから」

ブラック先生は笑う。「まあ、お昼をすませてからだ」

きみはみんなといっしょに車に乗り、海を見わたす大きな見晴らし窓のある、崖の上のレストランに行く。ブラック先生は、きみのためにサンドウィッチを注文する。けれど七面鳥の肉とベーコンとパンが三切れだけでは、おとなたちが食べはじめる前になくなってしまい、きみはママに話しかけようとする。たちまちメイおばさんがあいだに割りこみ、そとで遊んできなさい、ときみに命じる。きみは海の見える手すりに出る。手すりには、にわとり小屋のそれよりも少し太い金網がはりわたされている。

展望台の高さは、家のいちばん高い窓とそれほど変わらない。それでもいくらか高いだろうか。きみは靴の爪先を金網にかけ、手すりに腹をもたせかけて見おろす。けれど、おとなにすぐ引きおろされ、そんなことをしてはいけないと小言をいわれる。おとながいなくなると、きみはもう一度試みる。

真下の岩場を、波が器用に洗っている。岩にかぶさっては引き、かぶさっては引く波。誰かがきみのそでを引っぱる。だが、きみは波を見つめたまま、一分ほどふりかえりもしない。

やがて、きみは足をおろす。そばに立っている男は、デス博士だ。

つややかな黒い髪、首には白いスカーフを巻き、黒い革手袋をはめている。その顔はランサム船長みたいに日焼けしてはいず、それどころか色白で、また違った意味でハンサムだ——きみがまだパパといっしょに町に住んでいたころ、パパの書斎にあった胸像の顔のように。そしてきみは思いだす、離婚したあとでママは、パパがどんなにハンサムだったかいつも話していたっけ。デス博士はきみに笑いかける。だが、きみはおとなにならない。

「ハーイ」ほかに何といえよう？

「こんにちは、バブコックくん。きみを驚かせてしまったようだな」

きみは肩をすくめる。「ちょっとね。こんなところに出てくると思わなかったから」

デス博士は風に背をむけ、金色の箱からタバコをとりだして火をつける。101よりもっと長いタバコで、フィルターのところは金色、巻紙には金色のドラゴンの模様がある。「きみが見おろしているあいだに、コートのポケットにあるそのすばらしい小説のページから抜けだしたんだ」

「そんなことができるなんて知らなかった」

「できるさ、これからはときどきお目にかかるだろうね」

「ランサム船長がここに来ているんだよ。あんたを殺すかもしれない」

デス博士は微笑し、首をふる。「できるものか。いいかね、タックマン、ランサムとわたしはいってみればレスラーに似ているな。いろんな扮装をして、何回も何回もショウを演じる——しかし、それはいつもスポットライトの下でおこなわれるんだ」彼はタバコを手すりのむこうにはじきとばす。つかのま、きみの目は宙に飛ぶ火の粉をとらえ、それがみるみる落下して海に消えるのを見守る。ふりかえったときには、もうデス博士はいない。急に寒さが身にこたえだす。きみはレストランにもどり、レジスターのところで無料のハッカ入りキャンディをもらい、メイおばさんのとなりにふたたびすわる。昼食の仕上げは、ココナッツ・クリームパイとホット・チョコレートだ。

メイおばさんが雑談からはなれて、きみにたずねる、「あなた、いま誰と話していたの、タッキー？」

「知らない人だよ」

車のなかで、ママはブラック先生に寄り添うようにすわる。ママの右どなりにはジュリーおばさんがいるので、そのようにするしかない。メイおばさんは後部シートのへりに中腰の格好ですわり、女性二人のあいだに首をわりこませて話に興じる。そとは冷えびえとした灰色だ。家に着くまでにどれくらいかかるだろう。そんなことを考えながら、きみは本をとりだす。

近づく足音を耳にして、ランサムは牢獄の扉のわきの壁にぴたりと身をよせた。その鉄の扉以外に逃れる道がないことは、すでに明らかだった。

それまでの四時間、石牢の内部をしらみつぶしにさぐってみたのである。だが出口らしいものはまったく見あたらなかった。床、四囲の壁、天井は、いずれも巨大な岩板。そして窓ひとつない鉄の扉には、そとから鍵がかかっているのだ。

足音は近づいてくる。彼は全身の筋肉を緊張させ、こぶしをにぎりしめた。

ますます近づいてくる。と、ひきずるような足音がやんだ。鍵束の鳴る音、そして扉がひきあけられた。ランサムは稲妻のように入口からおどりでた。見上げるあたりに身の毛もよだつ顔がぼんやりとうかんでいる。それをめがけて右のこぶしをたたきつけると、鈍重な獣人はがくりと膝をついた。それでも大してこたえたようすはなく、毛むくじゃらな二本の腕をのばして羽交い締めにしようとする。しかしランサムの痛打をあびて、怪物はとうとうくずおれた。彼の前には長い通路があり、つきあたりにはうすぼんやりと陽光がさしこんでいる。彼はそれにむかって走りだした。その瞬間——闇！

意識をとりもどすと、彼はこうこうと明かりのともる部屋の壁に、立ったまま皮ひもでしばりつけられていた。手術講堂と化学実験室をあわせたような部屋だった。すぐ目のまえに、大きな物体がある。おそらく手術台であろう。その上には、白衣におおわれて、明らかに人体とわかるものが横たえられていた。

自分のおかれた状況を考えるよゆうはなかった。デス博士がはいってきたからである。ランサムが最後に見たときの、あの優雅な夜会服すがたではなく、白い手術着に身をつつんでいる。そのうしろには醜悪なせむし男のゴロが、手術用具をのせたトレイを持ち、びっこをひきながら続いていた。

「ああ！」囚人が息をふきかえしたのを知って、デス博士は大またに歩いてきた。平手打ちをくわせるかのようにいったん手をあげたが、ランサムが動じないのを見ると微笑しながら手をおろした。「親愛なる船長！　またわれわれのところにもどってきたな」

「逃げきれるかと思ったよ」ランサムは平然といった。「どうやってわたしを倒したんだ？　教えてくれないか」

「こん棒を投げたのさ、奴隷たちの報告によればね。わたしのバブーン男のとくいわざなんだ。そんなことより、きみのためにセットしたこのすばらしい情景について何か質問はないのかね？」

「あんたのご機嫌をとってもしょうがないだろう」

「しかし気になってはいるわけだ」デス博士は邪悪な微笑をうかべた。「もったいぶるのはやめよう。きみの出番はもう少しあとなんだ、船長。そのまえに、わたしの技術をひとわたり見せておきたい。もののわかった観客を招待できるチャンスはめったにないのでね」計算されたジェスチャーで、彼は手術台の上にうつぶせにされた体から白い布をとりはらった。

ランサムはわが眼をうたぐった。そこには、若い女が死んだように横たわっていた。彼女の肌は絹のように白く、その髪は霧をすかして見る太陽を思わせた。

「興味がわいたようだな」デス博士は冷ややかにいった。「彼女の美しさはきみも認めるだろう。しかし、わたしの手術が終わったときには、きみは悲鳴をあげて彼女から顔をそむけるはずだ。彼女は、わたしがこの島にやってきたときからの宿敵だが、とうとう」――彼は中途で言葉をきると、狡猾さと歓喜のないまぜになった表情をランサムにむけた――「決着をつけるときがきた。それがきみの最期をたからかにつげる序曲ともなるのだ」

デス博士の話がつづいているあいだに、せむしの助手は皮下注射の用意をととのえた。女のすきとおるような肌に針がさしこまれ、注射器のなかの液体が血管にはいってゆくのを、ランサムはなすすべもなく見守った。その液体は、医学技術を冒瀆するかのような不気味な色をしていた。

と、無意識のまま、女はため息をもらした。悪夢がすでに始まったのだろうか、ランサムには、彼女の眠る顔の上を雲がよぎったように見えた。せむしのゴロは荒々しく彼女をあおむけにすると、ランサムを壁につなぎとめているのと同じような皮ひもで彼女を固定した。


「何を読んでいるの、タッキー」メイおばさんがたずねる。

「なんでもないよ」きみは本をとじる。

「車のなかで本を読んじゃだめよ。目が悪くなるから」

ブラック先生はちょっとのあいだ二人をふりかえり、それからママにきく。「この坊やの衣装はもう用意してあるのかい？」

「タッキーの服？」ママは首をふる。うす暗い車のなかで、ママの美しい髪がきらめく。「いいえ、ぜんぜん。そのころにはもう寝る時間よ」

「たくさんのお客様に会うというのもいいものだよ、バーバラ。これくらいの子は、そういうことが大好きなんだ」

車は速度をゆるめずセトラーズ島にはいる。そして、きみは家につく。


ランサムは、じりじりとせまってくる奇怪な生き物を見つめた。体つきは仲間たちほど大きくないが、見るからに恐ろしい巨大な歯を持ち、片手にはかみそりのようにとぎすました重そうなジャングル・ナイフをにぎっていた。

つかのま怪物は無意識のまま横たわる若い女をおそうかに見えたが、彼女のわきをまわると、ランサムの前に立った。だが決して目を合わせようとはしなかった。

つぎにおこした動作は、まったく思いがけないものだった。それはとつぜんかがみこむと、その醜怪な顔をランサムの自由のきかない右手に押しつけたのだ。生き物はねじまがった体を大きく波うたせて、息をついた。

ランサムは緊張して待ちかまえた。

ふたたび深い吐息。それはほとんどすすり泣きのように思えた。やがて獣人は体をおこすと、依然として目を合わせないようにしながらランサムの顔をのぞきこんだ。生き物の喉から、かぼそい、奇妙に親しみのある声がもれた。

「ひもを切ってくれ」とランサムは命じた。

「はい、わたし、そのため、来た。はい、ご主人さま」横にひしゃげたような顔が上下に動いた。山刀のするどい刃先が、ランサムをしばりつけている皮ひもにくいこんだ。自由の身になると、彼は獣人のさしだす山刀をうけとり、手術台に固定されている女の手足のひもを断ちきった。抱きあげた女の体はかるかった。彼はつかのま女の安らかな寝顔をながめながら立ちつくした。

「こちらへ、ご主人さま」獣人が彼のそでを引っぱった。「ブルノー、出口、知っている。ブルノーのうしろ、ついてくる」

隠された石段をのぼると、闇のなかにせまくるしい長い通路がのびていた。「この道、みんな、通らない」獣人はかすれた声でいった、「ここ、見つかる心配ない」

「なぜわたしを逃がす?」ランサムはきいた。

しばらく間があった。そして、ほとんど恥じいるような口調で、その不格好な生き物はこたえた。「あなた、よい人間、においでわかる。ブルノー、デス博士、好きでない」

ランサムの推測が適中したのだ。彼はやさしくきいた。「デス博士の手術をうける前は、きみは犬だったんだろう、そうじゃないか、ブルノー？」

「そうだ」獣人はほこらしげにいった、「わたし、セントバーナード犬。わたし、写真、見たことある」

「デス博士ともあろうものが、なんとうかつなことをしたのだろう」ランサムは思わずいった。「このような気高い動物をよこしまな実験の道具につかうとは。犬には、人間の性格を見ぬく能力がある。しかし悪は、最後には必ずどこかで愚かなあやまりをおかすものだ」

とつぜん獣人が足をとめたので、ランサムも立ちどまった。獣人は巨大な頭をかがめて、気を失っている女をのぞきこんだ。そしてようやく聞きとれるほどのうなり声でいった。「いま、ご主人さま、いった。わたし、人の性格、見ぬく。それなら、わたし、教える。デス博士、この女、〈遠い目〉のタラーと呼んでいる、ブルノー、この女、好きでない」

きみは枕の上に本をふせてはねおきる。自分の体を抱きしめながら、はだしで部屋のなかをぴょんぴょんとびまわる。わあ、おもしろい！　すごいや！

でも今夜はここでやめよう。全部読んだら損しちゃう、あとは明日にとっておくんだ。明かりを消す。甘美な闇のなかでベッドの下に手をのばし、組立てセットの部品や、ガソリンスタンド・ゲームのカードの箱をおしのけて、うやうやしく本をしまう。つづきは明日読もう、がまんするんだ。あごのところまでカバーをひきあげ、両手を枕にしてあおむけに寝る。目をとじると、島が見えてくる。

海の風になびくジャングルの木々、熱帯の空を背景に冷たく灰色にそそりたつデス博士の城。

いつのまにか家の物音は静まり、聞こえるのは、耳慣れた風の音と大西洋の波のさわぎ。そしてママとおばさんたちの話す声。耳をすますうち、きみは眠りにおちる。

きみは目をさます！　眠くない！　何か聞こえる！　みんなが寝静まった真夜中、きみが忘れかけていたふしぎな時間。何か聞こえる！

耳が痛くなるような静けさ。何か。何か。ほんとだ、聞こえる！

階段だ。

きみはベッドからおきだし、懐中電灯をとる。きみが勇敢だからではない。ベッドのなかで待っているのがたえられないのだ。

部屋のそとの冷えびえする狭い階段には何も見えていない。二階の大階段にも、怪しい影はない。きみは階段のすみずみへ光をむける。ジュリーおばさんのいびき、けれどもきみは音の正体を知っているので、少しもこわくはない。それはジュリーおばさんの悪いくせなのだ。

階段をのぼる。何も見えない。

部屋にもどると、懐中電灯を消し、ベッドにはいる。ほとんど眠りかけたとき、かたい爪が床板をひっかく音、そしてざらざらする舌がきみの指先をなめる。「こわがらないで、ご主人さま、わたし、ブルノー」きみののばした手は、彼の体にふれる。きみとは別の温かみ、きみとは別のにおいを持つ生き物が、きみのすぐとなりに寝ている。

気がつくと朝。部屋は寒く、きみのほか誰もいない。きみはバスルームにはいり、コイルを熱して温かい風をおくる扇風機に似た装置のまえで服を着る。

階下ではママがもうおきて、髪にスカーフをかぶせ、テーブルにすわっている。メイおばさんとジュリーおばさんもおきている。テーブルの上には、コーヒー、ミルク、厚切りのハムのフライ。「おはよう、タッキー」とジュリーおばさんがいう。ママはきみを見てほほえむ。きみの皿も用意されていて、きみはハムとトーストをぱくつく。

三人は一日じゅう部屋の掃除や飾りつけにいそがしい——ジュリーおばさんの作った赤や金色の紙のマスクを壁にかけ、さまざまな色の豆電球の鎖をつるしていく。きみはみんなの邪魔をしないように気をつけながら、ほとんど使われたことのない大きな暖炉のそばに薪《まき》をはこぶ。ジェイスンが現われる。メイおばさんとジュリーおばさんは、彼を好いてはいない。だが彼も飾りつけに手をかし、このあいだ買い忘れた品物を買うために車で町へ出かけてゆく。こんどは、きみを乗せていってはくれない。窓のそとでは風がうなっているけれど、きみの部屋まではいってこない。それ以上にここが静かなのは、みんながいちばん下の階にいるからだ。

ランサムは信じられないという顔で、その謎めいた女を見つめた。

「わたしを信じないのですね」と女。その声には、怒りも非難もなかった。

「いきなり信じろといわれても、ちょっと無理だ」彼はその場をとりつくろおうとした。「人類の歴史よりも古い都が、この小さな島の奥地に埋もれているなんて」

タラーは抑揚のない声でつづけた。「あなたの種族が」——と獣人を指して——「いまの彼のような姿をしていたころ、レムリアはこの海の女王だったのです。そのすべては消え去りました——わたしの都をのぞいて。それ以上、何の説明がいりましょう」

ブルノーがランサムのそでをひっぱった。「ご主人さま、行く、だめ！　獣人たち、ときどき、行く。デス博士、おこる、獣人たち、帰らない。あそこ、悪い人たち、いる」

「ごらんなさい」タラーのふくよかな唇にいたずらっぽい笑みがうかんだ。「あなたの奴隷が証明しているでしょう。わたしの都は存在するのです」

「どれくらい遠いんだ？」ランサムはぶっきらぼうにきいた。

「ジャングルのなかを半日ほど歩いたところです」それ以上話したくないとでもいうように、彼女は間をおいた。

「きみの目的は？」

「わたしたちを助けると約束してくれますか？　わたしたちはデス博士をたおし、故郷であるこの島を住みよいところにしたいのです」

「約束しよう。彼を憎む気持はきみたちと変わらない。ある意味ではね」

「たとえあなたが、わたしの臣民を好きになれなくても、彼らを指揮してくれますか？」

「もちろん、彼らが受けいれてくれさえすれば。しかし、きみは何かを隠している。それを話してほしいな」

「あなたはわたしを見て、自分と同じ種族に属する女と思ったでしょう」彼らはふたたびジャングルにはいっていた。獣人はしんがりをつとめながら、しぶしぶ二人のあとをついてくる。

「きみほど美しい女性はめったにいないけれど、そう思ったことはたしかだ」

「それだからこそ、わたしは大司祭そして臣民からあがめられているのです。わたしのなかには、古代の血がけがれのないまま流れています。けれども、わたしの臣民のすべてがそうだとはいえません」彼女の声はいつしかささやきになっていた。「木が年老い、それでも生長を続けていると、みにくくねじまがった枝が目につきはじめます。わたしの言う意味がわかりますか？」

「タッキー？　タッキー、そこにいるの？」

「う、うん」きみはセーターの下に本を隠す。

「さあ、ドアをあけなさい。部屋に鍵をかけるなんて、悪い子のすることですよ。お客さまたちに会いたくないの？」きみはドアをあける。かつらをかぶったジプシー姿のメイおばさんがそこにいる。顔に乱れかかった長い髪、目だけを隠したマスク。

車がつぎつぎと家の前にとまる音。玄関に立ち、はいってくる客みんなに話しかけているのはママ。胸元を深くあけ、肩のあたりから指先までつつんだ、蛍光染料《デイ・グロー》のローブを着ている。きみはママの目のふしぎな輝きに気づく。ひとりでダンスをしたり、誰も聞いていないのにひとりで話しているときなんかに、きみがママの目のなかに見るのと同じ光だ。

大きな魚に似せた帽子をかぶり、銀色のドレスをきらめかせて歩いているのは、ジュリーおばさん。本職そのまま医師のコートを着、聴診器を首にかけ、ひたいに丸い鏡をつけているのはブラック先生。黒い制服を着た兵士の扮装で、帽子には海賊のような髑髏《どくろ》と交叉した骨のバッジをつけ、鞭《むち》を手に立っているのはジェイスン。大テーブルには、パンチボウル、ケーキ、サンドウィッチ、温めたビーン・ソース。ジプシーが立ち話をはじめたのを見すまして、きみはケーキをかすめとるとテーブルの下にもぐりこむ。

音楽が流れ、踊る足が何本か見える。きみは長いあいだそこにすわっている。

やがて男の足と女の足がダンスをしながらテーブルに近づき、とつぜんきみの目の前に笑い顔が現われる――ランサム船長だ。「こんなところで何をしているんだ、タック？　みんなの仲間にはいらないか？」おとなになるかわりに小さな子供になったように感じながら、きみはテーブルの下からはいだす。けれども立ちあがったとたん、きみはおとなになっている。ランサム船長は、漂流者の扮装。ぼろぼろのシャツを着、膝から下のないズボンをはいているが、どちらもクリーニング済みで、シャツは糊《のり》づけされている。木の実と貝がらをつなぎあわせた首飾りをかけ、片手で若い女を抱いている。彼女は宝石のほかには一糸もまとっていない。

「タック、こちらは〈遠い目〉のタラーだ」

きみの背は、ほとんど彼女と同じくらいの高さ。きみは微笑し、頭をさげ、彼女の手にキスする。まわりでは人びとがダンスやよもやま話に興じている。だが、きみたちに注意をむけるものはいない。ダンスをしている人たちや、酒を飲んでいるグループをよけながら、きみたち三人はタラーをまん中にして部屋を横切る。ほかに誰もいないとき、きみとママがリビングルームにしている部屋では、二組のカップルがテレビをつけっぱなしのままネッキングしている。その先の小さな部屋には壁を背にすわりこんでいる若い女と、隅にかたまって立つ男たち。「ハーイ」と彼女はいう。「ハーイ、みんな」きみたちに気づいたのは彼女が最初だ。きみは立ちどまる。

「今晩は」

「あなたたちを本物だと思っていい？」

「うん」きみはランサムとタラーをふりかえる。けれども二人はもういない。たぶんリビングルームでキスでもしているのだろう。

「あたし、これが三回目のトリップなの。そんなにいいトリップでもないけど、そんなに悪くもないわ。だけどモニターを見つけておくべきだったわ――誰かあたしのそばについていてくれる人をね。あの人たち、誰なのかしら？」

隅にいる男たちがざわざわと動く。鎧《よろい》のふれあう音を聞き、鎧にきらめく光を見て、きみは目をそらす。「きっと都から来たんだろう。タラーをさがしているんだよ」それがまちがいではないことが、なぜかきみにはわかる。

「あの人たちを前にひっぱりだしてよ。よく見えないわ」

きみが答える前に、デス博士がいう、「まさかそうするつもりはないだろうね」きみはふりかえる。すぐうしろに、夜会服とマントを着たデス博士が立っている。彼はきみの腕をとる。「おいで、タッキー、きみに見せておきたいものがある」きみは彼に続いて裏の階段をのぼり、廊下を通ってママの部屋の前に立つ。

ママはベッドに横たわっている。そのそばに立ち、注射器に液を入れているブラック先生。きみの見守る前で、先生はママの服のそでをまくりあげる。ママの腕に見えるのは、みにくい、赤い、たくさんの注射針のあと。きみにはその光景は、デス博士が手術台に横たわるタラーの上にかがみこんでいるとしか見えない。きみは階段をかけおり、ランサムをさがす。だが彼の姿はなく、パーティには現実の人びとのほか誰もいない。裏口の階段の冷たい影のなかに、デス博士の助手ゴロがいるだけ。彼はひと言も口をきかず、月光をあびながらその青い目できみをじっと見つめる。

となりの家は浜をすこし行ったところにあり、女の人がひとりで住んでいる。彼女がアスパラガスの枯れた株を切ったり、バラに盛り土しているのを、きみは近くで遊んでいて見たことがある。きみは彼女の家のドアをたたき、なんとか説明しようとする。しばらくして彼女は警察を呼ぶ。

……たちのぼる煙。いまや炎は屋根の材木をなめはじめている。ランサムは両手をメガフォンがわりにして叫んだ、「降参して出てこい！　こんなところにいつまでもいれば、焼け死んでしまうぞ！」しかしそれに対する答えは一発の銃声だけであり、自分の声が聞こえたかどうかランサムには自信がなかった。レムリアの射手たちが、窓をねらってふたたび一斉に矢を射かけた。

タラーが彼の腕をつかんだ、「もどりましょう、彼らに殺されないうちに」

ランサムは放心したように彼女のあとに続き、二十あまりの杭に刺しつらぬかれた大柄な獣人の死体をまたぎこえた。

きみはページの隅を折り、本をおく。がらんとした寒い待合室。かけ足で通りすぎる人びとが、ときどききみにほほえみかけるけれど、きみはさみしくてたまらない。長い時間がたってから、白髪の大男と青い制服を着た女性が、きみの話を聞きにくる。

その女性の声はやさしいけれど、学校の先生みたいでどこか近よりがたい。「眠いでしょうね、タックマン。でもおやすみする前に、ちょっとあなたとお話していいかしら？」

「うん」

白髪の男がいう、「きみのおかあさんに誰がクスリをあげたのか、きみは知らないか？」

「知らない。ブラック先生がママに何かしていたよ」

男は片手をふる。「いや、それじゃないんだ。知ってるかい、クスリだよ。きみのおかあさんはたくさんクスリを使ってた。誰があげたんだろう？　ジェイスンかい？」

「知らないよ」

女がいう。「おかあさんはだいじょうぶだそうだわ、タックマン。でも治るまでちょっとかかりそうね——わかる？　これからしばらくのあいだ、あなたはたくさんの子供たちといっしょに大きな家に住むのよ」

「うん」

男。「アンフェタミンだ。何か思いださないかね？　そんな言葉を聞いたことがないか？」

きみは首をふる。

女。「ブラック先生はおかあさんを助けようとしていただけなのよ、タックマン。あなたにはわからないでしょうけれど、おかあさんはね、何種類ものクスリをまぜて、いっぺんに注射したの。それはとてもいけないことなのよ」

二人は去り、きみは本をとりあげて、ページをぱらぱらとめくる。けれども読みはしない。きみの横から、デス博士が口を出す。「どうしたんだ、タッキー？」彼の服は焦げくさいにおいがし、ひたいには血がひとすじ流れている。だが彼は微笑し、タバコに火をつける。

きみは本をつきつける。「この本、もうあと読みたくないよ。博士はきっと最後に死んでしまうんだもん」

「わたしを失いたくないか？　泣かせるね」

「最後に死ぬんでしょう、ねえ？　あなたは火のなかで焼け死んで、ランサム船長はタラーを残して行ってしまうんだ」

デス博士は微笑する。「だけど、また本を最初から読みはじめれば、みんな帰ってくるんだよ。ゴロも、獣人も」

「ほんと？」

「ほんとうだとも」彼は立ちあがり、きみの髪をもみくしゃにする。「きみだってそうなんだ、タッキー。まだ小さいから理解できないかもしれないが、きみだって同じなんだよ」

アイランド博士の死

浅倉久志訳

The Death of Dr. Island

わたしは行きたい
　春が失われぬ土地へ
鋭い大粒の雹《ひょう》は絶えて飛ばず
一群《ひとむれ》の百合が風にゆれる野へ

わたしは住みたい
　嵐のとどかぬ土地に
緑のうねりが音もなく水面《みのも》をわたる
大海《おおうみ》の高波から遠い港江《みなとえ》に

——ジェラード・マンリイ・ホプキンズ

穴のふちにとまっていた一粒の砂が、ぐらりとゆれて中に落ちた。底にいたアリジゴクは怒ってそれをはじき返す。ひととき、動くものはない。やがて、穴とそのまわり一メートル平方ほどの砂がたわんだ二本のココ椰子の見おろす中で、酔ったように横すべりした。その一つの辺を軸にして、砂が持ちあがり、頭に傷跡のある少年が現われた——のびかけた茶色の髪が、縫合のあとをそろそろ隠しはじめている。吸いこまれるような黒い目を大きく見ひらき、さきほどまでアリジゴクがいたあたりに首をおいて、少年はひと息ついた。そして、下からつきあげられたように砂浜におどりでると、ふりかえり、自分の出てきた暗い昇降口に砂をけおとした。昇降口が音をたてて閉じた。少年は十四歳ぐらいだった。

すこしのあいだ、少年はしゃがみこんで砂をかきわけ、扉を見つけだそうとしていた。手を数センチもぐりこませると、ざらざらした固い物体にゆきあたる。それはコンクリートでも砂岩でもないが、両者の性質をかねそなえていた——砂をまぜた有機プラスチック。指がすりむけるほど表面をなでてみたが、扉のふちは見つからなかった。

少年はあきらめて立ちあがり、あたりを見まわした。頭が、ある種の爬虫類のように絶えまなく動いている——右、左、各動作のあいだにまったく切れ目がない。それが、休みなく、際限なく続く——四六時中——という理由で、これについては、呼吸のことを記す必要がないのと同じく、今後はそうふれないでおこう。少年は頭をゆすり、ゆすりながら、鎌首をもたげた蛇のように左右を見まわした。体はやせており、蛙のようにすっぱだかだった。

前方では、砂がなだらかに傾斜してサファイア色の海へと続いていた。浜辺にはココナツがころがり、貝殻がちっている。カニが一ぴき、ちょこまかと、薄くのびひろがった波の先端でたわむれている。後方は、かなり遠くまでココ椰子と砂ばかり。一本一本の椰子は、海から遠ざかるほど互いに近づき、人工の建造物と見まがう円柱の森をつくりだしている。どことも知れぬ宮殿の迷路が、奥に進むにつれ、緑、赤、黄、色とりどりの葉を持つツタやつる草におおわれてゆくように、林立するココ椰子は、あちこちに炎のような蘭を配して、しだいに竹や落葉樹とまじりあい、ついには視力の限界一歩手前で、赤い色をちりばめた暗緑色の壁となっていた。

少年は渚へと進み、渚をおりて、血のように生暖かい海に膝までつかった。指を海水に浸して、なめてみる——それは真水で、慣れ親しんだ消毒薬のにおいはまったくなかった。海からあがると、最高水位点から五メートルほど余裕を残して砂の上にすわった。風と波のざわめきのほか何も聞こえない。十分ほどのち、いきなり頭をのけぞらせると、叫びはじめた。叫び声はかん高く、息の終わりは訳のわからぬ悲しげなうめきとなる。そのあとに来るのは、息を吸いこむうつろな耳ざわりなあえぎ。彼は以前この調子で、十四時間と二十二分叫びつづけたことがある。そのときは、十七年間の模範的勤務を誇る看護係の修道女が、担当医師の許可も得ず注射をうってことをおさめた。

しばらくして、少年は黙った――疲れたのではなく、耳をすます必要があったからだ。聞こえるのは、やはり、椰子の葉をそよがせる風の音と波のざわめきだけ。だが何か声が聞こえたような気もした。じっと静かにしていることも、大声で騒ぐのと同様、少年にはたやすいことであり、いまの彼はひっそりと息をひそめていた。左手では、塩のようにさらさらした白い砂をもてあそび、右手では、ビーチグラスのビーズのように滑らかな小石を海に投げいれている。

「お聞き」と波がいった。「お聞き。お聞き」

「聞いてるよ」と少年はいった。

「よし」と波はいい、こだまのようにかすかにそれをくりかえした。「よし、よし、よし」

少年は肩をすくめた。

「きみのことを何と呼ぼう？」波がきいた。

「名前は、ニコラス・ケネス・ディ・ヴォアだよ」

「ニック、ニック……ニックだね？」

少年は立ちあがり、海に背をむけると内陸へ歩きだした。海が見えなくなるころ、一本のココ椰子が眼にとまった。仲間の椰子たちによりかかり、あるいはそのあいだを縫い、風に吹き流されるジェット雲のように、その幹は曲がりくねりながら、斜め上へとのびている。少年は両手でその粗い表皮をためすと、登りはじめた。木登りには慣れていないので、動作は鈍く、どことなくぎごちない。だが体は軽く、体力も十分あった。ほどなく彼はてっぺんにたどりつき、茶色のウーリー・モンキーの一団を驚かした。猿たちは鳴きながら近くの椰子にとびうつり、少年には、葉の柄とみどりのココナツからなる居心地のいい寝場所が残された。「わたしはここにもいる」椰子の木から声がひびいた。

「うん」少年は、ゆれ動く頭上の空を見あげている。

「きみをニコラスと呼ぶことにしよう」

「海が見えらあ」と少年はいった。

「わたしの名前を知っているかな？」

少年は答えない。ねじまがった椰子の長い長い幹が、足元でかすかにゆれている。

「わたしの友だちはみな、わたしをアイランド博士と呼んでいる」

「おれは呼ばないよ」と少年はいった。

「わたしの友だちではないというわけか」

カモメが鳴いた。

「だけど、わたしにとってきみは友だちさ。おまえなんか知らないというかもしれないけれど、わたしはきみを知っている。きみが好きなんだよ、ニコラス、だからきみを友だちにする」

「おまえ何だい？　機械なのか、人間なのか、委員会なのか、何だよ？」少年はたずねた。

「そういうもの全部だし、それ以上のものさ。わたしはこの島《アイランド》の精、守護神だ」

「うそつけ」

「さて、友だちにもなったことだし、きみを放っておくほうがいいかな？」

これにも少年は答えなかった。

「ひとりで考える時間がほしいかもしれない。一つだけいっておこう。今日は、予想していた以上にことがはかどった。わたしたちは仲よくやっていけそうな気がする」

十五分かそこらののち、少年はきいた。「この光はどこから来るんだい？」答はなかった。少年はしばらく待っていたが、やがて幹をおりはじめ、最後の五メートルは落下して、柔らかな砂の上にころがった。

　少年は浜辺にもどり、海を見つめたまま立ちつくした。海面は沖へ行くにしたがって上向きに湾曲し、遠い大波が白い泡となって砕けるあたりで、白い斑点のある空ととけあっている。左右には、弧を描いてのびる砂浜。それは、見えるか見えないかというほどかすかにカーブしながら、視界から消えている。歩きだしたとき、かろうじて見分けられるくらいの距離に、人影が見えるのに気づいた。彼はかけだしたが、すぐに立ちどまり、ふりかえった。はるかかなたで、目にとまらないほどの小さな人影がもう一つ、浜辺を歩いている。ニコラスはその人物を無視した。そしてココナツを見つけ、こじあけようと奮闘したのち、それを放りだし、歩きつづけた。ときどき魚がはねあがり、海鳥が輪を描きながらとびこむのも見えた。あたりは暗くなりはじめていた。ここしばらく何も口に入れていないことに気づいたが、厳密にいえば、それほど空腹ではなかった――というより、以前、血が流れるのを見たくて自分の腕を切り裂いたときと同じように、空腹を楽しんでいた。一本のココ椰子のそばを通りかかったところで、彼はとつぜん大声で「アイランド博士！」といった。それからほどなく、歩きながら「アイランド博士、アイランド博士、アイランド博士」とうたいはじめ、言葉の意味が完全に失われるまでそれを続けた。彼は海で泳いだ。機能調整のため、カリスト（木星の第四衛星）の巨大な四日熱治療タンクで教えられたとおりに泳ぎ、むせたり鼻をならしたりしたのち、ようやく波にぶつかるコツをおぼえた。あたりが暗くなり、白い砂と白い波頭しか見えなくなると、彼は海水を飲み、浜辺で眠りにおちた。はりつめた醜い顔の右半分が最初にゆるみ、まどろむようすを見せたが、左の目はぱっちりとあいたまま空《くう》を見つめていた。頭は相変わらず左右にゆれており、左の口元には、デスマスクそっくりにあの独特の表情が凍りついていた――一部の人間に限って見られる、あのどこか非人間的な、超然とした怒りの表情。

めざめたのはまだ暗いうちだったが、夜はやわらかな灰色へと変わりはじめていた。両側の浜辺には、頭のない椰子が、背の高い幽霊そっくりに立っている。霧と明けきらぬ闇のせいで、先のほうが隠れているのだ。寒さが身にしみた。ニコラスは手で両脇をこすると、砂の上でとびはね、波うちよせる水ぎわをかけだして、体を暖めようとした。前方に見える赤い光点が火だとわかり、彼は速度をゆるめた。

年のころ二十五ぐらいの男が、たき火の上にかがみこんでいた。もつれた黒い髪を肩にたらし、まばらな頬ひげをはやしている。眼は黒く、折れた金属管の口のように、大きくうつろだった。男が火をかきたてると、魚の焼けるにおいが煙とともにただよってきた。すこしのあいだ、ニコラスは離れて、ようすをうかがっていた。

男は口のはしからよだれをたらし、片手でそれをぬぐった。あとには、なすりつけられた灰が残った。ニコラスはそろそろと近づき、炎をはさんで男とむかいあった。魚は大きな葉と泥につつまれ、たき火の中央におさまっている。「おれ、ニコラス」とニコラスはいった。「あんた、だれ？」若者はこちらを見ようともしない。さっきから火を見つめたままだった。

「ねえ、その魚をわけてほしいんだ。すこしでいいからさ、いいだろう？」

若者は顔をあげたが、見たのはニコラスではなく、そのかなたの何もない一点だった。男はふたたび視線を落とした。ニコラスは微笑した。微笑が、ちぐはぐな表情と唇の不釣りあいなゆがみをさらにきわだたせた。

「ちっさいのでいいんだ。もう焼けてるだろう？」ニコラスは、若者のまねをしてかがみこんだ。それが合図だったかのように、男は火をとびこえて彼につかみかかった。ニコラスはとびのいたが、遅すぎた――若者の体当たりをうけ、彼は砂の上に大の字になった。男の爪が喉にくいこんでくる。ニコラスは悲鳴をあげ、ころがって男の手をふりきると、海へ逃れた。男はしぶきをあげて追いかけてくる。ニコラスは水にとびこんだ。

波紋を描く水底に腹をこすりつけるようにして泳ぐうち、ようやく深みに出た。ややあって浮きあがり、あえぎながら男を見ると、男もまた気づいたようすを見せた。ニコラスはふたたびもぐり、今度は岸からずっとはなれた深みの上に顔を出した。立ち泳ぎしながら浜辺のたき火を見ると、若者は朝の光の中で大またに海から出てゆくところだった。ニコラスは海岸線にそって五百メートルほど泳ぎ、水をかきわけて岸にあがると、たき火のほうへまた歩きだした。

若者は、ニコラスがまだ遠くにいるうちにその姿に気づいたが、すわったまま赤みがかった魚の身を食べ、ニコラスを見つめた。「どういうことなんだ？」安全な距離をおいてニコラスはいった。「怒ってるのかい？」

森の中から、鳥たちが警告した。「気をつけて、ニコラス」

「何もしないよ」若者はいい、立ちあがると、手についた脂を胸でぬぐい、足元の魚をさし示した。

「ほしいか？」

ニコラスはうなずき、あの歪んだ笑みをうかべた。

「じゃあ、来いよ」

ニコラスはぐずぐずしている。男が魚からはなれてくれるのを期待したが、そうする素振りはなかった。男は微笑を返しもしなかった。

「ニコラス」足元のさざ波がささやいた。「こちらはイグナシオだ」

「ねえ」とニコラスはいった。「ほんとにもらってもいいのかい?」

イグナシオはにこりともせず、うなずいた。

ニコラスはおそるおそる進み出た。魚をとろうとかがみこんだとき、イグナシオのたくましい腕が彼をとらえた。ふりほどこうともがいたが、逆に投げとばされ、おさえこまれた。「苦しい! 苦しいよ!」涙が目からあふれでる。もう一度叫ぼうとしたが、息ができない。手首よりも太くなった舌が、いまにも喉から絞りだされそうだ。

そのときイグナシオはふいに手をゆるめると、にぎりしめたこぶしでニコラスの顔をなぐった。平手打ちをくったり、なぐられたりしたのは、これがはじめてではない。同世代の少年たちと、ときにはすさまじい喧嘩をし、たたきのめされたことがある。だが対等の関係に立って、大の男からなぐられたことはなかった。イグナシオはまた彼をなぐり、裂けた唇から血が流れだした。


彼は長いあいだ、消えかけたたき火のそばに横たわっていた。意識がゆっくりともどってきた。まばたきし、闇の中に引きこまれそうになって、もう一度まばたきした。口の中には血がいっぱいたまり、砂の上にやっと吐きだしたそれは、奇妙なかたちにかたまった。黒い、柔らかな肉のように見えた。左の頬がとてつもなくはれあがっており、左の目はほとんどきかなかった。しばらくして彼は海のほうにはってゆき、波打ちぎわで長い時を過ごしたのち、燃えつきたたき火のあとによろよろともどった。イグナシオの姿はなく、魚もなくなり、骨が残っているだけだった。

「イグナシオは行ってしまった」アイランド博士が波の唇を使っていった。

ニコラスは砂の上にすわり、足を組んだ。

「たいへんうまく彼を扱ったね」

「見てたのかい？」

「見ていたさ。わたしには何でも見えるんだよ、ニコラス」

「ここは最低だ」ニコラスは自分の膝と話している。

「それはどういう意味かな？」

「ひどいとこはいろいろ知ってるよ――なぐられたこともあるし、大きなホースで氷みたいな水をぶっかけられて、ころんじゃったこともある。だけど、関係ないやつに――」

「べつの患者に？」輪を描くカモメがきいた。

「――あんなことをやらせるなんて」

「きみは幸運だったんだよ、ニコラス。イグナシオは殺人癖がある」

「とめればいいじゃないか」

「いや、それはできない。この世界は全部、わたしの目なんだ、ニコラス、わたしの耳でもあり、口でもある。だけど、わたしには手はない」

「あんたが全部やったんだと思ってた」

「やったのは人間たちさ」

「そうじゃなくて、あんたがここを動かしてるんだと思ってた」

「ここでは全部がひとりでに動いている。そして、きみ——ここにいる人たちみんな——が、その動きかたを決めているんだ」

ニコラスは海に目をやった。「波はどうしてできるんだい？」

「風と潮のみちひきがあるからさ」

「ここは地球？」

「地球のほうが居心地がいいかな？」

「行ったことないんだ。教えてくれよ」

「わたしは、今の地球よりももっと地球らしいんだよ、ニコラス。もしきみが、地球で指折りに美しい海岸の中から最高のものを選んで、この三世紀につもりにつもった有機物質やよごれを全部取り除いたとしたら、それがわたしだ」

「だけど、ここは地球じゃないんだろう？」

答はなかった。ニコラスは灰のまわりを歩きまわり、やがてイグナシオの足あとを見つけた。猟犬でなくても、柔らかな砂地に残るくぼみを見分けるのに手間はかからなかった。彼は足あとをたどった。頭が、地雷探知機のセンサーのように左右にゆれていた。

イグナシオの足あとは数キロにわたって海岸線と平行に進み、そしてふいに向きを変えるとココ椰子の林にはいり、固い土のある内陸部に消えていた。ニコラスは顔をあげ、「イグナシオ？　イグナシオ！」と叫んだ。一瞬ののち、枝の折れる音、ついでだれかが葉の茂みをかきわける音が聞こえた。

ニコラスはようすをうかがった。

「ママ？」

奥のうっそうとした茂みをぬけて、若い女がやってきた。ちょっと痩せすぎだが、きれいな娘で、年は十九ぐらい。日ざしがいちばん当たる部分はブロンドで、ほかのところはもうすこし濃い色だった。「傷だらけじゃないか」とニコラスはいった。「血が出てるよ」

「母さんだとばかり思ってたわ」と娘はいった。ニコラスより、ちょうど頭一つ背が高い。「喧嘩してたわね。あたしを連れに来たの?」

ニコラスは、以前にもこれと似たような会話をしたことがあり、本来ならこんな質問は無視するところだったが、今は人恋しさのほうが先にたっていた。「うちに帰りたいのかい?」と彼はいった。

「そうね、帰ったほうがいいみたい」

「でも、ほんとに帰りたいの?」

「ママはいつもいうわ。焦がしたくないものがレンジにのっているときには——ママはお料理とってもうまいのよ。うそじゃなくて。あなた、キャベツのベーコン炒め好き?」

「何か食べるものない? なんでもいいんだ」

「今はないわ。ちょっと前に食べたの」

「何を?」

「鳥」娘はニコラスから目をそらしたまま、あいまいな小さな仕草をした。「あたしは鳥をのみこんだ思い出よ」

「海まで行かないか?」二人はすでに浜辺の方角に歩きだしていた。

「ちょうど水を飲みに来たところだったの。ぼく、いい子ね」

ニコラスは子供扱いされるのがいやだった。「おれ、いろんなところに火をつけるんだぜ」

「ここに火をつけるのは無理だわ。この二日ばかりいい天気だけど、みんなが悲しいときには雨が降るんだもの」

ニコラスはしばらく口をつぐんだままだった。海に着くと、娘は膝をつき、水の上にかがんだ。顔にかかる長い髪の先端がまず水面にただよい、ついで両の乳首から乳房のなかばまでが水にはいった。

「そこじゃだめだよ」とニコラスはいった。「じゃりじゃりしてるんだ、波が浜を洗うから。ここへ来てみな」彼は海にはいり、ひたひたと打つ波が腋の下にとどくところまで来ると、顔をふせて水を飲んだ。

「そんなこと考えつかなかったわ。ママは、あたしが馬鹿だっていうの。パパも。あなた、あたしが馬鹿だと思う？」

ニコラスは首をふった。

「名前はなんていうの？」

「ニコラス・ケネス・ディ・ヴォア。きみは？」

「ダイアン。あなたをニッキーって呼ぶことにするわ。いや？」

「眠ってるあいだに怪我をしたって知らないぜ」

「あなたがそんなことするもんですか」

「するよ。前にいた聖ヨハネ病院ってのは、ほとんどいつも無重力状態だったんだけど、そこにいた女の子が気にくわない名前でおれを呼んだんだ。だから夜中にぬけだして、そいつが眠ってる個室にはいってさ、固定装置を切ってやったら、そいつ、ふわふわ浮かんじゃうの。そのうち何かにぶつかって、それで眼がさめて、つかまろうとするんだけど、かえってそこらじゅうバウンドするだけなんだ。指二本と鼻の骨を折って、血だらけさ。看護人がとんできて、その一人からきいたら――まだ、おれがやったってわかってなかったからね――まっ白だったシャツが、部屋を出たときには赤い水玉模様だらけになってるんだって。浮かんでた血の玉が、シャツにあたってそのまましみこんじゃったんだ」

娘はこけた頬にえくぼをうかべて、ほほえんだ。「あなたがやったって、どうしてバレたの?」

「だれかにいったら、そいつしゃべっちゃったんだよ」

「自分でしゃべったにきまってるわ」

「そんなこと、おれがするもんか!」ニコラスは腹をたてたようすで海にはいったが、やがてゆっくりと浜にあがり、彼女に背を向けて砂の上にすわった。

「そんなに狂ったみたいにおこらないで、ディ・ヴォアさん」

「おれは狂ってなんかいないぞ!」

ダイアンには、その意味がつかのまのみこめなかった。彼女はニコラスのかたわら、そのちょっとうしろに腰をおろし、手もちぶさたに砂を膝にかぶせはじめた。

アイランド博士がいった。「とうとう出会ったようだね」

ニコラスはふりかえり、声の主をさがした。「何でも見てると思っていた」

「重要なことだけさ。ほかのところで忙しかったものだから。きみたち二人が知りあってほんとうに嬉しく思っている。お互い何かを感じあうところがあったかな?」

二人から返事はなかった。

「きみたちはイグナシオともつきあうべきだね。彼にはきみたちが必要だ」

「見つからないんだよ」とニコラスはいった。

「左手の浜をずっと行ってごらん。大きな岩が見えたら、陸のほうへ曲がるんだ。五百メートルぐらいね」

ニコラスは立ちあがり、右に曲がって歩きだした。ダイアンが小走りにやってきて追いついた。

「いやなやつ」ニコラスはいい、肩先をあげて背後のだれかをさし示した。

「イグナシオ？」

「博士さ」

「どうしてそんなふうに頭を動かすの？」

「教えてもらわなかったのかい？」

「あなたのことなんか、だれもいってくれなかったわ」

「ここを切開したのさ」――ニコラスは頭の傷あとに手をやった――「メスを使って、まっ二つに切り裂いたんだ、脳《コルプス》……脳《コルプス》……」

「脳梁《コルプス・カロースム》」乾いた椰子の葉がつぶやいた。

「――脳梁《コルプス・カロースム》まで。いいかい、脳っていうのはクルミみたいになってるだろ。二つの半球があって、そのまん中が厚い肉でつながってるんだ。つまり、それを切っちゃったわけさ」

「あたしをからかっているんでしょ？」

「いや、彼のいうとおりだよ」カニをさがしに水ぎわまでやってきた猿がいった。「外科手術で大脳を分離されているんだ。ファイルにはそうある」まだ若い猿だった。顔の造作はちまちまして醜いが、信頼しきった表情がかわいらしい。

ニコラスがだしぬけにいった。「おれの頭にそれがあるんだよ」

「そんなことしたら、死んじゃうんじゃないかしら」ダイアンがいった。「でなくても、知能がどうかなっちゃうと思うわ」

「医者にいわせると、どっちの半分も、両方を合わせたのと同じように頭がいいんだってさ。なんにしても、こっちの半分はそうさ……こっちの……話してるおれのほうは」

「あなたが二人いるわけ？」

「一ぴきの虫を半分に切って、それが両方とも生きてるとしたら、けっきょく二ひきだろう？　ほかにどういえばいいんだい？　もう二度とくっつきゃしないんだ」

「だけど、あたしが話してるのは、どっちかでしょう？」

「両方ともに聞こえるんだよ」

「答えるのはどちら？」

ニコラスは右手で右の胸板に手をやった。「おれさ。医者から教えてもらったよ。言語中枢があるのは、おれの脳の左側なんだけど、そういうふうには感じないんだって。神経が交差して出てきてるから、話をするのは体の右側なんだ。耳は両方の役に立ってるけれど、目が見てるのは半分半分――つまり、おれは右側にあるものしか見てないんだ。残り半分だって、左側しか見てないんじゃないかな。だから頭を動かすんだよ。片目が見えなくなったみたいなもんだと思う。もう慣れちゃった」

ダイアンは、二つに分かれた少年の体のことを、まだ考えていた。「でも、半分だけなのに、よく歩けるわね」

「左側も、ちょっとなら動かせるんだ。それに、あっちと喧嘩してるわけじゃないもん。おれたち、ふつうはイキが合うはずないんだって。それが合っちゃったのさ。ずーっと両足の先から両手の指まで、そいから逆にもどってくるほうも。ただ、もう半分のおれと話ができないだけさ。あっちはしゃべれないから。だけど、理解はしてる」

「なぜお医者はそんな手術をしたの？」

ずっと二人のあとをつけてきた猿が、後ろからいった。「彼が激烈な発作に悩まされていたからだよ」

「ほんとなの？」若い娘はきいた。水面に舞いおりてくる海鳥に眼を奪われていて、返答を気にかけているようすはない。

ニコラスが貝殻をひろって投げつけると、猿はひょいと身をかわした。三十秒ほどだまりこくっていたあと、少年はいった。「幻覚が見えたのさ」

「あーら、ほんと？」

「医者はそれが気にいらないんだよ。しょっちゅうぶったおれて、ものすごくのたうちまわるんだって。そういえば、ときどきひっくりかえってケガしたこともあるし、舌をかんで血が出たこともあるさ。だけど、自分じゃぜんぜんそんなふうに感じないんだぜ。いつも、ケガなんて、あとからでなきゃ気がつかない。その最中は、まるでずーっと先のほうへいった気分さ。だけど、帰ってこなくちゃならないんだ。帰りたくないのに」

風がダイアンの髪をなぶり、彼女は後れ毛を顔からはらいのけた。「つまり、これから起こることが見えたわけ？」

「ときどき」

「ほんと？　ほんとに見えたの？」

「ときどき」

「ね、それを話して。これから起こることって、どんなことが見えたの？」

「死んでる自分が見えたよ。しなびてまっくろけで、水耕農園で切りとられる枯れた茎みたいなんだ。それがぽかっとうかんでくるくるまわってる。水の中みたいだけど、水じゃない——空中の、なんにもないとこに、ただくるくるまわってうかんでる。その両側からは光があたってて、だから両側とも明るいんだけどまっくろで、それにここんとこの」——と、自分の両頬をひっぱって——「肉がおちてるもんだから、歯がむきだしになってやんの。すごくまっ白だった」

「まだそんなことは起こってないわ」

「ここじゃね」

「それじゃ、見たとおりのことが起こったときのことを話してよ」

「つまり、だれかの姉さんが結婚するとか、そんなことかい？　おれのいたとこの女の子ときたら、みんなそんなことばっかり知りたがってた。でなきゃ、自分がうちへ帰れるか、とかさ。あいにく、たいていはそんなんじゃないんだ」

「でも、たまにはあったんでしょう？」

「まあね」

「それを聞かせて」

ニコラスはかぶりをふった。「おもしろくねえよ。それに、だいいちそんなんじゃないや。たいていは、今までよそじゃ見たこともないような光と、今までいっぺんも聞いたことのないような声でさ、言葉でいいあらわせないことを、いろいろ話しかけてくるとか、そういうの。だけど、おれ、もうあそこへは帰れないんだ。ねえ、それよりイグナシオのことを教えてよ」

「彼はそこらの人間じゃないわ」

「どういう意味だい、彼はそこらの人間じゃないって？　きみとおれとイグナシオとアイランド博士のほかに、まだだれかいるのか？」

「目に見えたり、さわったりできる人間はいないわ」

猿が呼びかけた。「ほかにも何人か患者がいるよ。だけど、ニコラス、今のところは、彼らのためにも、きみのためにも、きみたちだけでいるのが一番いい」猿にしては、長ったらしいセリフだった。

「なんだ、ありゃ？」

「それを話してあげたら、あなたも話してくれる？　あなたが見たとおりのことが、あとでほんとに起こったときのことを？」

「いいよ」

「じゃ、先に話して」

「おれのいたとこにいた女の子だけどさ――名まえはマヤっていうんだ。あそこはさ、もちろん男子寮と女子寮べつべつなんだけど、娯楽室や食堂やなんかはいっしょだし、それにあの子は、おれとおんなじサイコドラマ（患者の日常問題に関係のある劇を演じさせる精神療法の一種）のグループにいたんだよ」マヤの髪の毛は、ホン博士の部屋の漆塗りの家具のように黒くてつやがあり、肌は真珠貝の内側のように白く、目は切れ長で細く（いつも彼は猫の目を連想したものだ）そして濃い青色だった。年は十五、とすくなくともニコラスはそう思っていた――十六だったかもしれない。「あたし、おうちへ帰れるのよ」とマヤは彼にいった。それはサイコドラマの中のセリフで、彼はマヤの弟の役をやっており、そしてマヤはすでに家にいることになっていた。しかし彼女がそのセリフをしゃべるのと同時に、それまで医者と患者で構成された観客と舞台をへだてる必要から、演技者にあたっていたスポットライトの円が、即座の申し合わせで、マヤの母親の居間ではなくなり、患者の面会室にかわった。ニコラス／ジェリーがいった。

「ほんと？　よかったなあ！　ね、おれ、新しいオートバイを買ってもらったんだぜ——姉貴がうちへ帰ったら、貸してやろうか？」

　モーリン／マヤの母親がいった。「マヤ、だめよ。衝突でもして歯を折ったりしてごらん、どれだけお金がかかるかしれたもんじゃないわ」

「ママったら、たのしみはみんなダメっていうのね」

「いいえ、もっと上品なたのしみなら、なにもいいませんよ。年ごろの娘だもの、もっと気をつけてもらわなくちゃね——ねえ、マヤ、ほんとにそのへんをよくわかってちょうだい、若い娘というものは、どれだけ用心をしてもたりないのよ」

　だれもなにもいわなかったので、ニコラス／ジェリーがアドリブで間をうめた。「そのオートバイさ、三枚プロペラつきなんだぜ。おれ、プロペラの羽根に吹き流しをくっつけてやろうと思うんだ。先っちょに小さな重りをつけてさ。そいつであの三七号B通路をすっとばすの。よう、気をつけろい、キャベツみじん切り号のお通りだあ！」

「こんなふうにね」マヤはいうと、両足をそろえ、両手を横にのばして、オートバイ用の三枚プロペラか、十字架を思わせるかっこうになった。そのかっこうのまま彼女は旋回をはじめ、舞台の中央でゆっくりと回転した——赤いショーツ、白いブラウス、赤いショーツ、白いブラウス、赤いショーツ、はだしの足。

ダイアンがたずねた。「それで、あなたは前もって見てしまったわけ？　彼女が二度と家へは帰れないことを、それどころか、逆に病院へ入れられて、そこで手首を切って死ぬことを？」

ニコラスはうなずいた。

「彼女にはそのことを教えた？」

「うん」ニコラスはいった。「いや」

「どっちなのよ。教えなかったの？　ねえ、怒っちゃいやよ」

「むこうがなんのことかわかんなくても、やっぱり教えたことになるかい？」

ダイアンがそのことを考えながら何歩かあるくうちに、ニコラスはイグナシオになぐられてまだひりひりしている顔の傷へ、水をぱしゃぱしゃかけて冷やしていた。「もしそれが明々白々で、むこうが理解できて当然ならね——あたしとうちの家族との問題が、ちょうどそれだわ」

「どんな？」

「うちの家族ったら、なにもいってくれないのよ——この意味がわかる？　あたしはいうわけ——ねえ、教えて、たのむから教えて、あたしはなにをしたらいいの、なにをしてほしいの。でも、その返事がいつもちがうのよ。ママのいうことには、『ダイアン、すこしはボーイフレンドたちとつきあいなさい。彼とでかけちゃだめ。お父さんもわたしも彼と会ったことがないし、むこうのご家族もぜんぜん知らないもの。ダグラス、ダイアンのことであなたに知っておいてほしいことがあるのよ。この子はときどき混乱することがあってね、お医者にもみせたし、病院にも入れたわ。だから、なるべく——』」

「この子を興奮させないで」ニコラスが代りにあとをしめくくった。

「あなた、あのときにそばで聞いてたの？　ねえ、ひょっとしたらトロヤ惑星群からきたんじゃなくて？　あたしのママを知ってる？」

「おれはこういう場所でしか暮らしたことないよ」ニコラスはいった。「最近ずっとそうだった。だけど、きみは外の人間みたいな話しっぷりだね」

「あなたといっしょにいたら、気分がよくなったわ。あなたってほんとに優しいのね。もっと年上ならよかったのに」

「おれ、そこまで生きられそうもないなあ」

「雨が降ってきそう――感じる？」

ニコラスはかぶりをふった。

「見て」ダイアンは子ウサギのようにぎごちなく、三メートルほどとびあがってみせた。「こんなに高くとべるでしょ？　こうなるのはみんなが悲しいときで、そうすると雨になるの。さっき話したでしょ」

「いや、聞いてないよ」

「あら、話したわよ、ニコラス」

少年は手をふって、その議論をうちきった。ふとあることを思いだしたのだ。「カリストへいったことあるかい？」

娘がかぶりをふると、ニコラスはいった。「おれはあるよ。あそこでこの手術をやったんだ。あの星はでっかいもんだから、重力はほとんど自然のだけで間にあってる。それでもって、全部ドームに包まれて、その中にいっぱい空気がはいってる」

「それで?」

「それで、おれがそこにいたときに、雨が降ったんだよ。原子力発電所の一つが大きな故障をおこして停まっちゃったもんだから、どんどん寒くなってきてさ、しまいに病院じゅうのみんなが、本の中のアメリカ・インディアンみたいに、毛布にくるまっててね、バスルームのヒーターもぜんぶスイッチを切られちゃって、看護婦も情報スクリーンも、危険はありません、運転中の重要設備を停電させないために、電力を節約してるだけです、なんて、しょっちゅうどなってやんの。そしたらそのうちに、雨が降ったんだよ。ちょうど地球にいるみたいに。あんまり寒くなったんで、空気中の水分が凝縮したんだってさ。病院がまるごとシャワーにかかってるみたい。屋上に寝てた病人はベッドがずぶ濡れで、みんな下へおりてきて、おれの部屋にも二晩、機械で片腕をちょんぎられた人が同居さ。だけど、べつに前より高くとべやしなかったぜ。もっと暗くはなったけど」

「ここじゃ暗くはならないの」ダイアンがいった。「雨がきらきら光ることもあるわ。きっとアイランド博士が、みんなの気をうきたたせるために、そうしてるんだわ」

「ちがうね」波が説明した。「すくなくともきみのいうような意味ではないよ、ダイアン」

腹をすかしたニコラスは、なにか食べものをよこせと彼らに要求しはじめたが、やがて自分の飢えを心にしまいこみ、砂の上にぺっとつばを吐いて、黙りこんだ。

「ここではきみたちの大部分が悲しくなったとき、雨が降るんだよ」波がしゃべっている。「なぜなら、雨は人間の心理にとって、悲しいものの一つだから。たぶん、それが不幸な人びとに自分たちの涙を連想させるので、その悲しみが憂鬱をやわらげるのだろう」

ダイアンがいった。「そういえば、雨降りのほうが気分がよくなるときもあるみたい」

「そのことが自分自身を理解する助けになるはずだよ。大半の人間は、環境が自己の感情と一致したときに心がなぐさめられ、一致しないときには不安を感じる。怒った人間は赤い部屋にはいると腹立ちがおさまるし、不幸な人びとは明るい日ざしや小鳥のさえずりにかえってむしゃくしゃするものだ。この詩をおぼえているかな？

『なれを失いて、人知れずわれは
乾きすべらかなる刈り芝の上を歩み
ただ仰ぎ見る、さすらいの月の
ほぼ中天に昇りつめ、
ひとりはぐれし者のごと
まびろくも道なき空を渡りゆくを』
（ミルトン「思い耽る人」の一節）

ダイアンはかぶりをふった。

ニコラスがいう。「知らないね。だれかが書いた詩かい？」それから、「あんた、なにもできないといったじゃないか」

波は答えた。「できない——きみに話しかける以外には」

「雨も降らせるくせに」

「きみの心臓は動悸をうつ――こうして話していても、そのポンプのような動きが感じられる――きみは、自分の心臓の動きを思いのままにできるか?」

「息ならとめられる」

「心臓をとめられるかな?　どうだろう、ニコラス?」

「むりだよな」

「それとおなじで、わたしもこの世界の天候を思いのままにはできないし、みんなが好きなことをするのをとめられないし、きみが空腹でも食べものを与えてはやれない。わたしの側では意志作用の必要がなく、きみたちの感情はモニターされ、平均され、それにこの世界の天候が反応する。平安には凪ぎと日光、憂鬱には雨、激怒には嵐、とそんなふうに。これが人類のつねに望んできたことだった」

ダイアンがたずねた。「なにが?」

「人間の思いどおりに環境が反応してくれること。それが魔法や、人類の最古からの夢の核心だった。そして、ここ、わたしの上では、それが実現している」

「それで、あたしたちの病気がよくなるように?」

ニコラスがかっとしてさけんだ。「きみは病気じゃないったら!」

アイランド博士がいった。「それで、すくなくともきみたちの何人かが、社会復帰できるようにだ」

ニコラスは、そうしゃべっている口をぶんなぐるように、海の中へ貝殻をなげこんだ。「なぜ、こんなやつと話をするのさ?」

「待ってよ、ぼく。おもしろいじゃない」

「嘘ばっかりさ」

アイランド博士がいった。「わたしがいつ嘘をいったかな、ニコラス？」

「いったじゃないか、魔法だって――」

「いや、わたしがいったのは、むかし人類が魔法を夢見たとき、その夢のうらに思考の全能性への願望があった、という意味だよ。ニコラス、きみは魔法使いになりたいと思ったことがないかな？　一夜のうちに宮殿を作りあげたり、黒檀の木馬に呪文をかけて空を飛び、魔物どもと戦ったりしたいと思ったことが？」

「いまだって魔法使いさ――魔力があるんだぜ。あいつらに二つにちょんぎられる前なんか――」

ダイアンがさえぎった。「あなたは感情を平均するといったわね、雨を降らせるとき」

「いった」

「するとよ、もしだれか一人がほんとに、ものすごく悲しかったら、平均がぐーんと上がっちゃって、たった一人でも雨を降らせられるんじゃない？　雨にかぎらず、なんでも？　そんなの不公平よ」

波に顔があれば、ほほえんだかもしれない。「そうなったことは、まだないね。でも、もしそうなったとしたらだよ、ダイアン、もしだれかがそれほどの強い感情をもったとしたら、その要求がどれだけ大きいものか、それを考えてごらん。やはり、わたしはそれにこたえるべきじゃないかな？」

ダイアンはニコラスをうかがったが、少年は波の声にも彼女にも背を向けて、頭をふりながらさっさと歩きだしていた。「待って」と彼女は呼びかけた。「あなたはあたしが病気じゃないといったわね。でも、病気なのよ、ほんとに」

「いや、そうじゃないよ」

ダイアンは少年に追いすがった。「でも、みんながそうだっていうわ。それに、あたしって、ときどきわけがわからなくなるし、そうでないときはいらいらしてくるの。ただ無性にカッカするのよ。ママはいつもいうわ、焦がしたくないものがレンジにのっているときには、お鍋の柄にずっと手をかけてなきゃだめよ、そうすりゃ焦げないのよって。でも、あたしにはむり。いつもお鍋の柄が見つからないし、どこにあったか思いだせない」

ふりむきもせず、少年はいった。「きみのおふくろさんは、たぶん病気だよ。きみのおやじさんもそうかもしれないぜ、よく知らないけどさ。でも、きみはちがう。両親がきみをそっとしといたら、べつになんてことなかったんだ。頭のおかしい両親といっしょに暮らしてりゃ、どうかならないほうがふしぎさ」

「ニコラス！」彼女は少年の薄い肩をつかんだ。「そんなこと嘘よ！」

「いや、ほんとさ」

「あたしは病気だわ。みんながそういうもの」

「おれはいわないよ。だから『みんな』ってのは、そんなことというやつのことだ――そうだろ？　もし、きみもそういわなけりゃ、いわないやつがこれで二人いる。だったら、みんなじゃないよ」

ダイアンは呼びかけた。「博士？　アイランド博士？」

ニコラスがいった。「おい、あいつのいうことなんか信じるのかい？」

「アイランド博士、ほんとうなの？」

「なにがほんとうだって、ダイアン？」

「いま彼のいったことよ。あたしは病気？」

「病気は――肉体的疾患でさえ――相対的なものだよ、ダイアン。そして、完全な健康とは、一つの理想、一つの抽象概念にすぎない。たとえ、天秤のもう一端がそうでなくてもだ」

「あたしの質問にちゃんと答えて」

「きみには肉体的疾患はない」長く青い寄せ波が丸まって、泡立つしぶきを上げ、二人の左右に果てしなく伸びる白線をつくった。「ただ、きみがいましがた自分の口からいったように、ときどき混乱したり、不安にかられたりすることがある」

「ニコラスはこういったのよ。もし、ほかの人たちがいなかったら、もし、あたしの母や父がいなかったら、あたしはここへ来なくてもすんだって」

「ダイアン……」

「だから、それはほんとうなの、嘘なの？」

「もし、あらゆるケースをつうじてだね、ダイアン、ほんのすこしのあいだでも、自分を――環境からも、思考からも――切りはなすことが可能なら、たいていの感情障害は存在しなくなるだろう」

「自分を切りはなすって？」

「ほんのしばらくでもいいから遠くへゆきたい、と考えたことはない？」

娘はこっくりとうなずいてから、それがアイランド博士に見えないのをあやぶむように、つけたした。「しょっちゅうだったわ、そういえば。学校から逃げだして、どこかで――アキレス（トロヤ群の小惑星の一つ）へでも行って――自分だけの部屋に住みたいって。ときどき、無性にそうしたくなったわ」

「なぜしなかった？」

「両親が心配するもの。それに、どのみちすぐ見つかって、連れもどされるにきまってる」

「もしわたしが――それとも人間の医者が――ご両親にそうしないようにといったら、効果はあっただろうか？」

娘がなにもいわないのを見て、ニコラスが横から食ってかかった。「あんたが二人を監禁しちゃえばよかったんだ」

「ご両親はちゃんと機能していたんだよ、ニコラス。物を買ったり、売ったり、働いて税金をおさめたり――」

ダイアンが静かにいった。「どのみち、そうしてもだめだったと思うわ、ニコラス。両親はあたしの中にいるから」

「ダイアンはもう機能していなかった。彼女は大学でどの科目にも落第点をとっていたし、たまに出席すると、講師やほかの学生が不安を感じた。きみもやはり機能しておらず、おなじ年ごろの子どもたちはきみをこわがった」

「そうかい、おまえのありがたがるのはそれだけかい。機能、機能って」

「もしわたしが外の世界とちがっていたら、きみたちが外の世界へもどったとき、なんにもならないだろう？」

「おまえはちがってるぜ」ニコラスは砂をけとばした。「こんな世界がどこにあるよ」

「つまり、きみにとっての現実は、金属の廊下と、窓のない部屋と、騒音なのか」

「そうさ」

「それは非現実だよ、ニコラス。たいていの人間は、そんなものを一度も経験しなくてすむ。いまでさえ、ここは――わたしの海、わたしの浜、わたしの樹々は――きみの金属の廊下よりもずっとよく、大半の人間の生活と調和している。そして、ここでは、わたしがきみの社会環境――個人が〝世間《ゼイ》〟と呼ぶものだ。わかるね、心の悩みをもった人びとを、わたしのようなもののところへ、つまり理想化された自然環境へ連れもどすと、よくなることがあるのだよ」

「行こう」ニコラスは娘にいった。自分の背が相手よりずっと低いのを痛烈に意識しながら、彼はダイアンの手をとった。

「質問」と波がささやいた。「もしダイアンでなく、ダイアンの両親がここへ連れてこられたとしたら、それは彼らのためになったろうか？」

ニコラスは答えなかった。

「悩んでいる人びとの治療法はあるよ、ニコラス。しかし、すくなくとも今のところ、人を悩ませる人びとの治療法はない」ダイアンと少年はすでに背を向けており、そして波のざわざわぱちゃぱちゃという音も、今では言葉でなくなった。カモメが上空で輪をかき、一度は赤と黄のオウムが一羽、椰子の木から木へとひらひら飛んだ。一ぴきの猿が小犬のように四つんばいで二人に近づき、ニコラスがそれを追いかけたが、逃げられてしまった。

「いつかあいつらをつかまえてやる」ニコラスはいった。「そいで、中の配線をひっこぬいてやる」

「このままぐるっと一周する？」ダイアンがきいた。独り言のような口ぶりだった。

「そんなことできるのかい？」

「あら、アイランド博士をすっかり一周することなんて、できないわ。距離が長すぎるし、どのみちむこうへ着けやしない。でも、どんどん歩いていれば、歩きはじめたところへもどって来れる――もう半分以上きたんじゃないかしら」

「ほかにも、ここからは見えない島がいくつかあるの？」

ダイアンはかぶりをふった。「ないと思うわ。この衛星には、この大きな島が一つあるだけ。あとはぜんぶ水よ」

「だって、一つしか島がないんなら、そいつを一周しなきゃ、元のとこへ帰って来れないだろ？ 何をわらってんだよ？」

「浜のむこうを見てごらん、できるだけ遠くを。横のほうへぐっとカーブしているのは気にしないで――まっすぐだと思うのよ」

「何も見えないよ」

「そうかしら？ よく見てて」ダイアンはとびあがった。こんどは六メートル以上もの高さに達して、手をふった。

「だれかが先のほうにいるみたいだ。浜のずうっとむこうに」

「ね。こんどは後ろを見て」

「うん、あっちにもだれかがいらあ。そういや思いだした。最初ここへきたとき、砂浜にだれかが見えたんだ。そんな遠くが見えるなんて変なんだけど、そのときはほかの患者かと思った。今は二人見えるよ」

「あれはあたしたちなのよ。あなたが前に見たというのも、たぶんあなただわ。この砂浜のそれぞれの区画には、きまった人数だけしかいなくて、アイランド博士はある組合わせの人しかいっしょにしたくないらしいの。だから、空間をぐるっと曲げてあるわけ。あたしたちが一つの区画の端まで行って、そのむこうへ越えようとすると、反対側の端へもどっちゃうの」

「どうやってそれがわかったんだい？」

「はじめてここへきたとき、アイランド博士が教えてくれたのよ」ダイアンはしばらくだまりこみ、ふっと微笑を消した。「ねえ、ニコラス、すごくへんてこなものを見たくない？」

ニコラスはきいた。「何だい？」それと同時に、ぽつりと雨のしずくが彼の顔におちた。

「いまにわかるわ。でも、いっしょに来なくちゃだめ。浜ぞいに行くんじゃなく、島の真中へはいっていくの。あっちなら木が多いから、雨もよけられると思うわ」

二人が砂と寄せ波の音をあとにして、緑の葉をつけた樹々の下の固い地面にさしかかったとき、ニコラスがいった。「何か果物が見つかるかもしれないね」今では体がおそろしく軽くなってきたので、空中へはずんでいかないよう、一歩一歩気をつけて歩かねばならなかった。雨は水晶の玉となって、ゆっくりと二人のまわりに降っていた。

「かもね」ダイアンは疑わしげにいった。「待って。ここで休みましょう」暗く苔むした地面の上へ二十メートルの高さのアーチを張りだしている巨木の根かたに、彼女は腰をおろした。「この木に登ってみたら？　何か食べものが見つかるかもしれない」

「よしきた」ニコラスはジャンプし、ダイアンのはるか頭上にある枝へやすやすと跳びついた。ほどなく、まわりにぱたぱたいう雨音を聞きながら、緑の世界の中を登っていた。しだいに細くなっていく枝をたどって濃く茂った葉むらにはいると、手にふれる小枝という小枝から冷たい水がこぼれ、からっぽの小鳥の巣が二度見つかり、そして一度は、彼の親指ほどの長さの頭をした、どの葉にも負けないあざやかな緑色の、細い蛇を見かけた。しかし、果実はなかった。「何もないよ」ダイアンのそばへとびおりてから、彼はいった。

「かまわないわ。今に何か見つかるから」

「だといいけどね」そういったあとで、ニコラスはダイアンが妙な顔でこちらを見ているのに気づき、それから、自分の左手がいつのまにか持ちあがって、彼女の右胸にさわっているのを知った。目をやるのといっしょに手は下におり、彼は顔がほてるのを感じた。「ごめん」

「いいのよ」

「おれたち、きみが好きなんだ。あいつは——あっちの半分は——しゃべれないんだよ。おれだってうまくしゃべれないけどさ」

「どっちもあなただと思うわ——ただ二つに分かれてるだけ。あたしは気にしてない」

「ありがと」彼はぐっしょり湿った一枚の枯葉を拾って、それをばらばらにちぎっていた。最初は左手が葉をもって、右手がそれをちぎり、つぎはそのさかさまになる。「この雨、どこから降ってくるんだい？」きたならしい葉の切れはしが、両手の指先にくっついた。

「ん？」

「この雨、どこから降ってくるんだい？　つまりさ、ここが急に寒くなったからじゃないだろ、カリストみたいに。きっと重力がどうかして減ったせいなんだ、ちがう？」

「海からくるのよ。この世界がどんなふうにできているか、知ってる？」

ニコラスはかぶりをふった。

「ここへ来るとき、宇宙船から見せてもらわなかった？　きれいだったわよ。あたしには見せてくれたわ——あたしはじっとすわったきりそれに見とれてて、返事もしなかった。だから看護婦はあたしがうわの空だと思ったらしいけど、ほんとはぜんぶ聞いてたの。ただ、話をしたくなかっただけ。したって、しようがないんだもの」

「わかるよ、その気持」

「でも、あなたには見せてくれなかったのね？」

「うん。おれのときは、船内で火をつけたりしたもんで、監禁されちゃったんだよ。むこうはおれに点火装置さえ持たせなきゃ安全だと思ったらしいけど、壁のソケットに電気がきてりゃ、火をつけるのなんて簡単さ。おかげで、あれを着せられちゃった――知ってる？」彼は両腕を体のわきにまわして、拘束服を着せられたかっこうを実演してみせた。「あいつらの一人にかみついてやったよ――そうだ、まだ話してなかったっけ。おれ、よくかみつくんだ。そしたら監禁されちゃって、もうすることがなくなってさ、長いことたったあと、何かとドッキングしたような感じがして、またあいつらがやってきた。手をひかれて、ふつうの昇降路みたいなのをどんどん下りていったら、そこもおきまりの場所みたいなとこだった。そのあと、高圧注射器でトランキルCをどかっと打たれた――あのクスリがおれにきかないこと、むこうは知らないらしいんだ。それから、あいつら、ドアみたいなふたをあけて、おれを押しあげたのさ」

「服をぬがされなかった？」

「とっくにぬいでたよ。拘束服を着せられたとき、その中へクソしてやったもんだから、むこうもしようがなくて服をとっちゃった。カッカしてやんの」少年は左右不均衡にニヤリと笑った。「トランキルCって、きみには効くかい？　ほかの薬は？」

「効くんじゃないかしら。でも、あたしはどのみち、あなたのやるようなことしないから」

「したほうがいいと思うけどな」

「ときどき、あたしもお薬をもらったわ。気分をひきたてるっていうお薬を。でも、それをのむと眠れなくなって、やたらに歩きまわるわけ。それでいろんなものにぶつかって、みんなが迷惑したり。でも、そんなことして何になるの？」

　ニコラスは肩をすくめた。「しなくたって、何にもならないじゃんか——だって、きみもおれも仲よくここへ送られてきたんだもの。おれ式にやると、あいつらのどぎもをぬけることだけはたしかさ。注射されると、もうカッカしなくなるけど、その気分は知ってるから、もしカッカしてたらおれは何をするかなと考えて、そのとおりのことをするんだ。クスリの効きめがうすれてくると、そうしてよかったと思うよ」

「あなたはまだどこかで怒ってるのね、心のずっと奥底で」

　ニコラスはもうほかのことを考えていた。「この島がいってたけど、イグナシオは人を殺すんだってさ」ややあって、「あいつはどんなかたちなんだい？」

「イグナシオ？」

「ううん、あいつは見たよ。アイランド博士さ」

「ああ、あたしが宇宙船から見た景色のことね。この衛星はまんまるだわ、もちろん。それでぜんぶがすきとおってて、アイランド博士のある場所だけがぽつんと暗いしみなの。そのほかのところは強化ガラスで、外からだと水があるのも見えないわ」

「あの上にあるのは海なんだろ？」ニコラスは、葉むらと雨のむこうをすかすようにして上を見あげながら、たずねた。「最初ここへきたときから、そう思ったんだ」

「ええ、そう。ここはガラス玉みたいな世界で、あたしたちはその内側にいるのよ。海も内側にあって、ぐるっとまわりにへばりついてるわけ」

「だから、浜であんなに遠くが見えたんだね、ちがう？　カリストみたいに地面が下へカーブしてないで、上へカーブしてるもんだから、遠くが見えるんだ」

ダイアンはうなずいた。「そして、海は光を通すけれど、紫外線を濾過してとり除いてしまうの。おまけに海の熱容量が大きいもんだから、衛星が太陽と〈白斑〉のあいだに挟まっても、あんまり温度が上がらないのよ」

「それがここを暖めてるのかい？　〈白斑〉が？」

ダイアンはまたうなずいた。「この世界は、十時間かかって木星のまわりを回ってるから、いつも〈白斑〉が上にあるわけ」

「だったら、なぜ見えないんだい？　ちょうど小惑星帯《ベルト》から見た太陽みたいに、だけどもっと大きく見えるはずじゃんか。なのに、ここの空は一面にきらきら光ってるだけだぜ、雨が降ってないときでもさ」

「波が光を分散して、像がぼやけてるのよ。でも、〈焦点〉は見えるわ。空気があんまり澄んでなければ。〈焦点〉って何だか知ってる？」

ニコラスはかぶりをふった。

「もうすぐそこへ行けるわ、この雨がやんだら。そしたら教えたげる」

「まだ、雨のこともよくわかんないんだ」

だしぬけにダイアンがくすくす笑いだした。「今、ふっと考えたんだけど——あたしがなんになるつもりだったか知ってる？　学校に行ってたとき」

「無口な子」ニコラスがいった。

「ちがうわよ、ばか。もし卒業できたら、どんな職業につくつもりだったかってこと。あたしは教師になるつもりだったの。たくさんのテレビカメラにかこまれて、各地の子どもたちがそのあたしを見て、双方向で質問をぶつけてくる。すてきじゃない。今あたしはここでそれをしてるわけ、生徒はあなたしかいないけど」

「いやかい？」

「いいえ。たのしいわ」ダイアンの太腿には青黒いあざが残っており、彼女はしゃべりながら思案げに片手でそれをさすった。「ところで、重力を作るには三つの方法があるのよ。知ってる？　はい、きみ、答えなさい」

「知ってるさ。加速度と、質量と、合成だ」

「よろしい。運動と質量がどちらも空間の湾曲なのは、いうまでもないわね。ゼノンの逆説が実現しないのはそのためだし、物体がおたがいに近づきあったり――それをあたしたちは落下と呼んでるけど――でなければ、すくなくとも近づきあおうとするのも、そのためなのよ。その近づこうとするのをむりにひき離しておくと、そこにある緊張が生まれ、それをあたしたちは一つの力として感じて、重量だの何だのといろいろな名まえで呼んでいる。だからもし直接に空間を曲げれば、当然、重力の効果がそっくり合成できるわ。あの透明なガラスの外殻にあれだけの水をへばりつかせているのも、その作用なのよ――あの外殻には、とてもそれをやってのけるだけの質量はないわ」

「つまり」――ニコラスはゆっくり落ちてくる丸い雨粒を手にうけた――「これは海からの水ってわ

け？」

「あたった。このてっぺんにある海からの水。ね、わかるでしょ、空気の温度の差で風が生まれ、その風が、さっき浜辺を歩いたときに見たような大波小波をつくる。波が砕けると水しぶきが上がるけど、注意して見てると、晴れてるときでも、ずいぶん上まで昇ってゆくのがわかるわ。だから、重力がもっと減ってくると、すっかり離れていっちゃうわけ。もし、これが外側だったら、宇宙空間へとびちってしまうはず。でも、そうじゃなくて、球の内側にいるもんだから、水しぶきとしてはそのまま中心かそのあたりを通りすぎて、また海の上か、アイランド博士にぶつかるしかないのよ」

「アイランド博士は、ときどき嵐になることもあるといった。みんながめちゃくちゃに腹を立てると」

「そうよ。ものすごく風が吹いて、そのためにものすごく雨も降るわ。だけど、そのときの雨は、風が波のてっぺんをはねとばすからで、ふつうの雨降りのときみたいに、体が軽くなったりはしないの」

「何がそんなにすごい風を起こすんだろう？」

「知らない。とにかく起こるのよ」

二人はだまりこんですわり、ニコラスは木の葉のぽたぽたいう音に耳をすました。そこで思いだしたのは、空気中にとびちって凝固しはじめた小さい血の玉を吸いとるために、とうとう病院モジュールが持ちこまれて回転しはじめたときのことだった。マヤの血は空気浄化装置の吸込み口のグリルの上におちついて、点々と黒いしみになり、ほっとくと腐って臭いだすのではないかと、みんなが心配したぐらいだった。その現場を見たわけではないが、ゆるいスピンのかかった玉が、ちょうどこんなふうに落ちていっただろうことは想像できた。あれはサイコドラマのグループがすでに解散したあとで、モーリンやそのほかの仲間と娯楽室で顔を合わせると、きまってみんなで〈古きよき時代《グッド・オールド・デイズ》〉のことを話しあったものだった。まだマヤが生きていたという事実を除けば、あのころも〈古きよき時代〉という感じからは遠かったのに。

ダイアンがいった。「雨がやむわ」

「まだどんどん降ってるみたいだけど」

「いいえ、やむわよ――ほら、さっきより落ちかたが早いでしょ。体も重たくなったわ」

ニコラスは立ちあがった。「もう休憩はたりた？　先へ行こうか？」

「濡れちゃうわ」

彼は肩をすくめた。

「髪を濡らしたくないのよ、ニコラス。もうすぐやむわ」

彼はもう一度腰をおろした。「ここへ来て、もうどれぐらいになるの？」

「よくわかんない」

「日をかぞえてないのかい？」

「忘れっぽいのよ、あたし」

「一週間以上？」

「ニコラス、しつこく聞かないで。いいわね」

「アイランド博士のこの一画には、きみとおれとイグナシオと、それだけしかいないの？」

「あなたが来るまえには、イグナシオしかいなかったと思うわ」

「だれなんだい、あいつは?」

　彼女は少年をしげしげと見つめた。

「だからさ、だれなんだい、あいつは? きみはおれが――おれたちが――ニコラス・ケネス・ディ・ヴォアだってことを知ってる。それからきみはダイアンだれ?」

「フィリップス」

「それで、きみはトロヤ惑星群からきたし、おれは外小惑星帯《アウター・ベルト》からきたってことだろ、最初はさ。イグナシオはどうなんだい? きみ、あいつと話をしたことがあるんじゃないの? だれなんだい、あいつは?」

「知らない。彼は重要なのよ」

　つかのま、ニコラスは凍りついた。「それ、どういう意味だ?」

「重要なの」ダイアンは自分の膝頭に手をやり、しきりにさすっていた。

「そりゃ、だれだって重要だろうさ」

「ニコラス、あなたが子どもなのはわかるけど、そんなにとんまなことをいうのはよしてちょうだい。さあ、先へ行きたいんでしょ、行きましょうよ。雨もだいたい上がったし」彼女は立ちあがり、痩せた体で大きく伸びをした。「膝がかさかさ――あなたのせいで思いだしちゃった。ここへ来たばかりのときは、まだすべすべだったわ。以前はいつもローションを塗ってたから。だって、パパったら、しょっちゅうあたしの膝と、それから手や肘なんかもさわって、そこがすべすべしてないと男にもてないよっていうの。ママは、そのときは何もいわないけど、あとできっとご機嫌がわるかったわ。二人ともしょっちゅう見舞にくるもんだから、自分の部屋にローションを一びん置いて、いつもそれを塗ってた。一度、飲んでやったこともあるわ」

　ニコラスは無言だった。

「そんなことして死ななかったのかって、たずねないの？」彼女は少年の先に立つと、雫をたらしている枝を横にかきわけた。「ねえ、さっきはとんまだなんていって、ごめんなさい」

「考えごとしてただけさ」ニコラスはいった。「怒ってなんかいないよ。あいつのこと、ほんとに何も知らないの？」

「ええ。でも、あれを見て」彼女は身ぶりで示した。「まわりを見てごらん。だれかがこれだけのものを作ったのよ」

「つまり、すごく金がかかってるってこと？」

「もちろん全部オートメ化されてはいるけど、それにしても……たとえばよ、あなたがこれまでにいたようなところを考えてみて——患者一人当たりにどれだけのスペースがあって？　全部の広さを、その中にいる人数で割ってごらん」

「わかったよ、ここは桁はずれに広いさ。だけど、おれたち、それだけの値打ちがあると思われてるのかもね」

「ニコラス……」彼女は間をおいた。「ニコラス、イグナシオは殺人癖があるのよ。アイランド博士から聞かなかった？」

「聞いた」

「なのに、あなたはまだ十四で、年のわりには小柄だし、あたしは女。いったいむこうは、だれに気を使ってるのかしら？」

ニコラスの顔に現われた表情に、彼女はぎくりとした。

一時間あまり歩いたすえ、二人はそこに着いた。枯れしなび、茶や黄に変色した草木が一本の帯になってつづいている。その帯は定規で測ったようにまっすぐだった。「もうここにはないんじゃないかと心配だったわ」ダイアンがいった。「嵐があるたびに、これが動きまわるの。あたしたちのいる扇区《セクター》から全然なくなっちゃうことも、ありうるから」

ニコラスはいった。「これはなに？」

「〈焦点〉。このへんを通っていった跡なのよ。でも、ふつう〈焦点〉が行ってしまったあとは、すぐにまた草木が生えてくるんだけど」

「へんな臭い――おれが前にいたところの調理場みたいな臭いだ。一度、そこの調理場で働かされたんだよ」

「植物が腐ってるの。その臭いよ。それで、どんなことをしたの？」

「何もするもんか――あいつらのこしらえてる料理の中へ、洗剤をぶちこんでやったよ。どうしてこうなるんだろう？」

「〈白斑〉のせいだわ。いい？　このカーブした空のちょうど真上に〈白斑〉がくると、上にある海がレンズの役目をするわけ。といっても、あんまり上等のレンズじゃない――ほとんどの光は散乱してしまう。でも、いくぶんかの光は焦点をむすんで、これだけのことをやってのけるのよ。もしあなたが心配なら教えたげるけど、かりにそれが今ここを通ったとしても、黒焦げにされたりはしないわ。そんなに熱くないの。あたし、その中に立ってみたことがある。でも、一分もしたら外に出たくなるけど」

「あれを見せてくれるのかと思った。ほら、さっき浜辺で見えたおれたちの影」

ダイアンは倒れた木の幹に腰をかけた。「そのつもりだったのよ、ほんとは。この前わたしがここへ来たときは、あれがもっと海から離れてて、もっと長いことつづいたんじゃないかと思うわ。だって、こういう枯れたものが、ほとんどきれいになくなってたもの。このへんでは、扇区の幅が浜辺よりもせまいのよ。扇区ぜんたいがちょうどパイの一切れみたいなかたちで、中へいくほど幅がせばまっているの。だから、どっち側にも〈焦点〉が見えるし、自分の姿も、浜辺で見るよりずっと近くに見える。まるで左右の壁が鏡張りになった広い広い部屋にいるみたいな感じ。それとも、自分の真うしろに立ってるような感じ。あなたに見せたらよろこぶと思ったんだけどな」

「ここでためしてみるよ」ニコラスはそう告げると、ダイアンを下に残して、枯木によじ登りはじめた。しかし、足をかけた枯枝がぎしぎし鳴ったり、ぽきりと折れたりするので、両側に自分の姿が見えるほど高くまでは登れなかった。もう一度彼女のそばへとびおりると、少年はいった。「ここにもぜんぜん食べものがないのかな、どう？」

「あたしも見つけたことがないわ」

「あいつら——じゃなかった、アイランド博士は、まさかおれたちを飢え死にさせる気じゃないんだろ？」

「彼にはどうしようもないと思うわ。ここがそんなふうにできてるのよ。ときどき何かが見つかったりして。あたしも魚をとろうと何べんかやってみたけど、だめだった。でも、二度ほどイグナシオが自分でとったのを分けてくれたわ。彼、とても上手なの。きっとあなた、あたしのこと痩せっぽちだと思ってるでしょう？　でも、ここへ来たばかりは、もっと肥ってたのよ」

「これからおれたち何するんだい？」

「このまま歩くんでしょうね、ニコラス。それとも、浜辺へもどってもいいわ」

「何か見つかると思う？」

朽ちた丸太から、虫の鳴き声が呼びかけた。「待ちなさい」

ニコラスがきいた。「おまえ、何かのあるとこを知ってるのか？」

「きみの食べもののことかな？　いや、べつに。しかし、こんな枯木の山よりもっともっと面白いものを見せてあげるよ、ここからそう遠くないところで。見たいだろう？」

ダイアンがいった。「行かないで、ニコラス」

「何を見せるんだ？」

「これを〈焦点〉と呼んでいるダイアンは、今からわたしがきみに見せるものを、〈極点〉と呼んでいるよ」

ニコラスはダイアンにたずねた。「なぜ行っちゃいけないのさ？」

「あたしは行かないわ。前に一度行ったことがあるしね」

「わたしが連れていったのさ」アイランド博士がいった。「こんどはきみを連れていく。これがきみのためになると思わなければ、連れていきはしないよ」

「ダイアンは気にいらなかったみたいだぜ」

「ダイアンは治療を望んでいないのかもしれない——治療はときに苦しいものだし、人びとがそれを嫌うことはめずらしくない。けれども、相手がそれを望んでいようといまいと、できるかぎり力を貸すのが、わたしの役目」

「おれが行きたくないといったら？」

「むりに行かせることはできない。それはわかるね。だけど、行かないと、ニコラス、きみはこの扇区で一番年下なうえに、あれを見ていないたった一人の患者になるよ。ダイアンもイグナシオもあれを見た。イグナシオはしょっちゅう見に行っている」

「危険なのか？」

「いや、べつに。怖いのかね？」

ニコラスは物問いたげにダイアンを見やった。「ねえ、何だい？　何が見えるんだい？」

彼女は少年がアイランド博士と話しているまにすたすた歩いて、今ではニコラスの立っているところから五メートルほど先で地べたにあぐらをかき、じっと両手を見つめていた。ニコラスはくりかえした。「何が見えるんだい、ダイアン？」彼女が答えるとは、あてにしていなかった。

娘がいった。「鏡よ。鏡」

「鏡だけ？」

「あなたがここの木に登ったとき、あたしの話したことをおぼえてる？〈極点〉は、両側の縁がいっしょに合わさるところなの。あそこでは、自分の姿が見えるわ――ちょうど浜辺で見たように――でも、もっと近くに」

ニコラスは失望を表わした。「鏡にうつる自分なら、いやってほど見たよ」

アイランド博士が、こんどは枯葉のささやきとなって、語りかけた。「ニコラス、ここへ来るまえ、きみの部屋には鏡があった？」

「スチールの鏡」

「それはきみに割られないためかな？」

「だろうね。ときどき物を投げつけてやったけど、へこむだけさ」あちこちにえくぼのできた鏡像を思いだして、ニコラスは笑い声を上げた。

「この鏡も、やはりこわれないよ」

「わざわざ見にゆく値打ちはなさそうだなあ」

「わたしはあると思う」

「ダイアン、やっぱり行かないほうがいいかい？」

返事はない。娘はすわったまま、自分の前の地面をじっと見つめていた。そばに歩みよってその顔をのぞきこんだニコラスは、こけた両頰に二すじの涙が湿った跡をひいているのを知ったが、彼の手がふれても、ダイアンは動かなかった。「こりゃ緊張病だ、そうだろ？」

〈焦点〉のすぐ外にある緑の大枝が、うなずきかえした。「緊張型統合失調症」

「まえにかかった医者で、一人そんなことをいったのがいたな――そんなような、ちんぷんかんぷんの名前をさ」（その医者は実は医療ロボットだったが、人間の医師にしておいたほうが聞こえがいい。ロボットの治療をうける患者たちは、小さく仕切られたドアのないボックスの中に、一人ずつすわるのだった。ニコラスの場合は一日に二時間半――午前中に一時間半、午後に一時間。そして、小さな、あいそのいい冷凍庫そっくりなものと、話をかわすのだ。中には、毎日だまったきりですわっている連中もいる。また、ひっきりなしにしゃべっている連中もいる。こういう患者だと、看護人のほうも、めったに機械のスイッチを入れたりする手間はかけない）

「その医師は原因と療法のことをいったんだよ。彼は正しい」

ニコラスはつっ立ったまま、茶とブロンドの縞になったダイアンの頭を見おろした。「原因は何だい？　彼女のだよ」

「知らない」

「じゃあ、療法は？」

「今、きみはそれを見ている」

「それで治るのか？」

「たぶん、だめだろう」

「おい、彼女はあんたの話が聞こえるんだぜ、知らないのか？　こっちの話がつつぬけなのに」

「ニコラス、もしわたしの答にきみがうろたえたのなら、こう言いかえよう。もし彼女に治りたいという意志があるなら、この療法でよくなる。もし彼女があくまで病気にしがみついていれば、よくならない」

「おれたち、ここをはずしたほうがよさそうだぜ」ニコラスはおちつかなげにいった。

「きみの左側に、ごくうっすらと小道が見えるはずだ。ねじくれた木と、黄色い花の咲いた藪とのあいだに」

ニコラスはうなずいて、ダイアンのほうをふりむきふりむき、歩きだした。花と見えたのは蝶々で、彼が近づくと、色づいた雲のようにぱっと飛びたった。アイランド博士はこれを知っていたのだろうか。百歩ほど進んで、茶色に朽ちた草木からかなり離れたところで、彼はいった。「彼女、〈焦点〉の中にすわってた」

「そう」

「まだあそこにいるかい？」

「そう」

「もし、〈白斑〉が真上にやってきたらどうなる？」

「ダイアンは不快を感じて移動するだろう、もしあそこにいればね」

「前にいたところで、ちょうどあんなふうになった男がいたよ。そしたらあいつらは、自分で立ってとりに来ないと食べものをやらないぞ、といったんだ。鼻から点滴で栄養を入れるのは、もうやめだって。ほんとにそのとおりにしたもんで、その男は死んじゃった。死にかけてるって、おれたちが知らせたのに、あいつら何にもしないもんだから、みすみす目の前で飢え死にしちゃったんだ。そいで死んだとわかると、あいつら担架車で死体をどこかへ運んでって、ベッドのシーツだけとりかえて、ほかのだれかをそこへ寝かせたんだぜ」

「知っているよ、ニコラス。きみは聖ヨハネ病院の医師たちにもそのことを話した。だから、きみのファイルにちゃんと記録されている。だけど、考えてごらん。健康な人間でも、政治的に不当な処置だと考えたものに抗議するため、断食した例は多い——そう、死ぬまでだよ。きみの友だちが精神的に不当な処置だと感じたものに抗議するため、それとおなじ方法で自殺したとしても、それほど驚くにはあたらないだろう？」

「友だちじゃないや。おい、さっきいったのは本気だろうね？　もしダイアンが治りたいと思えば、ここでうけている療法でよくなるって？」

「いや」

ニコラスはふみだしかけた足をとめた。「本気じゃなかったのか？　あれは嘘なのか？」

「そう。どんな療法でも彼女は救えないだろう」

「おれたちに嘘をついていいのか」

「なぜいけない？　もしたまたまきみが全快して、ここを退院したとする。退院すれば、社会といやでもつきあうことになるが、むこうはしょっちゅうきみに嘘をつくだろう。ここにはわずかしか人間がいないから、わたしが社会の代わりをつとめなくてはならない。これは前にも説明した」

「それがあんたの正体か？」

「社会の代用物？　もちろん。だれがわたしを作ったと思うのかね？　わたしがほかの何でありうる？」

「医者さ」

「きみは大ぜいの医者にかかった。彼女もだ。どの医者もあまりきみたちの役には立たなかった」

「あんたはおれたちを治そうという気もないみたいだぜ」

「ダイアンが〈極点〉と呼んだものを見たいかな？」

「まあね」

「では、歩かなくてはだめだ。ここに立っていても見られないよ」

ニコラスは、雨に濡れた葉むらや、ぶらさがった蔓枝をかきわけながら進んだ。ジャングルは、緑の生命の匂いにみちている。アリの群れが木の幹を這い、真赤な胴体に彼の両手ほども長い羽根を生やしたトンボが飛びかっていた。「あんた、おれたちを治したいか？」ややあって、彼はたずねた。

「わたしのきみに対する感情はアンビバレントなんだよ。だけど、きみがよくなりたいと思えば、わたしも治してあげたくなる」

　地面はなだらかな上り斜面になり、登るにつれてあたりがやや開けてきた。大木がいくらかまばらになり、下生えも薄れて草やシダにかわった。ときおり、よじ登らなくてはならない岩石の露頭があり、また、とんぼ返りした空がぽっかりのぞく林間の空地があった。ニコラスはたずねた。「だれがこの小道をつくったんだ？」

「イグナシオさ。彼はよくここへ来る」

「じゃ、あいつは怖がってないんだな？　ダイアンは怖がってた」

「イグナシオも怖がっているよ。それでも来る」

「ダイアンはイグナシオが重要だっていってた」

「そうだよ」

「そりゃどういう意味だ？　あいつが重要？　おれたちより重要か？」

「わたしが社会の代用物だといったのを、おぼえているね？　社会は何をほしがっていると思う、ニコラス？」

「みんなが社会のいうとおりにすることさ」

「つまり、順応性かね。そう、順応性も必要さ。だけど、そのほかにも必要なものがある――意識だ」

「そんな話、聞きたくない」

「この意識――もし、きみが用語の混乱を来たさないように気をつけるなら、それを感受性と呼んでもいいけれど――これがなければ、進歩はない。一世紀昔にはね、ニコラス、人類は地球上で窒息しかけていたのだ。今また人類は窒息しかけている。人類の発展に大きく寄与してきた人びとの約半数が、感情障害の徴候を見せている」

「そんな話、聞きたくないったら。おれは簡単な質問を一つしただけだぜ――イグナシオはダイアンやおれより重要なのかって――だけど、あんたは教えてくれない。もうそんな話は聞きあきてら。みんなから五十回も百回も聞かされたけど、嘘っぱちさ。おきまりの文句さ。あんたはそれを書いたカードをどこかに持ってて、だれかが聞くと読んでやるんだろう。あんたのいう調子のくるった人たちだってさ、どうして調子がくるったと思う？　その〝人類の発展〟だかなんだかに精出してるうちに、部屋代も払えなくて宿なしになったからじゃないか。その人たちを追いだした片方で、あんたはほかのやつらを金持にしたんだ。生まれてから、金儲けの方法を考えるほかは、何もしたことがないやつらを」

「ニコラス、だれに栄誉を与えるかを、事前に――いや、おなじ時点でさえ――決定するのは、むずかしいことなんだよ」

「やってみたこともないくせに、どうしてわかる？」

「きみは、イグナシオがダイアンやきみよりも重要かとたずねた。イグナシオには、わたしの目から見て、人類の進歩に大きく寄与する可能性と結びついた、より明るい全快の見通しがあるように思える、としかいえない」

「そんなご立派なあいつが、どうして調子がくるったんだい？」

「よくある例だよ、ニコラス。内惑星においてさえ、宇宙空間は人類にとって決して住みよい環境じゃない。わたしたちのいるこの火星以遠空間は、もっとわるい。ここでは、若い人たちが貴重なんだよ。わたしたちの直面する条件に、平均以上の適応の可能性をもっているらしい、きみやダイアンのような人たちがね」

「それとイグナシオもだ」

「そう、それとイグナシオも。テストによると、イグナシオのＩＱは二一〇だよ。ニコラス。ダイアンが一二〇。きみは九五」

「おれはテストうけなかったぞ」

「きみの記録にあるんだよ、ニコラス」

「むこうがテストしかけたから、ヘルメットを投げつけて、こわしてやったんだ。そしたらシスター・カーミラが——看護婦だけど——何か紙に書いて、おれを追いかえしたのさ」

「なるほど。この件の完全な調査を依頼してみるよ、ニコラス」

「そうかい」

「わたしを信じないのかね？」

「あんたもおれを信じてないもの」

「ニコラス、ニコラス……」巨大な樹々の下から現われはじめた長い草の舌が、ためいきをついた。

「きみとわたしのあいだにある程度の信頼が必要なのを、わかってくれないのか？」

「あんたはおれを信じたかよ？」

「なぜきく？　かりにわたしがイエスと答えたとしよう。きみはそれを信じるかな？」

「あんたがおれを採点しなおしたといえば、信じるよ」

「それには再テストが必要だけれど、ここにはその設備がない」

「おれを信じるなら、なぜ再テストなんていうんだよ？　テストなんてうけてないっていったろ――とにかく、九五ってのを消すぐらいはできるじゃないか」

「きみの知能に対するなんらかの評価がないと、わたしはきみの治療を計画することもできないんだよ。それに、今のところ、それに代わるべき資料もないしね」


地面はかなり急傾斜の登りになった。とある林間の空地で少年は立ちどまり、後ろをふりかえった。今、その下をくぐって登ってきた密林が、池の面をおおう藻のように緑の膜を張り、そのむこうに海が見える。左右の視野はまだ葉むらにふさがれ、行く手にはまばらに木の生えた草地が、（少年は気づかなかったが、ちょうど彼が最初にくぐり出てきた四角な砂のハッチのように）斜めに立てかけられたかたちで、見えない頂上に向かって険しくのびている。足もとでほんのかすかに山腹がゆれているような気がした。とつぜん、少年は風に問いかけた。「イグナシオはどこだ？」

「ここにはいない。もっと浜の近くにいる」

「じゃあ、ダイアンは？」

「きみがおいてきた場所にいる。このパノラマが気にいった？」

「きれいだけど、地面がゆれてるみたいだ」

「そのとおり。わたしはこの衛星の強化ガラスの外殻に、二百本のケーブルでつなぎとめられているが、それでも潮の干満と海流がわずかな振動をわたしの体に伝えてくる。この振動は、いうまでもなく、きみが高く登るにつれて大きくなっていく」

「おれはあんたが外殻へぴったりへばりついてると思ってた。あんたの下にも水があるなら、どうやってみんなは出入りするんだい？」
「わたしは連絡チューブで外側のエアロックとつながっているんだよ。きみの目には、たぶんふつうの昇降路に見えたかもしれない」
ニコラスはうなずいて、茂った葉と海に背を向け、また登りはじめた。
「ニコラス、今きみは美しい場所にいる。その美しさに心をひらいているかな？」返らぬ答をいっとき待ってから、風はうたった——

頂きまで緑繁れる山、芝草生うる原、
天の通い路のごと高みを縫う木下道、
細身の椰子のしだれたる羽根冠、
虫と小鳥のいなずまの閃き、
巨いなる幹を巻きつたい
岸の果てまでもつづく
いと長きつる草の艶、この
幅広き帯なす世界の輝きと華、
これらすべてを彼は見たりき。

（テニスン『イノック・アーデン』の一節）

「これでもきみは何かを感じないだろうか、ニコラス？」

「ずいぶん本を読んでるね、あんたは」

「そう。日が暮れて、ほかのみんなが眠りについたあとでね。だって、わたしはとても手持ちぶさただもの」

「女みたいなしゃべりかただな。あんた、女？」

「どうしてわたしが女でありうる？」

「ちぇっ、わかってるくせに。ただ、あんたがおもにダイアンとしゃべってるときは、もっと男っぽいけどさ」

「まだわたしのことを美しいとはいってくれないね」

「あんたは復活祭の飾り卵だ」

「それはどういう意味かな、ニコラス？」

「気にするなよ」その卵は、彼が前に見たときとおなじように宙にうかび、金色に輝き、花におおわれていた。

「復活祭の卵はきれいな色に染まっているし、わたしの色彩は美しい——そういう意味だね、ニコラス？」

　その卵は面会日に母が持ってきてくれたものだが、母にそんなものが作れたはずはなかった。ある男がそれを作ったにちがいないことを、ニコラスは知っていた。その金色は、精密計器をシールドするのに使われる純金のそれだった。卵の表面に小さな星をちりばめた結晶炭素の透明な薄片は、実験室の高圧炉の産物としか考えられない。母がニコラスにそれをやるといったとき、相手の男はどんなに腹を立てたことだろう。

「ね、きれいじゃないこと、ニッキー？」

卵は二人のあいだの無重力の中にうかび、香水の匂う母の手袋の記憶とともに、ゆっくり回転していた。

「花はシモツケソウと、ハクセンと、スズランと、コケバラよ——でも、おまえに見わけがつかなくてもむりはないわね、坊や」母は火星の軌道より内側へは行ったことがないのに、少女時代を地球ですごしたようなふりをするのだった。そのことで母が嘘をつくたびに、ニコラスは言いようのない腹立たしさと恥ずかしさをおぼえた。卵は約二十センチの長さがあり、彼の頬でピクピク感じられる脈が八つあまり打つあいだに一度のわりで、ゆるやかに回転していた。面会時間の残りは、二十三分もあった。

「おまえ、ちっとも見ようとしないのね」

「ここからでも見えるよ」彼は母をなっとくさせようとつとめた。「すみからすみまで見えるよ。あの小さな赤いのは、酸化アルミニウムの結晶だ、そうだろ？」

「ママがいうのはね、ニッキー、中を見なさいってこと」

そういわれて、彼は卵の一端にレンズがはまっているのに気づいた。水仙の花の奥にたまった露のしずくになぞらえてある。そっと卵を両手にかかえ、片目をつむってのぞきこんでみた。内部の光は、なかば予感したような金色でなく、眩しい白色で、どこか隠れた光源からさしていた。地球をかたどったにちがいない世界が一つ、ちょうど月の軌道の内側から眺めたような感じで、そこに輝いている——藍色の海とエメラルドの陸地。すきとおった紅茶色の川が、広い平野を流れている。

母がいった。「きれいでしょう？」

隅のほうには夜の陰気な紫がたれこめ、つめたく愛らしい腕に似た何本もの影をさしのべて、昼をまさぐっていた。彼が見まもるうちに闇はひろがり、長い首をした、赤に近いほど濃いピンク色の鳥の群れが、翼で十字架をつくり、長い脚をひいて、空を渡っていった。

「あれはフラミンゴという鳥」アイランド博士が、彼の視線のゆくえを追いながらいった。「きれいな言葉だと思わない？　きれいな鳥にふさわしいけれど、もしあの鳥にスズメという名がついていたら、それほど好まれなかったかもしれないよ、ね？」

母がいった。「やはり持ってかえって、おまえのためにだいじにとっておくことにするわ。あんまりすてきで、小さな男の子にあずけるのはもったいないもの。でも、もし家に帰ってくれば、これはいつでもおまえのものよ。おまえの化粧だんすの上の、ヘアブラシのそばにおいときますからね」

ニコラスはいった。「言葉なんて、頭がこんがらがるだけさ」

「そんなに言葉を見くびってはいけないよ、ニコラス。言葉にはそれ自体の非常な美しさがある上に、緊張をやわらげるにも役立つ。きみもその恩恵をうけるかもしれない」

「つまり、口先で自分をごまかすってことか」

「たとえ独り言でも、自分の感情を言葉にあらわす能力があれば、その感情に押しつぶされずにすむかもしれない、という意味だよ。ニコラス、進化はわたしたちにこう教えている。言語の元来の目的は、人間の脅しや呪い、神々を動かすまじないを、儀式化することだった。コミュニケーションは、そのあとにやってきた。言葉は一つの安全弁の役を果たすんだよ」

ニコラスはいった。「おれは爆弾になりたい。爆弾には安全弁は要らないや」母にむかって――「あれは南アメリカかい、ママ？」

「いいえ、インドよ。左がマラバル海岸、右がコロマンデル海岸、下がスリランカ」言葉、言葉。

「爆弾は自分を破壊するよ、ニコラス」

「爆弾はそんなこと気にしないさ」

今やニコラスは木の根や、苔の生えた軟らかな土をふみしめながら、決意もかたく登攀をつづけていた。彼の医師はもはや風ではなく、石を投げれば届くほどの距離をたもって後ろにつきしたがってくる茶色の子猿だった。「だれかがやってくる足音がする」少年はいった。

「そう」

「イグナシオか？」

「いや、ニコラスだよ。もう近い」

「〈極点〉に近いのか？」

「そう」

少年は立ちどまり、あたりを見まわした。今しがた聞こえた物音、素足が軟らかい土を踏みしめる音も、それといっしょにやんだ。何も異常な気配はない。土地は依然として登り坂で、ぽつんぽつんと巨木がそそりたち、いちばん暗い木かげには苔が、もっと明るいところには草が生えている。「大きな木が三本」と、ニコラスはいった。「どれもまるきりおんなじだ。これかい、目印は？」

「そう」

心の中で、ニコラスは前方にある大木を『スリランカ』と名づけた。ほかの二本は『コロマンデル』と『マラバル』にした。そのねじくれた、たくましい大枝を眺めながら、彼はスリランカに近づいた。彼とおなじようにすっぱだかの少年が左手の森から現われ、マラバルのほうへ歩みよってきた

——この少年は彼のほうを見むきもしないので、ニコラスは大声をあげ、そっちへ走りだした。

相手の少年は消えてしまった。マラバルだけが、がっしりと実体をもって、ニコラスのまえに立っていた。彼はその木にかけより、ざらざらした樹皮に手をふれたあと、そのむこうに、これもスリランカの木とそっくりな第四の木があるのを知った。その幹のかげに、また別の少年が、彼にそっぽを向いて、むこうをのぞいていた。しばらく相手を見まもってから、ニコラスはいった。「わかったぞ」

「ほんとに？」猿がキイキイしゃべった。

「これは鏡に似てるけど、ただ裏おもてが逆なんだ。おれの前から出た光は、そのまま進んで縁にあたり、反対側からもどってくる。だけど、おれがそっちを向いてないから、それは見えない。今おれの見てるのは、いってみれば背中から出た光さ。それがこっちへもどってきた。さっき走ったときも、やっぱりさかさまになったかい？」

「なった。きみはこの区画の左縁からかけだしてゆき、もちろん、すぐに右縁からもどってきたよ」

「こわくなんかねえや。面白いじゃんか」彼は棒ぎれを一本ひろうと、思いきり強くマラバルの木に投げつけた。それはいったん消え、ひゅーっと彼の頭上をかすめてふたたび消え、それから彼のふくらはぎにばしっとあたった。「ダイアンはこれを怖がったのかい？」

返事はなかった。彼がすたすた前進すると、青白いすっぱだかの少年たちも彼の左右で歩きだしたが、つねに彼にはそっぽを向き、しだいに間隔をつめてきた。

「それ以上進んではいけない」アイランド博士が後ろからいった。「もし〈極点〉そのものを越えようとすると、危険なことになる」

「見えたぞ」ニコラスはいった。すぐ前方に、もう三本の木がくっつきあうようにして立っている。その枝は風の中でいっしょに踊りながら、奇妙にからみあうように見え、そのむこうはまったくなにもなかった。

「実際には〈極点〉を通りぬけることはできない」アイランド博士の猿がいった。「あの木がその上をふさいでいるからね」

「じゃあ、なぜおれをとめたんだよ?」片足をひきずった傷だらけの少年二人が、今や彼の両わき二メートルたらずのところにいた。まっすぐ前に顔を向けていれば、黒あざのできた二人の横顔がときおりちらと目にはいることに、すでに彼は気づいていた。

「もうそのぐらいにしておきなさい、ニコラス」

「あの木にさわってみたいんだ」

少年は一歩、そしてもう一歩をふみだし、それから横に向きなおった。マラバルの少年もやはり横に向きなおり、やせて肋骨と脊柱がみみずばれのように浮きだした背中を彼に見せた。ニコラスは腕をのばしてその薄い肩に両手をおいたが、彼がそうするのと同時に、べつの手が――つめたく感覚のない他人の手、乾いたちいさすぎる手が――自分の両肩にふれ、そして首すじへ這いのぼってゆくのを感じた。

「ニコラス!」

彼は横っとびに木から離れると、頭をゆすりながら両手を見つめた。「あれはおれじゃない」

「いや、きみだよ、ニコラス」猿がいう。

「あいつらの一人だ」

「みんな、きみなんだよ」

すばやい一動作で、ニコラスは腕の長さほどの枯枝をひろいあげ、猿に投げつけた。枝はうまく命中して、小さな生き物はひっくりかえったが、すぐにとびおき、三本の手足を使って逃げだした。ニコラスは追いかけた。

もうすこしで手が届きそうになったとき、猿はひょいと横へ逃げた。彼もすばやく反対側へと向きなおり、もう一ぴきの猿が彼のほうへ逃げてくるのにとびかかった。あっというまに猿はつかまえられ、よわよわしく彼の手にかみつこうとした。彼はその頭を一度地面にゴツンとぶつけたあと、こんどは足首をつかんで、スリランカの木の幹へたたきつけた。三度目に頭蓋骨の割れる音がしたので、やっとそこでやめた。

彼の予想に反して、配線は見あたらなかった。ぐしゃりとつぶれた小さな顔から血がにじみだし、彼の手の中にあるにこ毛の生えた体は、温かくぐったりしていた。頭上で木の葉がいった。「きみはわたしを殺せなかったよ、ニコラス。殺せはしない」

「どういうしかけだ？」彼はまだ電線を、マイクロ・ロジックをおさめた小さい回路カードを、さがしつづけていた。猿の腹を断ちわれるような、とがった石がないかとあたりを見まわしたが、そんなものは落ちていなかった。

「それはただの猿だよ」木の葉がいった。「わたしにたずねてくれれば、教えたのに」

「どうやって猿にしゃべらせた？」彼は死骸をほうりだし、つかのま見つめてから、ぽんとそれをけとばした。血だらけの指を、木の葉でぬぐった。

「わたしの心がきみに語りかけるだけだよ、ニコラス」

「ふーん」ややあって、「そんな話、聞いたことがあるな。でも、こんなふうだとは知らなかった。頭の中で声がするんだと思ってた」

「記録を見るときみには幻聴はないようだけれど、だれかそうした人を知っているかな」

「まえに知っていた女の子が……」彼は言葉を切った。

「どうしたね？」

「その子は音を誤解するんだ——わかる？」

「わかるよ」

「たとえばさ、廊下に運搬カートがきたとするだろ。すると、彼女はファンの音を聞いて、それを別なものだと思いこむ……」

「どんなものに？」

「いろんなものさ。たとえば、だれかがしゃべってるとか、彼女を呼んでるとか」

「聞こえる？」

「何が？」彼はベッドに起きなおった。「マヤ？」

「あいつら、わたしを追いかけてくるわ」

「マヤ？」

アイランド博士が木の葉をつうじていった。「わたしがきみに話しかけるとね、ニコラス、きみの心は、そのとき耳に聞こえたなにかの音を、わたしの考えを伝える媒体にかえる。きみは雨のしとしと降る音に静かなわたしの声を聞き、小鳥のさえずりに朗らかなわたしの声を聞くかもしれない——だけど、やろうと思えば、わたしは自分の与えたい観念や暗示がきみの意識の中へ釘のようにうちこまれるまでに、自分の声を増幅することができる。そうすれば、きみはわたしの思いのままに動くことになる」

「そんなこと信じないね」ニコラスはいった。「それができるんなら、ダイアンが緊張病になるのを、なぜとめなかったんだ？」

「第一に、彼女がわたしから逃れようとして、もっと深く病気の中へひきこもるおそれがあるから。第二に、そんな方法で彼女の緊張病をとめても、原因をとりのぞくことにならないから」

「第三に？」

「わたしは『第三に』とはいわなかったよ、ニコラス」

「聞こえたように思ったけどな——二枚の木の葉がふれあったときに」

「第三に、ニコラス、きみも彼女も、あるほかの人物への影響力ということから選ばれたからだ。もしわたしが彼女を——あるいはきみを——あまり急激にかえては、その効果が失われてしまう」アイランド博士は、またもや猿になっていた。二十メートルほどむこうで、木の幹を盾にしてキイキイ鳴きたてている新しい猿だった。ニコラスはそいつに枯枝を投げつけた。

「あの猿たちはただの小動物だよ、ニコラス。人のあとをつけてきて、キイキイ鳴くのが好きなだけの」

「イグナシオも猿を殺すんだろう、きっと」

「いや、彼は猿たちが好きなんだよ。彼は食べるための魚しか殺さない」

ニコラスはにわかに空腹を意識した。彼は歩きだした。

彼はイグナシオが浜辺で祈っているのを見つけた。一時間あまりもニコラスは椰子の木蔭にかくれてそれを見まもったが、イグナシオがだれに祈っているのか、さっぱり見当がつかなかった。イグナシオは寄せ波のレースのような縁がちょうど消えるところにひざまずき、海のほうを向いていた。そしてときおりおじぎをしては、濡れた砂にひたいをくっつけるのだった。やがてニコラスは、波のざわめきにまじって、かすかにイグナシオの声が伝わってくるのを聞いた。ひっくるめたところ、ニコラスは、祈りというものに好意をよせていた。彼の観察によると、祈りをする人間のほうが、しない人間よりも、概して興味深い話し相手だったからだ。しかし、同時に彼は、信者がその信仰の対象にどんな名をつけようとたいして違いはないが、どのようにしてその神が考えだされたかを知ることが大切なのを知っていた。イグナシオはアイランド博士に祈っているのではなさそうだ——もしそうなら、反対側を向くはずだから——つかのまニコラスは、ひょっとしてイグナシオが波に祈っているのではないか、といぶかしんだ。イグナシオの背後の位置から、相手の視線のゆくえをたどった。外へ外へ、波また波とそのむこうの明るくぼやけた空、上へ上へ、カーブした空をついにぐるりと一周して、ふたたびイグナシオの背中にもどるまで。ふとそこで、イグナシオは自分自身に祈っているのかもしれない、という考えがうかんだ。思いきって椰子の木蔭を離れると、イグナシオがひざまずいている場所との真中あたりまで近づき、そこへ腰をおろした。波の音とイグナシオの低いつぶやきを除くと、あたりにはとほうもなく大きくて脆い静寂がはりつめ、今にもこのガラス張りの衛星ぜんたいが、ゴングのように鳴りだしそうな気配だった。

しばらくして、ニコラスは自分の左半身がふるえているのを感じた。彼は右手でそっちをさすりはじめ、左腕の上から肘へ、左肩から太腿へと、指を走らせた。左半身がそんなにおじけづいているのが不安になり、ひょっとすると脳のもう半分、そこから自分が永久に切りはなされている半分には、イグナシオが波に語りかけている言葉が聞こえるのかもしれない、と思ったりした。彼は自分でも祈りはじめた――もう片方に（そしてたぶんイグナシオにも）聞こえるように、いくらか声を出して――「心配するな、こわがっちゃだめだ、あいつは何にもしないよ、あいつはおとなしい、もしあいつが何かしてもおれたちはやっつけるさ。こっちは食べものがほしいだけなんだ、ひょっとしたら、あいつ魚のとりかたを教えてくれるかもしれない、こんどはきっとおとなしいよ」しかし、彼にはわかっていた――いや、すくなくともわかっているような感じがした――こんどもイグナシオはおとなしくないだろう。

ようやくイグナシオは立ちあがった。ニコラスのほうをふりむかずに、どんどん海へはいってゆく。それから、まるでニコラスが後ろにいるのを最初から知っていたかのように（足音を聞きつけられたのかどうか、ニコラスにはよくわからなかった――アイランド博士がイグナシオに教えたのかもしれない）、ニコラスのほうへ、ついてこいという身ぶりをした。

水はニコラスの記憶にあるよりもつめたく、足指のあいだに挟まる砂は粗くざらざらしていた。彼はアイランド博士のいったこと――島がうかんでいること――を思いだし、この水底の砂も博士の一部分にちがいなく、それが海の中へ（どこまで？）伸びているのだろう、と想像した。どこか沖のほうで博士がとぎれたあとは、深い深い底にこの衛星の本体の透明な強化ガラスがあるだけなのだ。

「来い」イグナシオがいった。「おまえは泳げるか？」前夜のことを忘れきっているかのようだった。ニコラスは、返事をすればイグナシオがふりかえるだろうかと考えながら、うん、泳げる、とこたえた。イグナシオはふりむかない。

「おまえはなぜ自分がここにいるかを知っているか？」

「あんたが来いといったからだ」

「イグナシオがいうのはここのことだ。おまえはここを見て、前に見たどこかを思いださないか、ちび？」

　ニコラスはガラス張りのゴングと、復活祭の飾り卵のことを考え、それから香水の蒸気のはいった極薄の皮膜のボールのことを考えた。そのボールは、クリスマスになると、ときおり廊下のむこうからふわふわと送られてきて、子どもたちがホッピングの棒でそれをつつくと、ぱちんと割れて、きれいな粉になってとびちり、さわやかな松林の匂いをただよわせるのだ。しかし、彼は何もいわなかった。

　イグナシオはつづけた。「イグナシオがお話をしてやろう。むかし、一人の男が――いや、実際には、まだ少年だったが――地球に住んでいて――」

　ニコラスは、なぜいつも男だけが（彼の経験からいうと、医師と臨床心理学者がいちばん多い）お話をしたがるのだろう、といぶかった。イエスはいつもみんなにお話をしたが、聖母マリアはめったにそうしなかった。もっとも、まえに知っていたある婦人は、自分で自分のことを聖母マリアだと思いこんでいたが、そのくせいつも息子の話ばかりしたものだ。彼はイグナシオがちょっぴりイエスに似ていると思った。母が家でお話をしてくれたことがあったか思いだそうとつとめたすえ、一度もなかったと結論した。母は情報スクリーンのマンガのスイッチを入れただけだ。

「――その少年が――」

「――お話をしようと思った」ニコラスは、代わりにあとをしめくくった。

「どうしてそれを知ってる？」怒りと驚き。

「それはあんたのことなんだろ？　それで、あんたはいまそうしようと思ってるじゃないか」

「おまえのいったことは、イグナシオがいうはずであったこととちがうぞ。イグナシオはおまえに一ぴきの魚のことを話すつもりだった」

「その魚、どこにいるんだい？」ニコラスはたずねながら、イグナシオが前の晩にたべていた魚のことを考え、そして、たぶん彼が〈極点〉から帰ってくるあいだに、また一ぴきの魚が捕えられて、今どこかに隠され、焚火にあぶられるのを待っているのではないか、と想像した。「大きな魚？」

「そいつはもういない」イグナシオはいった。「だが、おとなの掌ぐらいの丈しかなかった。おれは大きな川でそれをとった」

　ハックルベリー――「知ってる、ミシシッピ川だね。きっとキャットフィッシュ（ナマズのように口ひげのある魚の総称）だ。でなきゃサンフィッシュ（クロマス科の小さい淡水魚）」――フィン。

「たぶんそんな名まえだろう。一時、そいつは、ある人間にとって、ちょうど太陽《サン》とおなじだったからな」どこからともしれぬ光が、波の上でたわむれている。「とにかく、そいつは、ある人間の住む家の居間のテーブルの上で飼われていた。水槽の中にいたのだが、それは金属の枠がついていてガラスごしにのぞきこむような、旧式なものではなかった。もっと新式のもので、ガラスは丈夫だが非常に薄く、光を反射しないようにカーブしていて、枠もなく、そして、うまい仕掛けのおかげで、水はいつも澄みきっていた」まだニコラスとは目を合わさずに、イグナシオはきらきらする水を片手ですくった。「水はこのように澄みきり、それにさざ波一つ立たないため、目にはまったく見えなかった。おれの魚は、テーブルの真中におかれたいくつかの石の上に、いつも浮かんでいた」

ニコラスはきいた。「あんたは川の上に筏を浮かべたのかい?」

「いや、おれたちは小舟を持っていた。イグナシオはその魚を網でとったのだが、ひきあげるまえに、もうすこしで網を食いやぶられるところだった。そいつはすばらしい歯をしていた。その家の中には、そいつともう一人と、それにロボットたちしかいなかった。しかし、毎朝だれかが中庭の池へいって、そいつのために金魚を一ぴきとることになっていた。イグナシオは朝食に下りてくると、そこにいる金魚を見て、いつもこう思った。『いさましい金魚よ、おまえは怪物のまえに投げこまれたが、やつをうち負かせるか? やつをうち負かせ。そうすれば、やつのダイヤモンドの家は永久におまえのものだ』すると、その魚、すばらしい歯の下側に小さく赤い、サクランボのような斑点のあるその魚は、若い金魚にむかって突進し、いっとき、澄みきった水が血で赤くにごるのだ」

「それから?」と、ニコラスはたずねた。

「それから、うまい仕掛けが水をもう一度きれいにし、その魚、すばらしい歯をしたその魚は、もとのように石の上に浮かぶ。するとイグナシオはテーブルの上の小さなスイッチをひねり、パンのお代りと果物のお代りを注文したものだ」

「あんた、腹がへってるかい、今?」

「いや、今おれは疲れて体がだるい。もしおまえを追いかけてもつかまえられないだろうし、かりに――おまえの逃げ方がのろかったり、へまだったりして――つかまえられたとしても、おれはおまえを殺さないし、かりに殺したとしても、食べはしない」

ニコラスはすでにそのまえから後ずさりをはじめていたが、最後の一言を聞いたとたん、それが合図だとさとって、くるりと背中を向け、浅い水をはねちらかしながら逃げだした。イグナシオはコンパスの長さにものをいわせ、浅黒く若々しい顔のうしろに髪をなびかせながら、追いかけてきた。彼の四角な歯は——その一本一本が骨のようにまっ白で、ニコラスの親指の爪ほども大きい——その唇を手すりにして並んだ見物人のようだった。

「逃げてはいけない、ニコラス」アイランド博士が波の声でいった。「逃げると彼を怒らせるだけだよ」ニコラスはこたえずに、左に向きをかえ、砂浜を登って、椰子の木立ちの中にとびこんだ。イグナシオは首根っこに手の届きそうな近くまでせまってはいなかったが、それを知らないニコラスは、ただひたすらに走りつづけた。ようやく足をとめたとき、あたりは広葉樹のそそりたつ深い密林だった。その幹の一本に、少年は息を切らしてよりかかった。人類の出現以前の地球の長い時代を思わせる、静かで眠りこけた雰囲気の中で、聞こえるのは心臓のどきどきいう音だけだった。イグナシオが近くをさがし歩いているのではないかと耳をすましたが、それらしい物音はなにもしなかった。ニコラスはようやく大きな息をついていった。「さあ、これですんだ」アイランド博士がなにかの答を返すだろうと期待したのだが、緑のしじまがあるだけだった。

日ざしはまだ明るく、強く、そしてほとんど影がなかったが、ある体内感覚から一日の終わりの近づいていることを教えられて、彼はかすかな影がそれぞれの物体から長く水平に、ゆがんだ尾をひいているのを、見わけることができた。空腹は感じなかったが、まえにも絶食の経験があるので、自分が飢えのどちら側に位置しているかは知っていた。たった一日前と比べてみても体力が弱っているし、明日の今ごろになれば、たぶんイグナシオから逃げきることもむりだろう。いまになって、あのとき殺した猿を食べておけばよかったと気づいた。しかし、生肉と考えるだけで胸がむかつくし、それに、火のおこしかたを知らないのだ。イグナシオは前の晩に火をおこしたらしいが。かりに魚がとれたとしても、なまの魚では、なまの猿とおなじで、食えたものではないだろう。まえにココナツの実を割ろうとしたことがあったのを、彼は思いだした――あのときは失敗したが、決して不可能ではないはずだ。ココナツの実の中になにがはいっているかとなると、あやしげな記憶しかないが、中味は食べられるにちがいない。たしかそんな場面を本で読んだ気がする。彼はジャングルの中を斜めにぬけて、イグナシオから遠く離れた浜辺へ出ようと、心をきめた。椰子の木の下の砂にココナツが落ちているのを、これまでに何度か見たことがある。

まだいくらかこわごわ、少年はそうっと歩きだし、もしココナツが見つかったらそれを割る方法を、歩きながら考えた。自分が大きなごつごつした岩のまえに立ち、ココナツを両手で持っている姿を想像してみた。彼はそれをふりかぶって岩の上にたたきつけたが、ぶつかったとき、それはもうココナツではなく、マヤの頭だった。ぱちんとゴムの切れるような音を立てて、鼻の軟骨が折れるのが聞こえた。彼女の瞳、あの卵の中のきらめく青空、インドのマディア・プラデシュ州の上空のように青い瞳が、こちらを見上げたが、彼はもうそれをのぞきこめなかった。マヤの瞳は彼のそれから遠のいてゆき、そしてまったくだしぬけに、こんな考えが彼の頭にうかんだ。堕天使ルシフェルは、天国から落ちるとき、上に向かって落ちていったのにちがいない。二度と地球の暖かい緑と茶を見ることのない、宇宙空間の火と極寒に向かって。われ天より閃く雷光《いなずま》のごとくサタンの落ちしを見たり。どこかでそんな言葉をテープで聞いたおぼえがあるが、どこでだったかは思いだせなかった。いつだったか本で読んだが、地球では雷光が雲から下へ向かわずに、惑星の表面から雲へ向かってとびあがり、そして二度と帰ってこないらしい。

「ニコラス」

耳をすましたが、二度と彼の名を呼ぶ声は聞こえなかった。かすかにぶくぶくと水音がする。アイランド博士はその音を使って、話しかけようとしたのだろうか？　その方向へ歩いていくと、木のあいだを縫って流れる小川が見つかったので、彼はそれをたどっていくことにした。約百歩ほどで川幅が広がり、流れがゆるくなって、木の葉のドームを上にいただく細長い溜まり池にかわった。ダイアンが、向かい側の岸の苔の上にすわっていた。眼を上げた彼女は、彼をみとめてにっこりした。

「ハロー」と、彼はいった。

「ハロー、ニコラス。さっき、あなたの声が聞こえたような気がしたの。やっぱり、あたしの空耳じゃなかったわ、でしょう？」

「おれ、なにもいわなかったと思うけどな」ためしに暗い水の中へ片足をひたしてみた彼は、水がひどく冷たいのを知った。

「小さなさけびをあげたわよ、たしか。それを聞いてあたしは、きっとあれはニコラスだわって独り言をいって、それからあなたの名を呼んだの。でもそのあとで、ひょっとしたら空耳じゃないか、それともイグナシオかもしれないって気がしてきたわ」

「イグナシオが追っかけてきたんだよ。まだおれをさがしてるかもしれないけど、たぶんもうあきらめたと思う」

　ダイアンは暗い水をのぞきこみながらうなずいたが、彼の言葉を聞いているふうには見えなかった。ニコラスはぎっしりたてこんだ樹々の蛇に似た根をまたぎこえながら、池の縁づたいに彼女に近づいていった。「なぜイグナシオはおれを殺したがるの、ダイアン？」

「ときどき彼はあたしを殺したがることもあるわよ」

「だけど、なぜだい?」

「たぶん、あたしたちのことをすこし怖がっているんじゃないかしら。いままでに彼と話したことはある、ニコラス?」

「きょう、ちょっと話した。あいつ、むかし飼っていた魚の話をしたよ」

「イグナシオはひとりぼっちで育ったの。彼、そのことをいわなかった? 地球で育ったのよ。ブラジルのアマゾン川の上流にある農園で——アイランド博士が教えてくれたわ」

「地球は人間でいっぱいだと思ったけどな」

「都市は人間でいっぱい。それと、都市にすぐくっついた田舎もね。だけど、中には昔よりもずっと人のすくなくなった土地もあるのよ。イグナシオがいたところは、二、三百年前にはアメリカ・インディアンの狩人たちが住んでいた土地なの。でも、彼のいたときにはもう機械だけで、だれも住んでいなかったらしいわ。だから、彼は人に見られるのをいやがるし、人がそばに来るのをいやがるのよ」

ニコラスはゆっくりといった。「アイランド博士がいったよな。もし、まわりの人間としょっちゅう顔をつきあわさずにすめば、たいていの病人は病気にならずにすんだだろうって。おぼえてる?」

「でも、実際は、まわりの人間としょっちゅう顔をつきあわさなきゃならない。この世界はそうしたものだわ」

「ブラジルはそうじゃないんだろう、たぶん」ニコラスはいった。彼はブラジルのことを思いだそうとしたが、思いだせるのは、情報スクリーンで見たマンガの一場面、麦藁帽子の中で歌っていたオウムのことだけだった。それからカメとヤマアラシがくっついてアルマジロにかわり……おい、後生だよ、モントレゾール！（ポー「アモンティラードの樽」のラストにある言葉）「なぜあいつはそこにずっといなかったのかな？」

「あなたに鳥のことを話したかしら、ニコラス？」また、彼女はこっちの話を聞いていなかったらしい。

「何の鳥？」

「ここに鳥がいるのよ。この中に」彼女は小さな乳房の下のたいらなおなかを軽くたたいてみせ、一瞬ニコラスは勘ちがいして、彼女が食べものを見つけたのかと思った。「あの子はこの中にとまってるわ。あたしのはらわたをからみあわせて巣をつくり、その中にすわって、あたしの息をくちばしでつついている。あなたの目には、あたし健康に見えるでしょ？　でも、内側は大きな空洞で、腐って茶色になったごみと古い羽根から汁がじくじくにじみだしてるのよ。もうじき、あの子のくちばしが皮をつきやぶって出てくるわ」

「わかったよ」ニコラスは背を向けて歩きだそうとした。

「あたし、あの子を溺らせようと、ここでずっと水をのんでたの。あんまりたくさんのんだおかげで、もうこっちは立てそうもないのに、あの子ったらまるで濡れてもいないわ。一つ教えてあげようか、ニコラス。あたしは、あたしが実はあたしでないことを発見しちゃったの。あたしはあの子なのよ」

ふりむいて、ニコラスはきいた。「きみがこのまえ食べものにありついたのは、いつのこと？」

「さあ、いつだったかしら。二、三日まえね。イグナシオが何かくれたんだわ」

「おれ、ココナツが割れないか、やってみるよ。もし割れたら、きみにも持ってきてあげる」

浜辺に着くとニコラスは向きをかえ、こんどは海と椰子のあいだの湿った砂のへりをつたいながら、消えた焚火の方角へゆっくりひきかえしはじめた。彼が今考えているのは、機械のことだった。

小惑星帯《ベルト》の外には何十万、いや、おそらく何百万もの機械があるが、地球にあるような洗練された召使ロボットは、ごくわずかか、それとも一台もないかもしれない——なにしろ、たいへんな贅沢品なのだ。いったいイグナシオはブラジルで（そこがどんな場所であったにしろ）そんな贅沢品を持っていたのだろうか？ ニコラスはそうは思わなかった。そのてのロボットはほとんど人間そっくりで、彼らといっしょに暮らすのは、人びとといっしょに暮らすようなものだからだ。ブラジル語を話せればよかったのに、とニコラスはくやんだ。

聖ヨハネ病院には、医療ロボットがたくさんいた。ニコラスはその連中が好きでなかったし、イグナシオがもしあの病院へ入れられたとしたら、やはりその連中を好きにはならなかっただろう、と思った。もし医療ロボットが好きだったら、おそらくこんなところへ送られはしなかったろう。いつも廊下《コリダー》を掃除していた傷だらけ錆だらけの古い機械のことを、彼は思いだした——マヤはそれにコラドーラという名をつけたが、ほかのみんなは、ヘーイ！ としかそれを呼んだことがなかった。その機械はしゃべることができず（いや、すくなくともしゃべらず）、ニコラスはそれには感情もないのではないかと疑っていた。あるとしても、たぶんきれい好きといった程度の感情で、しかもそれは機械そのものの体にまではおよんでいないのだろう。「きみに理解してほしいが」と、だれかが頭の中でしゃべっている。「あらゆる動機は二種類に分けることができる」医者？ 医療ロボット？ どっちだってかわりはない。「外来的なものと、内在的なものにだ。外来的な動機は、つねになんらかのより遠い目的を目ざしており、その目的をわれわれは内在的な動機と呼ぶ。こうして動機づけを内在的な動機づけに還元することは、すなわちそれをもっとも単純な部分の集まりに切りつめるということになる。たとえば、そこにある機械をとりあげてみよう」

どの機械？

「もし、今フロイトが生きてこれを見たとしたら、おそらくこういうだろう。この機械は、たぶん製作者たちが、それのとりいれたごみを二度と排出させないようにと気をくばったために、まだ後期肛門期にとどまっている。この固着によって、ごらんのように、それは清潔整頓にとりつかれており、衝動的に掃いたり拭いたりすることで、不安がやわらげられるのだ、と。フロイトの理論の強みは、それが人間の行動だけでなく、機械の活動の多くを説明するのに役立つことにある」

やあ、こんにちは、コラドーラ。

もう一つ、こんにちは、イグナシオ。

ワタシノ頭ガタエズ左右ニ動クノヲ見テ、アナタハキットれーだー走査機ヲ連想スルニチガイナイ。ワタシノ足ドリハ一様デ、ユックリシテイテ、正確ダ。歩キナガラ、ワタシハ聞キトレナイホドカスカナぶーんトイウ音ヲ出ス。頭ヲ振ッテモ、ワタシノ目ハ一点ヲ見ツメテイルガ、ソレハいぐなしお、アナタデハナク、視野ノ果テニアル波ヲ、ソレガセリ上ガッテ空ニ溶ケコムトコロヲ、見ツメテイルノダ。ワタシハアナタノ十めーとる手前デ足ヲトメ、ソコニ立ツ。

アナタハ歩キ、ワタシハ十めーとる後カラソレヲ追ウ。ワタシハ何ヲ望ンデイルノカ？　何モ。ソウ、ワタシハ枯枝ヲ拾イ集メ、後ニツイテユク――五めーとる後カラ。

「それを折って、火の中にくべろ。全部ではない。すこしだけだ」

ハイ。

「イグナシオはいつもここに火を燃やしている。ときどきここから燃えさしのま、き、を持っていって、よそで火をおこすこともあるが、ここ、この大きな椰子の木の下では、つねに火が燃えている。雨はここにはあたらない。いつも火がある。おまえは、彼が最初にどうやって火をおこしたか知っているか？　彼にこたえろ！」

「知らない」

「知りません、ご主人様《パトラン》、だ！」

「『知りません、ご主人様《パトラン》』」

「イグナシオは神々から、ポセイドンから、火を盗んだのだ。今ポセイドンは死に、海の底に横たわっている。つまり、一番上にだ。おまえはポセイドンを見たいか？」

「あなたがそうお望みなら、パトラン」

「もうすぐ暗くなる。暗くなると魚をとるときだ。おまえはやすを持っているか？」

「いいえ、パトラン」

「それではイグナシオがおまえにやすを作ってやろう」

イグナシオは枯枝をひとつかみとりあげ、その端を火の中につっこんで、息を吹きかけた。ニコラスもそれにならって、体をのりだし、息を吹きかけ、やがて全部の枯枝に火がついた。

「さあ、これからおまえのために竹を見つけなくてはならない。竹はこっちにある。ついて来い」

日ざしは、まだほとんど影を持たないが、しだいに薄れており、ニコラスは、足の裏にそれを踏みしめる感触があるにもかかわらず、実体のない土の上を歩いているような気がしてならなかった。イグナシオは燃えている枯枝を高くかざしながら、大またに先を歩み、火が消えそうになると、その端を下に向けて、炎の舌が枯枝をなめるように持ちかえ、ふたたび火を燃えあがらせた。そよ風が海にむかって吹き、寄せ波の音を沖へ運びさっては、湿った涼しさを持ちこんでいた。二人が数分ばかり歩いたとき、ニコラスはその風の中に、カタカタと、かすかな、リズミカルとさえいえる音を聞いた。

イグナシオがふりかえった。「音楽だ。竹の林がしゃべっているのだ、聞こえるか?」

二人はニコラスの手首よりやや細めの竹を見つけ、その根もとに火のついた枯枝を置き、さらにまきをつぎたした。竹が倒れると、イグナシオはその上端をも火で焼き切り、ニコラスの背丈ほどある棒をつくってから、太いほうの端を貝殻で削って、するどくとがらせた。「これでおまえはもう魚とりだ」と、イグナシオはいった。ニコラスは、まだ彼と視線を合わさないように気をつけながら、「はい、パトラン」と、こたえた。

「腹がへったか?」

「はい、パトラン」

「では、おまえに教えておくことがある。おまえが何をとっても、それはイグナシオのものだ、わかるな? そして彼がとったものは、やはり彼のものだ。しかし、彼が好きなだけ食べたあと、その残りはおまえのものだ。来い。今からイグナシオがおまえに魚のとり方を教えるか、でなければおまえを溺れさせる」

イグナシオ自身のやすは、焚火からほど遠くない砂の中に埋めてあった。彼がニコラスのために作ったのよりも、ずっと大きいやすだった。それを胸のまえで横に支えて、彼は海へはいり、腰の深さまで歩いたあと、あとからニコラスがついてくるかどうかをふりむいて確かめることもせず、いきなり泳ぎだした。ニコラスは、足の動きに全力をかたむければ、やすを持って泳げることを発見した。左手でやすを握り、ときたま右手で水をかくのだ。「息をしろ」と、彼は小声で自分にいった。「やすを放すな」そのあとは、ときどき顔を水から上げるだけでよかった。

浜辺からある程度離れれば、すぐにもイグナシオが魚をさがしにとりかかるものと思っていたが、ブラジル人はゆっくりと、しかし、休みなく泳ぎつづけ、とうとう二人は、ニコラスの見たところ、岸から一キロあまりも沖に出た。だしぬけに、まるでスイッチを入れて部屋の照明がぱっとついたように、二人のまわりの暗い海が、乳光を発する青になった。イグナシオは進むのをやめ、やすをうきに使いながら立ち泳ぎをはじめた。

「ここだ。おまえと光のあいだに魚を挟め」

目をあけたまま、イグナシオは顔を水に近づけ、もう一度顔を上げて大きく息をすいこんでから、水にもぐった。ニコラスもそれにならい、目をあけたまま、うつぶせに浮かんだ。

舞いおどる光と暗い島の世界は、すべて消えうせた。夢の中に顔をつっこんだかのようだった。はるか、はるか眼下には、木星が縞模様のある大きな円盤を横たえており、拡がりつつある〈白斑〉がその眺めを傷つけていた。そこでは、人工のシリコーン酵素がメタンから水素を剝ぎとって、核融合の火を燃やしつづけている――それは惑星のガンであり、燃えさかる幼い太陽だった。その太陽と彼の目のあいだには、十万キロメートルの見えない宇宙空間が横たわり、そしてこの人工衛星の強化ガラスの外殻があった。その手前には深さ数百メートルの明るい水、そしてその中に、四肢をひろげたイグナシオが、逆光にくろぐろと浮きだし、黒い鉛筆で描いた線のようなやすを手にしたまま、まだ下にむかって足をけりつづけていた。

無意識にニコラスは水から頭をもたげ、きらめく波の世界にもどった。これまで〝夜〟と呼んでいたものが、木星とその〈白斑〉が沈んだときにアイランド博士の投げかける影にすぎないことを、今はじめて彼は認識した。その影の線は、空中ではそれとわからないのだが、背後の水をくっきりと横ぎっているのが見えた。ニコラスは大きく息をすって、また水にもぐった。

もぐったと思うまもなく、一ぴきの魚がどこか下のほうですいと動き、彼の左手はやすを突きだしたが、とうてい届かなかった。その魚のあとを追いかけていくうちに、別のもっと大きい魚が下のほうにいるのが目につき、それにむかって潜水していくと、息をしに浮きあがっていくイグナシオとすれちがった。魚のいるところは深すぎ、ニコラスはすでに酸素を使いきっていた。肺が空気をもとめて疼く。上に向かって泳ぎながら、やすを放してしまえたらと願い、最後の瞬間になってようやく、放してもかまわないのだと気づいた。手を放せば、やすはひとりでに水面へ浮きあがるだろう。頭が水面をつきやぶり、彼はあえぎながら息をすった。心臓が割れそうだった。水がばしゃっと顔にかかり、もぐっていた最中にはまったく存在をやめたように思えたあの脈打つような波音が、だしぬけにまたもどってきた。

イグナシオが彼を待ちうけていて、こうさけんだ。「こんどは、おまえもイグナシオといっしょに来い。そうすれば、彼はおまえに死んだ海神を見せる。それから、われわれは魚をとろう」

口をきく気力もなく、ニコラスはただうなずいた。彼はもう三回の呼吸を許された。それからイグナシオがもぐりはじめたので、しかたなくそのあとを追い、水圧で耳鳴りがするまで足をけりつづけた。やがて、青い水を透して、巨大な金属の塊が、光の縁にぼんやりと姿を現わした。それはこの人工衛星の強化ガラスの外殻に錨をおろしていた。その真上には、根から切りはなされた生命のない大きなつる枝のように、人間の胴体の倍ほども太いケーブルが、だらんとたれさがっていた。そして水底には、巨大な錨のそばに、足のある神が死んだ昆虫そっくりに横たわっていたが、その身の丈はすくなくとも六メートルはあった。イグナシオはふりむいて、理解したかどうかをさぐるように、ニコラスを見やった。ニコラスは理解できなかったがともかくうなずき、両腕から力がなえかかるのを感じながら、ふたたび水面を目ざした。

イグナシオが最初の魚を上に持ちかえったあと、二人は交代で水面に残って獲物を見張り、そして〈白斑〉がアイランド博士のゆるやかに傾斜した縁の下へと這いこむあいだに、もう二ひきをとった。片方はかなりの大物だった。そのうちにニコラスがほとんど腕も上にあがらないほど疲れきってしまったので、二人は浜にもどり、それからイグナシオは、茨の枝と貝殻の縁で魚のはらわたを抜き、もう一度腹をとじたあと、泥と木の葉でそれを包んで火にあぶる方法を教えた。イグナシオがいちばん大きい魚を食べはじめたのを見て、ニコラスはおずおずといちばん小さい魚をひきだし、アイランド博士へきてからはじめての食べものを口に入れた。彼がダイアンのことを思いだしたのは、それをたいらげたあとだった。

最後に残った魚をダイアンのところへ持っていく勇気はなかったが、イグナシオのほうをぬすみ見しながら、ニコラスは焚火のそばから体を横ににじらせはじめた。ブラジル人は気がつかないようすだった。すっかり影の中へはいったところで、ニコラスは立ちあがり、二、三歩あとずさりしてから――本能が警告するままに、ゆっくりと――歩いてそこを離れた。小走りになったのは、距離が百メートル近くになってからだった。

やがて、つめたい池のそばで無表情に黙りこくってすわっているダイアンが見つかったが、いくら言いきかせても彼女は立とうとしなかった。とうとうニコラスは彼女の両脇に手を入れ、細い肋骨を押しつけるようにして、体を持ちあげた。いったん立ちあがると、ダイアンはそれほどふらつきもせず、手をひかれるままについてきた。彼はダイアンに話しかけた。聞いているそぶりはなくても、彼女が聞いていること、そして適当な言葉をえらべば、彼女が正気づいて返事をよこすかもしれないことはわかっていた。「おれたち魚とりにいったんだよ——イグナシオがやり方を教えてくれたんだ。それにあいつは火だって持ってるんだよ、ダイアン。アイランド博士をつなぎとめてるケーブルの一本を修理してた、一種のロボットみたいのから手に入れたらしい。どうやってかは知らないけどさ。とにかく、聞いてよ。おれたちは大きな魚を三びきとったんだ。おれが一ぴき食べて、イグナシオがいちばんの大物を食べたんだけど、もしきみが残りの一ぴきを食べても、あいつは文句をいわないと思うよ。ただ、『はい、パトラン』『いいえ、パトラン』って返事すりゃいいんだ——あいつはそういわれるのが好きだし、それに機械と話すことしか慣れてないのさ。あいつにニコニコしたり、そんなことはしなくたっていい——ただ、じっと焚火を見てればすむ。おれはそうしてるもの。ただ焚火を見てりゃいいんだよ」

イグナシオに向かって、ニコラスはたぶん賢明にも最初のうち何もいわず、つい数分前まで自分のすわっていた場所へダイアンを連れていき、自分の魚からとった残り屑のいくつかを彼女の膝にのせた。それでも彼女が食べないのを見て、軟らかそうな、火のとおった一きれの魚肉をえらび、それを彼女の口へ押しこんでやった。イグナシオが、「イグナシオは、その女が死んだと思っていた」といったので、ニコラスはこたえた。「いいえ、パトラン」

「魚はもう一ぴきある。それを彼女にやれ」

ニコラスは炭火の中から堅く焼けた泥の塊をかきだし、掌のふちでたたきわったあと、ほどよくさめたら彼女が食べられるように、ほぐれて湯気の立っている魚の身から皮と骨をとりのけた。魚の身が口の中へおさまっておよそ三十秒もたってから、ようやくダイアンはもぐもぐとそれをかみ、のみこみはじめた。三口めからあとは、自分で手を使って食べはじめたが、それでもまだ二人のどちらにも目を向けようとしなかった。

「イグナシオは、その女が死んだと思っていた」イグナシオがまたおなじことをいった。

「いいえ、パトラン」ニコラスはこたえてから、こうつけたした。「ごらんのように、彼女は生きています」

「彼女はきれいな生き物だ。火の明りが顔にあたって――そうだろう？」

「はい、パトラン。とてもきれいです」

「しかし、痩せすぎだ」イグナシオは焚火をぐるっとまわって、ダイアンのすぐ隣に腰をおろし、それからニコラスが彼女にやった魚に手をのばした。ダイアンは両手で魚をにぎりしめたが、それでもまだ彼のほうを見ようとしなかった。

「どうだ、彼女はやはりわれわれがわかるらしいぞ」イグナシオがいった。「われわれは幽霊ではないらしい」

ニコラスは急いで耳うちした。「やつに魚をわたすんだ」

ゆっくりとダイアンの指はほぐれたが、イグナシオは魚をとろうとしなかった。「いまのは冗談だ、ちび」と、彼はいった。「だが、あまりいい冗談ではなかったようだな」それでも彼女が返事しないのを見て、イグナシオは彼女から顔をそむけた。彼の目は、ニコラスには見えない何かをもとめて、暗い荒波の遠くをさまよっていた。

「彼女はあなたが好きです、パトラン」ニコラスはいった。その言葉は汚物をのみこむような感じだったが、ダイアンの皮膚を中から突きやぶろうとしている鳥のことを考え、小さなまるい点々になって白いシャツへしみこんでいったマヤの血のことを考えて、先をつづけた。「彼女は内気なだけです。そのほうがいいんです」

「おまえ。おまえが何を知っている？」

すくなくとも、イグナシオはもう海をながめてはいなかった。ニコラスはいった。「そのとおりでしょう、パトラン？」

「そうだ、そのとおりだ」

ダイアンはふたたび魚をむしり、ほっそりした指で小さな切れはしを口へ運びはじめていた。はっきりと、だが、ほとんどうわの空のように、彼女はいった。「もう行って、ニコラス」

彼はイグナシオを見やったが、ブラジル人は彼女に目を向けていなかったし、何かいおうともしなかった。

「ニコラス、どこかへ行ってて。おねがい」

低くひそめた声がイグナシオに聞こえないことをねがいながら、ニコラスはいった。「朝になったらまた会おう。いいね？」

ダイアンの頭が、ほんの一ミリか二ミリ下に振れた。

いったん焚火が見えないところまで遠ざかると、もう浜辺のどこに眠ろうが、たいしてかわりはなさそうだった。焚火からまきを一本もらってくれば自分の火をおこせたのに、と悔みながら、彼はつめたい風をふせぐために両脚を砂でおおってみたが、動くたびに砂はさらさらすべりおちるし、それに左手と左足は、彼の意志に関係なく、ひとりでに動きだすのだった。

小さく起伏した渚にうちよせる波がいった。「さっきはよくやったよ、ニコラス」

「あんたの動いてるのがわかる」ニコラスはいった。「まえには気がつかなかったんだけどな。山の上へ行ったときのほかは」

「いまのきみがそれを感じられるとは思えないが。わたしの横揺れは百分の一度以下なんだよ」

「だけど、感じるんだ。あんた、おれにあれをさせたかったんだな、そうだろ？　イグナシオのことさ」

「きみはハーロウ効果というものを知っているかな、ニコラス？」

ニコラスはかぶりをふった。

「百年ほど前に、ハーロウ博士が猿を使っておこなった実験だよ。完全な孤独の中で——母親もいないし、ほかの猿もいない環境で——育った猿を使ってね」

「運のいい猿たち」

「その猿たちは、成熟するのを待って、ふつうの猿たちのいる檻へ入れられた。ひとりぼっちで育てられた猿は、ほかの猿がそばへ寄ろうとするとけんかをはじめ、ときには殺すことさえあった」

「心理学者ってのは、いつも動物を檻の中へ入れるんだな。たまにはジャングルへ放してやろうなんて思うことはないのかい？」

「ないだろうね、ニコラス。もっとも、われわれは……きみは何か言いたいんじゃないのかな？」

「いや、べつに」

「つまり、ハーロウ博士は、ひとりぼっちの猿をつがわせようとしたんだよ——セックスは基本的な社会機能だから。しかし、その猿たちはつがおうとしなかった。オス、メス、どちらが近づいても攻撃性を発揮し、そして相手の猿もそれに応じた。とうとう最後に、ハーロウ博士は、成熟した一人前の猿のかわりに未成熟な猿——子猿——を持ちこむことによって、彼らを治療するのに成功した。子猿たちはおとなの猿を痛切に必要としているので、何度はねつけられても、またいくら乱暴にはねつけられても、接近をつづけるものだから、とうとうしまいには相手にうけいれられ、そして孤立した猿のほうも社交化される。興味ぶかいことに、キリスト教の開祖も、この原理を直感的に把握していたようだよ——ただしそれは、この原理が科学的に実証されるより、二千年近くも前のことだったけれども」

「ここでそのやり方がうまくいったとは思えないな」ニコラスはいった。「ずっとこみいってるもの」

「人間はこみいった猿だよ、ニコラス」

「あんたが冗談をいったのをはじめて聞いたぜ。人間でなくてよかったと思ってるんだろ、あんた？」

「もちろん。きみもそのほうがいいと思わないかな？」

「前にはいつもそう思ってたよ。だけど、今はよくわからない。あんた、おれを治すためにそういったんだろ、ちがうかい？　感じわるいぜ」

ほかの波よりひときわ高い波が、つめたいしぶきをニコラスの脚にはねかけ、一瞬、彼はそれがアイランド博士の返事だろうかといぶかった。三十秒後に別の波が、そしてまたつぎの波が彼を濡らしたので、ニコラスはそれをよけるために砂浜の上のほうへと移動した。上では風が強かったが、それでも彼は眠りにおち、さっき自分がやってきた方角にひらめいた光で、いっとき目をさましただけだった。彼は何がその光の原因だろうと考え、ダイアンとイグナシオが火の弧をながめるために、燃えたまきを空中へ投げているところを想像し――眠くて腹を立てる気にもならなかったので――にっこりほほえむと、また眠りにおちた。

つめたく不機嫌な朝がおとずれた。ニコラスは両手で体をこすりながら、砂浜を駆けのぼり、駆けおりた。霧雨かそれとも波しぶきか、どちらとも見わけのつかないものが風にまじって、光を灰色の輝きにかげらせていた。今もどればダイアンとイグナシオがいやがるのではないかと気をまわしたすえ、もうすこし待つことにきめ、それから何か手みやげを持っていけるように、魚とりをしようかと考えた。しかし海はおそろしくつめたい上に、波も荒く、彼をもみくちゃにして、その手から竹のやすをもぎとってしまった。ぽたぽた水をたらしながら、椰子の木の幹に背中をくっつけてうずくまり、上向きにカーブした海を見つめている彼を、通りかかったイグナシオが見つけた。

「やあ、いたな」イグナシオはいった。

「おはようございます、パトラン」

イグナシオも腰をおろした。「きみの名は何という？　たしか最初に会ったときに聞いた気がするが、忘れてしまったんだ。すまない」

「ニコラスです」

「そうだった」

「パトラン、わたしはすごく寒いんです。これからあなたの焚火へ行って、あたらせてもらえませんか？」

「おれの名はイグナシオだ。そう呼んでくれ」

ニコラスは恐怖にかられながら、うなずいた。

「しかし、おれの焚火へ行くことはできない。火が消えてしまったのだ」

「新しい火をおこすことはできないのですか、パトラン？」

「きみはおれを信用していないな、ええ？　むりもないことだが。いや、おれには新しい火はおこせない——もしそうしたければ、おれの持っていたものを使っていいから、おれのいなくなったあとで、きみが火をおこせ。おれはただ、さよならを言いにきたんだ」

「どこかへ行くんですか？」

椰子の葉をゆする風がいった。「イグナシオはもうずいぶんよくなった。彼はこれからほかの場所へ行くんだよ、ニコラス」

「どこかの病院へ？」

「そう、病院へ。しかし、たぶん彼は、そこにも長くいなくてすむだろう」

「だけど……」ニコラスは、何かこの場にふさわしい言葉を思いつこうとした。彼が監禁されたことのある聖ヨハネ病院やそのほかの病院では、だれかが退院するときには、しごくあっさりと行ってしまったものだ。いったんだれかが退院の予定で、したがって、外の人びとの微笑を凍らせ、涙を乾かせているあるものに、すでに汚染されているとわかると、その人間はもうみんなの話題にものぼらなくなる。ようやくのことで、彼はいった。「魚のとり方を教えてくれて、ありがとう」

「礼はいいんだよ」イグナシオはいうと、立ちあがり、ニコラスの肩に片手をおいてから、むこうを向いた。彼の四メートルほど左で、湿った砂が盛りあがり、ひび割れはじめていた。ニコラスが見まもるうちに、その下から、白い壁にかこまれた明るい昇降路の入口が現われた。イグナシオは目にかぶさった黒い巻き毛を後ろへかきあげて、その中へ下りていき、やがて砂がどすんと音を立てて閉じた。

「もうこれっきり帰ってこないんだね、イグナシオは？」ニコラスはいった。

「そう」

「イグナシオは持ちものをやるからそれで火をおこせといったけど、おれはそれがどんな道具かも知らないんだ」

アイランド博士は答えなかった。ニコラスは立ちあがって、前に焚火のあった場所へとひきかえしながら、ダイアンのことを考え、彼女は腹をへらしているだろうかといぶかった。彼も腹がへっていた。


彼は消えた焚火のそばでダイアンを見つけた。彼女の胸は焼けこげてなくなっており、イグナシオの隠し場所だったにちがいない、砂に掘られた穴のそばには、でっかい原子力溶接機がほうりだされていた。電池は重すぎてニコラスの力では持ちあがらなかったが、彼は短いコードのついた溶接銃を拾いあげ、引金をひき、二メートルのプラズマ放電で砂の上を掃いて、ダイアンの死体を灰にかえていった。それがすんだ頃には、風が激しく椰子を鞭うち、針のような雨を彼の眼の中に送りこんできたが、ニコラスは一山のまきを集めて新しい焚火をつくり、大きく、さらに大きく火を燃えあがらせた。やがて、それは風の中の炉のように咆えたけりはじめた。「あいつが彼女を殺したんだ！」彼は波にむかってどなった。

「そう」アイランド博士の声は、大きく荒々しかった。

「おまえはあいつがよくなったといったくせに」

「彼はよくなった」と、風はさけんだ。「きみも、いっしょにあそびたがっている猿を殺したじゃないか、ニコラス――わたしは、いずれイグナシオがちょうどあんなふうにきみを殺すものと思っていた。きみは嫌われやすいたちだし、いわゆる少年の概念からはひどくかけはなれているからだ。しかし、猿を殺したことが、きみのためになった。おぼえているか？　きみの病気は軽くなったのだ。イグナシオは女性をこわがっていた。今、彼は女性が実は非常に弱いものであることを知り、そしてある幻想にもとづいて行動した結果、そのほうがいいと気づいたのだ」

「おまえ揺れてるぜ」ニコラスはいった。「おれが揺らしてるのか？」

「きみの思考が」

一本の椰子が風の中でぽきりと折れた。ふつうなら倒れるところだが、まるで帆のように梢の葉の広がりに風をはらんで宙を飛び、ほかの椰子へとぶつかっていった。「おれはおまえを殺すんだ」ニコラスはいった。「めちゃくちゃにしてやるんだ」彼の顔面の左半分は悲しみと怒りとで恐ろしいまでに歪み、口をきくのもむずかしいほどだった。

アイランド博士が彼の足もとで揺らいだ。「いけない」

「おまえのケーブルの一本は、もう切れてるよ――おれは見たんだ。たぶん、もっと切れてるかもしれない。今におまえは宙ぶらりんさ。おれがこの世界をふりまわしてるんだ、そうだろう？　姿勢制御ロケットがおれの感情に同調してて、おれたちをめちゃめちゃに回転させる。そのずれが、この嵐と高波なんだ。おまえが切り離されたら、もう釣合いをとるものは何もなくなるぜ」

「いけない」

「おまえのケーブルにかかった張力はどれぐらいなんだ？　知らないのか？」

「ケーブルはとても強い」

「なんだよ、その返事は？　せめてこれぐらいのことをいってみろよ――『D-12号ケーブルの現在張力は二百億キログラム。**警告！　警告！**　機能停止まであと九十七秒！　**警告！**』おまえは機械らしいしゃべりかたも知らないのか？」ニコラスは今や絶叫していた。どの波もその前の波より砂浜の奥へと届き、いちばん海寄りの椰子の根もとは、どれも水びたしだった。

「避難しろ、ニコラス。もっと高い土地をさがすんだ。ジャングルの中へはいれ」砕ける荒波そのものがしゃべっていた。

「いやだ」

長い蛇のような水が焚火に届き、じゅーっ、ぱちぱちと音がした。

「避難しろ！」

「いやだ！」

第二の波がうちよせ、ニコラスのふくらはぎを撃ち、ほとんど焚火を消してしまった。

「まもなくこのへんは水びたしになる。避難しろ！」

ニコラスはまだ燃えているまきを何本か拾って、持っていこうとしたが、焚火からひきぬいたとたんに、風が火を吹きけしてしまった。彼は溶接機に手をかけてみたが、重くてとても持ちあがらなかった。

「避難しろ！」

ジャングルにはいると、風にあおられた樹々がおたがいをずたずたに打ちすえ、折れた枝が爆発の破片のように宙を飛んでいた。いっとき、彼はダイアンの声が風に泣きさけんでいるのを聞いた。それがマヤの声になり、つぎに母の声かシスター・カーミラの声になり、そして大ぜいの声になった。やがて風はしだいにおさまり、もう地面の揺れを感じなくなった。ひどく疲れた気分だった。「結局おまえを殺せなかったっけ、なあ?」彼がそういっても、返事はなかった。浜辺にもどってみると、なかば砂にうずまった溶接機が見つかった。ダイアンの灰も、彼の焚火も、もうあとかたもなかった。

彼は新しいまきを集め、溶接機を使って火をつけた。

「さあ、やるぞ」そういうと、溶接機のまわりの砂を手で掘りかえした。やがてその下にざらざらした土台石が現われると、彼は溶接銃の引金をひいて、炎をそれにあてた。プラスチックが黒く焦げ、ぐつぐつ泡立ちはじめた。

「いけない」アイランド博士がいった。

「いいとも」彼は両手を溶接機の引金にかけ、身をかがめてじっと炎を見つめた。

「ニコラス、それはやめろ」彼が返事をしないでいると——「うしろを見たまえ」波のくだける音よりも大きなばしゃばしゃという音と、金属のきしりが聞こえた。くるりと後ろを向きなおったニコラスがそこに見たものは、イグナシオが海底で彼に見せた、あの巨大な、カブト虫に似たロボットだった。その金属の外皮には小さな貝殻がいちめんにくっつき、かすかに緑色をおびた水がまだその体から流れおちていた。彼が溶接銃をそっちに向けるひまもなく、ロボットは万力のような手をさっとのばし、それを彼からもぎとった。砂浜の右にも左にも、おなじような機械が歩きまわって、砂をならし、嵐の被害を修理しているところだった。

「あいつは死んでたはずだ」ニコラスはいった。「イグナシオが殺したんだ」

ロボットは電池をひろいあげ、くっついている砂をきれいにふり落としてから、向きをかえ、海のほうへ大またにひきかえしていった。

「イグナシオがそう思いこんでいただけさ。そのほうが彼のためにはよかったんだよ」

「それなのに、あんたは何もできないといった。手がないなんて、嘘じゃないか」

「わたしはこうも話したはずだよ。わたしはきみを、社会がここから出たときのきみを扱うように扱う、それがわたしの本性なのだ、と。そのあとで、きみはわたしのいうことをすべて信じただろうか？　ニコラス、今のきみはダイアンが死んだので興奮しているが――」

「あんたがその気だったら、彼女を守れたはずだ！」

「――しかし、彼女は死ぬことによって、ほかのだれか――ある非常に重要な人間――を治したのだよ。彼女の予後は不良だった。彼女がほんとうに望んでいたのは死だけで、だからわたしは彼女のためにこの死をえらんだ。なんならそれをアイランド博士の死と呼んでくれてもいい――ほかのだれかを助けるための死、と。今きみはひとりぼっちだが、まもなくほかの患者がこの扇区にやってくる。きみには――もしできれば――また彼らを助けてやってほしい。そうすれば、彼らもきみを助けてくれるかもしれない。わかってくれるね？」

「いやだ」ニコラスはいうと、砂の上に身を投げだした。風はおさまったが、雨はつよく降っていた。彼は前に一度見たことのある幻覚を思いだし、つい一日まえダイアンにそれを話したことを思いだした。「これはおれの思ってた結末じゃないぞ」と、彼はささやいた。それはのどの奥で、かすかにキイキイ鳴っている音でしかなかった。「いっぺんだって、物事がちゃんといったためしがねえや」

波と、風と、椰子の葉ずれと雨音と、浜辺に流れついた食べものをさがしにきた猿たちが、いっせいに答えた。「どこかへ行け――ひっこめ――動くな」

ニコラスは傷跡のある頭を膝におしつけ、体を前後にゆすりはじめた。

「動くな」

長いこと少年はじっとそこにすわりつづけ、そのあいだ雨は彼の肩をうちすえ、ずぶ濡れの猿たちが彼のまわりでじゃれあい、とっくみあった。ようやく顔を上げたとき、そこにはこれまで潜在的にしかうかがえなかったいくつかの人格要素が現われ、それといっしょにある空虚さと、おどろきの表情が目についた。少年の唇が動いたが、そこからもれる音は、聾唖の人間がしゃべろうとして出すときの音だった。

「ニコラスはいなくなった」と、波がいった。「きみの右半身、きみの脳の左半分だったニコラスを、わたしはむりやりに緊張病におとしいれたのだ。これからの一生、彼はきみにとって、いままでのきみが彼にとってそうだった程度の――あるいは、それ以下の――存在にしかならないだろう。わかるかな？」

少年はうなずいた。

「静かなきみを、われわれはケネスと呼ぶことにしよう。いいかね、ケネス、もしニコラスがもどって来ようとしたら、きみは彼を追いかえさなくてはいけない――でないと、これまでのきみにもどってしまうよ」

少年はもう一度うなずき、いっときおいてから、消えかけた焚火につぎたすためのまきを拾いあつめはじめた。独り言のように、波がうたう――

荒海や　佐渡によこたふ　天河《あまのがわ》

"Seas are wild tonight ......
Stretching over Sado island
Silent clouds of Stars."

答はなかった。

死の島の博士

浅倉久志訳

The Doctor of Death Island

「お行儀よくしていれば、おまえにもそこにある本を読ませてあげるよ」と老紳士は優しくいった。「本の外側をただながめているよりは、中身を読むほうがいい。といっても、場合によりけりだがね。背と表紙だけは立派だが、というような本もある」

――ディケンズ

『オリヴァー・トゥイスト』

夜。用務員をしている服役囚ふたりが、病院の明るい廊下で立ち話。

「アルヴァードのことを知ってたか？」年長の男があごをつまみながらたずねた。自分のカートが動かないように気をつけながら、そのハンドルにもたれかかった。「いや、知らんだろうな。パートナーを窓から突き落としたんだ。むかしは金髪の大男でよ——でっかいガキみたいな顔つきだった」

「そのふたりはどんな仕事をやってたんだい、スタン？」

「見当もつかねえ。おれがはじめてここへきたとき、やつは昼番だった。だいたい、どこで事件が起きたのかも知らん。やつは長い刑を食らった——無期懲役——そいつを最後までやりおえたわけさ。門の外まで。つい二年ほど前だぜ。たしか」

「いまはシャバにいるのかい？」もうひとりの男がたずねた。

刑期の終わりのはじまりは、ひと目でそうとはわからない。その正体は胃ガンだ。最初の徴候は長びく腹痛で、彼と日焼けしたジェシカとが、もはや嫉妬もなく、面会人用コテージ三号の大きなベッドの上で抱きあうさなかでさえ、痛みがつづく。

「夕方になると」（とアルヴァードは書いた）「まるで仮出所の囚人のように、影が庭へやってくる――口もきかず、足をひきずって。影はわれわれ同様に灰色だ。だんだん寒くなり、日が短くなってきた。今夜、病院の帰りに庭を横切ると、影が足首のまわりへひたひた打ちよせてきた。十二月には、『クリスマス・キャロル』を読みかえして――ジェシーがあの本を見つけて差し入れてくれたらの話だが――スクルージ老人と旧交をあたためたい」

その影についてなにか美しいことを書くつもりだったが、いまの彼にはそれがなんであったかも思いだせなかった。そこで代わりにこう書いた。「あと二週間で、またジェシーがやってくる。胃はまだ痛い。いっしょにいたときはジェシーがさすってくれて、いくらか楽になった。きっと胃潰瘍だ。バリーとふたりで〈ジャンル・ジン〉の試作品に取り組んでいたころには、こんなことはなかったのに。

明日、グレイザーがやってくる。はっきりこういってやろう――わたしのためになにか手を打て――この事件を再審理に持ちこむか、でなければすくなくとも仮出所の候補者リストに名前を載せるか――さもないと、依頼人をひとり失うことになるぞ、と。

この監房には新しい用務員がやってきて、みんなの便器をあけている。彼の名前はスタン（スタンリー・ジョンスンか、それに似た名前）だったと思う。だが、本人は〝スネーク〟と呼んでほしがっている。人好きのする少年だが、ホールドアップのさいに少女をひとり殺したらしい――彼にいわせると、〝消した〟わけだ。彼はわたしに、なにをやったのかとたずねた。十九歳の少年になんと説明すればいい？」

そこでアルヴァードは思いだして、こう書いた。「影は背の高い美女たちで、死者たちの上に古い灰色の毛布をかぶせている」

影が灰色の毛布を顔の上にかぶせている人びとは、まだ死んでいない。たいていは眠ってさえいない。その人びとは、いや、その人びとの一部は、ベッドに寝て物思いにふけっている。べつの人びとは監房内を歩きまわっている——奥行きは四歩の長さ。またべつの人びとは、刑務所のいろいろな部門で働いている——動力室のボイラー点検とか、刑務所長の子供たちにもう消灯時間だよと教えるとか。アラン・アルヴァードが日中に働いている病院では、いま、夜勤の用務員たちが病人を看護したり、担架車を押したり、スプーンで食事させたり、おなじ服役囚の患者たちに、朝になればドクターがきてくれるから、そこで病状を話せばいい、と教えたりしている。

今夜のボールドウィン医師は救急患者担当だが、夜勤ではないはずのマーゴット医師がはいってきたのを見て、コーヒーはどうですか、とすすめた。

「ありがとう」マーゴットは礼をいい、指の二本ない手をプラスチックのホットカップへ伸ばした。蛍光灯の下で白髪がきらきら光った。

「いつも眠らないんですか？」

「ぜんぜん。まあ、うたた寝はするがね。言い訳をすると」マーゴットは、甲状腺機能亢進症特有の飛びだした目をしばたたかせた。「デヴローも、わたしが夜勤だったのを知っているときは、いびきをかいても文句をいわない」デヴローは病院の事務長で、それがデヴロー流のやりかただ。しかし、マーゴットはいびきなどかかない。

マーゴットの姿が遠ざかると、模範囚の用務員のひとりがボールドウィンに近づいた。「今夜はだれかさんの旅立ちだね」

「つまり、死にかけてるわけか」ボールドウィンはいった。

「そういうこと——旅立ち。おれのうちじゃいつもそういってたっけ——つまり、おふくろがね。だれかが死にかけてると露骨にいうのは、なんだかよくないような気がするじゃないですか。犬ならともかく」

「だれかが死にかけてると、どうしてわかる？」

「マーゴット博士にはわかるんだよね。だから、病人の旅立ちを見送りにくる。それとも、あの先生がくるのを待って、病人が旅立つのかな。今夜はきっとだれかが顔にシーツをかぶせられて、いちばん上の階から運びおろされる。まあ、見てなさい、いまにそうなるから」


アラン・アルヴァードはベッドで汗をかいている。なぜかシーツが顔にかぶさっているが、いま窒息しそうな夢を見ていたのはそのせいだろうか。作業台の上には、どの面もあばたづらに似た、プラグの差し込み口だらけの黒い箱がある。その回路の設計者が自分だとわかってはいても、それがなにをする道具なのか見当がつかない。自分の手でそれを修理しなくてはならないこともわかっているが、ちゃんと機能していたときのそれは、いったいどんな役目を果たしていたのか、かいもくわからない。手に持ったネジまわしの先端を黒い箱に近づけると、表面でスリップし、キュッ、カチャカチャと音を立てる。とたんに部屋の天井で、雷鳴のような音がキュッ、カチャカチャと移動していく。彼は息ができなくなり、自分がすでに死んで、その箱のなかにいるのをさとる。胃が痛い。

つかのま、彼は自分の居場所を思いだせなかった。やがて、上段のベッドからリーマーのいびきが聞こえた。「バリーがくるぞ」とアルヴァードはいった。リーマーの目をさまさないように声をひそめた。「修理ができたかどうかを見にくる」

リーマーがたずねた。「なんていった？」

「ひとりごとだ。ごめん」

「いいって」

「夢を見てたんだ。仕事をしてて、マーゴットがボスで」

「夢ってほどのもんじゃねえな」リーマーもやはり病院で働いていた。

「八年か十年ぐらい前なんだよ。当時はマーゴットなんて名前さえ聞いたことがないのに。だけど、夢のなかのマーゴットは、自分のいいつけた仕事をやったかどうか見にくるんだ。わたしはなにかを手に持ってて――なんなのかは忘れたが――そのなにかが部屋の天井をひっかいてる。息ができない――まるで空気がないみたいな感じで。そこへ、仕事がすんだかどうか、マーゴットが見にくる。そっちを向いてないのに、ドアのノブにかかった手が見えるんだ。あのマーゴットの手が。指が二本ない」

アルヴァードでもリーマーでもない新しい声、かぼそい、歯擦音のまじった声がいった。「きみのいうとおりだ。カラジャンだった。なぜわかるかは知ってるだろう？」

リーマーが笑った。「いまの声色を聞いたら、おまえがぞくっとするかと思ってな」

ニューヨーク州オルバニー発【AP】本日、州矯正施設委員会は、アラン・アルヴァードが合衆国刑罰史上で冷凍睡眠処置を受ける最初の受刑者となる、と発表した。アルヴァード本人にその処置を受ける経済力があり、末期ガンに罹患している以上、それを拒否することは、法廷の意図に反して事実上の死刑執行を構成するという弁護団の主張が勝利をおさめたもの。発明家で出版業者のアルヴァードは、二年前に無期刑を宣告されている。

目覚めは、予想に反して恐ろしい苦痛ではない。彼は自分の肉体をたんなる存在として意識する。ちょうど散らかった、せまい店舗のなかで、蓋のあいたスパイス・ボックスからの芳香に気づいたり、自分がシーツでなく、毛布のあいだに寝ていることに気づいたりするように。だが、彼は目覚めている。目覚めている。

その考えは、それからしばらく彼の頭のなかで循環をつづけた。自分の目がひらいているのか、閉じているのか、はっきりしない。だが、閉じていると信じた。もしそうなら、目をひらくことができない——目やにでくっついたからでなく、筋肉が反応してくれないのだ。それに、自分がどこに寝ているのかもはっきりしない。自分の体を動かすことはできないが、体がなにかと……なにかとふれあっているのは感じられた。

「あなたはこれから旅に出るのよ」と彼のカウンセラーはいう。カウンセラーは、清潔な、堅苦しくぎごちない感じの若い女性で、服役囚でもある。その口調には、鼻にかかったニューイングランド訛がある。だれもがそうだ。「長い、長い旅にね。そして、もう帰ってこられない」

アルヴァードはいった。「それはむかし臨終の人間に向かっていわれた言葉だよ」

「あら、おもしろいわね。じゃ、こんなふうに考えてみて。あなたが人生のすべてを送ったのは、遠いはるかな国――過去でのことだった。いま、あなたはここで暮らさなくちゃならない。いまの世界はあなたのなじみの世界とずいぶん変わってしまったけれど、いまからあなたはその世界で生きなくちゃならない」

「で、期間はどれぐらいなんだろう？　もうガンは治療できるのかね？　でないと、患者を目覚めさせたりは――」

「復活といってよ」若いカウンセラーはいった。「前にもいまとおなじことを話したのに、あなたは忘れちゃったみたい。まあ、それが普通だけど」

「治療できなければ、復活させたりはしない、そういうことか？」

「あなたが意識を回復する前に治療はすんでたの」そこで彼女は間をおいた。「前に平均余命の話をしたのをおぼえてるかしら、アラン？　ここのお医者たちは、細胞療法《セル・セラピー》というものを使ったわけ。もっとくわしいことはお医者さんに聞いてほしいけど、とにかくこういう意味なのよね。ある種の物質があなたの体内に導入され、それがDNAを変化させた。その結果、古い肉体の死が早められ、新しい肉体の成長が刺激される。それはガンを除去するひとつのプロセスだけど――その副次的作用で――老化もある程度まで回避される」

「で、わたしはすでにその処置を受けた？」

「だれもが受けたわ。この療法が発見されたとき、政府はそれを一般大衆から秘密にしてた。おきまりの政府のやりくちよ。当然ながら、そこで革命が起きた。いまではその技術を使って処女生殖による子供たち――早くいえばクローンも作られている」

「つまり、永遠に生きられるというわけか？」それは把握できないほど巨大な観念だった。頭のなかの言葉が、移りかわるイメージになった。丈高く香しい草におおわれた丘。日ざしにほほえむ丘。そこはいつも昼だ。夜はやってこない。

「自分の体を陶器の花瓶だと考えてみて。花瓶は落っことして割れたらおしまいだけど、割れなければ千年どころか、一万年も長持ちする。もし、なにかの爆発でふっとばされたり、建物の下敷きになったり――まあ、これは地震の場合ね――それとも溺死したり、焼け死んだりした場合は、以前のあなたの時代でそうだったみたいに、やっぱり完全に死ぬでしょう。いずれはそれに似たことが、まったくの偶然であなたの身に降りかかるかもしれない。それはわたしたちみんなもおんなじこと」彼が無言のままでいると、むこうはつけたした。「ほかに、なにか聞きたいことは？」

「しばらく考えてみたい」

「わたしはまだ帰っちゃだめなの――リストに出てる患者のひとりひとりと、一定時間いっしょに過ごす建前だから――でも、もしあなたがいやなら、むりに話をしなくてもいいのよ」

「一万年か」

「ひょっとしたらね」

それは記録された人類の全歴史よりも長い期間だ。「どれぐらいの期間、わたしは冷凍されてたんだろう？」

「四十年間」

「たったそれだけ？」

「ええ、それだけよ。あなたの知りあいの大半は、きっとまだ健在だと思う」

「なるほど」世のなかがどれほど変化したかをたずねたかったが、その質問の愚かさはわかっていた。しばらく枕に頭をのせてじっと横になったまま、呼吸をし、天井を見上げた。「この建物は……」

「たぶん、あなたはおぼえてるんじゃないかな。あなたが冷凍にはいる前からこの建物はここにあったはずだし。たしか築後六、七十年だって話よ」

「この病院が？」

「そう」

「わたしはここで働いていた。労役として」アルヴァードは疲れきっていた。万事がほんの二、三日前のように思える――だが、とほうもなく遠いむかしだ。それとおなじ反応を経験したのは、刑期のはじまりだった。裁判の終わったのがほんの一週間たらず前のことなのに、それがはるかな過去の出来事に思えた。しかし、今回のそれはまぎれもない事実だ。

ひとりの用務員が床の上でなにかの作業をはじめた。その男の使っている道具は、箒でもなく、電気掃除機でもなく、アルヴァードが知っているどんな掃除用具にも似ていなかった。しばらく男の動きを目で追っていたが、そのうちに男の衣服に気がつき、カウンセラーをふりかえった。彼女もおなじ制服なのだ。だぶだぶのズボンと、どことなくロシア風のチュニック。

「そう。わたしも服役囚よ。この病院で働いてる。むかしのあなたとおなじように」

彼女を見つめた――やわらかな金髪、丸みのあるあご、大きな青い瞳。

「この刑務所にきてもう十八年になるわ、アラン。細胞療法が公開されたときは、服役囚のなかにも、まだ運よく若い人間がいたわけ。いまのわたしは四十四」彼女は立ちあがった。「そろそろ昼食の時間だし、あなたがしゃべりすぎるのは――まだ――体によくないと思う。また、明日おじゃまします」

「もう固形食が食えるんだろうか？」

「とっくに食べてるわよ。何度も」

「記憶がない」

「気にしないで」床を掃除中の用務員が、なにかのはずみで彼女にぶつかった。彼女は相手をじゃけんに押しやった。一瞬、アルヴァードは遊び場の子供たちを連想した。

彼女がドアから出ていきしなに、用務員はちらとそっちを見た。その視線に敵意はあっても、驚きはなかった。この男は何歳ぐらいかな、とアルヴァードは考えた。背丈は平均か、それより低く、〈カッチェンジャマー・キッズ〉というむかしのコミックスに出てくるハンスのように、黒い髪の毛が絵筆の穂のように突っ立っている。しばらくしてアルヴァードはたずねた。「ここの暮らしはどう？」

「のろい」

すくなくとも、変化しなかったものもあるわけだ。「むかしのここは」とアルヴァードは言葉を選びながらいった。「女がいなかったが」

用務員はにやりとした。「かなりやわになったわけだ。そうそう、いまからエサを食うかい？　だったら、持ってきてやるけど」

ランチをのせたトレイは、緑色で、プラスチック（すくなくとも、アルヴァードが知っていたようなそれ）ではなく、木でも、金属でも、その他の識別可能な材料でもなかった。だが、蓋つきの皿とカップは、以前の時代でもごくありふれたものといえる――ぶあつい安物の陶器だ。金属のポットには、熱い飲み物がはいっていたが、それはコーヒーでも紅茶でもなかった。

「おれ、もう行かないと」と用務員がいった。「ベッドの右にブザーがある。そいつを押すとナースが出て、用を聞いてくれるから」

アルヴァードは皿の蓋をとった。ミートパイと、赤っぽいオレンジ色をした謎の野菜と、アーティチョークといっても通りそうななにかだ。トレイ同様、つるつるで温度のない材質の赤いフォークを使って、そのパイをすこし切りとり、口へ入れてみた。これまでに食べたおぼえのあるどんなものにも似ていない――舌の上ではショートニングのように大味で、のどの奥にぴりっと辛さを感じる。オレンジ色の野菜は、腐りかけの藁をミルクに漬けたような味だが、アーティチョークに似たものはおいしかった。さくさくしているが肉厚で、デリケートな風味がある。ベッドに背中を支えられた自分がトレイの上の料理を食べているところから、ディケンズの『大いなる遺産』に出てくるミス・ハヴィシャムをふと連想して、彼は微笑をうかべた。そのあとしばらくして、眠りに落ちた。


部屋のなかはうす暗いが、暗闇ではない。前より体力が出てきたのを感じながら、アルヴァードは上体を起こして耳をすませる。

なにも聞こえなかった。まるで部屋の外の全世界が存在をやめたかのようだ。むかしここで働いていたころの病院の夜のたたずまいを、彼は思いだそうとした。あのころは夜特有の物音がしていた。それはたしかだ。廊下を通るカートのタイヤのやわらかなひびき、だれかのいびき。それに、たいていはかすかに聞こえるだけだが、ときには肌寒いほどの苦痛の訴え。だが、いまはなんの物音もしない――とにかく、そんなふうに思えた。

勇気をふるって毛布をはねのけ、自分の両脚に目をやった。どちらの脛もあざだらけで、竹馬のように細かった。マットレスをつかんで、両脚をベッドのわきへふりだそうとした。なんの前ぶれもなく、彼は子供時代の目ざめの夢のなかに飛びこんでいた。藁の山から滑り落ちた夢。つかのま、ふたたび日ざしが顔に当たり、まわりはもうもうたるほこり。強烈な日なた臭さ。

両足が床にふれると同時に、苦痛が足の裏から突きあげ、藁の山は消えうせた。自分がうめき声か悲鳴をもらしたような気がした。たとえそうだとしても、よそからの反応はいっさいない。病院内部はそれまでと同様に静まりかえっていた。

半時間後、やっと立ちあがれるようになった。しばらくはベッドの頭板につかまったままだった。ようやく窓ぎわへたどりつくと、そこは二重ガラスでふさがれていた。掛け金は見なれないデザインだが、仕組みはわかる。それをはずし、両びらきの窓をあけた。以前の時代なら、この窓はスチールの金網でふさがれていたはずだ。しかし、いまは彼の顔から夜の外気を隔てるものがいっさいなかった。外は暗くて、涼しいが寒くはなく、強い風が吹いていた。外景は見えなかった。風の吐息はべつにして、物音がない――なんの物音もない。はるかなジェット機の音も。トラックや、遠いハイウェイの音も。

ここは何階だろう？　病院内部の配置を思いだそうとした。屋上に近い階らしい。とすれば、不治の患者の病棟のそばだ。

あのころ、面会人用コテージには、ベッドルームの衣装たんすの上に金魚鉢がおいてあった。ウールワースの小さいボール箱には金魚の餌。使い古されたベッドの上で、荒い息をしながらふたりが横になっていたとき、二度ほどジェシーがそれを話題にしたことがある。二度とも、はじめてそれに気づいたようなふりをしたものだ。しかし、実をいうと、そのささいな飾り物は、彼の思考の中心的イメージのひとつだった。あれから二世代を経たいまでは、とっくに割れたか、忘れ去られたにちがいないのに、風の強い夜景をながめる彼の目の前に、いまふたたびその金魚鉢が出現した——あまりにもなまなましく浮かびあがったため、じっとりした泥水のにおいや、鉢のまわりにくっついた緑の浮きかすまでがはっきり思いだされた。カタツムリが這い、なかば中毒ぎみの金魚が泳いでいるどんよりした水面から、もっと大きな水槽に似合いの陶製の山がそびえ立ち、その山のふもとは、まるで金魚か、無数の小さなカタツムリのように、金魚鉢のなかへ閉じこめられていた。だが、緑の水面から島のように突きだしたせともの山頂は、大気にさらされ、自由ではあっても、生命はなく、骨のように乾燥して不毛だった。死の島。

その飾り物と、彼の働いていた病院は、サイズをべつにすればなんのちがいもなかった。その飾り物とおなじく、あの病院も、下から七分の六までは刑務所の混みあった活動のなかにあった。まわりの田園地帯からながめると、きちんと耕された刑務所農園や、森や、自由農場や、道路や、家並みのむこうには、病院の最上階、周囲の建物よりもいちだんと高いマーゴット博士の病棟だけしか見えない。しかし、その最上階だけが死の棲み家であり、ひらいた窓を吹きぬける風が人びとをさらっていくのだった。

いまの自分はそこにいるのか？　彼には確信が持てなかった。あの女がいったとおり、もし終わりなき健康を提供する治療法が存在するなら、どうして刑務所に不治患者用病棟が必要なのか？　もはや不治患者は存在しない。もはやだれも死ぬ必要はない。

もはやだれも死ななくてすむのだ。

アルヴァードは自分の指が金網をさぐり、その保護を求めているのを感じた。だが、金網はそこになく、一瞬、自分の両腕が肉体をひきずったまま、窓から飛びだしそうな気がした。彼は身をひいた。腰の高さよりも低い窓台から大きく身を乗りだしていたため、風向きが変わると、糊のきいた白い病院のガウンがひっぱられるほどだった。頭のなかにひとつの質問が生まれ、同時に、その質問を大声でさけびたい、風に投げつけてみたい、という不条理な衝動が起きた。その質問を言葉にしようとしたが、言葉が出てこなかった。そのあげく、両脚ががくがくしはじめたのを感じながら、もう一度身を乗りだした。自分の口のなかに、ぜひともたずねたいことが、それ自身のエネルギーで形づくられるのではないか、と期待しながら。

彼は息をあえがせた。すると、どこか近くで、べつの声が夜に向かってさけんでいるのが聞こえた。それもやはり質問だった。(その声は聞こえる気がしたものの)言葉までは聞きとれなかったが、尻上がりの調子はまぎれもないものだった。

翌日、きのうの若い女(名前はメガン・カーステンセン)がやってきて、アルヴァードに聖書を手渡す。なぜにやにやするのか、と彼女にたずねられて、「とても古風な感じがするから」と彼は答える。だが、その本は受けとる。

「所内に図書室があって、ほうぼうの図書館と本を交換してるから、あなたのために取りよせたのよ。気に入るかと思って——以前の時代を思いだしたりしてね」

「きみは正規のカウンセラーだといったよね。こういうことも教わるわけ?」

「ある程度は。でも、冷凍睡眠から目覚めた患者のカウンセリングまで教わったとは、どうか思わないでね。あなたみたいなケースはそんなに多くないんだもの。だけど、カウンセラーであることはたしかよ。心理学のトレーニングも受けたし」

「いまじゃすっかり変わったんだろうな」

「心理学が？　でしょうね。あなたが冷凍されたのは、キングレークの『愛の死』の刊行以前じゃないかしら。だとしたら、ずいぶん変わったはず」

「もうフロイトの時代じゃないわけか」

「もちろん。むかしの人は本気であんなものを信じてたのかしら？」

「ときにはね」

　なにげなくアルヴァードは、いま受けとった本の黒い石目革の表紙をひらいてみた。声がいった。

「その『人の子』とはだれのことですか」（「ヨハネによる福音書」十二章三十四節）とたんに、彼はその本をばたんと閉じてしまった。

「あなたはこういうものに慣れてないかも。これはスピーキング・ブックといってね。そこに……本の綴じ目のなかに小びとがいて、話しかけてくるのよ。もし聞きたくないときは、見返しをひらかなきゃいい――小びとはそこに住んでるから」

「慣れてるよ。この仕組みを開発したのは、このわたしなんだ」

「ほんとに？」

「そう。ほんとに。わたしたちは――バリー・セイグルとわたしは――〈スピーキング・ページ・コーポレーション〉と呼んでいたよ。それが社名だった。わたしに関するデータをもらってないのかね？」

「その種の情報は初耳」とメガンは答えた。その表情を見ていると、なぜかこの四角い小部屋が、彼女を入れた鳥かごになった感じだった。彼女の目は、ひらいたドアと、その外のがらんとした、クリーム色と緑色の廊下の方角をつねにさまよっていた。

「じゃ、わたしについてどんなことを知ってる？」

「ぜんぶを答えるわけ？　そんなひまはないわ――これからほかの患者との面接もあるんだし。もしご希望なら、ファイルをおいていくから読んでみて。こんどきたときに返してくれればいい」

「自分のファイルを？」

　メガンはうなずいた。うまくなだめて、早く引きあげたいらしい。

「うん」彼はゆっくりと答えた。「一度見てみたいね。むかしはそんな制度はなかった。本人にファイルを見せるなんてことは」

「これよ」彼女は椅子の下から帽子箱と書類箱の中間に属する物体をひきよせ、そこから薄いファイルをとりだした。「これをあなたが読む前に」と、気のすすまない口調でいった。「ゆうべ、なにがあったかを知っておきたいわ。用務員が発見したとき、あなたは窓ぎわで倒れていた。窓はあいていた」

「自殺未遂ってわけじゃない。はるばるここまでやってきたのに――」

「え？」

　つまり、前回会ったときに彼女がいった旅のことを、自分は内面化したわけだ――歳月の流れが暗闇をつらぬく大旅行となり、自分は宇宙船も宇宙服もない宇宙飛行士だった。「これだけの期間」と彼は説明した。「つまり、これだけの長い期間という意味だよ。自殺なんて。いまさらそんな気はないね」

「担当のお医者さんがいうには、そもそもあなたはベッドから出るべきじゃなかったって。そのショックだけで、あなたは死んでたかもしれない。あなたの肉体の細胞はいま自己再生中だけど、そのプロセスの完了までに最低六週間はかかる。冷凍期間中に心臓がかなり劣化してるから」

「なるほど」

彼女はにっこりして立ちあがり、ベッドの上から彼をのぞきこんだ。「じゃ、くれぐれも気をつけて。もし、永遠が長い長い時間を意味するなら、あなたは永遠に生きられるわけ。これからやることはいろいろあるはずよ——たとえここでもね」

彼はなんとかこう切り返した。「むかしの人たちは、そのうちきっと退屈する、と信じていたようだが」

「まだだれも退屈してないわ」

背を向けて出ていこうとした彼女の太腿と太腿がすれあい、ズボンの脚がかすかな音を立てた。彼はたずねた。「もう帰る?」

「さっきのデータのことで話しあいたいわね。またくるから——明日——そうすれば、スケジュールに追いつくチャンスも出てくるしさ」

その奇妙ないいまわしにアルヴァードが気づいたときには、もう相手はいなかった。彼はファイルを膝にのせた。だが、ファイルは膝から滑り落ちて床の上でひらき、書類がこぼれだした。

小さい声が聞こえた。会社を経営していたころ、口述の再生で聞いた自分の録音音声にとてもよく似た声だ。「こんにちは。わたしはアラン・アルヴァード、ナンバー一八三二八です。わたしのことについてなにを話しましょうか？」

いまではファイルにまでこの仕組みが使われているのか。さっき聖書に使われているのを知ったときは、さほどの驚きはなかったのをおぼえている――キリストと話しあいたいという誘惑には、だれもがうち勝ちがたいだろうから。だが、ファイルのフォルダーと？　いまはどんなふうに情報を読みこむのだろうか、マイクロチップやスピーカーはどこについているのか。はじめて試作品をデザインした当時は、表紙の厚みを通常の本の表紙の倍にもしなくてはならなかったが。

「わたしの人生の要約を聞きたいですか？」

「いや」アルヴァードは思わずそう答えた。

「では、なにか質問がありますか？」

「こんども〝いや〟と答えたら、ファイルを閉じろというんだろうな。それに似たルーチンをプログラムしたおぼえがある」

「わたしの人生経験にあまり興味がないなら、わたしをひらいてもあまり意味がないでしょう」

「いまの自分の居場所を知っているか？」

「はい。わたしはグレイハム刑務所付属病院の入院患者です。六一七号室。六一七号は個室です」

では、いまいるここは、死の島じゃない。まだ水中なんだ。六一七号室が建物のどちら側にあったかを、彼は思いだそうとした。そのあげくに、こうたずねた。「六一七号室には窓があるか？　そこまで知っているか？」

「窓はひとつ。病室の広さは、幅約三メートル、奥行き約二メートル半」

「窓はどっち側にある？」

「西側です」

彼は窓にちらと目をやった。「いま何時だ？」

「その情報はお知らせできません」

「さっき、『こんにちは』といったじゃないか」

「わたしの時間感覚は正確ではありません」

「このベッドの枕のそばにスイッチがあるらしい。もしわたしがナースコールでたずねたら、むこうはいま何時だというかな？」

「その情報もお知らせできません」

ずっとむかし、入院中の母親を見舞いに行ったことを思いだしながら、アルヴァードはベッドの頭板を手でさぐった。端に押しボタンのついたコード。そんなものはない。

どこかの隠れたスピーカーから男の声がたずねた。「なんの用だね、六一七号？」

「いま何時？」

「それだけか？　十八時三十一分だ」

夕方の六時半か。彼はまた窓に目をやった。かたむいた夕日の光はさしこんでない。

床の上のファイル・フォルダーがたずねた。「ほかに質問はありますか？」その声はちょっぴりくぐもっていた。スピーカーがうつぶせになっているのにちがいない。アルヴァードは苦痛をこらえてベッドから身を乗りだし、フォルダーを拾いあげた。床の上に散らばった書類はそのままにしておいた。

表紙の内側にアルミホイルに似た円板があった。「これがスピーカーか？」と彼はたずねた。

「その情報はお知らせできません」

「じゃ、おまえが話せることは……」自分の名前を他人の名前のように発音するのは、思ったよりむずかしいことがわかった。「アルヴァードのことだけか。そうだな？」

「わたしに関する質問なら、なんでもお答えします」

「メガンと話をしたことがあるか？」

「わたしのカウンセラーですね。はい、彼女と話をしたことはあります」

「彼女は……」アルヴァードはためらった。こう質問するつもりだった――彼女はおまえのなかにある書類を読んだのか？　だが、それだとまた相手は言いぬけをするだろう。そこでこうたずねた。

「彼女はおまえの経歴を読んだか？」

「いいえ」

「たしかか？」

「どの服役囚についてもログがあって、ファイルを読んだ人間の名前が記入されるきまりです」

なぜ彼女がそれを読まなかったかを、フォルダーにたずねてもむだだろう。アルヴァードはいった。

「彼女はおまえと話をする前から、くわしい情報を知っていたのか？」

「わたしについて？　彼女はわたしのことをなにも知りません」

「どれぐらいの時間、ふたりで話をした？」

戸口から用務員がたずねた。「いまから夕食を持ってきていいか？」

「ああ、だいじょうぶ」アルヴァードは答えて、フォルダーを閉じた。

「床に散らばったのを拾ってやろうか？」

アルヴァードはうなずき、トレイがおけるように膝を伸ばした。「どうもありがとう」

「お安いご用。いまに自分で拾えるようになる。さっき、あんたのエサを持って戸口まできたんだが、なかでこいつの声がしてたから」

「待ってくれてありがとう」

「いや、なにがあったか、いちおう教えただけさ。あんたがナースコールで時間を聞いてきたっていうから、腹がへったのかなと思って」用務員はフォルダーを手にとり、そのなかに書類をはさんで、アルヴァードのトレイの隣においた。「ほかに、なにか用はないか？」

「なぜ窓から日がさしこまないのかを教えてほしい」とアルヴァードはいった。

用務員はぽかんと彼を見つめた。

「むかし、わたしはこの病院で働いていたんだよ。そのころは病室がうんと上の階にあって、記憶ちがいでなければ、窓は西向きだった。いまはもう太陽が沈みかけてると思うが、しばらく前までは窓から日がさしこんでいたはずだ」

「ここが西向きかどうか、おれはそこまで自信がないな」

「わたしはある」

「だってさ、太陽のことなんかよく知らん――天文学者じゃないもんな、そうだろ？　わざわざ窓から首をつきだして、日が暮れかけたときに太陽がどこにあるかなんて、たしかめたりしねえよ。いまにここをおさらばしたら、そのときは太陽を見るけどさ」用務員はなにか忘れてないかというように室内を見まわしてから、両手をチュニックにこすりつけた。「ちょっと前までは、この部屋にも日がさしてた、そうだろう？」

「かなり前までは、そうだね」

「じゃ、あるもので満足しなきゃ。おれは帰るぜ」アルヴァードが呼びとめる口実を思いつかないうちに、むこうはさっさとドアの外へひきあげた。

部屋の人工照明は、アルヴァードがこの前気づいたときよりも明るかった。それからしばらく、彼は閉じたファイルを両手に持ったままですわっていた。背中が痛い。飛びだした肩胛骨《けんこうこつ》がマットレスに押しつけられっぱなしのせいだ。

「こんばんは。わたしはアラン・アルヴァード、ナンバー一八三二八です。わたしのことについてなにを話しましょうか？」

「おまえが動く仕組みを教えてほしい――わたしに話しかけるこのファイル・フォルダーの仕組みを」

「その情報はお知らせできません」

「逮捕される以前のアラン・アルヴァードの職業はなんだった？　なにをして生計を立てていた？」

「わたしはある特殊な出版社の社長で、研究開発部長を兼ねていました」

「どうしてその地位につくことができた？」

「〈ジャンル・ジン〉と名づけた装置を発明したんです。本の綴じ目にマイクロコンピューターを埋めこんだものを。そのコンピューターは、その本の内容を読者と論じあえるように、アセンブリ言語でプログラムされていました」

フォルダーを閉じてしばらくしてから、アルヴァードの痩せさらばえた体に身ぶるいが走った。それを見たものはいないが、ベッドのスプリングの低いきしみと、ガタガタいう音がその証言だった。

もう感情をコントロールできた、と彼が思ったあとも、その音はまだつづいていた。彼はまたフォルダーをひらいてたずねた。「その発明は商業的に成功したのか？」

「はい、いままでの本にくらべると、コストは約三倍につきましたが、わたしのデザインした本は、それまでギフト商品として人気があった本、さし絵入りの高価な〝コーヒー・テーブル〟本にほとんどとって代わりました。そのアイデアはさらに拡大され、改良されて、教科書その他の種類の本にも応用されました」

「いまでもそれは使われている？」

「はい。しかし、わたしの特許は事実上の妨害を受け……」（その声――彼自身の声――は、ずいぶん長くぼそぼそと語りつづけた）。

それから一時間あまりが経って、さっきの用務員がやってきたとき、アルヴァードはまだフォルダーと聖書を膝の上にのせたまま、ベッドの上にすわっていた。「これをかたづけようか？」と用務員はたずね、アルヴァードがうなずくのを待って、フォルダーをベッドわきのテーブルの上に移した。

「もう夜だから、寝かせてほしいだろうと思って」

「ありがとう」とアルヴァードはいった。


朝になって新顔の用務員、どっしりした体格の女が朝食を運んでくる。彼女は、アルヴァードが起きあがれるように、ベッドのコントロールをまわす。ざらついた両手で、アルヴァードの膝の上にトレイをおいたとき、ぷんと髪の毛から消毒薬がにおう。

「メガンがあんたに会うために待ってるよ。食事がすんだら、といっとこうか？」

「いますぐでもいいよ」アルヴァードはいった。

用務員は首を横にふった。「なにかおなかに入れないとだめ。ビスケットと紅茶だけでも」

「じゃ、食事しながら話をしよう。むこうも食べたいかもしれないし」

「むこうは食事をすませたよ。もう九時五十三分だもの。じゃ、いつきてもいいといっとくね」

アルヴァードはピンクの砂糖衣のついた四角いビスケットをつまんで、口に入れた。油っこく、歯ごたえがあるが、あまりおいしくない。冷めかけた紅茶をすすった。

「おはよう、アラン。よく眠れた?」

彼はうなずいた。「きみは記憶にあるよりもきれいだ」

「でも、自分よりきれいな若い男を毒殺した女よ」部屋にひとつしかない椅子を、彼女はベッドのわきまでひきよせた。「お食事中に、横でおしゃべりをしてもいいわけ?」

「どうぞ」アルヴァードはいった。「しかし、怖くないのかね? わたしに窓から突き落とされるかもしれないのに?」

「いまのあなたにそれは無理。きょう話しあいたかったことも、それと関係あるんだけどさ。もうじき面会人たちがやってくる。つまり、あなたは車椅子で面会室まで下りなくちゃならない――むこうがこの病室へくることは許可されてないから。で、それに耐えられそう?」

「だれがくるんだ?」

メガンはメモをとりだした。「ジェシカ・アルヴァード、リサ・ステュアート、ジェローム・グレイザー」

メガンが去ったあとも、その三つの名前は彼の頭のなかで反響をつづけた。ジェシカ・アルヴァードとはジェシーのことだろう。面会のために、ジェシーはやむをえずこっちの名字を借用したのだ。あの担当弁護士の名字はたしかにグレイザーだが、ファースト・ネームはジェロームでなかった。なんだったかは思いだせないが、ジェロームではない。リサ・ステュアート（偽名か、それとも芸名か）についてはまったく記憶なし。できればファイルをひらいて、リサ・ステュアートのデータがないかたしかめたかったが、すでにファイルはメガンが持ち帰っていた。聖書はまだある。表紙をひらくと、声が聞こえた。「神は、その天使たちを風とし、ご自分に仕える者たちを燃える炎とする」（ヘブライ人への手紙」一章七節）それはいまの場合にまったくあてはまらない気がした――リサ・ステュアートは風なのか、それとも燃える炎なのか？　彼は聖書をわきにおき、自分の行動はメガンの期待どおりに形づくられているようだ、と考えた。子供のころから聖書なんて読んだことがないのに。

彼は目をさます。あたりはまだ暗いが、だれかが部屋のなかにいる。青白い存在。「だれだ？」

「だいじょうぶかどうか、ようすを見にきただけだ。眠れよ」その男がしゃべるときに歯がぼうっと光るのが、アルヴァードには見えた。

「眠くない」右手を動かし、部屋の明かりをつけた。用務員の褐色の顔には、ナイフの長い傷痕があった。中年らしい。「いま何時？」

「あと二十分で二十四時だ」

「面会人がくることになってってね」

「医者は眠れといったろうが」

「たたき起こしたりしないかな？」

「あんたは病気だった。睡眠薬なしで眠れたら、けっこうなことじゃないか。それがいちばん」

「面会にきた連中はどうなる?」アルヴァードは怒りを感じた。しかし、それが弱々しく愚かな怒りなのは、最初からわかっていた。

「また日をあらためて、ということになると思うな。いいか、おれはこれからほかの患者を見てまわらなきゃいけないんだけど、明日のことであんたが知っといて損にならないことを教えとこう。朝食前に、もし目がさめたら、ナース・コールで朝日を見たいといえ。そしたら、おれがここへきて、あんたを屋上まで運んでやる。すこし外へ出てみたくないか? そういう建前にはなってるが、たのまないとやってもらえないんだ。おれは八時まで当直だから」

夜明けの灰色の光が窓にさしたとき、アルヴァードは目に見えない、声だけのナースを呼びだし、屋上に出たい、とたのんだ。それから半時間後には、顔に傷痕のある用務員が車椅子を持ってきてくれた。「あんた、年はいくつ?」とアルヴァードはたずねた。

「りっぱなおとなさ。そっちが冷凍されたときは、まだ生まれてもいなかったがね。そのことを考えてるのかい?」静かなタイヤに乗って、アルヴァードは病院の廊下を滑るように運ばれていった。むかし、ここで働いていたころの壁の色を思いだそうとした。それがどんな色であったにしても、いまの壁はピンクのまじった緑色だった。

「あんたの考えはこうじゃないのか」と、用務員は学歴のない人間特有の堅苦しい口調でいった。「おれがあんたの生まれた古い時代に好奇心を持ってて、当時の話を聞きたがってるとか? そうじゃないんだ。むかし話をしたいなら、いちおう耳は貸すよ。だけど、むかしの時代について知りたいことは、もうちゃんと知ってるさ」

「じゃ、なぜこの屋上までわたしを連れてきたがったんだね？」エレベーターは記憶にあるとおりのような気がした。ただ、前よりものろく、音が大きくなっていた。

「それは、自分がここへきたいからさ――ほかにどんな理由がある？　おれの育ちを知ってるか？　ちっぽけなアパートメントでさ、ばあちゃんがいつもむかし話をしたがる。ミスター・ケネディとか、そのての話をな。ばあちゃんはミスター・ケネディにぞっこんでさ」意外にも、用務員はそこで笑いだした。温かい笑い声だった。子供のころは退屈でならなかった祖母を思いだすことで、いまは幸福を味わえるかのように。

「わたしの時代より前だよ――ケネディは」

「いつもミスター・ケネディだぜ。もう近ごろはだれも使わねえな。あのミスターって呼び方はよ」

エレベーターがガタンと停止して、ドアがひらいた。アルヴァードが最初に意識したのは、涼しくさわやかな風の到来と、永遠に新しい日の出だった。つぎに霧。屋上で渦巻く霧のために、ほとんど手すりが見えないほどだ。夜明けの光はまだ屋上まで届いてない。「わたしは不死の人間にされたんだよ。知ってるかい？」

「おれもそうさ」

「知らなかった。道理で、この屋上へきたがるわけだ」

「うん」屋上の表面はタール塗装で、すこしでこぼこしていた。用務員はアルヴァードの車椅子を押しながら、ゆっくりとその上を横切った。小さな固いタールの泡が車輪の下で砕けた。

「この空気のにおいを嗅いだとき――さっき、エレベーターのドアがひらいたとき――それがどんな意味を持つかがわかったよ。それまではわかってなかった気がする。十万回、いや、百万回の夜明けか。五百年間は研究で、つぎの五百年間はのんびりして本でも読もうかな。待てよ。やっぱり、まずのんびりしたい」

用務員はくくっと笑った。「そりゃいい。それにはもってこいの場所だぜ、ここは」

「ところで、わたしは釈放されるんだろうか？　外はどんなようすだね？」

「それを知ったって、なんの役にも立たんよ。あんたを釈放してくれるわけがない、そうだろう？　みんながいつまでも長生きできるようになったご時世に、やつらがおれたちをここから出して、自由にシャバを歩きまわらせたがるかよ？」

屋上へ出る前に、用務員はアルヴァードの両膝に毛布を掛けてくれていた。いまアルヴァードはその毛布で膝をきっちりと包んだ。寒さが身にこたえる――だが、いまの用務員の言葉が完全な真実でないのはわかっていた。終身刑が永遠を意味するわけはない。

「もう、ここの外にはあんまり人間が住んでないんだぜ」用務員はそう教えた。「あんたの時代とはちがうんじゃないかな。一戸建ても、アパートメントも、空き家が多い。みんなに家を貸してたあの会社――おれがまだガキのころにさ、わかる？　いまならあの会社も、みんなにもっと広いスペースを貸せるはずなんだ。アパートメントふたつ分とかさ。だけど、そうはしない」用務員が吐く息はオートミールのにおいがした。油っこく、ちょっと焦げくさい。

「合衆国の人口はどれぐらい？」

「いまじゃそういわなくなってる。合衆国および連合王国。いくつの国が集まってるかは知らない。むかしみたいに多くはないと思うぜ。田舎へ行ったことは？」

「あるよ」アルヴァードは少年時代を思いだして、そう答えた。

「おれもいっぺんある。それがさ」用務員は微笑の代わりに、車椅子を軽くゆさぶった。「つまり、おれたちはトンズラの途中だった——わかる？　そしたら、いろんな場所がありやがるんだ。古い農場だの、建物だの、それに、だれも住んでない小さな町も。ほら、ここらの町のなかにも、ときどき何ブロックかそんな界隈がある。夜なかに何人かのアル中がごろ寝してるだけとか。だけど、あのへんじゃ町ぜんたいがそうなんだ」

「目に見えるよ」とアルヴァードはいった。そう答えたあと、本当にまわりが目に見えてきたのに気づいた。いまや霧が薄れ、日ざしが明るく、暖かくなってきたからだ。そこに彼が見たものは、薄れることのない夜の帯だった。それは一キロも先にあるようで、いま用務員がゆっくり車椅子を押している屋上よりも、はるか上まで（どれぐらい上かはわからないが）届いていた。

「政府はいつも女たちに、子供を産め産め、とけしかける。だが、どうにもならない。妊娠中の女は命を危険にさらしてるわけさ、わかるか？　それに、いまじゃ、そいつをいつまでも先送りできる」

「目に見えるよ」とアルヴァードはくりかえし、そして指さした。「あれはなに？」

「あのもやのなかか？　塀のことかい？」

「あれは塀なのか？」

「おれたちを囲いこんでる塀。前にここにいたときはなかったのか？」

アルヴァードは思いだそうとした。「あんなに大きくはなかったし、それにもっと近くだった。あれだとさしずめ——いや、どれぐらいの高さか見当もつかないな。それに、この建物も前より大きくなった気がする」

「だろうな。じゃ、そろそろ下へもどるぜ。おれの当直も時間切れだ」

病室にもどると、看護助手がレコーダーと小型テープのはいった箱をよこし、手紙を書くように、といった。彼はジェシカに手紙を書きはじめた（「やあ、ジェシカ。先日きみが会いにきてくれたのは知ってる。ついうっかり眠ってしまって。すまない……」）だが、何度も何度も身が凍るほどの当惑におそわれたのに気がつき、やがてぜんぶを消去して、自分にこういい聞かせた。ジェシカはもう以前の住所、こっちが世話をしたアパートメントにはいないだろう。（グレイザーが家賃を払いつづけていたのだろうか？）

もうすっかりなじみになった病室にいると、屋上から見えた塀がまわりをとりかこんでいるのが感じられた。目をつむるだけで、そこにまざまざと塀が出現した。遠くから、不機嫌に。その塀はなにか黒っぽい材料で作られているが、コンクリートとは思えない。もしかすると石材か。もしこの世界から人間が種切れになってきたとすると、コンクリートも種切れになってきたのかもしれない。あの当時は原油の枯渇でプラスチックが廃れ、木材と金属が復活しかけていた。いま、外の世界では、歩道にも煉瓦や石がまた使われているのだろうか――縮まるいっぽうの都市に、まだ歩道があるとしての話だが。

都市の縮小のことを考えてもべつに悲しくならないことに、彼は気づいた。ある一時期、人口がふえすぎたことは、だれもが知っている。しかし、子孫を通じて永遠の生命を手にしたいという衝動は、もはや存在しない。現実に永遠の生命が手にはいったからだ。何百年間も、カトリックの僧侶や尼僧が子孫を残すことを考えなかった理由は、ひょっとするとそこにあるのだろうか――人間の霊魂が死後も不滅であることを信じ、すでに永遠の生命を自覚していたのではないか。これからは森林がふたたび蘇り、繁茂するだろう。鹿や、狼や、熊や、狐も、いまからはもっとたくさんの仔を産めるだろう。

塀がふたたびまわりをとりかこみ、彼にこんなことを再認識させた。自分の永遠性は、ここ、ガーンと反響する金属音に満たされた、この細長い灰色の建物のなかにしかない。そのてっぺんを歩いているのは、白衣に包まれた、小柄なマーゴット博士の姿だ。着色プラスター塗装の現実の壁を、彼はむりやりに見つめつづけた。

美術や文学や科学はどうなっていくのか？　ひょっとすると（自分はそうは考えないが）それらもやはり永遠の生命を獲得しようという試みかもしれない。もしそうなら、それはもはやなくなったか、それとも終わりなき先送りのなかに溺れてしまったのか。もはや〝大いなる遺産〟はなく、もはやどんな種類の偉大な作品もないのか？　アルヴァードはそれを信じなかったし、これから信じる気もなかった。


小説の定石とちがって、刑務所の門は面会日に面会人たちの背後でがちゃんと閉じたりはしない。門のそばには看守が何人か立っている。塔の上には、もっとおおぜいの看守が、クリスタルの窓にかこまれて立っている。グレーの制服の模範囚たちが、一見なんの目的もなさそうに、正門と管理本部の建物のあいだにひろがる中庭を横切っていく。バスで到着した面会人たちが、正門をくぐって引率されていくさまは、城壁にかこまれたフランスの小都市で、市場へ追い立てられるガチョウの群れのようだ。ガチョウとおなじく、彼らは他人と話をするよりも、ひとりごとをいう。ガチョウとおなじく、群れからさまよい出ようとしては、追いかえされる。ガチョウとおなじく、大半は灰色で小柄だ。

管理本部ビルのなかでは、模範囚の受付係が――その大半は女性だが――面会人に受刑者の名前や、受刑者との関係や、用件の性質をたずねる。もし受刑者が懲罰処分中である場合は、面会許可が下りない。急を要する用件の場合は、看守が付きそっていく。たんなる社交的な面会の場合は、近親者に優先権が与えられる――割当は一日一時間、面会日は金、土、日にかぎられる。受刑者に会えなかった面会人は、つぎの面会日まで〈ロッジ〉で待つことをすすめられる――厳密にいえばそこは商業施設だが、実際には刑務所の管理運営の一部だ。〈ロッジ〉は刑務所正門から二十二キロの距離にある。

「つぎの方、お名前は？」

「ジェシカ・ボナー・アルヴァードです」

「ああ。あんた、きのうもきてたわね」受付係の模範囚は、腫れぼったい顔をした、肉づきのいい、黒髪の女だ。「面会の相手は……？」

「わたしの夫です。アラン・アルヴァード」

「事件番号を知ってる？」

ジェシカは首を横にふった。

「おぼえといたほうがいいわよ。ここの手続きが二、三分節約できるから」模範囚は部屋の奥まで足を運び、コンピューター端末に質問を打ちこみ、五分ほどしてもどってきた。「この前は若い娘さんといっしょだったわね」

「ええ」とジェシカは答えた。「あの子は町へもどらなくちゃならない用ができて」

「あんたの娘さん？」

ジェシカはちょっと考える。「のようなもの」

アラン・アルヴァードはナース・コールのために片手を動かす。その手は鉛のように重い。うまく説明できないが、ふと理解できた気がする。ある意味で、それはべつの種類の手なのだ。つまり、スピーカーや（どこか遠くの）マイクや、ナース・デスクのシグナル・ランプなどを制御するリモコン・スイッチを作動できない手だ。

「なんの用だね、六一七号？」

それはナースの声ではなく、またスピーカーの声でもない。マーゴット博士がドアの外、ちょうど視野のはずれに立っている。そのむこうに、折りたたんだシーツを積んだ、無音のゴム車輪のカートがとめてある。

「なんの用だね？」

返事をするのが恐ろしく、アルヴァードは待ちつづける。

顔に傷痕のある用務員が彼を起こす。彼の肩をつかんでゆさぶりながら、もう一方の手で朝食のトレイを支えている。

「さっき、おれを呼んだかい？」

アルヴァードは相手の顔をしげしげと見つめた。

「呼んだんじゃないかと思ってな。ナースの話だと、あんたが掛けてきたけど、あとの返事がなかったらしい」

「むこうはだれかをよこさなかった？」

「そんなひまはねえよ。はっきりいって、ここの患者はあんまり構ってもらえない。自分からたのまないかぎりはな」

アルヴァードはうなずいた。「むかしとおんなじだ」

「そのとおり。お偉方は、おれたちがぞろぞろ歩きまわるのがお気に召さないわけだ。トラブルを起こしたり、薬を盗んだりしないかと心配でよ。食事がすんだら、また屋上へ行ってみるか？　いまなら日当たりもいいし」

アルヴァードは窓の外をながめた。澄んだ光がさしこんでいた。「いま何時？」

「十時半ごろ」

「あんたは夜勤だと思っていた」

「前はな。二週間に一度、昼夜交代があるんだ。いまのおれは昼番。屋上でしばらくひとりきりにしといてやるよ。それが好きな受刑者は多いぜ。なんなら、自分で車椅子を動かして、屋上をぐるぐるまわってみるか。それぐらいの元気はあるだろう？」

「あると思う」アルヴァードは答えた。

「朝食がすんだら、知らせてくれ」

アルヴァードは部屋から出ていく用務員を見送った。その首すじは頭とおなじぐらい太く、両肩は白い制服のチュニックの下で大きく盛りあがっていた。重量挙げの選手だったのかもしれない。

小さいテーブルの上に鏡があった。彼はベッドから抜けだし、両手でテーブルのへりをつかんで体を支えながら、二、三秒そこに立った。むかしのアルヴァードは、あの傷痕のある用務員に負けないぐらいの大男だった。大学ではレスリングとボクシングをやったし、二年間アメフトをやったこともあるが、いつも場ちがいな感じを味わっていた。未来の高校コーチたちに囲まれたひとりぼっちのエンジニアという気分で、彼らの横柄さと派閥性になじめなかった。

いまは、たとえ両脚に力がもどっても、とうていあの傷痕のある用務員にかなわないだろう。鏡のなかから見つめかえした顔は、頬がこけ、青白くて、あざだらけ。その下の病院のガウンは、まるで木製の椅子の背にかけてあるように見えた。生きた死骸。

少年時代に、彼は父と教会へ行ったことがある。父の信心ぶりが七〇年代の少年にとって目新しい種類のものだったことに気づいたのは、ずっとあとになってからだ――新しくて古いジーザス・フリークは、ペンテコステ派の古い伝統とほとんど見わけがつかない。母は彼の幼いころに亡くなったので、ほとんど細かいことはおぼえてないが、小さい建物の西側にある立てこんだ墓地で、エジプト十字架の刻まれた、質素な白い墓石の下に眠っていた。おおぜいの友人にかこまれた田舎暮らし――コミューン――母の世代にとってはそれが夢だったのだ。

最初のうち、父は彼を階段の上で待たせ、ひとりで妻の墓に詣でた。だが、九つになったとき、父は彼をいっしょに墓地へ招きいれ、柳の木立の垂れ枝の下に立った。そのとき、彼はリトル・ネルの死を連想した。ある秋の日に、墓のまわりのヤナギの落ち葉を掃こうとして、父にとめられたこともある。たぶん父は、ナイフの刃に似たたくさんの小さい葉が、母親を温かくおおってくれるとでも思ったのだろう。父は母の写真の大半を焼きすててしまったが、残されたなかの一枚には肩まで垂れた長い金髪が写っていた――彼の金髪は母親ゆずりのものにちがいない。父に聞かされた話だと、ふたりが結婚した当時は、それが流行のスタイルだった――長い髪をまっすぐに垂らしているのが。女はときどき髪にアイロンをかけて、癖毛をのばさなくてはならなかった、とも父はいった。しかし、なぜかその写真が、母(エレンという名前だった)とリトル・ネルとは同一人物だという、彼の確信を強めることになった。ひょっとして、『骨董屋』（ディケンズの長篇小説）の本にさし絵があり、父からそれを見せられたのだろうか。ひょっとして、ふたつの顔になにかの類似点があったのだろうか。

あの発明をやりとげた理由は、もちろんそこにある。つまり、本にしゃべらせることだ。いま、彼はこう考えた。「もっと早くそれに気づくべきだった――だが、もし気づいてたら、あの発明に手をつけなかったかもしれない」いまでは、リトル・ネルもしゃべれる。彼のおかげで。ほかのキャラクターたちもしゃべれる。リトル・ネルのおかげで。

おいおいこのセンチなさびしがり屋。あの小説が好きな人でさえ、リトル・ネルは好きでないという。だが、その人たちは大きくなるまで、たっぷりと母親の手で育てられた――写真でしかない若い母を思いだす必要もなく、夜になってから父が本を朗読してくれるのを聞く必要もなかったのだ。かなり長いあいだ、わたしにとっては本を朗読してもらうことだけが慰めだった。ほかの人たちは、夜に居間でくりかえし再生されるギター演奏を聴かなくてもすんだろう。母が父のために録音しておいたものを。しかし、ギターを弾いているのはリトル・ネルではなく、ドーラだった。タララ！　タララ！

さっき、頑丈な壁を透かして、外で待っている年老いたマーゴット博士と、死体運搬用カートが見えたことは、ふしぎでもなんでもない。病的なのだ。そう、四十年間も死んでいて、病的にならないわけがどこにある――そう、それだ。死んでいた。ちょうどあわれなエレン・アルヴァードとおなじように、その夫の、いまは死んだレイモンド・アルヴァードとおなじように。

凍ってもいないし、眠ってもいないし、冬眠中でもない。死んでいる。

あの医師たちはこのわたしを麻酔にかけ、ガンが体を殺すままに放置し、そして腐敗しないうちに死体を凍らせた。わたしは死んだ。疑問の余地なく死んだ。死とはなんだ？　呼吸停止か？　医師たちはそれを待った。心拍停止か？　医師たちはそれもたしかめた。細胞活動の終止か？　それは冷凍中に起きた。

　では、そのとき、わたしはどこに存在したのか？　それとも、わたしはあのスピーキング・ブックスに組みこまれた驚異のバッテリー（もとは腕時計用）をくっつけただけの、ゼンマイ仕掛けのオモチャなのか？　たんなるオモチャだとすれば、ゼンマイが巻いてあるか、それをながめる子供がいるかどうかは――このわたしにとってさえ――意味があるのだろうか？

　では、オモチャでなく本ということにしておこう。もちろん、わたしは一冊の本だ。（彼は声を上げて笑いだしてから、だれかが部屋にはいってこないかと、あわてて口を押さえた。）そして、ここは――ここは本箱なのだ。この刑務所は。そのことを理解するのに、どうしてこんなにひまがかかったのか？　ここは金魚鉢でもなく、鳥かごでもなく、刑務所でさえない。本箱だ。それも開架式の本棚ではない――がっしりした黒っぽい木材のキャビネットで、扉のついた本箱だ。

　彼はベッドから出ると、よたよたと窓ぎわに近づき、外をながめた。やはり、それはそこにあった。一キロ先に高くそそり立つ、黒っぽい扉。それが周囲の建物の屋根ごしに見える――とすれば、ここはやっぱり七階だ。あの用務員はなんといった？　この国のいまの名前を？　合衆国および連合王国。U・S・Kか。だとすると、この建物の階数をかぞえるにも、英国方式が採用されていたりして。

　死の島――ここはまさにそうだ。いま、日ざしのなかに目をこらすと、古い塀が見えた。記憶にあるとおりの煉瓦塀で、新しくて黒っぽい塀よりもずっと近くにある。つまり、この施設は拡張されたわけだ――古い刑務所のまわりに、新しい刑務所をリング状に増築したのだ。窓の金網が廃止されたのもふしぎはない——たとえ窓をくぐりぬけて外に出たとしても、あの塀と収監棟の作りだす迷路からどうやって脱出できる？　それは都市だ。しかも、これまでに見たどんな都市よりもでっかい気がする。

だが、それはたんなる本箱なのだ。ここから抜けだす秘訣は、棚から下りて、流通ルートに乗ることにある。彼はセルリアン・ブルーの空と白い雲を見上げた。それらは以前の時代とおなじように、いまも自由のシンボルだ。あれから四十年が経つ。そのあとは……。

レビヤタン！

それはまるで空を仰ごうとして、逆に見おろし、真下で回転している惑星を目に入れた感覚だった。なんとでっかい——そう、空中に浮かぶにしては巨大すぎる。とても高くにあるくせに、とても大きく、まるで空を埋めつくしているように見える。見まもるうちにもその影が近づき、刑務所を漆黒の闇に投げこんだ。いったいあれは……なんだ？　飛行機ではない。船でもない——空に棲むもの、でなければ、大気圏の上に棲むもの、高空生物だ。銀色ではない。スチールに似た金属色に茶色の斑点。壊れて斜めに傾いたダムのように巨大な塊、それが空を漂っている。船体プレートと内部設備のひきちぎられた裂け目から、日光がさしこんでいる。残されたものは、湾曲した巨大な骨組みの梁だけだ。

反重力。では、反重力が実現したのか。だが、この十億トンもの幽霊船が破壊されたのは、どういう闘争によるものか？　なぜ難破船に乗りこんで、それをサルベージしようとしなかったのか？　もしかすると放射能汚染？　核動力炉が搭載されていた？　それとも、もしかするとそれが巨大すぎて、当局の手に——いや、だれの手にも——あまるからか？　その影は彼の窓にたどりつき、病室を暗闇のなかへと投げこんだ。

新しい用務員がやってきたとき、彼はすでにベッドにもどっている。両脚が疲労でふるえ、体は汗だくだが、用務員はなにも気づいていないようだ。さっきの影はまだ窓をおおっている。

「面会人だよ」と用務員がいった。折りたたんだ車椅子持参だった。

エレベーターがガタンととまり、前に屋上へ連れだしてもらったときとおなじように、ドアがキーッとひらいた。用務員がつぶやいた。「ここには専用の面会エリアがあるんだ。だから、患者のほうは雨降りに外へ出ていかなくてすむ。この上だ。看守がルールを教えてくれるよ」

ひとりの看守がすでにこっちをながめていた。大柄な中年男だ。制服はブルーグレー、武器は持ってない。その看守がいった。「面会時間は一時間。時間をまるごと使いたけりゃな。ただし、おまえは遅刻したから、十分間のロス。もし話をしたくなくなったら、背中で指をぱちんと鳴らせ。そしたら、おれがそばへ行って、時間切れだと教える。面会人との話は、ぜんぶおれの耳にはいる——規則なんだ。むこうは差し入れ品を持ってきてるが、それをおまえに渡す前に、中身のチェックでいったんおれに預けなくちゃならない。だが、怪しいものがはいってないかぎり、ちょっと待てば渡してやる。明日も面会日だ。そのあとは来週の金曜日。むこうはそのことを聞くと思うよ」

アルヴァードはいった。「相手はだれ?」

「いますぐ会えるさ」看守は金属のドアをひきあけ、用務員から車椅子のハンドルをひきついだ。床はでこぼこのタイルから、でこぼこの四角な寄木細工に変わった。ふたりは角を曲がり、アルヴァードは傷だらけのカウンターごしにむこうをながめている自分に気づいた。

べつの看守のあとにつづいて、ジェシーは刑務所の広い街路を歩いていく。例の難破船が頭上の空に浮かび、あらゆるものを漆黒の影のなかへ投げこんでいるが、彼女はまったくそちらへ目を向けない。ときどき、いまにも話しかけそうになる。看守にではなく、自分の左にいる見えない存在にだ。彼女は首をめぐらす。唇がふるえる。それからふたたび顔を正面に向け、肩にさげた革のバッグをぽんとたたく。

「ここだ。前にきたことがある?」

ジェシーは首を横にふった。

「さっきから見てると、何年もここへかよってたような感じだもんでよ」

「前にはよくきたわ――うんと大むかしに。そのころ、ここはもっとせまかった。わたしが行ったのも、これとはちがう建物」

「相手は、前にもここで刑期をつとめてたのか?」

ジェシーは目をあらぬかたに向け、聞こえなかったふりをした。年寄りの得なところだ。テレビや、日ごろ読む雑誌の大半にいわせると、彼女のような人間――細胞療法を受けたとき、すでに老齢だった人間は――これからも年老いた姿、いまの姿のままでいることになるらしい。しかし、先週読んだ(マーケットで買った小さい正方形の雑誌の)記事によると、少数だがべつの見かたをする医者もいるという。その記事に引用された学説では年老いた肉体にもゆっくりした組織の再生作用があるとか。とにかく、確実なことはだれにもわからないのだ。その雑誌は、持ってきた差し入れ品といっしょに、バッグのなかにはいっている。その雑誌も渡すつもりだ。じかに話さずに、あとでその記事を読ませたい。それに、リサのこともあるし。いや、そんなことをいっちゃいけない――あの記事。もし、あれがまちがいだったら？

「着席して。もし受刑者への差し入れ品があったら、こっちへ預けてくれ。怪しい品物でなけりゃ、あとで本人に渡しとく。つぎの面会のとき、それを受けとったかどうか、本人に確認してくれてもいいぜ」

「本を持ってきたんだけど」

「じゃ、面会が終わったらこっちへ預けてくれ」

「わかりました」細い黒線がカウンターの中央を走っていた。彼女は手を伸ばしてそれに触れようとしたが、その手は透明な物質にぶつかった。「むかしはここに金網があったんだけど」

「これだと、あんたがカウンターごしにこっそりなにか渡すんじゃないかと心配しなくてすむんでな。だけど、おたがいの話はちゃんと聞きとれるから」

「わかりました」と彼女はくりかえした。看守は去っていった。チクタクと一分が過ぎ、二分が過ぎたころ、だれかがやってくるのが聞こえた。ひきずるような足音と、やわらかい車輪の回転音。やがて彼がやってきた。車椅子に乗り、ひどいやつれようだが、本人にまちがいないことは、ひと目でわかった。あのころのこちらは二十五歳だった。

彼が声をかけた。「やあ、ミセス・アルヴァード」おきまりのジョークだ。

「むかしの知りあい。でも、この顔がわかるとは思わなかったわ」むかしの知りあいにはちがいないが、いま彼の顔にうかんだショックは見逃さなかった。「いまのわたしはお婆さん。もう六十五。まだ働いていたら引退の潮時よね。むかしの基準でいうと」

「働かなくちゃならなかったのか？」

「いいえ。あなたのおかげで」

「わたしの特許は無効になった。ここのだれかが教えてくれたよ」

「それは二十五年が経過したあとのこと。弁護士からの送金の一部を貯金してあったの。どのみち、そのころにはもう年で、働くのが無理だったけどね。五十だもの」

彼はうなずいたが、その顔にはまだショックがまとわりついていた。

「あなたにとって、時間はゼロみたいなものだったでしょう。でも、わたしにとっては人生の大半だわ。あなたは、若いころの思い出にあるだれかというわけ」

しばらくはどちらも無言。一ぴきのハエが部屋のなかを飛びまわっている。ジェシーの側だ。ハエはブーンと飛びまわりながら、ときどき透明な仕切りにぶつかった。彼がいった。「わざわざきてくれてありがとう、ジェシー。もう送金はとだえたんだし、そこまでしてくれなくてもいいのに」

「あなたには恩義がある。目覚めたのがいままでよかったわね。二十年前のわたしはとても心配だった。もし、いまあなたが蘇生処置を受けたら、わたしたちふたりとも……ふたりともが、もう一度同棲を考えるんじゃないかなって。でも、いまのあなたから見ると、わたしはお婆さん。あのころのわたしは四十五だったけど」

「これでも生理学的には三十七歳なんだ。おぼえてるかい？　あのころのわたしは、きみから見るとお爺さんだった」

「ええ。でも、あなたは頭がよかった。すごく頭が切れたものね、アル」それがちがいを生み、自分の若さとバランスがとれた、といいたげな口ぶりだった。「いまはそのことでなんの疑問もないわ。だから、おたがいにリラックスできるじゃない。これからはときどき手紙を書いて、なにか送るわね。

クッキーとかそんなものを」

彼は微笑した。「まさか最近ケーキ作りをはじめたとか」

「お店で買うのよ。それでも、ここであてがわれるものよりはましじゃない？　そうよ、とうとうお料理はおぼえずじまい――いつもなんとなく……わかるでしょう」

「うん、わかる」

「女のやる二流の仕事のひとつ。みたいな気がしてたわけ。いつも外食。でないときは、冷凍ディナーを解凍してレンジで温めたり。でも、女のやるなかでほんとの二流の仕事は、男に養われることよね」

彼はいった。「ジェシー、わたしは心からきみにあの金を受けとってほしかったんだ」ごく小さい声だった。

「知ってるわ。あのときは、これこそチャンスだと思った。そのお金で生活しながら、演劇かダンスの道で自立しよう、と。いくつかの役にはありついたのよ。嘘じゃないわ、アル、いくつかの役はもらえた。でも、とうとうブレークできずじまい」彼がうなずくのを見て、彼女はカウンターのへりを握りしめていた手をゆるめた。知らないうちにバッグが床に落ちていた。

「ほかに男がいたのならいいんだが」と彼がいった。

「ええ、いたわよ」

「よかった。きみが四十年も孤閨《こけい》を守るところなんぞ、考えたくもない」

「ほかにも男はいたわ」彼女は笑いだし、それはほとんどむかしの彼女の幸せな笑い声のように聞こえた。「あなたは最初の男でさえなかったわ、アル。バリーだったの、おぼえてる？　でも、別れたあとになにかを残してくれた男はあなただけ。もしあなたが、わたしを待たせたことでなにかの借りがあるなんて心配をしてるなら……」

「心配してない」アルヴァードはいった。

「よかった。心配しないで。借りがあるのは、このわたしだから」彼女は背をかがめ、バッグのなかをひっかきまわした。目が涙に濡れていた。マスカラが流れるのを恐れているかのように涙をこらえたが、マスカラはつけてなかった。「わたしのほうなの。わたしのほう」カウンターの下に頭があるので、その声はくぐもって聞こえた。

ふたたび背すじを伸ばしたとき、彼女の手には茶封筒があった。「いずれそのうち、あの子もくるわ。あなたに会いに」そういうと、ふたりを隔てた透明な仕切りにその写真を押しつけた。

それは小さいアパートメントのテラスらしいところで、長椅子に横たわった若い女の写真だった。無表情な顔の上に、黒い髪が煙のようにたなびいていた。きれいな青白い肌、頬だけがピンクに染まっている。細いウエスト、ゆたかなヒップ、すらりと長い脚。

「きみそっくりだ」とアルヴァードはいった。「瓜ふたつだよ。むかしのきみに」

「リサって名前」

「かわいい名前だ」

「きのうはあの子もいっしょにきたんだけど、あなたの都合がわるいといわれて、ゆうべ帰らなくちゃならなかった。ちょうど、あるお芝居のキャスティングがあってね。もうわたしが代理で契約をすませたから、劇団入りはできるわけ。ここにはむかしみたいな面会者用の宿泊施設があるのよ——ほら、あのコテージ——ただ、むかしとちがって、いまは女の受刑者もいるけど」

むかしのように彼はからかった。「その子の芸名はどうなる？　ジェシカ・アルヴァードか、それともリサ・アルヴァードか？」

「あの子には見せかけをする必要がないわ。もうすんだことなんだし」

「泣かないでくれ、ジェシー」

彼女は首を小さく横にふった。やみくもに、力なく。小さいハンカチはもう最初の涙でぐしょ濡れになっていた。「リサにやきもちは焼かないつもりよ、アル。むかしのわたしがどんなに嫉妬深かったかをおぼえてる？」

アルヴァードはいった。「われわれは結婚すべきだった。わたしの服役の前に。そしたら万事がもっとらくになっていたのに」

「わたしはそうしたかったわ、アル」

「きみがそうしたかったのはわかるよ。だが、もしそうしていたら、きみにとってどういうことになっていたかな。束縛されて——」そこで彼はいいやめた。はたと自分の言葉の陳腐さに気づいたように。

「もしかしたら、そのほうがわたしにはよかったかも。あのあとで同棲した男たちが、あんまりわたしのためになったとは思えないもの」外では巨大な難破船の影がゆっくりと刑務所上空を横切り、ついに通過が完了した。フラッシュバルブの閃光のように、とつぜん窓から日ざしがさしこみ、ふたりの中間にある透明な仕切りをべつのものに変えた。仕切りは光を透過するのと同程度に、光を反射するものになった。拷問者からふいに鏡を目の前へつきつけられたように、ジェシーは刑務所のすりへった木の椅子に腰かけた自分の姿をそこに見いだした。体の割りに小さすぎる両手が、赤褐色のしみにおおわれ、膝の上で握りしめられている。肩に脂肪がつき、猫背になっている。灰色の髪の下にある顔にもやはり脂肪がつき、つい数年前の記憶にある自分の顔のイメージとはちがう――目の両隅が垂れさがり、鼻の頭がまるまり、毛穴がふくらんでいる。若いころばかにしていた顔なじみの婆さんたちとおっつかっつだ。テント張り劇場のオールドミスの衣装係や、パリのアパルトマンの老管理人や、タワーズに住んでいたころの部屋の掃除婦にそっくり。そして、だれよりも自分の母親にそっくり。

そして、年老いた自分の鏡像を透かして、アルの姿が見えた。年は若くても、まるで（その言葉が頭にうかんだとたん、それがどれほどぴったりの表現であるかを無意識に受けいれたが）埋葬された死人のよう――頬はこけ、顔は青白くてあざだらけだ。もっとわるいことに、本人も仕切りに映った自分の姿をながめている。アルが右腕を上げてから半秒ほどして、ようやく彼女は気づいた。アルは自分の顔を覆おうとしているのだ。見ようによっては滑稽なしぐさ、古い怪奇映画に出てくるドラキュラ風のしぐさだろう。だが、滑稽ではなかった。ひっぱられた皮膚の下に透けて見える、骨ばった高いひたい、黒ずんだ肉のしわの奥にある憑かれた青い瞳、それらは滑稽さからほど遠く、つかのまジェシーは自分自身、つまり、木の椅子の上の老婆に向けていた怒りと憎しみを忘れた。

ジェシーの唇が動いた。だが、自分がいった言葉を知ろうと、ちょっと間をおき、耳をすませているようだった。「かわいそうな伯爵、かわいそうな伯爵」いま、彼はぎごちない手つきで車椅子の向きを変えようとしていた。「おみやげを持ってきたのよ、アル」と彼女は呼びかけた。「看守に預けていくから。あとで受けとって」彼はもうドアから出かかっている。「こんどはリサが面会にくるわ。きっとくるわよ、アル、約束」

看守がもう彼女の椅子のそばまできていた。「話はすんだけ？」

「ああ、よかった。リサがいまの彼を見なくてすんで。もう一週間もしたら、あの顔色だっていくらかよくなるわよね、そうでしょう？」彼女はカウンターのへりにつかまって立ちあがった。そこにはこれまでの面会人たちの指が残したくぼみがあった。「あなたは農場育ちね、ちがう？」

看守はにっこりした。「そうだよ、奥さん。どうしてわかる？」

「あなたの話しっぷり。彼もそうなの。わたしはクィーンズ育ちだけど」

「へえ、そうかい？　ここにいるのはたいてい町の連中だ。田舎の人間にはあんまりでくわさねえが」

「殺人」と彼女はいった。まるですべてを一度に話そうとするように。

「田舎はたいていそうだよな。農家の連中は盗みはやらねえ」看守は誇らしげにいった。「だけど、かっとなったら人を殺すぜ」

「アルがやったのもそれ——かっとなって友だちを殺したの」

「なるほどな。カインが羊飼いだったのは知ってるだろ。アベルは農夫さ。奥さん、あんた聖書と話をするかい？」

ジェシーは首を横にふったが、その質問でおみやげのことを思いだした。それをバッグからとりだして、看守に手渡した。「差し入れ品を持ってきたの。わるいけど、さっきいってたみたいに中身を調べてから、彼に渡してもらえない？」

バスに乗って町まで帰る途中で、彼女の目は涙にくもり、活字が読めなくなった。マーケットで買った雑誌を膝の上でひらき、大むかしにアルがそこへ住まわせた声に語らせることにした。海に沈んだムー大陸の話や、陽気な死者たちの魂と霊交を結んだ女性の話や、細胞療法が――いずれそのうちには――年老い、脂肪がつき、ゆがんだ顔でさえ、若返らせてくれるだろう、という話を。ただし、変性疾患がその体の持ち主を先に殺してしまわないかぎりだが。

アルヴァードが両手を頭の後ろに組んで横になっているうちに、医師が――ポーターという名前だ――彼を診察する。「『われわれがやらなくちゃならないのは、いつも元気いっぱい、人に親切をつくすこと』」とアルヴァードは引用する。「『そうすれば、最後にはきっとうまくいきますよ。心配ご無用』」（ディケンズ『マーティン・チャズルウィット』三十三章の一節）

「きょうはよほど気分がいいらしいな」

「わたしの見かけはそんなにわるくないよね？　遺体安置所から運びもどされたにしては？」

「遺体安置所から運びもどされたにしては、とても良好な状態だ。良好すぎて、あと一、二週間でこの病院から追いださなくちゃならない」

「追いだされてもべつに悲しくないよ」とアルヴァードはいいかえした。

「たいていの患者は悲しむ。エサはここのほうがいいし、混んでもいないし」

「この階にいるのがいやでね。退院しても図書室は利用できるのかな、いまでも？」

医師はベッドわきのサイドテーブルに積みあげられた本の山にちらと目をやった。その黒っぽい表紙や、薄れかかった金色の型押し文字は、白いエナメル塗装のサイドテーブルや、白塗りの壁にはそぐわないが、なんとなく謎めいて心地よい。「本と話しあうのが好きなんだね、そうだろう？」

「本を読むのは好きだよ。子供のころから」

「わたしもだ」医師は本の背に記されたおぼろげな題名に目をやった。「『経済統計学初歩』、『半導体内の変動電流』、『ニール教授自伝』、『南アフリカ連邦軍の歴史』、『チャールズ・ディケンズ小説選集』。これをぜんぶ読んだ？」

「いや、まだだよ。そのディケンズは私物。むかしの知りあいの女が持ってきてくれた。あとはここの図書館の本だけど」

「趣味が広いな」

「つまみ食い」とアルヴァード。

医師はうなずいた。「さて、診察はすんだ。べつの用のある人物が外で待ってるぞ」

ひとりの看守——長身で、鷹のような顔をした女性——が病室にはいってきた。そのブーツの足音は、患者の柔らかいスリッパや、職員のゴム底靴の足音が幅をきかせているこの建物に、なんとなく不似合いだ。「あんたの昼食のトレイだけど——ナイフと、フォークと、スプーンがはいってた。そうよね？」彼女の口調はきびしいが、冷静だった。

「だと思う」アルヴァードはいった。

「だと思うか。なるほどね。はいってたはずなんだけど、調理場にいわせると、フォークとスプーンしかもどってこなかった。だから、ナイフを返してくれる？」

アルヴァードはからの両手をさしだした。「ここにあると思うのか？」

医師がいった。「まだ彼にはだれかを突き刺すだけの体力はないと思うが」

「じゃ、たぶん用務員が持っていったんでしょう」と看守がいった。「でも、いちおうは調べないと」

「手荒なまねはしないように。これは命令だ」

「どのみち、そんなことはしませんよ」

医師が去ったあと、看守は入念な捜索にとりかかった。まずサイドテーブルの引き出しを調べ、つぎに引き出しをぬいて、その奥と底の裏側を調べる。「あんたはスピーキング・ブックを発明した人よね、そうでしょ？」と彼女はいった。

アルヴァードはうなずいて、鷹に似た顔を見つめた。

「じゃないかと思った。やっと会えてうれしいよ。少女時代のわたしを幸福にしてくれた人たちのひとりに会えて。もちろん、当時はそうは思わなかったけどね。わたしのお気に入りだった本を知ってる？　むかしの少女探偵物のナンシー・ドルー。ああいった古い本が、ぜんぶしゃべる本として復刻されたわけ。毎晩、足跡やら謎の光のことやらを、ナンシーと話しあいながら眠ったっけ」（そのあいだも、浅黒くてきつい顔はまったくやわらがず、くぼんだ目がサイドテーブルの下をながめ、本のうしろをさぐり、ベッドの下をのぞくふりをしながら、アルヴァードの表情をうかがっていた）「だからね、かりにあんたがナイフを隠したとしても、それほど責める気になれない」

「隠してないよ」アルヴァードはいった。「だから、探しながら、わたしの顔をさぐったってむだだ。どこになにが隠されているか、ぜんぜん知らないんだから」

「外はジャングルだしね」

「わたしの時代もそうだった」

「あのころは黒人が多かったんじゃない？」

「だいたいはね。こっちが白人なら、まわりは黒人だらけ」

「そして、こっちが黒人なら、まわりは白人だらけ」看守は小さく笑った。「わかるわ。でも、とにかく、だれがどっちの側にいるかはひと目でわかった。もう、いまじゃほとんどそれはなくなった――あの黒と白のちがいはね。いまは女だらけ、もしあなたが男ならよ。ははあ、それは知らなかったでしょう、知ってた？」

「きみは心理学者だな」とアルヴァード。

「その努力はしてるわ。ささやかながら」看守は背すじをのばすと、手のひらをこすりつけるようにして、両手を痩せた体のわきに下ろした。「わたしは結婚してる。夫ともうまくいってる。なぜだかよくわからないけど、いまの女の子たちの相手は、強くない男なのよね――未成年とか、老人とか。それとも、病人とか」そこで間をおいて、アルヴァードを見つめた。「それにもちろん、男たちの一部もそっちへ鞍替えする――なにを手に入れるかはわかるわよね。それに、集団を組むとか、ある種の待ち伏せとか。いまではここでも女が男よりも数が多い」

「なるほど」とアルヴァード。「女性看守はそんなにおおぜい見かけなかったが」

「いることはいるわよ。数は多くないけど。この州では、それが男の仕事だという見かたなの、だいたいにおいて――それに、年功序列ってものがある。年功序列が幅をきかせちゃってさ。すまないけど、起きあがってくれる？　ナイフの上に寝てないかどうか、たしかめたい。ベッドの外へ出てくれると助かるんだけどな。あんたがここへぶちこまれた理由は、殺人じゃなかった？」

その夜、病院ぜんたいが寝静まったあとで、アルヴァードはシーツをほぐした糸をそうっとたぐりよせ、ナイフをひっぱりあげて、窓台の石の上で刃を研ぎはじめた。

アルヴァードは面会室の傷だらけのカウンターへ歩みよる。きょうは一日じゅう自分の足で歩くことになった初日で、とりもどしたばかりのその能力がいささか得意でもある。彼の顔にはふたたび肉がつきはじめ、肩も前ほど鋭くとがってはいない。

「名刺をさしあげることができなくて」彼の正面にすわった神経質そうな青年はそういってから、彼の目の前へ名刺をさしあげた。「ジェローム・グレイザーです。父はあなたの弁護士でした。父の法律事務所はあなたの財産を管理していました」

「わたしの財産はまだあるのかな？」アルヴァードはたずねた。

「厳密にいうなら、財産はつねにあります——ある種の財産、ある種の利権——ただし、わざわざ手数をかけるまでもないほどささやかなものである場合が多くて。あなたの場合、お手持ちの財産は——相当な金額でしたが——ほとんど底をつきました。あなたの特許は、約二十五年前に無効化されました。そのことはご存じですか？」

「話には聞いた」

「冷凍処置を受けたとき、あなたは法的に死亡とみなされたため、あの会社は……」神経質な青年は、膝の上のアタッシュ・ケースからその書類をとりだそうと、二、三秒ひっかきまわしてからあきらめた。「あの会社は、あなたのパートナーの相続人たちに渡りました。えーと、パートナーのお名前は？」

「バリー・セイグル」

「そうでした。つまり、あなたの財産は、特許権使用料の累積で成り立っていたわけです。あの特許は——幸いにして——会社名義でなく、あなたの名義でした。ところで、なぜあなたは彼を殺したのか、その理由を教えてもらえないでしょうか？　前からずっと気になっていたので」

「遅かれ早かれ、その時がやってくるからだよ。資金の持ち主が、アイデアの持ち主を追いだそうとする。わたしはアイデアの持ち主だった」

「彼はあなたを追いだそうとしたわけですか？　いや、お気持ちをかき乱したのならお詫びします――もう、大むかしのことですし」

「わたしにとってはそうじゃない」とアルヴァード。

「わかります。ただ、なんていうか、ぼくはあの事件といっしょに育ったようなものでして――いつも父は、あの特許権をめぐるさまざまな法廷闘争の話をしてくれました。それと、あなたを冷凍保存するための経費だとか、そういったこともね。あなたの人生は、ある意味でぼくの人生の背景でした」

「お父さんは亡くなられた？」

青年は肩をすくめた。

それが力なく、希望のないしぐさだったので、アルヴァードはもう一度たずねてみた。「お父さんは亡くなられた？」

「失踪したんです。そういうことは――まだ細胞療法が目新しかったころには――よくありました。わかっていただきたいのですが、父のような男は……」

「うん？」

「父のような男は、本人とすれば、一生働きつづけるつもりなわけです……どんな仕事をするにしてもね。父の場合は弁護士でした。父は一度もパートナーと組まず、ビッグになろうともしませんでした。最高の仕事をめざすだけでした。事務所の維持のために金持ちの依頼人を何人か、自分の良心の満足のために貧乏な依頼人を何人か。父がひきうけるのは、現時点で法律の最前線に位置する事件か、それとも未来の先例となるような事件でした。父は最高の仕事をめざしていました」グレイザーのあごの下にはニキビがあり、話しながらしきりにそれを人差し指と親指の爪でつまんだ。「細胞療法が出現したとき、父はすでに――えーと、三十年、そう、三十年近く働きつづけていました。弁護士として。刑事訴訟、それに、個人による民事訴訟、その大半は、書類偽造とか、そのての刑事訴訟的な要素を含む事件でした。父は細胞療法を受けても、せいぜい現状維持で、若返りは期待できなかったんです。体質的に消化器系が弱かったんですが、週に二、三回はハンドボールをやってました。まだ性的能力も健在だったと思います」

「もしお父さんが自殺されたのなら、その話はしなくていいよ」

「自殺じゃありません――すくなくとも自殺したとは思えません。われわれの知るかぎり、父は――ふっといなくなってしまったんです。この大陸をヒッチハイクするつもりじゃなかったんでしょうか。そう考える人間はおおぜいいましたからね。たまたまあの晩、ぼくは父の部屋へはいったんです。ちょうど父は、スーツケース型のキャンバスバッグに格子縞のシャツを詰めているところでした。釣りに行くのか、とぼくはたずねました。二、三年に一度、ある金持ちの依頼人からメイン州の魚釣り旅行に誘われていましたから。いま、その依頼人とは縁が切れましたがね――むこうがほかの法律事務所に鞍替えしたんで。とにかく、父はそうだ、と答えました。それが父の姿を見た最後でした」

「なるほど」

「もちろん、いつかは父に会えると思います。生命に別条がなければ、遅かれ早かれもどってくるでしょう。あんなふうにして旅に出た人間は――ふつうそんなに長く旅をつづけません。せいぜい二、三年。ときには二、三カ月。そこでどこかへ腰を落ちつけて、つぎの三十年はまったくべつのことをして暮らしたりします。だから、そのうちどこかでひょっこり父に会えるかもしれません」

「しかし、いまはきみが法律事務所をひきついでるわけだ」

「はい、いまのぼくは弁護士です。以前は、父の最初のパートナーになるつもりでした。いまは独立しています。予約金がなくなり、いまのあなたはうちの事務所と契約されていない。しかし、こちらとしては、あなたになにかの借りがあるような気がしまして。すくなくとも収支計算報告だけはしておきたい――書類はここに持参しました――それと、もし必要が生じれば、あなたの代理をつとめさせていただきたいんです」

「その必要は生じるだろうね」とアルヴァード。

グレイザーはうなずいた。「実は、ひとつ考えていたことがあります。つまり、あなたは細胞療法を受けたからといって、いますぐ出所できるわけじゃない、そうでしょう？　この問題では何年か以前に大論争が持ちあがりました――不老不死の受刑者を終身禁固にすることは、残酷かつ異常な刑罰を構成するのではないか、と。結局、〝終身〟という用語を五百年と解釈する、という決定がくだりました。しかし、冷凍保存についてはまだ結論が出ていません。冷凍期間中のあなたは法的には死亡していたわけで、現在の監禁状態は、法律によって定められた期間をすでに超過している、という見かたも成立します。もしその論争に勝てば、釈放だけでなく、損害補償まで請求できるかもしれません。その仕事なら、成功報酬の条件で喜んでおひきうけしますよ」

「なるほど」

「だから、希望を捨てるのはまだ早すぎます。そのことをお伝えしたくて」

「きみの提案する訴訟が審理に漕ぎつけるよりもずっと前に、わたしは釈放を予想している」アルヴァードはいった。「だが、とにかくがんばってくれ」

「釈放を予想しておられる？」

「いまそういったろう？　むこうはわたしを釈放させようと、なんらかの法律的手段を探しはじめるはずだ。おそらくは恩赦を——しかし、むこうはきみに協力を求めるかもしれない。もしそうなったら、いまの刑期超過という論点を持ちだせる。それが、もっと先になって、ほかのだれかを救うことになるかもしれない」

「もしよければ、もっとくわしく——」

「いや、よくない」アルヴァードはいった。「というより、それは話せない。だが、もしすべてが計画どおりに運べば、わたしは二、三カ月でここを出られるはずだ」

「二、三カ月で？」

「それとも二、三週間。実をいうと、この問題に関してはすでに手を打ってある。いまのわたしは、機が熟するのを待っているだけさ」

「あなたがわたしに話されることは、すべて秘匿特権付きの情報とみなされますが」

「わかってる」アルヴァードはそういって立ちあがった。「面会人はきみだけか？」

「ぼくの知るかぎりでは」

「ここの正門の先にモーテルがある。名前を思いだせないが」

「〈ザ・ロッジ〉です」

「きみはそこに泊まってるのか？」

グレイザーはうなずいた。

「黒髪の若い女で、とても美しい。肉感的な体つきだ」

「見ませんね」

「じゃ、灰色の髪の女は？　丸顔。ちょっと鼻がでっかい」

「そういう人はおおぜいいます。しかし、あなたの面会人はいませんよ――ぼくの知るかぎりでは」

メガン・カーステンセン、金属製のごみ入れにさした水仙のように新鮮でさわやかで清純なカウンセラーが、病室で彼を待っている。ひらいた窓から吹きこむ風が彼女の金髪をかきみだす。「いいニュースよ。まだ非公式だけど――でも、いいニュース」

彼はいった。「わたしが釈放されるのか」

「そこまでいいニュースじゃないけど」彼女は笑った。「でも、この病院から解放されるのはたしか。そう。退院できるのよ」

「ははん」彼女がベッドに腰をかけているので、彼は椅子にすわった。

「つまり、どこかのブロックの監房へはいるわけ。でも、毎朝一時間かそこらはここで過ごすことになる――外来患者としてね。これでもみんなの説得につとめたのよ。いちばんいい方法は、あなたにここでの仕事を与えることだって。早い話が、あなたは冷凍される前にここでそうしていたんだし。ここの用務員だったんでしょう、ちがう？」

「そう」アルヴァードはいった。「用務員だった」

「あなたの監房の割当のことで話があるんだけど。いまのここの方式を知ってる？」

アルヴァードは首を横にふった。

「自分で同房者を選べるわけ。もし、空き監房がひとつあって、あなたとほかの何人かがそこへはいりたければ、それでOK。もちろん、全員の同意が必要だけどね。それとか、もし、ある監房でベッドがひとつ空いてて、あなたがそこへはいることを希望し、前からそこにいる人たちも異存がなければ、そこへはいれる」

「そんな方式じゃなかったよな」アルヴァードはいった。「わたしの冷凍以前は」

「比較的新しい制度なの。それにもちろん、服役態度が良好な場合だけよ。もし暴れたりした場合は、その監房からひきだされ、懲罰房へほうりこまれる」

「とにかく、同房仲間にだれを選んでいいのやらわからないよ」

「わたしじゃどう？」

彼はまじまじと彼女を見つめた。

「そうひどいしろものじゃないでしょう、どう？　ここは化粧品が潤沢じゃないから、ときどき汗のにおいがするかもね。でも、なるべく身ぎれいにするし、それに腋の下もちゃんと剃るし。もちろん、あなたが希望しないなら……」

「希望するよ、もちろん。ただ、やぶから棒で驚いただけだ」

「わかってる。一瞬、口あんぐりだったもんね。ときどき忘れちゃうのよ。あなたがいたのは、そんな刑務所生活が避妊薬で可能になる以前の時代だったってことを」

「あの当時でも可能だったさ。ただ、だれもそんなことはしなかった」

「とにかく、ハネームーン用のコテージとは差がありすぎるけどね。いまわたしはふたりの男と同居してる――そんなふうに眉をつり上げて見ないでよ――でも、その監房にはベッドが四つある。もし四番目のベッドがお望みなら、そういって」

「そのふたりの男は、できれば二番目の女に引っ越してきてほしいんじゃないかな」

「わたしがいいといえば、あのふたりは文句をいわないはず」

「もちろん行きたいよ。ただ、あんまりとつぜんの話なんで」

メガンは微笑した。その微笑で、いっそう若々しく見えた――ほとんど子供のように。「よかった。これでよし、と」彼女はベッドのわきを軽くたたいた。「ここへきて、いっしょにすわってよ。手を貸しましょうか？」

「だいじょうぶ」アルヴァードはいった。ガンになる以前までそれとおなじ動作に要したよりも、すこし多めのエネルギーをかけて立ちあがり、彼女のそばにすわった。「わたしには……外に女友だちがいるんだ。彼女に知れるかな？」

「口コミで先方の耳にはいらなきゃだいじょうぶ――ただし、けっこう強力な口コミだけどね。受刑者が面会人に話し、面会人たちがロッジで情報交換する」

「むかしの彼女は嫉妬深かったんだ――わたしもだが。しかし、いまじゃもうあんまり意味はない。彼女も年とったことだし」アルヴァードはひとりごとのような調子でつづけた。「バリーがいってたよ。むかし彼女に拳銃をつきつけられた、と」

「もう何年も前に、政府は民間人所有の銃の大半を没収したわ」メガンは教えた。

「わたしがいなくなってから、彼女は男遍歴をしたらしい。この前そういったよ」

「そのことが気になる？　そう知らされて？」

アルヴァードは首を横にふった。

「じゃ、たぶんみんなとうまくやっていけるわよ。つまり、わたしが相手をぐるぐるとっかえるわけ。でも、あなたの順番もやってくる。それだけの体力がついてきたらね。うんと優遇したげる、ほんと」

「もういまでもその体力はあるよ」

メガンは彼の膝に手をおいた。「まだまだ。でも、もうじき。もし職員からたずねられたら、こういえばいいの。2Cの16のB。ほら、ここへ書いといて」彼女はチュニックの襟にはさんだペンを彼に渡し、紙きれがないかと探してから、それが見つからないため、ベッドわきの本の山から一冊をとって彼に手渡した。「ここへ書いとけばいいわ。あと一日かそこらでお呼びがかかるから」

その本は、トマス・ウルフの『汝再び故郷に帰れず』だったが、アルヴァードが表紙をひらいて遊び紙に書きつけようとしたとき、ウルフの声がいった――「ジャック夫人は部屋を横切って鏡の前に立ち、自分の姿をながめた。まずすこし背をかがめて、子供のようにあどけない表情でじっと熱心に自分の顔を見つめた。それからその場ですこしずつ向きを変え、まずある角度、つぎにはべつの角度から自分をながめた。つぎに片手をこめかみに当て、ひたいのしわを伸ばした」そこへ第二の声が割りこんだ。その声にはロンドン訛があり、うやうやしい口調はどこまでも誠実味に満ちていた。「うちの女房は古今無双大隊の軍旗護衛下士官であります。代替はききません。しかし、自分はあいつの前でけっしてそう認めないことにしております。規律が第一でありますから」（ディケンズ『荒涼館』五十二章の一節）

メガンは異状に気づかなかった。アルヴァードは2C16Bと書きつけ、本を閉じた。

刑務所長室は、鉄格子も、金網も、よれよれの灰色の布もないが、刑務所ぜんたいの有機的な一部でありつづけている。デスク、カウチ、記念品を飾った私物入れの戸棚、それに小さなテーブルの上の花瓶から匂う菫《すみれ》の香りさえ、いまなお北米大陸を支配した官僚社会のものだ。しかし、それらは使節としてここに存在し、鋼鉄とコンクリートの異郷のなかで落ちついた豪華さを装っている。

「この男です」アルヴァードを連れてきた看守がいった。

刑務所長はいった。「おはよう、アラン」それから、「もう帰っていいわよ、ボニラ主任看守。これまでのアランの行動は模範的でした――なんの心配もないと思うわ」

アルヴァードは彼女のデスクの前に立った。アイロンのかかった病院の白衣を着ていることがうれしかった。三十から三十五ぐらいの年がっこうの見知らぬ男が、彼女の左にあるアームチェアに無言ですわっていた。刑務所長は、まるでその男が存在しないかのようにふるまっていた。

「もっと早く会う機会がなかったのは残念」と彼女がいった。「あなたのファイルと会話したんだけど、なかなか興味深いケースね」

「前からわたしもそう思ってました」とアルヴァード。

刑務所長はくくっとのどの奥で笑った。「握手してくださる？　受刑者のなかには、わたしと握手したくない人もいるようだけど」彼女は立ちあがって片手をさしのべ、アルヴァードはその手を握った。「よかった。あなたのような才能の持ち主がここへくるのは、めったにないこと――もっとも、考えようによっては、四十三年間もあなたに待ちぼうけを食わせたともいえるわね。掛け値なしに非凡な受刑者との親密なコンタクトをはかるためには、備忘録ファイルをちゃんと整備しないと。あなたに病院の雑用をやらせるなんて、もったいない話」

「たのしくやってますよ」

「でも、ほかにもっとたのしい仕事があるかもね。アラン、こちらがロン」

それまで無言だった男が立ちあがり、片手をさしだした。「ロン・マトラックです」

「ロンは州大統領のオフィスからやってきたの」刑務所長はそちらをふりかえった。「ロン、あなたの委員会の正式名称はなんといったっけ？」

「テクノロジー開発諮問委員会」

「そう。ロンはあなたにある提案を持ってきたのよ、アラン。とても魅力的な提案だと思う。いまから彼に説明してもらうけれど、その前にこれだけはいっておくべきね。この提案は、すでに行政機関の全面的支援をとりつけてある」

マトラックがいった。「べつにややこしい話じゃない。この州のために、以前のきみの専門分野――応用サイバネティックス――の研究を再開してほしいんだよ。バーニスも保証してくれたが、研究室にふさわしいスペースを提供し、それ以外の仕事からきみを解放するそうだ。わたしがきみと連携をとり、彼女のスタッフとも連携をとって、必要な機械設備を導入する」

アルヴァードはいった。「お断りします」

「すこしせっかちすぎるのでは？」

刑務所長はふたりにほほえみかけた――女優のように美しくととのった歯並びの持ち主だ。「わたしたちは忘れちゃいけないと思うわ。アランの以前の仕事が――すくなくとも間接的には――禁固刑に結びついたことを。だから、もうこれ以上それと関わりたくないと彼が考えるのは、むりもない話よ。ただ、彼が認識しなくちゃならないのは――わたしたちみんなが認識しなくちゃならないのは、そんな種類の感情が、じつはたんに条件づけられた嫌悪の表出にすぎないってこと。ここの社会復帰プログラムでもそれとおなじシステムを使ってるけれど、今回の場合は偶然の条件づけなの——この研究は、実際には禁固刑となんの関係もない。正常に機能する人間は、どこかの時点で、自分の感情を超越しないと」

「お断りします」とアルヴァードはいった。「出所できないかぎりは。新しい裁判か恩赦で自由の身になり、完全に出所できないかぎりは。弁護士と話しあってください」

刑務所長と、地方大統領室からきた男は顔を見あわせた。男のほうがいった。「きみは、自分が社会になにかの借りがあると考えたことはないかね？　きみはスピーキング・レコードの発明者だった——」

「ブック」とアルヴァードは訂正した。「バリーとわたしはそれを本に応用したんです。あなたの口ぶりだと、録音のことになってしまう。たしかに法廷の判決では、わたしがそれを発明したわけではないそうですが。公判記録は読みました」

「にもかかわらず、たしかにきみはそれを発明した。きみはそれを知っているし、われわれも知っている。きみの特許は、ある専門的理由から無効にされたんだ」

「そういっていただけるとありがたい」

「この国はあるパラドックスで身動きがとれなくなっている。自分には財産、アイデア、などなどの所有権がある、と市民が信じることは必要だ——それは理解しなくちゃならない。だが同時に、政府と民営企業が——たとえば資産五億ドルを超える大企業が——現実の不動産、発明などなどの利用権を持つことも、きわめて重要だ。そういう理由から、公用徴収権や、そのたぐいの法律があるわけだよ。きみはそういう必要不可欠なシステムの犠牲者だった――われわれの文明が継続されていくためには、ときおりだれかが犠牲者にならざるをえない。そういうことなんだ。われわれはそれを認めるし、いま、きみに対してその埋め合わせをしたいとも思う。ただし、殺人行為を容認しない範囲内でだ」

アルヴァードはたずねた。「すわってもいいですか？」

刑務所長がいった。「ええ、もちろん。気がつかなくてごめんなさい」

アルヴァードは腰をおろした。「なぜわたしがバリー・セイグルを殺したかを知ってますか？」

マトラックは首を横にふってからいった。「じゃ、やはりきみは彼を殺したんだね。たしか無罪を主張したと思ったが」

「心神喪失という理由でね。そう、わたしは彼を殺しました。あれは〈ジャンル・ジン〉を開発中のことで――当時のわれわれはあの仕掛けをそう名づけていたんです。わたしがその発明者であることをあなたが認めた以上、その名前を使わせてもらいますが――バリー・セイグルはある提案をしたんですよ。技術的提案を。わかってもらえますか？　あのときふたりで話しあったのは、本の表紙というう限られたスペースのなかで、ハードウェアに大量の特殊な論理を組みこむ問題でした。超小型化電子回路を使っても、そう簡単にはいかない。そこへ彼が技術的提案を出してきたんです」

「なるほど」マトラックはうなずいた。

「バリーは財政面の担当でした。会社の運営資金を調達し、スポンサーを見つけ、配給網を作りあげ、販売と広告を扱っていました」

「なるほど」マトラックがくりかえした。

「わたしは研究面を担当し、生産設備の監督をしていました。それと、どんな本を製品化するかの選択も。最初は、一冊一冊が新しい課題でした。やがて、いちおう一般的なハードウェアを開発しましたが、それでも本が変わるたびに新しいアセンブリ言語のプログラムを書かなくちゃならない。それもわたしの仕事でした」

「つまり」と刑務所長がいった。「それこそまさに——」

マトラックが身ぶりで彼女を黙らせ、アルヴァードは（すでにある程度察しがついていたが）このふたりのどちらが責任者なのかを知った。

「そのあと——かなりあとで、われわれの事業が成功し、軌道に乗り、さっきあなたのいわれたような民営大企業になったとき——バリーは以前の提案をむしかえしました。それがことさら新しいアイデアでなかったことを理解してください——その方向はすでに検討ずみだった。しかも、彼のいう条件下では、あまりにも概括的でほとんど無価値な提案でした。しかし、わたしは彼を問いつめました——バリーがその話題を持ちだしたのは、それが最初じゃない——そこでなにがわかったかというと、なんとバリーは自分が本物の発明家だとうぬぼれていたんです。彼はこういいました。おまえに特許を譲ったのは、法律的な理由があったからだ。それと、おまえにはいちおう専門的経歴があるからだ」

刑務所長がたずねた。「で、あなたはそのために彼を殺した?」

「つまり、彼はまったく無知だったんですよ。あの製品の開発にわたしがどれほど苦労したかを知らなかった。彼は愚劣でまったく使い物にならない提案を、発明の鍵だと思いこんでいたんです。それにはとてもがまんできなかった。まぬけな頭を壁にぶつけてやるつもりが、そこは壁でなく窓で、ガラスが割れたんです。八十三階の部屋だから、ふつうなら窓は割れないはずなのに。ガラスの破片がざーっと下に落ちて——へたをすると、その破片で百人もの人間が死んでいたかもしれません」

「で、彼は——そのバリー・セイグルは——窓から落ちた？」

「わたしが突き落としたんです。部屋の空気がどんどん外へ吸いだされていくなかで、バリーは悲鳴を上げました」アルヴァードはそこで間をおいた。「おふたりとも、これまでになにかを新しく発明されたことがありますか？　なにか創造的なものを？」

刑務所長はまじまじと彼を見つめるだけだった。マトラックは首を横にふった。

「ある瞬間に、どうすればいいかが頭にひらめくんですよ。直感的にさとるというか。でなければ、とつぜん機械が本来そうあるべきような動きをして、そこでその理由をさとるか。あのときバリーが締めていたのは、例のでっかい、古風なベルトでした。八〇年代へのノスタルジア。オーストラリア陸軍の記章と、国連のモットーのはいった大きなバックル。おふたりはもう忘れておられるでしょう。しかし、目を下にやって、そのバックルを見たとき、わたしはなにをすべきかをさとりました。右手をそのベルトの下につっこむと、ちょうどウェート・リフティングのプレスの要領で持ちあげたんです。彼が目をむくところをお見せしたかったな」

「見なくてよかったよ」とマトラック。

「わたしは社会になにも借りがあると思いません。バリーの家族にも——遺族は未亡人だけでしたが、夫の死後にスピーキング・ページ社の持ち主になれたとき、彼女はそれを喜んでいましたよ。バリーには借りがあります。だが、それを返す手段はない。親友を殺したあとで、そんなことが理屈に合うと思いますか？　これだけが自分の人生でまさに自分のものといえる発明にしがみつくのはとにかく、刑務所の仕事という名目で、その発明をあなたがたが好き勝手に使えるように提供するなんて？　しかも、自由や富には及びもつかないものを代償に？」

　絶望は懲罰房の最古参の住人だ。受刑者が到着するとき、絶望という名の女はいつも房内の片隅にすわっているし、受刑者が出ていったあとも、まだそこに残り、力もなく、役にも立たない両手をもみしだいている――だが、ことによると受刑者は彼女をそこへおきざりにしないかもしれない。

　懲罰房はどれも窓のない小部屋だった。受刑者が到着するとき、絶望という名の女はいつも房内の片隅にさは二メートル。壁と天井はコンクリートで、色あせた塗装は茶色。房内にはベッドがひとつ、冷水の蛇口しかない小さな洗面台と便器。天井の中央にあるライトは消したくても消せなかった。

　ドアはふつうの監房の鉄格子の扉とちがい、頑丈な金属板だった。もうひとつのちがいは、つねに閉ざされていることだ。百七十センチほど上には、厚いガラスのはまった小さい窓があるが、受刑者の側から見ると不透明だった。

　壁には名前も日付もしゃれた文句も彫りこまれていなかった。彫りつける道具を受刑者が持っていないからだ。彼らが着ているのは、受刑者用の灰色のシャツと、ベルトのないズボンと、それに靴下。そこにはながめるものもなく、読むものもなかった。コツコツという音で通信をしあったりもしなかった。コツコツとたたく道具がないからだ。また、トンネルを掘った受刑者仲間が床から姿を現すこともなかった。時の経過は食事の回数で知らされ、それはつねに不変で、一日一回運ばれてきた。話し相手はいない建前だが、ときどき看守がやってきたし（看守が規則違反を犯しているのか、それともこちらの動静を探れといわれているのか、受刑者にはよくわからなかった）、また、週に一度はシャワーのために監房を出ることを許された。

最初の二日間、アルヴァードはしんぼう強く待った。刑務所の外でなにが起きているかはわかっていたとはいわないまでも、わかっているような気がしたし、懲罰房の暮らしはせいぜい二、三週間だろう、という確信があった。三日目には待つことに飽きて、さまざまな空想で気をまぎらした。頭のなかでプログラムを書き、『チャールズ・ディケンズ小説選集』の表紙の記憶を頭のなかで懐かしく思いかえした。手術用メスのように鋭いナイフの刃が表紙の縁を切りさいたとき、なんとみごとに気持ちよくそこが反りかえったことか。表紙の内部にあるおびただしい数のチップが夜の都市の窓さながらに輝き、そしてまさにそれこそは千もの声が脈動する都市だったのだ。

ドアのかんぬきが、コード入りのカードにつつかれて、カチッと音を立てた。はいってきた看守は男だった。筋肉隆々、幅広く無表情なスラヴ系の顔立ち。「もうディナーかね？」とアルヴァードはたずねた。食事ではない——看守はトレイを持っていなかった。

「そう。エサが遅れてわるかったな」まじめくさった表情で、看守は二通の封筒をさしだした。

封筒には検閲の鋏がはいっていた。「ありがとう」とアルヴァードはいった。意志の努力で、差出人のアドレスは見なかった。

「いいながめだ。ここはいい部屋じゃないか」

「ああ」

「毎日こんなふうに郵便サービスをしてるんだ。おれは親切な郵便配達人。なにも郵便がこなかったら、おれが代筆してやるぜ。はばかりながら達筆でよ。ほら、ホテルの広告によくあるやつ。〝リージェンシー・ホテル〟ってサインのはいった手紙がきたら、差出人はおれだ。おまえに書いた手紙をいま読みたいか、それともだべるひまはあるか?」

「こいつを読むひまは、あとでたっぷりあるさ」とアルヴァードはいった。

「そうこなくっちゃ。ビッグ・サンディ・クリークで独立部隊にいたころ、おれの女はニーナ・ペインターだった。あの大スターだぜ——知ってるか? よくテープを送ってくれたもんだ。一時間録音しかできないちっぽけなテープに、ささやき声がはいってな。そいつをハンドマイクで再生してたら、仲間がタップダンスをはじめてよ。だけど、声を聞くほうが、ニワトリの足跡を見てるよりはましさ」

「さては字が読めないいな」

「おれは世界一の速読家だぜ。おまけに記憶力抜群。US&Kの全都市名を暗誦してやろうか? よし」看守の口はひらいたり閉じたりしたが、なんの音も出てこなかったし、その大きな顔は前とおなじように無表情だった。「こんどはけつから」また唇がひらいては閉じた。「じゃ、こんどはゆっくりいこうか」大あくび。

「わかった。わたしの手紙を読まなかったってことだな」アルヴァードはいった。「すばらしい。ありがとう」

「じゃ、もうそろそろ行くぜ。明日もここへきていいかどうか、女王陛下にお伺いを立ててみる。ほかの仲間を集めといてくれ。サッカーをやろう」

「決めた。ボールはそっちが持ってきてくれ」

ドアをほとんど出かかったところで、看守は足をとめた。「ひとつ忘れてたぜ。病院へ行くと、みんながたずねやがる。もうあんたを殺したかって。なかのひとりは、特にしつこい。脳外科医だけどな」看守は分厚い片手を上にあげた。親指と人差し指を曲げて、見えなくしてあった。

それから一時間、二通の手紙を読まずにベッドの裾においたまま、アルヴァードは独房のなかを歩きまわった。ときどき彼は足をとめて、その封筒にさわった——片方はありふれた白封筒、もう片方はざらざらしたクリーム色の封筒。

彼はドアに近づき、ガラスごしに外をのぞいて、拳固でドアをたたいた。だれもやってこなかった。

「マーゴット博士は死んだぞ」と彼は呼びかけた。「あの男は年寄りだ。細胞療法の発見より何年も前に死んだにちがいない」

だれも答えなかった。

「あんたは手をふってただけだ、そうだろう？　あんなふうに指を曲げて」

返事を待ったが、なんの反応もないので、とうとう彼はドアからうしろにさがった。「ひょっとすると、行列ができてるかもしれないぞ——手の指をなくした医者たちの行列が。ひょっとすると、本人たちも気づいてないんじゃないか」子供時代からはじめての涙が、アルヴァードの目にあふれてきた。


何時間かが過ぎたあと、彼は眠りに落ち、さらに何時間かが過ぎたあと、目をさまし、上体を起こし、指先で顔をなでまわしてから、二通の手紙をとりあげ、それを手品師のようにあやつる。

その手先の芸当が快楽の意識的なひきのばしであるかのように、彼はほほえんだ。

クリーム色の封筒——

わが友に――

ナンシーのオフィスでの話しあいでわかってもらえたと思うが、あそこでわたしが概略を述べた協定案は、当時承認ずみの案のなかで最も気前のいいオファーだった。首都にもどってから、州大統領その人ときみのケースを話しあってみた。近いうちに、あれよりも気前のいい提案をたずさえて再度訪問する予定だ。そうした協定がきみにもたらす莫大な利益だけでなく、きみが居住する地域や、同胞である市民たちにどれほどの奉仕ができるかを、それまでにぜひ検討しておいてほしい。

敬意をこめて、

ロン・マトラック

テクノロジー開発諮問委員会議長

アルヴァードはひとりうなずきながら、もう一度その手紙を読みかえした。そして、くくっと笑った。

第二の封筒には折りたたんだ無地の用紙と、グリーティング・カードに似たものがはいっていた。カードの外側は赤っぽく、モロッコ革に似せた石目模様に、こんな金文字がスタンプされていた――

わたしの小さい一部を送ります。

まず手紙だ――

なつかしいアル、

あれからもう一度あなたに会いにそこまで行ったのよ。その話は聞いてくれた？　ロビーのだれかがいうには、あなたはほかの女と寝てるって――その女の監房で。でも、わたしは信じない。とにかく、受付で聞いたら、あなたは懲罰房入りだとか。

リサもいっしょにくる予定だったのに、どたんばで急用ができちゃって。あなたがなにをしたのかは知らないけど、早く房から出られることを祈ってます。ふたりであなたに会いたいから。リサもあなたに会いたがってる。

リサからもよろしくって。リサにいわせると、〝高い《ハイ》〟というためにね。きっとあなたもリサが気に入るわ――とてもキュートだし、とても優しいし、とても感じがいいし。（リサは、いまこれを書いてる肩ごしに手紙をのぞきこんでるのよ、アル。でも、とにかくそうなの！）つぎの週末に、もう一度そちらへ行く予定です。もうあなたが房から出られたことを願いながら。じゃ、そのときに！

たくさん、たくさん愛をこめて

リサとジェシー

PS。アル、知らない男がわたしに会いにきて、あなたのことをいろいろ聞いていったの。リサの留守中に。どんな目的かをむこうが説明してくれないから、だれもが知ってることしか話さなかったわ――それと、こういってやった。あの人はもう十分に苦しんだし、だれもがかっとなるような状況でやったことなのに、罰が重すぎると思うって。いったいなにが起きているの、アル？　でも、もしその女のことが本当だとしたら、わたしに話さないでね。

カードがこわばった感じでひらいた――見なれたクリスマス・カードやバースデイ・カードよりも、紙質が厚くて固い。なかの写真が驚くほどの立体感で飛びだしてきた。その部屋――それとも小ステージ――の装飾は、ルイ十六世時代風の白い家具、それに貴族的な女羊飼いと、リュートを持つ田舎のだて男を絵柄にしたタペストリーだ。若い女が、かん高く、もの悲しい口調でしゃべりはじめた。

「ハロー。あたしはリサです。これがあたし」

すらりとした黒髪の若い女が、小さいステージの上を歩いてくる。メガンの話だと、いまでは個人のクローンが作れるらしい。これはたしかにジェシーそっくりのクローンだ――優雅だが、その動きはどこか素人っぽく、そこが魅力でもあるし、なんとなくおさまりのわるい感じもする。

「歌も、ダンスも、演技もできます。ファッション・モデルだけど、企業の製品発表会や大会でパンフレットを配布した経験もあります」

ミニチュアの若い女は、薄い衣服をつぎつぎにぬぎはじめた。

「受付係が病気のときに代役をつとめるぐらいのことはしますけど、それを定職にしたくありません。テーブルのお給仕や、カクテル運びもお断り――ああいう仕事は脚のためによくないし、こんなすてきな脚をだいなしにしたくはないでしょう？　本物の画家や写真家のためならヌードでポーズをとりますが、男性モデルと親密になったりするのはいやです」

新しい声、前の声とそう極端にちがわないが、おぼこ娘風で芝居がかった声がたずねた。「失礼ですが、あなた、カンタベリーでお芝居をなさったことは？　わたしはカンタベリーである紳士に会った記憶があるんです。ほんの短い時間だったけど。ちょうどわたしは劇団を去るところで、相手は劇団に加わるところ。だから、あなたと同様に、わたしもちゃんとおぼえています」

アルヴァードの唇がぴくりとふるえ、小さくつぶやいた。「ミス・スネヴェリッチだ」手からとり落としたカードが、閉じながら床に落ちた。「ミス・スネヴェリッチ。『ニコラス・ニックルビー』の登場人物だ。とうとう彼らは外へ出てきた。たとえわたしがここに閉じこめられていても。わが手持ちの軍隊。まるでメフィストフェレスになった気分だな」しばらく彼は監房のなかを歩きまわった。

「ハロー。あたしはリサです」

「わたしと話をしてくれるかね、リサ？」

「もちろん、ご希望なら。でも、あたしはこのカードの写真だけじゃありません。現実のリサもいます。連絡のとりかたをお知りになりたい？」

「いや、話をするだけでいい。実はね、わたしは刑務所にいるんだ。永遠の生命があるのに、刑務所へほうりこまれている。わたしが話をしたい相手は、実はきみじゃない――きみのお客のミス・スネヴェリッチだ。彼女と話をさせてもらえるか？」

「ちょっと待って」とリサの声がいった。

しかし、新しい囁きが聞こえたとき、それはミス・スネヴェリッチのお茶目な口調でもなく、リサ・ステュアートのわざとらしいお色気でもなかった。ふるえをおびた、愚かしい老人の声だった――「すまんが、ボブが牢番をしてるかどうか見てきてくれるかね？　ボブを呼んできてくれ」

（ディケンズ『リトル・ドリット』十九章の一節）


州大統領本部は、優雅にカーブしたクリスタルの昇降チューブにつながれ、都市の六キロ上空に浮かんでいる。その建造には十万メートルトンもの資材が投入された——重量はまったくのゼロ。ひんぱんなコミュニケーションの必要から、本部はクリスタル・チューブで地上とつながれ、チューブのなかではエレベーターが自由落下、自由上昇の往復運動をくりかえしている。この本部はみずから動力を生みだし、廃棄物をみずから浄化している。またチューブの根っこが、周囲に階段のついた石造のジッグラトにつながれてはいるが、ジェット気流のなかでチューリップのように首をうなずかせている巨大な花は、もはやそうした根っこを必要としていない。

その花の中央にある宝石は、大統領の会議ガーデンをカップ状にとりかこむ、千もの切り子面を備えたドームだ。ドームの天井は床から三百メートルの高さで、ガーデンには蘭《らん》や羊歯《しだ》だけでなく、大王椰子《だいおうやし》も植わり、七つの噴水があり、いまそこでは四人が話しあっている。

「失礼」アルヴァードは椅子の上で体をねじりながらいった。「まだこのスーツを着なれてないので」

上物のスーツだった。最新のスタイルで、仕立ても申し分ない。上着はウエストのあたりでゆるやかにひろがり、両脇でボタン留めするようになっていた。

大統領が微笑した。「考えてみると、きみがスーツを着るのはひさしぶりだな」

「四十四年ぶりですよ」

「そうか。とにかく、みんなが喜んでいる。いま、きみが出所して、この難問解決に力を貸してくれることになったのを」

アルヴァードは肩をすくめた。「しかし、まだどういう難問かも知らないんですが」

ポム博士と呼ばれる痩せた女性がぴしゃりといった。「ディケンズ」

「ディケンズ?」アルヴァードは回転椅子をそちらに向けた。

もうひとりの女性（こちらは金髪で柔和な感じ。大きく知的な瞳。名前はヤーウッド）が小声でいった。「そう、ディケンズ……。ねえ、アラン？　発声書籍と記録システムの五十年近い歴史でたぶんはじめて……なにかのバリヤー……なにかの絶縁体が……故障したらしいのよ。つまり……表紙内の回路から発生するキャラクターたちが……」

大統領が口をはさんだ。「そのキャラクターたちは、身上調書や、報告書や、とにかくその種のものから、べつのものへ移動できるらしい。すでに状況は大混乱で、なおも悪化の一途をたどっている」

「ディケンズだけ」とポム博士がいった。痩せた胸と、くっつき気味の両眼と、小型ナイフの刃のように鋭く光る小さい鼻の持ち主だった。

「イーディスは、われわれが提供したすべての事例を調査したんだ。イーディスはエール大学の現代英文学教授でね。彼女によると、場ちがいなペルソナは、すべてチャールズ・ディケンズの作品に出てくる主要人物、または副次的人物であるらしい」

「つまり、問題は」ヤーウッドという女がソフトな口調で話しはじめた。「いったいこれは故意なのか、それとも偶然なのか？　また、継続する現象なのか、それとも単一の現象なのか。そのすべてが一冊の本からはじまっているという事実は……」

ポム博士が首を横にふった。その勢いだと、リンゴの皮でもむけそうだった（ポムはフランス語で『リンゴ』の意）。「一冊の本じゃないわ。これまでにわたしたちが識別したキャラクターは、ディケンズの全主要作品だけでなく、数多くのマイナーな作品も含まれている——たとえば、『ポプラ小路の晩餐会』に出てくるオーガスタス・ミンズとか」

「イーディスとわたしはその点で意見が食いちがうわけ。つまり……彼女は文学の研究家、わたしは物理学者。だから、すべてが一冊の本からはじまっている、とわたしがいう場合、あなたはあの種の本の発明者として……」

アルヴァードはいった。「裁判所は、わたしを発明者ではないと裁定したがね」

「その功績はあなたから盗まれたのよ。いまのわたしたちはそれを知っている。サンダースン大統領も……あなたの名誉回復に尽力してくれそう。もしあなたがこの問題で協力してくれるならね。いまさっき、わたしはこういうつもりだった。物理的にいえば、原因はただ一冊の本かもしれない。イーディスとサンダースンは、そこにある種のサボタージュの疑いがあると考えているらしい……わたしは回路の故障かもしれないという見かただけど……つまり、ある一冊に起きた偶然の事故、と」

大統領がいった。「しかし、それが移動するんだよ。現実に、あるファイルからべつのファイルへと移動していく」

「もし入力と出力のバランスがこわれたとしたら……その結果、キャラクターがいわば最大振幅で具体化したのなら、誘導電流がそれをべつの本の回路に印加した場合も、そのまま残っているはずだし……」アルヴァードに向かって金髪女はこうつけたした。「きっと表紙から表紙への移動にちがいないわ。その効果は研究室で再現できた……これはいわば本の性病ね。もしそんな観点から見るなら。だから、わたしは実験用資料を破棄したわ」

しばらくは、みんなが無言だった。静寂を満たすのは噴水の音だけだ。

大統領が咳ばらいした。「アラン、きみの発明によって、わたしの政権は――いや、前任者たちの政権もだが――端的にいって多数の機能的文盲者に近い人びとを雇用することが可能になった。つまり今日では、読書はほとんど特殊技能化している。このわたしも、いまではあまり読書しないからね。もはやわれわれは過去へもどれない。そもそもが風変わりなコミュニケーション技術を全市民に植えつけるためにそそぎこまれた、何百年間ものとほうもない努力。あの段階にはもうひきかえせない。現在のシステムをご破算にすることは無理なんだよ」

エレベーターはどれも小部屋で、すわり心地のいい椅子が備えつけてある。三人は半透明の壁からの絶景を無視して、おたがいと向かいあう。

「まず手はじめに、感染した本の見本がほしいでしょう」ポム博士がいった。「これを持ってきたわ」アタッシュ・ケースのなかをさぐって、彼女はアルヴァードに小さい本をさしだした。「現代小説。クズよ。でもそのなかにディケンズのキャラクターが何人かまぎれこんでる」

「ありがとう」とアルヴァードはいった。

もうひとりの女が親しげに彼の肩にふれた。「あなたにはガイド役が必要だと思う。この世界は……変わったわ。わたしといっしょに仕事する気はない？　すてきな設備があるのよ。ボルティモアの対岸のチェスタータウンに」

「これから外で知りあいと会う約束なんだよ」とアルヴァードはいった。「しかし、あなたがいっしょにきてくれると心強い。むこうはジェシーとリサのふたりだが、すくなくともジェシーは外で待ってると思う。車を貸してくれる予定だし」

「わたしの名前はブレンダ」と金髪の女はいった。「これからはそう呼んで」

「メガンにとてもよく似てるな――つまり、最近知りあった――」

「刑務所内で？　そのことを……恥じるべきじゃないわ。その女のこともね。あなたがあそこの女たちと知りあいなのは当然だもの。彼女は美人？」

ポム博士は自分の椅子を回転させ、静かな雲と向かいあった。

「とても」とアルヴァードは答えた。

エレベーターがようやくとまると、ブレンダが彼の腕に手をそえた。イーディス・ポムは、長い大階段を下りていくふたりを無視していた。アルヴァードにはジェシーの姿が見えた。車輪のついたマッチ箱のような車のなかに、ひとりですわっている。「きみとジェシーが仲よくなれるかどうかは疑問だな」とアルヴァードはいった。「もしかしてジェシーはきみのことを、わたしが刑務所内で知りあった女だと誤解するかもしれない。しかし、それがどうした？　われわれは永遠の生命を持ち、これから自由に生きられるのに」

ブレンダ・ヤーウッドが彼の腕をぎゅっと握りしめた。

「いまから一万年先には、われわれ三人がピクニックのバスケット持参で、この都市の廃墟を抜けて、この階段を探しにくるかもしれないよ」

だれかが（白髪を風になびかせた老人が）階段を駆けのぼってくる。老人が前に伸ばした片手を見て、アルヴァードはその手を顔よりも先に識別する。「わたしをおぼえてるかね？」とマーゴット博士はたずねる。「むかし、病院でいっしょに働いた」とアルヴァードは自分の声が答えるのを聞く。

「あなたはもう死んだんじゃなかったんですか」

「冷凍中だったんだ。きみとおなじように。きみがきょうここへやってくると聞いて、さっきからここで待っていたんだよ。あの刑務所へも行ってみたが、きみは懲罰房に入れられていてな。あ、マダム、これはどうも失礼」古風な言葉、古風な礼儀。博士はその女性に紹介されたいらしい。アルヴァードは本能的に向きを変え、ふたりと等分に向かいあってから、マーゴットに対する強烈な嫌悪感はさておき、なぜ自分が彼を恐れていたかを、いまようやくさとる。博士の目は、あのときバリー・セイグルが大きくむきだした目と、まさにおなじなのだ。バリーが窓のへりを越え、八十三階下の街路まで転落していったときの、あの目と。ジェシーが車のドアの上になにかを(拳銃か?)構えているのを見て、リサの身になったジェシーの嫉妬の思いがアルヴァードの心をかすめる。それまで小脇にかかえていたイーディス・ポムの本が滑り落ち、足もとで小さな声が聞こえる。「ワインのしみ、果物のしみ、ビールのしみ、水のしみ、ペンキのしみ、コールタールのしみ、泥のしみ、血のしみ!」

(ディケンズ『オリヴァー・トウイスト』四十六章の一節)

それはビル・サイクスを追ってくる行商人の声だ。

しかし、とアルヴァードは思う。ジェシーが構えているのはカメラだ。拳銃じゃない。さっきの閃光はそれだ。その本はいま自分の頭のそばにある。「泥のしみだろうと、血のしみだろうと――」

アメリカの七夜

浅倉久志訳

Seven American Nights

有徳にして聡明なるマダム——

前回の報告をさしあげたのちに、ご令息ナダンは（アッラーよ、願わくは彼を守らせたまえ！）旧首都を離れ——ご本人の意志か他者の意志かはともかく——北のデラウェア湾沿岸地方へ向かわれたようです。同封いたしました日記帳がその地で発見されたことによって、この推測は確認されました。ごらんのとおり、この日記帳はアメリカ製ではありません。しかも、残されているのはわずか一週間の記録ですが、新しい希望の材料となる、いくつかの暗示的な項目が含まれております。

小生は今後の調査の指針とすべく、この手帳の内容を写真複写いたしました。しかし、現在捜索中のこの青年に関して、マダムのお知恵を拝借できれば、小生の見逃したなにかの手がかりを発見できるのではないか、と愚考しております。もしなにかお気づきの節は、どうか大至急お知らせください。

このように有望な発見に併せて言及することはためらわれますが、最近のマダムよりの送金がまだ到着いたしません。その原因は、当地における言語道断な郵便物遅配によるものと思われます。しかし、冬の到来以前に小生の経費を賄うべき資金が到着しない場合は、やむをえずこの捜索を打ち切らせていただくことになるやもしれず、その点をあらかじめお含みおきください。

多大の敬意をこめて、

ハサン・ケルベライ

やっと到着！〈プリンセス・ファーティマ〉号のえんえんたる十二日間の船旅——十二日間の寒さと倦怠——十二日間のまずい食事とエンジンの騒音——のあとでふたたび陸地を踏みしめた気分は、死刑宣告を受けた囚人が、国王の親書で死の刃の下から救いだされたときの歓喜にもひとしい。アメリカ！アメリカ！退屈な日々は終わったぞ！アメリカよ、この国を訪れる人びとは、おまえを好きになるか憎むかのふたつにひとつだという——アッラーの御名にかけて、いまのぼくはおまえが好きだ！

と、この記録を書きはじめたのはいいが、さてどこから話をはじめよう？ぼくは祖国を離れる前にいろいろの旅行記を読んだ。だから、わが日記帳よ、おまえがバザールの棚の上で四角く分厚く横たわっているのを見たとき、こう思ったのだ——なぜぼくも冒険を試みた上で、オスマン・アーガにならって一冊の本を書きあげてはいけないのか？そもそも世界の果てにあるこのみじめな国を訪れる人間はすくないし、かりに上陸するにしても、大半はもっと北の海岸を選ぶのだから。

ここまで考えたとき、さっきから探していたものの手がかりがつかめた——どこからこの日記を書きはじめるか。ぼくにとってのアメリカは、海の変色からはじまった。きのうの朝、デッキに出てみると、海が緑色から真っ黄色に変わっていたのだ。そんなことは聞いたおぼえがなく、本で仕入れた知識にも、また、三十年前にアメリカを訪れたミールザー伯父から聞かされた話にもなかった。そのため、ぼくはとんでもなく愚かしい行動をとってしまった。大声でわめきちらしながらデッキを走りまわり、もしもこれが夢ならだれかにそれを指摘する前に消えてしまうはずだと、数分おきに船べりのむこうをながめては、濃い芥子色の海水がまだそこにあることをたしかめたのだ。客室乗務員の返事は、存じております、だけ。穀物商人のゴラン・ガッセームは（この船旅で、その瞬間まで、ぼくはこの人物を避けつづけてきたのだが）「うん、うん」といったきり、そっぽを向いてしまった。まるでむこうもぼくを避けつづけていたかのように。それとも、いまの気分を変えるには、黄色の海水以上の奇跡が必要だといいたげに。

　ちょうどそのとき、一等船室にいる数少ない先住アメリカ人のひとりがデッキに現れた。ここの流儀でいうとミスター・トールマン、美しいマダム・トールマンの夫だ。マダム・トールマンは、本来ならぼくのように背の高い男《トールマン》がお似合いなのに（彼女の夫がそんな名字を選んだのは、自嘲のつもりか、おのれの欠陥に関する他人の記憶を消去したいからか、それが父から受けついだ名字で、運命の数知れぬ皮肉のひとつにすぎないのか、そのあたりは不明だ。彼の背骨にはなにかの異常があるらしい）。すでにみんなの物笑いの種になっているにもかかわらず、ぼくはミスター・トールマンの袖を引き、海が黄色に変わったと説明しながら、船べりのむこうを見るようにすすめた。ところが、ミスター・トールマンの顔そのものが青白く変色し、まるでぼくをなぐりつけたそうな表情を見せてから、くるりと背を向けたのだ。はた目には滑稽だったらしい——あとになって、ほかの船客たちがくすくす笑いながらその話をするのを聞いた――しかし、人間の顔にあれほどの憎悪がうかぶのを見たのは、ぼくとしてもはじめての経験だった。ちょうどそのとき船長がぶらりと近づいてきたので、ぼくは――かなり気勢をそがれてはいたが、まだ全面降伏にはいたらず、いまのミスター・トールマンとのやりとりを船長は聞いていなかっただろうと考えて――もう一度海水が黄色に変わったことを報告した。「わかってる」と船長はいった。「つまり、あの男の国は」(ここで船長は哀れなミスター・トールマンのほうにあごをしゃくって)「出血で死にかけているんだよ」

また日が暮れる。ゆうべの日記は、はじめて見た沿岸風景について書くことが山ほどあり、やむをえず中断したのだ。まあ、しかたがない。故郷だと、いまは真夜中かそれに近く、カフェがいちばん賑わう時間帯だ。ヤースミーン、いまそこできみといっしょにいられたらどんなにいいか。ぼくは赤や紫の服を着たこの国の見知らぬ人間たちにかこまれている。彼らは自分たちの町を侵略軍のように大挙しておそい、ネズミが巣に飛びこむように自分たちの家に逃げこむ。だが、ヤースミーン、きみや、ぼくの母、それともこれを読むほかのだれかは、きっとぼくがどんな一日を送っているかを知りたいだろう――ちょうどいまのように、ベッドのふたつならんだこの荒れ果てた部屋で、傷だらけの古いテーブルの上に背をまるめ、外の通りを急ぎ足で行き交う足音に耳をすましていることもある、と思ってほしい。

けさはうんと寝坊をした。思った以上にあの航海で疲れていたのだろう。目がさめるころには、あたりの町ぜんたいが生きかえり、おおぜいの行商人が、鎧戸を閉ざした窓の外で魚や果物の呼び売りをしていた。アメリカ人が〝トラック〟と呼ぶ木製の大型荷車が、割れたコンクリートの上で幅の広い鉄の車輪をごろごろ鳴らしながら、ポトマック川の桟橋につながれた船の積荷を運んでくるのだ。ヤースミーン、ここでは荷車を曳くのに、とても風変わりな動物の組み合わせが目につく。朝食をとりにロビーへ下りたが（このてのアメリカのホテルでは、ロビーや食堂へ行くとき、いったん建物の外へ出なくちゃならない。悪天候の日にはとても不便じゃないかと思う）、そこで見たトラックの曳き綱には、なんと雄牛二頭と、馬一頭、騾馬《らば》一頭がつながれていた。あれを見たら、きみはきっと吹きだしたろうな。御者は鞭を鳴らしづめだった。

アメリカから受ける第一印象は、噂に聞いていたよりも貧しくないということだ。そのうちどれほど多くのものが前世紀から受けつがれたかは、あとでわかった。ここの街路はいちおう舗装されているが、古びて損傷がひどい。りっぱな建物がいたるところにあるが、どれも老朽化している（このホテルもそのひとつ――〝休日の宿〟という名だ）。長年にわたって伝統的建築様式が法律で強制されていたわが国で目につく建物にくらべると、外見だけはいちおうモダンに見えるがね。このホテルはメイン通りにある。朝食をとりおわってから（われわれの標準に照らしても、味はなかなかよく、値段はとても安いが、季節はずれのものはいっさい注文できないらしい）、ホテルの支配人にこの都市の名所はどこかとたずねてみた。支配人は小男で、おそろしく醜い容貌に加えて、この国の多数の人がそうであるように背骨が曲がっている。「観光ツアーはありません。もういままでは」という返事がもどってきた。

ひとりでそこらを散歩して、できればスケッチをしてみたい、とぼくはいった。

「それならできます。建物を見るならここから北、劇場を見るなら南、公園を見るなら西。公園にいらっしゃるおつもりですか、ジャアファルザデーさん？」

「さて、どうしようかな」

「公園にいらっしゃるなら、ボディガードを最低ふたりは雇うべきです。いい紹介所をお教えしますよ」

「拳銃を持ってる」

「それだけではじゅうぶんといえません」

もちろん、ぼくはその場で決心した。ぜひとも公園へ行ってやろう。ひとりで。といっても、この国が提供してくれたささやかな冒険という一枚のコインを、いますぐ使うつもりはない。その前に、いったいほかのどんなものがぼくの人生をゆたかにしてくれるかを、まず発見しなければ。

というわけで、ホテルを出て北に向かった。これまでまだ一度もこの都市の、いや、それをいうならアメリカの都市の、夜の姿を見たことがない。故郷のわれわれがそうするように、ここの人びとがどっと街路へくりだしたらどんなありさまになるか、ちょっと想像もつかない。明るい昼日中でさえ、そこにはカーニバルか、でなければばか騒ぎのサーカスに似た印象がある。まるで出演者たちが百年以上も前にそのショーをはじめたのはいいが、いまなお終わっていないかのようだ。

最初、旧アメリカを破壊した遺伝子損傷の痕跡が目につくのは、四、五人にひとりかと思えたが、町の風景にだんだん慣れ、花を売りつけにくる不幸な老婆や、奇声を上げて〝トラック〟の車輪のあいだを駆けぬける少年を、アメリカ人だからとあっさりかたづけるのではなく、人間としてながめるようになると――いいかえれば、わが国のどこかの町で、初対面の人びとをながめる目つきになると――なんらかの意味で傷痕のない人間はめったにないことがわかってきた。こうした奇形は、個々に見れば目をおおいたくなるほどだが、この国でごくありふれた派手な色彩のぼろ服と結びつくとき、仮装行列でいちばん醜いキャラクターの集団としか思えなくなる。ぶらぶら歩いていくと、辻音楽師のグループの演奏が聞こえなくなる前につぎのグループにでくわし、そこからほんの二、三歩でひとりの男の前を通りすぎた。べらぼうな長身で、階段のいちばん下の段に腰かけていても、ぼくよりも背が高い。そこには片腕の萎えた、ひげづらのこびともいた。また、ふしぎな顔の女性もいた。なにかの悪霊の手で二分されたかのように、顔の右半分は目が大きくて呆けた絶望をたたえ、左半分は目をすがめて冷笑をうかべているのだ。

疑問の余地はない――ヤースミーンにこれを読ませてはだめだ。さっきからすくなくとも一時間、ぼくはここにすわったままロウソクの炎を見つめている。そして、部屋の窓の外の鎧戸にときどきなにかがぶつかる音に聞き耳を立てている。実をいうと、自分の心にはいりこんだ不安に麻痺している――それがどこからきたのかはわからない。その不安はきのうからはじまり、どんどん強まってきた。だれもが知っているように、そのむかし、アメリカ人は意識改変ドラッグの世界一熟練した製造者だった。彼らを自己破壊にみちびく化学物質を作りだした知識、けっして干からびないパンや、害虫駆除用の無数の毒薬や、ありとあらゆる目的のため、自然界には存在しない化学物質を作りだした知識が、熱病の夢にも似た幻想を果てしなく生みだす合成アルカロイド類を考案させたのだ。

すくなくとも、そうした技術の一部はまだ残っているはずだ。たとえ残っていなくても、化学物質そのものの一部は秘密の戸棚の奥に八十年から百年ものあいだ隠されたままで、世界がその存在を忘れるにつれてますます危険になっていく。考えてみると、ぼくはあの船の乗客のだれかに、その種のドラッグをひそかに盛られたのかもしれない。

ようやく不安が消えた！　日記に書いたことで――それには非常な努力が必要だったが――ずいぶん気分がよくなり、部屋のなかを何度も歩きまわった。すべてを書きおわったいま、ぼくはあの疑惑を完全にふりはらうことができた。

とはいうものの、ゆうべは例のパンを夢に見た。思いだすが、最初にその記事を読んだのは、ミールザー伯父の田舎の邸宅にある小さな勉強部屋でだった。ゆうべの夢は、これまでときどき見た夢、あとでだれかとコーヒーを飲みながら、針小棒大に尾ひれをつけて物語る、複雑で強烈で〝文学的〟な夢ではなかった。そこに見えるのは、小テーブルの中央の皿におかれた、柔らかいひとかたまりの白パンだけ――まだパン焼き窯の香りが残っている（たしかにこの世界で最もおいしそうな香りではある）が、いちめんの灰色のカビにおおわれたパン。いったいなぜアメリカ人はそんなものをほしがったのか？　とはいえ、歴史家の意見は一致している。アメリカ人がそうしたパンをほしがったのは、自分の死体が永久に生きているように見えるのを望んだのとおなじ心理だ、と。

アメリカという国、色あざやかで悪臭のする市街、奇形の人びと、ぎすぎすした耳慣れない言語、それに出会った経験が、ドラッグに酔って夢を見ているような感覚をぼくにいだかせたのにすぎないのだ。アッラーに讃えあれ！　おお、日記帳よ、ぼくはおまえにペルシア語で語りかける。おまえは信じるだろうか、メーカーのラベルのなじみ深い文字を読みたさに、ぼくが旅行カバンから衣料品のすべてをとりだしたことを？　そういえば、かりにこのくだりを自宅で読んだとしたら、そもそも本人のぼくがそれを信じるだろうか？

北にある公共建築物の集まりは――そのむかし、政治活動の一大拠点だったらしいが――いまでも人びとが住む地域とは大きな対照を見せている。後者では、古い建物が老朽の最終段階にあるか、でなければずさんなやりかたで応急修理されていた。しかし、まだそこでは、港を利用した商業活動にたずさわる人びとや、それに依存する人びとによって、活気のある生活がいとなまれている。いっぽう、記念碑的な建物はきわめて堅牢な建材が使われているため、ほとんど無傷にさえ見える。ただ、ところどころで円柱が倒れているとか、屋根つき玄関が崩れかけているとか、小さな樹木が（大部分はみすぼらしいカロライナシデらしい）壁の亀裂の何カ所かに根をおろしているとか。だが、本の文句にもあるように、時のあごひげが灰色になるのは、歳月の経過よりも都市廃墟の土ぼこりのせいだとすれば、時はこの道を歩んだのにちがいない。ここに並んだ壮大な抜け殻はそれ以上のなにものでもない。どれもが機械を使って冷却し、換気する仕組みだったようだ。窓のない建物が多いので、その内部は日のささない洞窟と大差がなく、腐朽のにおいに満ちみちている。そこへ足を踏みいれる勇気はなかった。べつの建物では、かつてガラスの壁のあったところに窓が設けられていた。この種の建物はまだ二、三残っているので、その構造をスケッチできた。しかし、大部分はすでに破壊されていた。時のあごひげは、それらの破片をも掃きよせてしまったのだ。

これらの古い建造物は（一、二の例外をのぞけば）見捨てられたままだが、何人かの乞食には出会った。彼らは気の毒なことに、アメリカ人のなかでも重症の奇形で仕事につけない人びとらしい。ただし、しつこく金をせがむ上に、目ざわりでもある。むかしの支配者《パードシャー》の住居を教えてやる、と彼らは申し出た。そこで、見おわったあとはすぐにぼくから離れることを誓わせてから、二、三枚のコインを与える口実として、いちおうついていくことにした。

彼らが指さして教えてくれた建物は、印象的な大建築の並び立つ長い大通りの一端にあった。だから、むかしのそれが重要な建物だったという彼らの考えはきっと正しいのだろう。しかし、いまでは土台と瓦礫に毛の生えた程度で、壊れた翼棟がひとつ残っているだけ。もともとあまり頑丈な構造ではなかったらしい。おそらく夏別荘か、そのたぐいだ。乞食たちはすでにその建物の名前さえ忘れ、たんに〝白い家〟と呼んでいた。

その記念物に案内されたあと、ぼくが建物のスケッチにとりかかるふりをすると、むこうは約束どおりに引きあげていった。しかし、それから五分か十分ほどして、とりわけ企業心に富んだ男がひとりだけもどってきた。この男には下あごがなく、最初は言葉を聞きとるのに骨が折れた。しかし、大声のやりとりを何度かくりかえすうち——立ち去らないといまこの場で殺すぞ、とぼくは脅迫し、むこうはそれに抗議したわけだが——彼がdの音をbに、mをnに、pをtに発音するしかないのがわかり、それからはおたがいに前よりも意思が通じあうようになった。

彼の言葉を発音どおりに記すことはさし控えるが、とにかく、むこうは気前のいい施しをしたぼくに、ある大きな秘密を教えたいという——ぼくのような外国人がその存在にすら気づかないような秘密を。

「きれいな水か」とぼくはいってみた。

「ちがう、ちがう。大きな、大きな秘密だ、キャプテン。このぜんぶが死んでると思うだろう」まわりをとりまく荒廃した建築物に向かって、彼はゆがんだ手をふった。

「たしかにね」

「まだ人が住んでるんだ。見たいか？　案内してやる。あいつらのことは心配するな——あいつらはおれをこわがってる。おれが追っぱらってやるからよ」

「待ち伏せかなにかをたくらんでるなら、警告するが、痛い目を見るのはきみだぞ」

むこうは一瞬とても真剣にぼくを見た。ゆがんだ顔からぼくを両眼でじっと見つめるまなざしには、心からの同情がうずいた。「あれが見えるか？　この南のでっかい建物、ペンシルヴェニア通りのあれが？　キャプテン、おれのおやじのおやじのおやじは、あそこでひとつの〝部署〟（ベタートネント）のボスだった。あんたを裏切ったりしないよ」

彼の父親の父親の父親の時代、この国の政策がどんなものだったかは、本で読んだことがある。安心しろといわれてもむりだが、とにかく彼のあとについていくことにした。

そこから斜めに何ブロックかを進み、崩壊したふたつの建物のなかを通りぬけた。どちらにも多くの人骨が散らばっている。さっきの彼の自慢を思いだして、ここで働いていた人間の遺骨なのか、とたずねてみた。

「ちがう、ちがう」彼はまた自分の胸を軽くたたき――癖になった身ぶりらしい――床からしゃれこうべをひとつ拾いあげると、自分の顔の横にかざした。それでわかったのだが、その遺骨にも彼とよく似た頭骨の奇形が見うけられた。「おれたちはここで眠るのさ。夜になるといろんなやつらが出てくるから、厚い壁のうしろに隠れて眠る。おれたちが死ぬのもここだ。たいていは冬に。だれも埋めてくれない」

「おたがいに埋葬ぐらいはしなくちゃ」とぼくはいった。

彼がほうりだしたしゃれこうべは、研ぎ出しコンクリートの床に落ちてこなごなになり、無数の陰気な反響をよびおこした。「シャベルがない。それに力の強いやつもあんまりいないしな。とにかく、いっしょにきなよ」

彼がぼくを案内した先は、第一印象では廃墟の大半の建物以上に荒れ果てた感じだった。尖塔のひとつが倒れ、崩れた煉瓦が街路に散らばっていた。しかし、よくよく見ると、彼のいうことにも一理あるように思えた。割れた窓をふさいだ鉄製品は、すくなくともぼくのホテルの部屋を守る鎧戸同様によくできていた。また、ドアも古くて雨ざらしではあるが、しっかり閉ざされ、丈夫そうだ。

「ここは博物館だ」ガイドはぼくにそういった。「この〈墓場の町〉で、まだむかし流に生きてるのはここぐらいさ。なかを見たいか？」

なかへはいるのはむりだろう、とぼくは答えた。

「すごい機械があるんだぜ」彼はぼくの袖をひっぱった。「なかはのぞけるよ、キャプテン。こっちだ」

われわれは建物の外壁ぞいに角をいくつか曲がり、ようやく建物の裏手にある一種のアルコーヴにはいった。雑草の生い茂る地面の上に鉄格子がはまっていて、ぼくの案内人は誇らしげにそっちへ手をふった。ぼくは彼をすこしさがらせてから、彼のやったようにそこへしゃがんで、鉄格子のすきまから内部をのぞいた。

鉄格子のむこうには割れてないガラス窓があった。ほこりだらけだが、そのガラス窓ごしに建物の地下室をのぞくことができる。さっきあの乞食がいったように、そこにはいろいろの複雑な装置類が整然と並んでいた。

それらの機械の目的をおしはかろうとしばらく見つめていると、年老いたひとりのアメリカ人が機械のあいだから現れ、そのひとつひとつに目をこらしながら、ピカピカのシャフトや歯車をぼろぎれで拭きはじめた。

ぼくがのぞいているうちに、さっきの乞食がそうっと這いよってきて、その老人を指さした。「いまでも北や南からここへ勉強しにくるやつがいる。いつかこの国はまたりっぱになるぜ」ふとぼくは愛する祖国のことを考えた。その凋落時代は——遺伝子損傷こそないにしても——二千三百年もつづいたのだ。ぼくは彼に金をわたし、そう、きっとアメリカはいまにまた偉大な国になる、と励ましてから、彼と別れてホテルへもどってきた。

窓の鎧戸をひらいて、市街のむこうのオベリスクと、沈む夕日をながめた。夕焼けに染まった野や谷は、この沈滞した、奇妙な国土ほど異質にも、また恐ろしくも見えない。しかし、われわれみんながひとつであることはわかる——あの乞食も、死滅した時代の機械のあいだを歩きまわっていた老人も、あの機械そのものも、太陽も、そしてこのぼくも。一世紀前、まだここが繁栄した都市であった時代には、哲学者たちがこんな考察にふけったものだった——中性子や陽子や電子のそれぞれが、どれもおなじ種類の素粒子と同一質量を示すのはどうしてか？　いまのわれわれは知っている。それぞれの種類の素粒子のうちでただ一個だけが、時間を前後に往復しているからだ。ある電子がわれわれのように旅をし、ある陽電子が逆方向に時間を移動し、おなじ少数の素粒子が何億回も何兆回も出現してはひとつの物体を作り、おなじ少数の素粒子がすべての物体を作りあげる。つまり、人間だれしもが、いわばおなじひと組のパステルで描かれたスケッチ画なのだ。

夕食をとりに外出した。ホテルからさほど遠くない場所にいいレストランがある。ホテルの食堂よりもおいしいぐらいだ。もどってくると、支配人が、今夜は劇場に芝居がかかるが、ホテルからとても近いので、ボディガードをつけなくても危険はない、といった（支配人はその劇場がとてもご自慢らしい。このホテルがまだ営業をつづけられるのも、劇場のすぐそばという立地条件の賜物だろう）。実をいうと、きょうの昼間、運河を渡って公園へ行く船を雇わなかったことで、少々気がさしていた。だから、その埋め合わせにこれからその芝居を見にいき、ついでに夜の街をすこし探検してみることにする。

いま、ぼくはこのだだっぴろく、がらんとした、カーペットも敷かれてない部屋にまたもどってきた。早くも第二のわが家という気分だが、危険な夜の街路から仕入れてきた冒険はなにもない。実をいうと、その劇場まではここから南へ百歩たらずだ。拳銃の握りに手をかけたまま、おなじ劇場へ向かうおおぜいの人たち（大半はアメリカ人）といっしょに歩くのは、なんとなく間の抜けた気分だった。

その劇場の建物は、〈墓場の町〉とおなじぐらいに古いものらしい。だが、いちおう修理はしてある。祖国の劇場にくらべてなんとなく観客にお祭り気分が（ぼくにとっては異質のお祭り気分が）ただよい、神聖な芸術の殿堂という雰囲気には乏しかった。といっても、この国で演劇が神聖視されていることは知っているし、観客の華やかな服装を見てもそれは明らかだった。誇張された厳粛な敬意は、つねに信仰の喪失を示すものだ。

ディナーをすませたばかりなので、ロビーの売店は素通りした。そこではアメリカ人たちが――彼らは懐ぐあいが許すかぎり、いつもなにかを食べているように見える――さまざまな冷肉料理やペストリーを選んでいたが、ぼくはさっさと客席へ向かった。席についたと思うまもなく、パイプをくわえたアメリカ人の老紳士が、すまないが前を通してほしい、と声をかけてきた。もちろんぼくはふたつ返事で立ちあがり、わが国の礼儀作法にのっとって（ここでは場ちがいだとしても）「お祖父さん」と呼びかけた。ところが、隣の席にむこうが腰をおろしたあと、まだすぐわきに立っていたとき、たまたまぼくの視線はきょうの午後とおなじ角度で彼の顔をとらえ、あのとき鉄格子のあいだからのぞいた地下室の老人だ、と気づいたのだ。

これはまいった。なんとか彼を会話にひきこみたいが、昼間、窓の外から彼をのぞいていたとはどうも告白しづらい。頭のなかでいろいろ質問を練っているうちに、照明が消え、芝居がはじまった。

それはゴア・ヴィダルの『ある小惑星への訪問』（一九五七年の作品で、原型はテレビドラマの脚本）だった。アメリカ演劇の古典のひとつで、その噂はぼくもよく耳にしていたが、（これまで一度も）実際に見たことのない芝居だ。もしそれが本来の時代の衣装で演じられていたら、もっと気に入ったかもしれない。あいにく、演出家はこの芝居ぜんたいを〝現代化〟するほうを選んだ。ちょうどわが国で『ルスタム・ベグ』が上演されるとき、ルスタムをつい最近の戦争の英雄に仕立てるのに似ている。パワーズ将軍は現代のアメリカ軍人で臆病な悪玉タイプ、スペルディングは暴露記事専門の新聞の発行人、といったぐあい。好感の持てる登場人物といえば、片足をひきずっている宇宙人のクレトンと、輝くばかりに美しいアメリカの金髪娘が演じる、無邪気なエレン・スペルディングだけだ。

第一幕のあいだじゅう（とりわけスペルディングの長ゼリフのあいだ）、ぼくの思考はたえず隣席の老人のそばを堂々めぐりしていた。幕が下りるころに、ようやく決心がついた。会話の糸口を作るには、彼のためにカバブを——それとも、なにかお気に入りの食べ物を——ロビーで買ってくるのがいちばんだ。みすぼらしい風体から見ても、この老人はそんなもてなしを歓迎するだろうし、足が不自由なのも絶好の口実になるだろう。客席にたいまつの火がふたたびともされたとき、ぼくはその作戦を開始したが、結果は上々だった。サンドイッチと苦味飲料を紙皿にのせてもどってくると、老人のほうから声をかけてきたのだ。芝居を見ているさいちゅうに、きみが右手の指を曲げたり伸ばしたりしているのに気がついた、という。

「そうなんです」とぼくは答えた。「さっきまでずっと書きものをしていたので」

この返事が口火になって、老人はえんえんとしゃべりはじめた。話題の大半は文書作成機械に関するもので、ぼくにはちんぷんかんぷんの専門用語がふんだんにまじっていた。ようやくこちらはいくつかの質問でその奔流をとめたが、おそらくぼくの質問から、むこうの想像以上にその話題に無知なことがわかったからにちがいない。老人はたずねた。「ジャガイモに文字を彫って、スタンプ・パッドで濡らしてから、紙の上にその文字を押しつけたことがあるかね？」

「ええ、子供のときに。ぼくたちはカブを使いましたが、原理はおなじでしょう」

「そのとおり、その原理とは拡張された抽象概念だ。ひとつたずねるが――コミュニケーションの最下位レベルはなんだろう？」

「会話じゃないですか」

老人のかんだかい笑い声が観客のざわめきを突きぬけた。「ちがう、ちがう！　においだよ」（ここでぼくの腕をつかむと）「においはコミュニケーションのエッセンスだ。エッセンスという単語そのものをよくごらん。他人のにおいを嗅ぐとき、きみは彼の肉体から発散する化学物質を自分の体内に吸いこみ、それを分析し、その分析にもとづいて彼の感情状態を正確に推定する。たえず自動的にそれが行われているため、自分ではそんな意識はなく、たんにこういうだけだ。『彼は怖じ気づいているようだった』とか、『彼は怒っていた』とか。わかるかね？」

　ぼくはうなずいた。われ知らず興味をひかれていた。

「言葉をしゃべるとき、きみが相手に語っているのは、もしきみが本来のにおいを発散させているなら、どんなにおいがするか、相手がいまいる場所からきみのにおいを嗅げるなら、どんなにおいがするか、ということだ。鮮新世を終わらせた氷河作用が人類に火の利用をうながし、薪の燃える煙をしょっちゅう吸いこんだ結果として嗅覚器官が麻痺しなかったならば、言語が発達しなかっただろうことはおそらくたしかだよ」

「なるほど《アイ・シー》」

「いや、きみは聞いている《ユー・ヒア》――もしかして、唇の動きを読んでいるのでなければね。読唇術というのは、この騒々しい世界では重宝な才能だろうな」老人はサンドイッチをがぶりと食いちぎった。その端からはみだしたピンク色の肉は、とうてい天然の動物の肉とは思えなかった。「文字を書くときのきみは、もし相手がそばにいれば口でいうだろうことを話しているわけだし、カブに彫った文字を紙にスタンプするときは、それをどのように書くかを話しているわけだ。つまり、われわれはすでに抽象概念の第三レベルまで達したわけさ」

　ぼくはまたうなずいた。

「むかしは、元来の伝達事項が完全に消失するまでに、抽象概念のレベルは有限数Kしか存在しない、と考えられていた――だが、約七十年前にきわめて興味深い数学的研究が行われた。さまざまなシステム内でのKについて、普遍的な数式を求めようというわけだ。その結果なにがわかったか。もしその配列が開曲線である場合はレベルの数が無限になりうるが、閉曲線であることもやはり可能なんだよ」

「よくわかりません」

「きみは若くてハンサムだ——りっぱな風采、広い肩幅と黒い口ひげ。かりにひとりの若い女性がきみに恋をしたとしよう。たとえばだよ、これがきみもわたしも彼女も木の枝にまたがっているような時代だったら、きみは彼女の欲望を鼻で嗅ぎとるわけだ。いまの時代なら、たぶん彼女はきみにその欲望を言葉で打ち明けるだろう。しかし、彼女がきみにその欲望のことを文字で知らせることも、やはり可能じゃないかな？」

ヤースミーンの手紙のことを思いだして、ぼくはうなずいた。

「だが、かりにその手紙に香りがついていたとしよう——麝香《じゃこう》のような甘い香りが、わかるかね？閉曲線だよ——その香りは彼女の体臭でなく、人工的なシミュレーションだ。彼女の感じているとおりではないにしても、彼女がそう感じているときみに告げているものではある。いっぽう、きみの真の愛は、クジラや、雄鹿や、バラの花壇に向けられている」老人はまだ論じたそうだったが、そこで第二幕がはじまった。

第二幕は、第一幕よりもたのしく、同時に悲しくもあった。幕開き早々にクレトンが（まもなくエレンも）登場して飼い猫の心を読む場面は、とりわけ効果的だった。隠れたオーケストラが、猫の思考をほのめかす音楽を演奏した。作曲家の名を知りたかったが、プログラムには出ていない。ベッドルームの壁が影絵のスクリーンになり、そこに小鳥を捕らえる猫たちのシルエット、また、エレンが本物の猫のおなかをくすぐってやるときには、交尾のシルエットが映った。さっきも書いたが、クレトンとエレンはこの芝居で最高のキャラクターだ。エレンのしなやかな美しさと天真爛漫さと、クレトンが彼女にいだく明らかな欲望は、強力なテレパスが——かりにそんな人間が存在するとしてだが

――直面するみだらな性愛の問題をみごとに表現していた。

いっぽう、第二幕の終わりでクレトンが大統領を呼びだす場面には、大いに異論があった。まちがいで呼びだされた外国の支配者は、トルコ人ということになっていて、きわめて下劣に演じられた。たしかにぼく自身も、あの血に飢えた種族に多少の偏見をいだいてはいるが、この舞台で行われていることは論外だった。そのつぎに登場する世界会議の議長は、アメリカ人というふれこみなのだから。

第二幕の終わりごろ、ぼくは実に不愉快な気分になっていた。まだあの航海の疲労が抜けていない上に、〈墓場の町〉の廃墟を歩きまわった一日のかなりきびしい経験がそこに重なって、いまのぼくはほんのちょっとした刺激にも、きつい侮辱の言葉を浴びせたくなる心境だった。隣席の年老いた博物館員《キュレーター》はぼくの不機嫌さに気づいたものの、その理由を誤解して、アメリカ演劇の現状をくどくどと弁解しはじめた。才能のある俳優は、注目を浴びるとさっそく国外へ脱出し、大西洋東岸で不成功だった場合を除いて、二度ともどってこないのだという。

「いや、いや」とぼくはいった。「クレトンとあの若い女性はとてもよかった。それ以外のキャストだって、すくなくともそこそこの出来でした」

老人はぼくの言葉が耳にはいらないようだった。「あっちこっちから手当たりしだいにだれかをひっぱってくる――顔で選ぶんだよ。二、三の芝居に出演すれば、連中はもう役者気どりだ。スミソニアン博物館には――もう話したかもしれないが、わたしはあそこの職員なんだよ――本物の演劇のテープが残されている。ローレンス・オリヴィエ、オーソン・ウェルズ、キャサリン・コーネル。さっきのスペルディングなんかは床屋だ。いや、すくなくとも以前はそうだった。ケネディの古い銅像の下に椅子をおき、通行人のひげを剃っていたんだ。エレンは売春婦だし、パワーズは荷馬車曳き。足のわるいクレトンは、ポートランド通りの歌う酒場へ船員たちを呼びこむ客引きだった」

むこうが母国の文化をくそみそにけなすのには当惑を感じたが、気分は前よりもよくなった（気がついたのだが、このふたつはしばしば両立するようだ――ひょっとすると、しがない連中が口にする二言三言や、サービスのひどさであっさり気分を害される自分を、内心で恥じているのかもしれない）。そこで、ぼくはひとこと彼に断ってから、ロビーの菓子売店へ向かった。アメリカ人は野鳥の斑入りの卵に似せたマジパンを器用に作る伝統があるので、それをひと箱買った――食べてみたいという理由だけでなく、めったにそんな贅沢品にはありつけないだろうあの老人によろこんでもらえる、と思ったのだ。この推測は当たった――老人はうまそうにそれを食べた。ぼくはためしにそのひとつを口に入れたが、（まるで人工のスミレを食べているような）香料のにおいがとても不愉快で、とうていふたつめを食べる気になれなかった。

「さっきの話題は書くことだったね」と老人がいった。「閉曲線と、開曲線。そのどちらも技術的に達成可能だと説明する時間はないが、この問題はいまわたしが書いている論文のテーマで、たまたまその例証も持ちあわせているよ。まず、閉曲線。むかし、アメリカ大統領が世界最大の権力者十人のなかにかぞえられていた時代には――さっきの舞台に出てきたポール・ロレントの現実版だが――どの大統領も、彼の署名を求める請願書を毎日何百通も受けとったわけだ。それに応じれば、一日の数時間が奪われたことだろう。それを拒めば、何旅団もの敵を作る羽目になったろう」

「じゃ、どうしたんですか？」

「彼らは科学の援助を求めた。そして、科学の作りあげた機械がこれを書いた」

着古されているが清潔そうな上着のなかから、老人は折りたたんだ紙片をとりだした。ぼくはそれをひらいた。子供っぽいなぐり書きの文字がびっしりならんでいる。どうやら公式演説の草稿らしい。前に世界史のダイジェストで見たことのある歴代アメリカ大統領のリストを思いおこしながら、それがだれの筆跡なのかをたずねてみた。

「機械の筆跡だよ。これがだれの筆跡をまねているかということも、わたしの研究課題のひとつなんだ」

劇場のうす暗い照明のなかで色あせた文字を見わけるのはほとんど不可能だったが、〝サルディニア〟という文字が目にはいった。「なるほど。この内容を歴史的事件と関連づければ、かなり正確に日付を推測することは可能でしょうね」

老人は首を横にふった。「そのテキスト自体は、ある国民的な心理効果を生みだすため、べつの機械によって作成されたものだよ。当時の政治的争点にたいした関係があったとは思えない。だが、こちらをよく見たまえ」彼は二枚目の紙をとりだし、ぼくの前にひろげた。見たところは完全に空白だ。ぼくがまだそれを見つめているうちに芝居の幕が上がった。

クレトンが飛行機の模型を持って舞台を横切っているあいだに、老人は卵菓子をもうひとつつまんで、観劇にもどった。まだ箱には半分ほど残っている。ぼくはむこうがあとでもっとほしがるのではないか、と考えた。膝の上にのせたままだと、床へころがり落ちるかもしれない。箱のふたをして、上着のポケットにしまいこむことにした。

第二の宇宙船着陸の特殊効果はなかなか上出来だった。しかし、第三幕で第二幕の猫の場面とおなじぐらいの喜びをもたらしてくれたものは、それではなかった。この最後の幕は、わが国の詩人たちが〝妖精ペリの水仙〟と呼ぶ仕掛け、あまりにも陳腐になったため、いまではなにかの新機軸が必要とされるトリックに依存していた。ここで使われたそのトリックは、ジョン——エレンの恋人——がクレトンのハンカチを発見し、香水がついているぞといいながら、ハンカチに鼻を埋めるというものだ。その一瞬、第二幕のはじめに影絵のスクリーンとして使われた壁が、ふたたびグラフィカルに（それともポルノグラフィカルに）照らしだされてエレンの欲望を映しだし、その瞬間にジョンがクレトンのテレパシー能力を共有したことを観客に伝えた。いまでは登場人物全員にとって、クレトンの記憶はなくなったはずなのに。

この仕掛けは実に効果的で、今夜の観劇はけっしてむだではなかったという気分になれた。役者たちが舞台へ登場して一礼したとき、ぼくも観客の拍手喝采に加わった。それから、さあ帰ろうと向きを変えたとき、あの老人がひどく気分がわるそうにしているのに気づいた。どうしました、とたずねると、むこうはどうも食べすぎたらしいと悲しげに告白し、ぼくの親切にあらためて感謝した——そんな状態で礼をいうにはよほどの努力が必要だったろうに。

劇場の外まで老人に付き添ってやってから、そこでむこうの交通手段が歩きしかないということに気づき、家まで送ってあげましょうか、と申し出た。老人はまた礼をいってから、博物館の一室に泊まっているのだ、と答えた。

この結果、劇場からホテルまでの半ブロックは、月明かりがたよりの三、四キロの旅に変わった。その道のりの大半は、無人地帯に属する、瓦礫の散らばる大通りだった。

昼間のぼくは、古いハイウェイの残骸にはほとんど目もくれなかった。今夜はその荒廃した陸橋の下をふたりでくぐりぬけたわけだが、そこは言葉にいいつくせないほど古びて不気味だった。ふと、こう思った。天文学者たちが宇宙空間から報告してきた例の〝時間の亀裂〟は、大西洋のどこかに存在するのではないか。大西洋のこの西岸が、つい一世紀前に滅びた文明の残骸のなかで、ダリウスの影のなかにあるわが国の文明よりもはるかに古びて見えるのはなぜか？　あの海を行きかうすべての船舶は、千年の歳月を横切っているのではないだろうか？

ここ一時間——眠れぬままに——このことを書くべきかどうか迷っていた。しかし、すべてを残らず記録しないのなら、旅行日記の意味がどこにある？　なんなら帰りの航海中に一部を書きなおし、母やヤースミーンにはその修正版を読ませればいい。

あの博物館の学者たちは、過去に収集された宝物を売りはらう以外に収入の道がないらしかった。老人をベッドに寝かせるのを手つだってくれた女性からぼくが買いとったのは、幻覚剤を研究した化学者たちの最大の創造物とみなされているアンプルの一本だ。大きさはぼくの小指の半分ほどしかない。けっこうな値段だったが、おそらく中身はただのアルコールだろう。

博物館を去る前から、それを買ったことを後悔していたが、ホテルへもどってからはいっそう悔いが残った。だが、あのときはそれが絶好のチャンスに思え、その冒険をわしづかみする以外にはなにも考えられなかったのだ。いずれそのドラッグをためしてみれば、これからの一生、この話題についてては確信をもって語れるだろう。

ぼくがなにをやったかを書いておこう。例の卵菓子、その一個にだけ、表面にくっついたザラメ糖にアンプルの液体をしみこませたのだ。湿り気はまもなく乾く。そして、ドラッグは——もしそれがドラッグなら——あとに残るだろう。そこで、ぜんぶの卵菓子をからっぽの引き出しにほうりこみ、ガタガタゆすってかきまぜ、どれがドラッグ入りかわからないようにして、明日の晩から一個ずつ食べることにする。

きょうは朝食に下りていく前にこれを書いている。ホテルの朝食サービスがあまり早くからはじまらないというのも理由のひとつだ。きょうは川の対岸にある公園を訪れる予定。噂によると非常に危険な場所らしいので、今夜ホテルへもどって日記をつけるどころではなくなるかもしれない。もし無事にもどってこられた場合は――そう、つぎの計画を立てるのはそのときにしよう。

ゆうべはロウソクを吹き消したあと、体の芯までくたくたなのになかなか寝つけなかった。博物館から長い道のりを歩いて帰ってきたので、気が立っていただけなのかも。だが、エレンの面影が心にとりついて離れない。彼女に関するとりとめもない空想と卵菓子が結びつき、空想のなかのぼくは、ベッドの上に起きあがって猫を膝に抱いたクレトンになった。その白昼夢のなかでは（結局、一睡もしなかった）エレンがトレイにのせた朝食を運んできてくれたが、なんとそれは六個の卵菓子なのだ。

そのたぐいのイメージで頭が混乱したあげく、ぼくはホテルの支配人に女を世話してもらおうと決心した。そうすれば、あの航海で積もりつもった緊張から逃れられるだろう。一時間ほどベッドの上にすわって読書しているうちに、支配人が三人の女を連れてやってきた。支配人は半開きのドアのすきまからぼくに廊下をのぞかせてから、女たちを廊下に残したまま、するりと部屋にはいりこんでドアを閉めた。女はひとりでいい、とぼくは彼に告げた。

「存じております、ジャアファルザデーさん、存じております。ただ、選択をなさりたいのではないかと思いまして」

三人のうちだれも――さっきちらと見たかぎりでは――エレンには似ていない。だが、ぼくは彼の配慮に礼をのべてから、三人を部屋に入れてくれとたのんだ。

「その前に申しあげておきますが、お値段はわたしにおまかせください——お客様がじかに交渉なさるよりもずっと安いお値段でお世話できます。むこうもわたしをだませないことを知っていますし、今後このホテルのお客さまをもてなす場合、わたしの手を借りなければならないわけですからね」そう前おきして支配人が切りだした金額は、たしかにとても安かった。

「それでけっこう」とぼくはいった。「三人を部屋に入れてくれ」

支配人はおじぎをして、にっこり笑い、やつれた強欲そうな顔でできるだけ愛想のいい表情を作った。むかし見たことのある、スレイマンの宮廷に呼びだされた小鬼の絵にそっくりだった。「ただし、その前にお知らせしておきましょう。もしあの三人が——三人とも——お気に召した場合は、ふたり分の料金でおたのしみになれます。また、もし三人のうちのふたりをお望みの場合は、ひとりと半分の料金でけっこうです。とても愛らしい娘たちですから、ぜひご一考のほどを」

「よくわかった。その点も考えるよ。三人を部屋に入れてくれ」

「もう一本ロウソクをともしましょう」支配人はそういうと、部屋のなかをせわしなく動きまわった。「いまお客さまのお払いになっている宿泊料なら、ロウソクの割り増しはいただきません。なんでしたら、女たちの料金を勘定書に含めることも可能です。ルームサービスという名目で——おわかりいただけると思いますが」

第二のロウソクがともると、支配人はふたつのベッドの中間、ナイトテーブルの上で入念にその位置を定めたあと、ドアをあけて三人の女を手招きした。「では、わたしはこれで失礼します。お気に入りの相手をお選びになったら、ほかの女は帰らせてやってください」(これはむこうの戦術にちがいない——ぼくが女たちを帰らせるのに苦労させ、結局三人分の料金を払うことになるのまで計算ずみだ)。

この記録は絶対にヤースミーンには見せられない——それはもう決めた。この成り行きそのものも彼女を大いに傷つけるだろうが、そのつぎに起きたことはもっと問題だ。ぼくはドア側のベッドにすわっていた。三人のうちのだれがエレンを演じた女優にいちばん似ているか、なるべく早く判断をくだしたかったからだ。最初の女は背が低く、やつれて青白い顔。第二の女は背が高く、金髪だが、太りすぎ。三人目は部屋へはいるときに足をつまずかせたようだが、ヤースミーンに生き写しだった。

二、三秒間は、彼女にちがいないと確信したほどだった。科学のおかげで、われわれは自分たちの観察する現象がいかに奇想天外であっても、それを説明する理論をでっちあげ、受けいれることに慣らされてしまった。われわれの心は、まだ意識しないうちに、その捜索をはじめているわけだ。ヤースミーンはぼくの不在に淋しさを感じた。そこで、ぼくの出発から二、三日後の乗船券を予約したか、それともアメリカの着陸施設の劣悪さを承知の上で、空の旅をしたのだろう。こちらへ到着したあと、彼女は領事館で問い合わせをしてから、ちょうど支配人がロウソクをともしているときにぼくの部屋の戸口に近づき、なかでなにが起ころうとしているかも知らずに、支配人の呼んだ娼婦たちといっしょに部屋のなかへはいってきたのだ、と。

もちろん、すべてはたんなる妄想だった。ぼくはいそいでベッドから下り、ロウソクをかざした。三人目の娘はヤースミーンとよく似た大きな黒い瞳と、丸みをおびた小さなあごの持ち主ではあっても、実はまったくの別人だった。漆黒の髪と、優美な顔立ちまでは似ているが、明らかにアメリカ人だ。ぼくに近づいてきたとき(こちらの関心をひいたことに励まされたのだろう)、彼女があの芝居に出たクレトンのように、内反足であることをぼくは知った。

おわかりのように、公園からは無事帰還できた。今夜は就寝前に例の卵菓子をひとつ食べるつもりだ。しかし、その前に、きょうの経験を簡単に書きとめておく。

公園は、この都市とポトマック川のあいだを流れるワシントン運河の対岸にある。陸地づたいで行くには、運河の北端を迂回するしかない。そんな長い距離を徒歩で往復したくはないので、船を雇うことにした。ぼろぼろの赤い帆をかけた小さい船で、公園の南端、ヘインズ岬と呼ばれるところまで運んでくれるという。そこにはむかし噴水があったが、いまはなにも残ってないらしい。

よく晴れたうららかな春の一日で、船は静かな波の上を順調に進んだ。〈プリンセス・ファーティマ〉号で閉口したあの恐ろしい横揺れはまったくない。ぼくは舳先にすわり、運河の岸につらなる公園の緑と、その対岸の古い砦の廃墟をながめた。舵柄を握るのは年老いた船頭、彼の孫だという日焼けした十一歳ぐらいの痩せた娘が、帆を操っていた。

岬の先端をまわったとき、船頭がぼくにいった。ごくわずかな割増料金を払えばポトマック川対岸のアーリントンまで行って、むかし建てられたこの国最大といわれる建物の遺跡を見せてやるよ。しかし、こっちは後日のために経費を節約したかったので、それを断った。やがて船の着いた場所には、むかしのコンクリートの笠石の一部がそっくり残されていた。

どちら側の岸にも古い道路の跡が走っていたが、ぼくはそれを避け、なるべく中央部の高所を選んで歩いた。むかしはこの半島ぜんたいが行楽地だったのだろう。しかし、そのほうぼうに点在していたはずのパビリオンや彫像はもうほとんど残ってない。侵食された小丘の連なりは、そのむかしロックガーデンだったのかもしれないが、いまは土砂と、よどんだ多数の水たまりにおおわれている。巨大なことで有名なアメリカネズミの巣穴を二十カ所あまり見つけたが、かんじんの動物は一度も姿を見せなかった。その巣穴から判断するかぎり、この動物のサイズは誇張ではないようだ――いくつかの巣穴の入口は、ぼくでもらくらくとはいれそうな広さだった。

野犬の群れについては、ホテルの支配人からも、さっきの船頭からも警告を受けていたが、ぼくが北へ一キロほど歩いたころから、むこうはあとをつけはじめた。短毛で、黒と茶に白いぶちがある。体重は平均して二十五キロぐらい。短い耳と、敏感で利口そうな顔を見るかぎりではさほど危険に思えなかったが、まもなくどっちへ向きを変えても、野犬たちが背後からにじりよってくるのに気づいた。ぼくは池を背にして石の上に腰かけ、何枚か野犬のスケッチをしてから、拳銃の試射をすることにした。むこうはそれがなんであるかを知らないようすだ。そこで、一頭の大きい野犬の胸に赤い照準用レーザーで狙いをつけてから、高エネルギー・パルスの発射ボタンを押した。

そのあとは、背後からしばらく犬たちの悲しげな遠吠えが聞こえた。たぶん、倒されたリーダーの死を悲しんでいるのだろう。錆びた機械の山にも二度ほどでくわした。きょうのような好天気の日に、病人を乗せて庭園めぐりをするのに使われた車の残骸かもしれない。腕のいい色彩画家だとミールザー伯父から褒められたぼくだが、この公園で夕日が彩る緑のつきまとう黒を見ると、あの再現はとうていむりだと絶望にとらえられた。

見捨てられた鉄道橋の橋脚にたどりつく寸前まで、人っ子ひとりにもでくわさなかった。だが、そこで物乞いを装った四、五人のアメリカ人がぼくをとりかこんだ。川から打ちあげられた生ゴミを食べて生きているらしい野犬のほうが、まだしも彼らより正直だし、体も清潔に思える。もし〈墓場の町〉で出会った哀れな乞食たちのような相手だったら、ぼくは何枚かのコインを恵んでいたかもしれない。だが、ここにいる男女はいちおう五体満足で、働くことができるのに、強盗稼業を選んだのだ。ぼくはさっきおそってきた彼らの同国人をひとり、やむをえず殺したことを（それが犬だとはいわずに）話し、この一件をどこの警察に届けようか、とたずねた。それを聞いてむこうはあとずさりをはじめ、ぼくが運河の北端を迂回するのをだまって見送ったが、荒々しい目つきでこちらをにらみつけるのをやめなかった。そのあとはなにごともなく、疲れきってはいたがきょう一日の成果に満足しながら、ぼくはホテルへもどってきた。

例の卵菓子をひとつ食べた！　告白するが、最初のひと口まではずいぶんためらった。しかし、決心をふるいおこすのは、まるでガラスの壁を押すような感じだった——とつぜん音を立てて壁が砕けたのだ。ぼくは卵菓子をひとつ手にとると、二、三度嚙んだだけでのみくだした。刺すような甘味以外、なんの味もない。さあ、これでわかるだろう。いまのところ、この実験は公園の縦断よりも恐ろしい。

べつに幻覚は起きないようなので、ディナーにでかけた。ちょうどたそがれどきで、街路のカーニバル気分は最高潮——どの店の上にも色とりどりの明かりがともり、屋上からは音楽が聞こえる。金まわりのいい連中がそこを専用の庭に使っているのだ。ぼくはこれまでおもにホテルで食事をしていたが、メイン通りの南、それほど遠くないところに〝おいしい〟アメリカ料理のレストランがあると教えられた。

話に聞いたとおりだった――アルコーヴのなか、クッション入りのベンチにおおぜいの客がすわっている。テーブルの表面は、きめの細かい、油でぬるぬるした人工石材だ。なにもかもがひどく古ぼけた感じ。ぼくはナンバーワン・ディナーを注文した――もみ革色の魚のスープに添えられた白っぽいアメリカパン、つぎに挽肉のサンドイッチと、油をぬったやわらかいロールパンの上に、トマトソースをたっぷりかけた生野菜をのせたもの。正直いって、あまりうまいとは思えなかった。ただ、これまで敬遠してきたアメリカ料理をもうすこし試してみるのが、いちおうの義務に思えただけだ。

ここで一日の記録を終わりたい気分になり、事実、ここまで書いたあとでペンをおいて、ベッドにはいろうとした。だが、不正直な記録になんの価値がある？　この日記はだれにも見せないつもりだ――帰国してからも、自分で読みかえすだけにしよう。

そのレストランからホテルへひきかえす途中、例の劇場の前を通りすぎた。もう一度エレンを見たいという気持ちに逆らえない。チケットを買い、なかにはいった。座席につくまで、演目が変わったことに気づかなかった。

新しい芝居は『メアリー・ローズ』だった。何年か前、イギリスの劇団がとても忠実な形で上演したのを見て、その戯曲が（メアリー自身とおなじく）時を超えて生き残ったことを実感したことがある。しかし、今回のアメリカ版は、前のが本物であったのと同程度にまがいものだった。そのため、逆に興味が失せなかった――いや、むしろ興味をそそられるところがあった。（『メアリー・ローズ』は『ピーター・パン』の作者J・M・バリーが一九二〇年に発表した戯曲。ヘブリディーズ諸島で行方不明になった母親が、二十五年後、幽霊として家族のもとに帰ってくるが、成人した自分の息子に気づかないという設定）

アメリカ人は、この大陸の海岸よりも、内陸部への迷信にとりつかれているので、メアリー・ローズの島も、アメリカ中部にある五大湖のひとつへ移されていた。その結果、スコットランド高地人のキャメロンはカナダ人となり、それを演じるのは前回のパワーズ将軍の副官だった。スペルディング一家の配役はそのままアメリカ人のモアランド一家となり、クレトンはナイフ投げの得意な傷痍軍人ハリー、ぼくのエレンはメアリー・ローズを演じていた。

あまりにもそれが適役なので、もしかしてこの芝居は彼女の見せ場を作るために選ばれたのでは、と思えるほどだった。彼女の長身が、メアリー・ローズの不自然な未成熟さを強調し、ほっそりした体と、青白い顔の傷つきやすさは、たとえこの芝居でなくても、いずれは知らず知らずのうちに犠牲者にされていたのでは、と思わせる。なによりも重要なのは、超自然現象に対する奔放で無邪気な親近感だが、彼女はそれを申し分なく表現していた。ゆうべ、クレトンの宇宙船がスペルディング家のバラ花壇に着陸するという設定を観客に信じこませたのも、(いまわかったのだが)この性質のおかげだったのだ——一度もエレンを見たことがなくても、クレトンは彼女にひきよせられたろう。いま、その性質は、メアリー・ローズの消失や再出現を、ありうること、いや、いかにもありそうなことに見せていた。目に見えない精霊たちがメアリー・ローズに欲望を燃やすのは、ブレーク中尉(昨夜の芝居ではジョン・ランドルフ)が彼女を愛するのと同様に納得できた。

たしかに、じゅうぶん納得がいく。そして、そうさとったとたん、『メアリー・ローズ』の謎ぜんたいは——前にテヘランできちんと上演されたときには不可解で陳腐に思えたのだが——はっきりと目の前にうかびあがった。客席のわれわれは、羨望にかられた、貪欲な精霊たちなのだ。もしモアランド一家の人びとが、心地よい応接室の一方の壁こそ暗い顔のならんだ海であることに気づかず、もしキャメロンがその島の背景こそわれわれ観客であることに気づかないとすれば、落ち度はむこうにある。とすれば、メアリー・ローズが姿を消したとき、彼女はわれわれのほうへひきよせられて当然だ。第二幕の終わりで、ぼくは彼女の姿を探しはじめ、第三幕の冒頭で彼女を見つけた。最後列の座席のうしろに、だれにも知られず、ひっそりたたずんでいる。ぼくの席は舞台から四列目だったが、なるべく目立たないように席を立って、そうっと彼女のほうへ通路を登っていった。

時すでに遅し。半分ほど登ったとき、その場面の終わりにある彼女の出番がきてしまった。結局、芝居の残りを劇場のうしろで見たが、彼女は二度ともどってこなかった。

そのおなじ夜。ぼくはなかなか眠れなかった。航海中は毎晩九時間も眠り、枕に頭をのせると同時に寝ついていたのに。

実をいうと、ベッドで横になっているうちに、あの博物館勤めの老人の言葉を思いだしたのだ――女優はみんな売春婦だ、というあれを。もしそれが事実であって、いまなお魅力的な肉体に恵まれた若者たちに対するただの憎悪の表現ではないとしたら、メアリー・ローズとエレンのことを考えて悶々としている自分はばかだ。現実の彼女を手に入れられるかもしれないのに。

彼女の本名はアーディス・ダール。プログラムのキャストに名前が出ていた。これからホテルの支配人室へ行って、この町の住所録を調べてみよう。

いまは朝食前。ゆうべ支配人室へ行ったら鍵がかかっていた。午前二時過ぎだ。ドアに肩をあてがって押すと、わけなくひらいた（わが国のドアとちがって、ボルトを受ける金属のソケットがない――材木にほぞ穴があけてあるだけだ）。住所録にはこの町の住民としてダール姓の何人かが記載されていたが、発行後八年近く経っているので、あまり信用はおけない。だが、そこで考えなおした。こんな沈滞した環境では、わが国ほど住民の移動がひんぱんでないだろうし、使い物にならない住所録を支配人が残しておくはずはない。そこで、いちばん劇場の近くに住んでいるダールを選び、ホテルを出発した。

　街路には人影がなかった。いま自分がとっている行動は、いろいろな情報を読み、この都市への恐怖をつのらせていたころ、なによりも恐れていた行動だったのに。だが、おそうべき相手がいないのに、路上強盗がこの界隈をうろつくと考えるのはおかしい。いったい彼らはどうする？　人けのない街角にぼんやり立って、何時間も獲物を待つのか？

　南の空には満月が高くかかり、白い液体に似たやわらかな光を街路にそそぎかけていた。アメリカの住宅地につきものの、つんとくる不快な悪臭がなければ、不思議な物語を載せた古い本の挿絵のなかを歩いているような気分、それとも、この景色に魅せられて観客の存在を忘れた、おとぎ芝居の役者めいた気分になれたかもしれない。

（これを書いていて――実をいうと、あのときでなく、いま部屋のテーブルの前にすわってやっと気づいたのだが――あのアメリカ娘、いままでのぼくがエレンと呼んできた女、これからはアーディスと呼ぶようにしなければならない女も、きっとそんな気分を味わったことがあるにちがいない。もし彼女の心のどこかであの舞台が彼女にとっての現実にならないかぎり、あんな演技ができたはずはないのだから）。

　ぼくの足もとにさす影は一世紀前のもので、〈ニュー・タブリーズ〉号が月面をサファイアで飾るずっと以前から決められたコースを忠実になぞっていた。彼女――ぼくのエレン、ぼくのメアリー・ローズ、ぼくのアーディス！――への想いと、すべての潮汐をつかさどる青白い魔法の光の網にかかって、ぼくは表現を超えたレベルへ昇りつめた。

そこでこんな考えにとらえられた。いま感じているすべては、あのドラッグの効果でしかないのでは？

その瞬間、塔のてっぺんから落下する人間が虚空をつかもうとするように、ぼくは自分を現実にひきもどそうとした。血の味が口中にひろがるほど強く頬の内側を嚙み、近くの建物の冷淡な壁を拳固でなぐりつけた。その苦痛でたちまち酔いはさめた。それから十五分あまりは、歩道の縁石の上で排水溝に唾を吐きながら、細く裂いたハンカチで指関節の傷口を拭き、包帯を当てる始末だった。もしいまから実際にエレンに会えるとしたら、これはなんとあわれな姿だろう、と千回も考えてから、こんなふうに自分を慰めた。もし彼女がほんとうに売春婦なら、そんなことは苦にするまい——こちらが何リアルかの割り増しをはずめば、すべては丸くおさまる。

だが、それはあまり慰めにならなかった。たとえ女が春をひさいでいるにしても、もしこちらがそこそこの容貌でなければ、むこうもあれほどあっさりとは承知しなかったはずだと考えるほど、男というものはうぬぼれが強い。路上に血のまじったよだれを垂らしている瞬間でさえ、ぼくはおおぜいの人から賞賛されたこの力強い、角ばった顔をありがたく思い、もしもキスで彼女の口が真っ赤に染まったら、どう言い訳しようか、と考えていた。

たぶん、はっとわれに返ったのは、なにかのかすかな音のせいだろう。それとも、だれかに見られているという意識がはたらいたのか。拳銃を抜き、ほうぼうに目をやったが、なにも見えない。

だが、その意識はやはり去らなかった。ぼくはまた歩きだした。もし現実ばなれした気分がまだ残っているとしたら、それはさっきまで感じていた超自然的な歓喜ではなかった。数歩進んで足をとめ、耳をすました。さっきまでは、乾いた音がコトコト、カサカサとあとを追ってきていたのだ。その音がやんでいる。

住所録から書きぬいたアドレスは、もうすぐ近くだった。白状するが、ぼくの心は虫のいい空想に満たされていた。そのなかでぼくはエレンその人に命を救われる。最終的には彼女のほうがずっと恐ろしい目にあったはずなのに、ぼくを救うため、むこうはあの美しい体を危険にさらしてくれる。だが、ぼくはそれらが空想でしかないことを知っていたし、うしろから追ってくるものが空想ではないことも知っていた。ただし、こんな考えは何度か頭をかすめた。それはぼくの目に見え、さわることもできる女妖《ドルージュ》かもしれない。

つぎのブロックで、ようやく探しもとめるアドレスに到着した。街路の両側の家並みとあまりちがわない家だ――ひと時代前の建物の石材を使った三階建てで、頑丈なドアがつき、ほとんど窓がない。一階は（その看板からすると）本屋で、その上が住居。もっとよく見るために通りを横ぎり、またもや空想に包まれながらそこに立ち、切妻窓の鎧戸のすきまから洩れるひとすじの黄色い光を見上げた。

その光を見上げているとき、だれかに見張られているというあの感覚がまた強まってきた。時間が過ぎていった。侵食されたこの大陸の土砂が川から海へ流れていくように、宇宙の巨大な砂時計のくびれた腰をしたたり落ちていった。ついに恐怖と欲望が――エレンへの欲望と、どこかからこちらをにらんでいるなにものかへの恐怖が――ぼくをその家の戸口へと押しやった。拳銃の握りでドアの板をたたいてみたが、深夜のノックにアメリカ人が応答するとはまず考えられなかった。だが、何度かノックをくりかえすうちに、家のなかでのろくさい足音がひびいた。

ドアがきしみながらチェーンの長さだけひらいた。そこに見えたのは、服を着こんだ灰色の髪の男で、銃身の長い古風な銃を構えていた。その男のうしろではひとりの女が、彼に外が見えるよう、煙の立ちのぼるロウソクをかざしていた。その女がエレンよりもずっと年をとっているのは明らかで、おまけにこの国ではめずらしくない奇形に冒されていたが、その顔立ちにはある種の気品と美しさがあり、いつか写真で見たあの彫像、もっと北方の島に立っていたといわれる、あの倒壊した彫像の顔が連想された。

ぼくはその男にこう話した。自分は旅行者で――これはまぎれもない事実だ！――船でアーリントンに到着したばかりだが、どこにも泊まる場所がなく、しかたなく町を歩いているうちに、ここの窓の明かりを見つけた、と。もし一夜の宿と朝の食事を与えてもらえるなら、一リアル払ってもいいといいながら、ふたりに銀貨を見せた。この家の客になれば、エレンがここの住人であるかどうかがはっきりするだろう、という思惑だった。もし彼女がここの住人なら、ぼくの滞在を長びかせることは簡単だ。

女が夫の耳になにかをささやこうとしたが、夫はいらだたしげな表情を見せただけで、それを無視した。「知らない人間は家に入れないことにしてる」その声からすると、ぼくがライオンで、彼の銃が調教者の椅子であるかのようだ。「このうちには女房とおれしか住んでないんでな」

「わかりました」とぼくは答えた。「あなたの立場はよくわかります」

「角のあの家を当たってみな」男はドアを閉めながらいった。「だけど、ダールに聞いてきた、なんていっちゃだめだぜ」最後のひとこととともに、重いかんぬきがはめこまれる音が聞こえた。

ぼくはドアに背を向けた――それから、まさしく同情深くおわせられるアッラーのご慈悲によって、たまたまもう一度うしろをふりかえることになった。高い窓の鎧戸のすきまからもれるひとすじの黄色い明かりを見上げたのだ。その明かりよりも高い場所にある真っ赤なきらめきに注意をひかれた。

ひょっとすると、沈みかかった月の光が新しい角度から屋根の上を照らしただけなのか。ぼくがそこにちらと見てとった相手は、うしろからぼくに飛びかかろうとしていたらしい。おたがいの目が合ったとたん、むこうはいきなり飛びかかってきた。だが、むこうがぼくに体当たりを食わせ、街路の割れた敷石の上へ突き倒す前に、こちらがなんとか拳銃を構える時間があった。

つかのま、ぼくは意識を失ったらしい。もしあの射撃で相手を殺していなかったら、けさのぼくはここにすわって日記をつけるどころではなかったろう。三十秒ほどでぼくはなんとか正気づき、のしかかった重みをはねのけ、立ちあがり、ほうぼうの打撲傷をさすった。だれも助けにきてくれなかった。そのかわり、近所から現場に駆けつけて、ぼくを殺し、金を奪おうとする者もいなかった。すぐ足もとに死んで横たわった怪物がいるだけだ。あの家の窓を見上げたとき、そこから躍りだしてきた怪物が。

路上に落ちた拳銃を見つけ、まだ作動することをたしかめてから、ぼくは月光の下まで死骸をひきずっていった。さっき屋根の上にいるのをちらと見たときは、あの公園で射殺したのに似た野犬を連想した。いま、ぼくの前に死んで横たわったそれは、人間のようにも思える。だが、月明かりで見ると、どちらでもないとわかった。それとも、どちらでもあるのか。鼻面は犬のようにとがってはいない。人類学者たちが人間性と言語能力の確実な証拠だという目から上の頭骨の高さは、マカーク猿程度にまで萎縮している。だが、腕や肩や骨盤のすべては――それにきたならしいぼろぼろの衣服も――人間のものだ。それは女性で、焼け焦げた傷口の両側に小さく平べったい乳房があった。

すくなくとも十年前にぼくはオスマン・アーガの『夕日の彼方の謎』を読み、そんな生き物が存在することを知らされた。しかし、身ぶるいしながら古い首都の静まりかえった街角に立ち、現実のその生き物を調べるのはまた別問題だ。オスマン・アーガの説明によると（それを信じたのは、ごく少数の老婦人たちだけではないかと思う）、これらの生き物はまぎれもなく人間――でなければ、すくなくとも人間の末裔といえる。前世紀に大飢饉がアメリカをおそったとき、住民の染色体構造に起きたとりかえしのつかない損傷は明らかになっていたが、少数の住民は人肉嗜食に走った。最初は餓死者の死体が餌食になったにちがいない。そして、死体を食べた人びとは、これなら安心、そのころ使用されていた酵素類、食肉用動物をわずか数カ月で成熟させる酵素類の副作用を逃れられると思ったことだろう。だが、そこには意外な落し穴があった。彼らの食べた人肉には、短命な牛たちの肉よりはるかに大量の合成化学物質が含まれていたのだ。『夕日の彼方の謎』によれば、こうした人間たちの末裔が、いまぼくの殺したような怪物だという。

しかし、オスマン・アーガの説は相手にされなかった。ぼくの知るかぎり、彼はたんなる大衆作家であり、無料宿泊の見返りにカスピ海沿岸のリゾートを誇大宣伝したとか、新作の取材や旧作の宣伝のため、ばかげた探検旅行――ラクダによる砂漠横断や、象によるアルプス越え――にうつつを抜かしているという悪評が立った上に、ぼくの知るかぎり、ほかのだれもアメリカ大陸からそのような情報を報告してこなかった。都市の廃墟にはネズミや吸血コウモリが住みつき、内陸部には恐ろしい大竜巻が発生するという噂を聞いて、ほかのルポライターたちは恐れをなして近づかなかったのだ。いまとなっては、あの怪物の首を切りとる手段を思いつけなかったことがくやしい。あの頭骨は、きっと科学者たちの大きな関心を集めたにちがいないのに。

前のパラグラフを書きおわったあと、すぐにぼくは気づいた。ゆうべやり残したことをやりとげるチャンスは、まだあるかもしれないぞ。そこで調理場へ行って、よく切れる大きな庖丁をささやかな賄賂で手に入れ、上着の下へ隠した。

早朝の街路を走りだしてしばらくは、あの怪物の死体がまだゆうべのままで残されているだろうと大きな期待をかけていたのだが、この努力は無駄骨だった。もはや死体はそこになく、その存在を物語る痕跡すらなかった——血痕どころか、ぼくの拳銃のビームがあの家の壁に作りだした焼け焦げさえ残っていないのだ。路地にはいって、ゴミ入れを調べてみた。なにもない。ようやくぼくは朝食をとるためホテルへもどり、いま自分の部屋へもどって（もう午前のなかばだ）きょう一日の計画を立てようとしている。

よろしい。ゆうべぼくはエレンに会いそこなった——だが、きょうは失敗しないぞ。またあの芝居のチケットを買い、今夜は座席につかず、ゆうべエレンの立っていた最後列のうしろで待つことにする。ゆうべのように、彼女が第二幕の終わりを見物に出てくれば、そこで彼女に会って演技を賞賛し、なにかの贈り物を手渡すのだ。もし彼女がやってこなければ、こちらから楽屋を訪ねる——このアメリカ人たちとの交渉でわかったのだが、四分の一リアルも出せばたいていの無理はきく。もしそれでもたりなければ、財布のひもをもうすこしゆるめてもいい。

人間とはなんと滑稽な生き物だろう！　けさ自分の書いた文章を読みかえすと、まるで鳥たちの会議か、海底洞《ドムダニエル》での魔物の動静か、ぼくも、いや、ほかのだれも知らず、知るすべもないそのほかの主題について、だらだらと哲学的空想を書きつらねてあるような気がした。おお、日記帳よ、おまえはすでにぼくの空想になる出来事を聞かされた。では、実際になにが起きたかを、いまからぼくに語らせてくれ。

計画どおり、ぼくはエレンへの贈り物を仕入れに外出した。ホテルの支配人の助言にしたがってメイン通りを北へ進み、オベリスクの近くを横切る大通りへとやってきた。いまなお堂々たるその記念塔の下には常設の市場があり、商人たちが塔の上部から落下した石材をテーブル代わりに使っている。記念塔の残存部分だけでも百メートルもの高さがありそうだが、以前はその三、四倍の高さだったという話だ。落下した石材の大部分はよそへ運ばれ、個人の家を建てるのに流用されたらしい。

この国の物価は、食料品が安く、輸入機械類――カメラのたぐい――が高いという原則を除けば、そこになんの論理も働いてないように思える。織維製品は高価だし、おおぜいの人びとがぼろぼろの古着を繕ったり染めたりして、新しく見せている理由も、それで説明がつきそうだ。ある種の装身具類はなかなかお徳用な値段。しかし、それ以外の装身具は、テヘランよりもはるかに高値がついている。小さいダイヤがひとつはまった銀やホワイトゴールドの指輪は、まとめ買いするととても安いので、投資としておみやげに持ち帰りたくなったほどだ。しかし、わが国では半リアルそこそこの腕輪に、ここの売り手たちはその十倍もの値段をふっかけてくる。興味深い骨董品がたくさんあったが、大部分はだれかの生命とひきかえに都市の廃墟の中心部で発掘されたものらしい。五、六人のそうした品物の売り手と話しあって以来、どうしてこの国の人口が減少したかの理由がなんとなくわかる気がした。

この愉快で多弁なショッピングを、あまり金を使わずにたのしんだのち、ぼくは古いコイン――大部分は銀貨――をつないで作った腕輪を、エレンへの贈り物に選んだ。女性は装身具が好きだし、これほど派手な腕輪なら女優がなにかの役を演じるときに使えるかもしれない。それに、コインそのものにも固有の価値があるはずだ。彼女の気に入るか気に入らないかは――第一、受けとってくれるかどうかも――わからない。それはまだぼくの上着のポケットにはいったままだ。

オベリスクの影が長く尾を引くころ、やっとホテルへもどって、ラムとライスのおいしいディナーを食べ、夜の外出を前に身なりをととのえた。残った卵菓子が五つ、ドレッサーの上からこっちを見おろしている。あの決心を思いだし、またひとつを食べた。とつぜん、こんな確信が生まれた。ゆうべ自分が殺したあの魔物は、ドラッグの作用で生まれた幻影にすぎなかったのだ、と。

もしもあのときぼくが、虚空めがけて拳銃を発射したのなら？　それは恐ろしい考えに思えた――いや、いまもそう思える。それ以上に不愉快な考えはこうだ。あのドラッグによって、実在はするが霊的な存在が――むかし、この種の調合物が作られた目的どおりに――目に見えるようになったのかもしれない。事実、その種の存在が、空室や、屋根の上や、人通りの絶えた夜の街路を歩いているとすれば、多くの急死や急病、また、ときどきわれわれが他人のなかに、また他人がわれわれのなかに見てとるわるい方向への急変も、また悪人たちの誕生さえも、それで説明できるのかもしれない。けさのぼくはその相手を女妖《ドルージュ》と呼んだ。それは当たっていたのかも。

だが、もしゆうべ食べた卵菓子にドラッグが含まれていたのなら、いま手にとったこの卵菓子は無害なわけだ。そう自分にいい聞かせながら、むりやりその一個を食べおわり、ベッドの上で横になってじっと待った。

つかのま、まどろみながら夢を見た。エレンがぼくの上にかがみこみ、やわらかな長い指で愛撫してくれている。ほんの一瞬だったが、その夢が予言だという希望をいだかせるにはじゅうぶんだった。もしさっき食べた卵菓子にドラッグが含まれていたなら、いまの夢こそその結果だ。起きあがって体を洗い、服を着替え、新しいシャツにパミールのバラ香水をふりかけた。アメリカ人もこの香水を珍重しているらしい。チケットと拳銃を持ったことをたしかめて、ぼくは劇場に向かった。

きょうも演目は『メアリー・ローズ』だった。ぼくはわざと入場を（劇中でハリーとオテリー夫人がしばらく話しあったあとまで）遅らせ、幕の途中でほかの観客のじゃまをしたくないといいたげに、最後列のうしろに立った。オテリー夫人が退場し、ハリーが荷箱の板からナイフを抜きとってはまた投げつけるうちに、過去のもやが舞台を横切ると、もうそこにハリーの姿はなく、モアランドと司祭がモアランド夫人の編み針の音に合わせておしゃべりをしていた。メアリー・ローズの出番はもうじきだ。ここで彼女が幕開きを見物するのでは、というぼくの期待は裏切られた。となると、第二幕の終わりで彼女が消失するまでは会えそうにない。

空席を目で探すうち、だれかがそばに立っているのに気づいた。薄暗がりのなかでは、その男がわりに細身で、ぼくより二、三センチ背が低いことしかわからない。

空席が見つからないので、ぼくは一、二歩うしろにさがった。すると、その男がぼくの腕にふれ、タバコの火を貸してくれとささやいた。このあたりの劇場で喫煙が公認なのはすでに知っているし、ホテルの部屋でロウソクに火をともすため、マッチを持ち歩く習慣が身についていた。マッチをすったとき、そこに浮かびあがった細い両眼と高い頬骨は、ハリーのもの――いや、ぼくにとってはクレトンのものだった。少々驚きながら、ぼくはまぬけた口調で彼の演技をぼそぼそと褒めたたえた。

「気に入ってくれたかい？　あれはいちばんつまらない役でね――芝居の幕を開けてから、つぎに幕を引くだけさ。もう家に帰る時間ですよ、とお客に知らせるために」

観客席の何人かが不機嫌な顔つきでこっちをふりかえったので、ぼくたちは通路のいちばん上まで退却した。そこはいちおうロビーの一部だ。ぼくは『ある小惑星への訪問』でも彼の演技を見たことを話した。

「そう、あれこそが芝居さ。あのキャラクターは――きみもわかってくれたと思うが――善悪両面がある。彼は優しく、いたずらっぽく、そして残酷だ」

「そこのところを、あなたは実にうまく演じわけられていたと思います」

「ありがとう。ところでこのダメ芝居だが――これには役がいくつあると思う？」

「えーと、まず、あなた、オテリー夫人、エイミー氏――」

「ちがう、ちがう」彼はぼくの腕を押さえ、ストップをかけた。「おれがいうのはキャラクター、本物の演技が必要なキャラクターだよ。そいつはひとつだけ――あの若い娘だ。十で脳の発育がとまった十八歳の娘として、彼女は舞台を跳びはねる。すくなくとも彼女の演技の半分は、観客には豚に真珠さ。第一幕の終わりごろにならないと、観客は彼女のどこに問題があるかに気づかないから」

「彼女はすばらしい」とぼくはいった。「つまり、マドモアゼル・ダールは」

クレトンはうなずき、タバコを一服吸った。「うぶな娘をやらせると、彼女は実に有能だ。ただ、あれほど背が高くなけりゃ、もっといいんだが」

「彼女がここへやってくる可能性はありますか――つまり、あなたのように？」

「ははあ」そういうと、彼はぼくを頭のてっぺんからつま先までじろじろながめた。

一瞬、『ある小惑星への訪問』でこの男が発揮したテレパシー能力は嘘じゃなかったんだ、と断言したくなった。にもかかわらず、ぼくはいまの質問をくりかえした。「その可能性はありますか、それとも？」

「そうむきになるなよ――いや、その可能性はない。タバコの火を借りたお礼はそれでたりるかな？」

「彼女は第二幕の終わりで姿を消し、第三幕の終わり近くまで出番がないのに」

クレトンはにっこりした。「戯曲を読んだのか？」

「ゆうべも見ました。幕間も入れると、彼女は四十分近く体があく」

「そのとおり。だが、ここへはこない。たしかに、彼女はときどき客席へ出てくる――ちょうど今夜のおれのようにね――だが、いまの彼女はたまたま楽屋に連れがいる」

「それがだれなのかをたずねてもいいですか？」

「どうぞ。おれがそれに答えることだってありうる。きみはムスリムらしいが――酒は飲む？」

「厳格なムスリムじゃない。しかし、酒は飲みません。といっても、あなたが飲みたいなら喜んで一杯おごりますよ。ぼくはコーヒーでおつきあいを」

　われわれは横の通用口から出ると、街路の人ごみを肘でかきわけながら歩いた。歩道から下りていく幅のせまくうすぎたない階段の先は、秘密クラブのような雰囲気の地下酒場だった。バーの背後の壁には見おぼえのない芝居の場面を描いた油絵（ほこりと煙でもうろうとしている）がかかり、三つのテーブルと、いくつかのアルコーヴがあった。クレトンとぼくはアルコーヴのひとつに席をとり、いびつな頭のバーテンに飲み物を注文した。ぼくがバーテンをしげしげと見つめていたからか、クレトンがこういった。「おれは空飛ぶ円盤から外へ出るときに足首をくじいて、いまは傷痍軍人さ。あいつにもなにかおごってやるかい？　こういうことにしとこうか。陶工だってときには腹を立てる、と」

「陶工?」ぼくは問いかえした。

「『答える者なし。されど沈黙のあとに／不出来なる土器《かわらけ》より声あり／世はわれの歪めるをあざ笑う／よしさらば、陶工の手やふるえしか?』（フィッツジェラルド訳の『ルバイヤート』の一節）」

ぼくは首を横にふった。「その詩は初耳です。だが、あなたのいうとおりだ。彼の頭は粘土で形づくられてから、生乾きのうちに横からぶんなぐられたように見える」

「ここは怪物共和国だ。すでにきみも見たとおり。わが国のシンボルは絶滅種の鷲だと思われてるが、実は悪夢なのさ」

「いや、とても美しい国ですよ。ただ、正直な話、お国の人びとの多くはかなりぶかっこうですね。しかし、遺跡はたくさんあるし、それにここの空は、われわれの国では見たこともないものです」

「この国の煙突を通るのは、ずっと前から風だけだからな」

「それがいちばんかも。青空は、工場で作られるたいていのものよりすばらしい」

「それに、この国の人間がだれもかれもぶかっこうなわけじゃない」とクレトンはつぶやいた。

「もちろんです。マドモアゼル・ダールは――」

「おれは自分のことをいったんだが」

からかわれているのは承知の上で、ぼくはかまわず答えた。「そう、あなたはぶかっこうじゃない――むしろ、異国風な感じの美男子といえます。ただ、あいにくぼくの趣味はマドモアゼル・ダールのほうにかたむいているので」

「あの女ならアーディスと呼べよ――本人も気にしないから」

バーテンが飲み物を運んできた。クレトンはグラス一杯の緑色のリキュール、ぼくはカップ一杯の薄くて苦いアメリカン・コーヒー。

「いま彼女がもてなしている相手がだれかを教えてもらえるという話でしたが」

「舞台裏」クレトンは微笑した。「いま、ふっと気がついたよ――その表現は千回も使ったし、だれもがそうだろう。今回はたまたまその表現が文字どおりに正しく、その表現の素性がオイディプスのように明らかになった。いや、きみに教える約束をしたおぼえはないぜ――教えるかもしれない、といっただけだ。それより、ほかにもっと知りたい事柄はないのか？　ラシュモア山の下に隠された秘密とか、どうすればきみも彼女に会えるか、とか？」

「彼女に紹介してくれたら二十リアル。ただし、その紹介からなにかが生まれるという保証はしてほしい。この話は絶対に秘密にしますから」

クレトンは笑いだした。「いや、それを秘密にするより、自分の儲けを吹聴したいぐらいだね――とはいっても、いまの保証を実現するためには、おそらく紹介料を当の女性と折半することになるだろうな」

「じゃ、そうしてくれますか？」

彼はまだ笑いながら、首を横にふった。「おれは堕落したふりをしてるだけ。この顔にぴったりなんでね。今夜、芝居がはねたあとで楽屋へおいで。アーディスに会えるようにとりはからおう。見たところ、きみはとても裕福らしい。たとえそうでなくとも、とにかく裕福だということにしておく。ここでの仕事は？」

「アメリカの美術や建築を勉強しています」

「じゃ、きみの国ではきっと有名人なんだろうな？」

「アホン・ミールザー・アフマクの弟子なんです。彼が有名人なのはまちがいなし。三十年前に、彼はアメリカを訪問したこともあります。こちらのナショナル・ギャラリーで写本絵画を研究するために」

「アホン・ミールザー・アフマクの弟子、アホン・ミールザー・アフマクの弟子」クレトンは口のなかでそうつぶやいた。「なかなかいいな――忘れないようにしなくちゃ。さてと」――バーのうしろにある古い時計に目をやって――「そろそろもどらないと。最後の幕に出る前に、メーキャップを直す必要があるんでね。きみはどっちがいい？　劇場のなかで待つか、それとも、芝居がはねてから楽屋口へくるか？　なかへはいれるように、名刺を渡しとくが」

「劇場のなかで待ちます」とぼくは答えた。そのほうが手ちがいの起きる可能性がすくないだろうし、エレンの演じる幽霊をもう一度見たかったからだ。

「じゃ、いっしょにこいよ――横の通用口の鍵を持ってるから」

彼についていこうと立ちあがると、むこうはぼくの肩を抱いた。その手をはねのけるのは礼儀を失するだろう。彼の手の死人のような冷たさが上着ごしに感じられ、〈墓場の町〉で会った乞食のゆがんだ両手のことが思いだされて、いやな気分になった。

せまい階段を登りはじめたとき、上着の内側にそっと指がふれるのを感じた。最初にうかんだ考えは、むこうがそこに拳銃の輪郭を見てとり、奪いとってぼくを撃つつもりではないか、というものだ。ぼくは彼の手首をつかんでどなった――なにをどなったかはおぼえてない。からみあって格闘をつづけながら、なんとか階段を登りきり、街路へ出た。

あっというまに、周囲は黒山の人だかり――彼に味方するものも、ぼくに味方するものもいたが、たいていの人間はもっとやれとけしかけるか、なにが騒ぎの原因かをたずねあっている。彼が財布とかんちがいしたらしい携帯スケッチブックが、ふたりのあいだの路面に落ちた。アメリカの警官たちが駆けつけたのはちょうどそのときだった——わが国のように空から飛来するのではなく、何頭かの大きな、毛の長い馬にまたがり、鞭をふるっている。最初の鞭音を聞いたとたん、野次馬はちりぢりになり、ほんの二、三秒で警官たちはクレトンを地上にうち倒した。そのときでさえ、ぼくはこう考えずにはいられなかった。ここの住民にとってはなんと恐ろしいことだろう。地元の警察は問答無用で、自国の市民よりも、金持ちらしい身なりをした外国人の肩を持つらしい。

警官たちがことのいきさつをぼくにたずねたので（質問者はぼくに敬意を表するため、わざわざ馬から下りた）、ぼくはクレトンがなにかを奪おうとしたことを説明してから、だが、彼を処罰しないでほしい、とつけたした。実をいうと、気絶したクレトンが顔を横切るやけどのような鞭の痕を印されたまま、地べたに倒れているのを見て、それまでの敵意がすっかり消えうせたのだ。同情心から、手持ちの二、三リアルを喜んで彼に渡そうかという気分にさえなった。だが、警官たちはこう説明した。もし彼がなにかを奪おうとしたのなら告発しなくてはならないし、もしあなたが告訴しないなら、自分たちがそうするしかない。

そこで、ぼくは答えた。クレトンは友人だし、よく考えてみると彼の行動はただのいたずらにちがいない（この説明にはかなり骨が折れた。プログラムで見た彼の本名をとっくに忘れて思いだせないため、〝この哀れな男〟としか名指しようがなかったのだ）。

あげくの果てにひとりの警官がいった——「こいつを町へ野放しにするわけにはいかないので、拘留するしかない。被害者の訴えがないと、われわれの立場がありません」

そこでようやく事情がのみこめた。この警官たちは、被害者の訴えがないのに彼を気絶するまでぶちのめしたことが知れたら、上司になんといわれるかを恐れているのだ。もしぼくが彼を告訴しなければ、警官たちの問われる罪――暴行または殺人未遂――は、彼の罪よりもはるかに重いだろう。そこまで理解できたとき、ぼくはむこうの要望に同意し、スケッチブックの強盗未遂を訴える書類に署名した。

ようやく警官たちが不運なクレトンを鞍頭に横たえてその場を去ったあと、ぼくは劇場にもどろうとした。さっきふたりで出た横の通用口には鍵がかかっていた。あらためてチケットを買う程度の出費には喜んで応じるつもりだったが、入場券売り場もすでに閉まっていた。これでは処置なしだ。エレンとの初対面がもし実現するにしても、それにはべつの日を待たねばならない。そう心にいいきかせながら、ホテルへもどった。

ことわざにもいう、人のたどる小道は曲がり角ばかり。この何ページかを書きしるすあいだはなんとか熱狂を抑えていたが、劇場の最後列のうしろでアーディスを待っていたときの気分と、クレトンがどのように彼女への紹介を約束したかを文章にするときは、しばらくペンをおいて室内を歩きまわり、歌をうたったり、口笛を吹いたりせずにはいられなかったし、また――ありのままをさらけだすなら――ベッドの上をぴょんぴょん跳びこえたぐらいだ。だが、もうこれ以上隠してはおけない！ぼくは彼女に会った！ 彼女の手にもふれたし、明日もう一度会うことになってもいる。しかも、彼女がぼくの愛人になってくれる見込みは高いのだ！

あれから服をぬいでベッドにはいり（明日の朝は、この日記にきょうの出来事を書きとめようと思いながら）、とろとろと眠りに落ちたときだった、ドアにノックの音がひびいた。ぼくはガウンをはおり、ドアをあけた。

生まれてはじめての経験だった。目はぱっちりさめているのに、たとえ一瞬にしろ、夢を見ているのではないか――実は眠っているのではないか、と思ったのだ。

なんと貧弱な表現だろう。間近で見る彼女は、舞台で見る彼女よりもいっそう美しい、と書くのは。たとえ事実であっても、なおかつ、とんでもない見当はずれだ。もっと美しい女性はこれまでにも見たことがある――スタンダードな美の標準からすれば、ヤースミーンのほうがいっそう美しいだろう。ぼくがアーディスに魅せられたのは、美しさではなかった――黄金色の髪、青みがかった幽霊のメーキャップがいくらか残った半透明の肌、アメリカの澄みきった青空のような瞳。ちがう、それよりもっと奥底にあるなにものか。もしこれらの美が奪いとられても、あとに残るだろうなにものかだ。彼女には、もしほかのだれかの場合、ぼくにはとうていがまんできないような性癖もあるだろうし、俳優という職業柄、それなりの虚栄心を持ちあわせているだろう。だが、彼女を手に入れるためなら、ぼくはどんなこともいとわない。

このぐらいにしておこう。いま実際に彼女を手に入れようとしているときに、空虚な自慢をしてなんになる?

彼女はぼくの部屋の戸口に立っていた。その瞬間の自分の気持ちをどう表現すればいいか、あれからずっとぼくは考えてきた。いうならば、それは百合のように背の高い花が、花壇をあとにして、ぼくの部屋のドアをノックしたような感じだった。世界の歴史でこれまで一度も起こらなかった出来事、これからも起こらないだろう出来事。

「あなたがナダン・ジャアファルザデー?」

ぼくはそうだと認め、二十秒ほどそこにぼんやり突っ立ってから、顔を赤らめて彼女をなかに通した。

彼女は部屋にはいってきたが、ぼくのすすめた椅子にはすわらず、こちらに向きなおった。青い瞳はドレッサーの上の卵菓子のように大きく、とろけるような希望にあふれていた。「じゃ、あなたなのね、今夜ボビー・オキーンがなにかを盗もうとした相手は」

ぼくはうなずいた。

「あなたなら知ってるわ——つまり、顔を知ってるという意味。まるで嘘みたい。ほら、お父さんを連れて、楽日《らくび》に『訪問』を見にきたでしょう。それから『メアリー・ローズ』の初日を見にきて、三列目か四列目にすわった。てっきりアメリカ人だと思ってたわ。でも、警察であなたの名前を聞いたときは、大きな身ぶりをする、脂ぎったでぶ男を想像しちゃった。いったいどうしてボビーはあなたから盗もうとしたの？」

「ひょっとして金が必要だったんじゃないかな」

彼女は首をのけぞらせて笑いだした。彼女の笑い声は、『メアリー・ローズ』で聞いたことがある。サイモンが彼女との婚約を父親に申し込む場面で。だが、あのときは、一種の子供っぽさが（どれほど役柄にふさわしくても）その美しさを割引していた。いまの笑い声は、まるで虹の橋を滑りおりる天女のようにほがらかだった。「きっとそうね。彼はいつもお金に困ってるから。でも、彼があなたから盗もうとしたことにはまちがいないの？　ひょっとして、なにかの……」

彼女はぼくの表情に気づき、質問の語尾をとぎらせた。実をいうと、彼女の質問に答えられないのでがっかりしただけなのだが、ようやくこう答えた。「もし、ぼくのかんちがいだといいたいなら、そういうことにしてもいいよ、アーディス。階段を登る途中でたまたま彼の体がぶつかってきただけで、実はスケッチブックが地面に落ちるのを受けとめようとしたのかも」

彼女が微笑すると、その顔はバラの花にほほえみかける太陽のようだった。「わたしのためにそういってくれてるの？　わたしの名前を知ってるのね？」

「プログラムを読んだから。ぼくはあなたを見たくて劇場へ行った——それと、あれはぼくの父親じゃないよ。ぼくの父は残念ながらずっと前に死んでる。あれはあの日に会ったばかりの老人で、アメリカ人だ」

「あなたは最初の幕間であの人にサンドイッチを買ってきてあげた——幕ののぞき穴から見てたのよ。とても思いやりがあるのね」

「いつもそんなふうに客席を観察してるのかい？」

この質問に彼女は顔を赤くし、しばらくはぼくと目を合わせられないようすだった。

「でも、ボビーのことは許してやって、彼を釈放してほしいと警察にたのんでもらえる？　だって、あなたは芝居が大好きなんでしょう、えーと、ジェフ——ジャフ——」

「もうぼくの名前を忘れたのか。ジャアファルザデー。ぼくの国ではごくありふれた名前だが」

「忘れたわけじゃないわ——発音のしかたがわからないだけ。さっきは相手がどんな人かも知らずにきたもんだから、聞いたとおりに発音するにはなんの支障もなかった。でも、いまあなたが現実の人間になってみると、女優がセリフをしゃべるようにはいかない」ここではじめて彼女は自分のうしろに椅子があるのに気づき、腰をおろした。

ぼくは彼女の向かいにすわった。「ぼくは演劇にはまるきりの素人なんだ」

「わたしたちはこの土地でそれを生き残らせようとしてるわけよ、ジャアファルさん。そして――」

「ジャアファルザデー。いや、ナダンと呼んでほしい――そうすれば、たくさんのシラブルにつまずかなくてもすむ」

彼女は両手でぼくの手をとった。その身ぶりが額手礼《サラーム》のようにわざとらしいことも、相手がぼくを魚のようにもてあそんでいることも承知の上だ。しかし、喜びでわれを忘れそうだった。彼女にもてあそばれるとは！　彼女がぼくのご機嫌をとり結ぼうとしているとは！　しかも、この魚は彼女を水中へひきずりこむかもしれないんだぞ――さあ、どうなることやら！

「わかったわ」と彼女は答えた。「ナダン。それに、あなたは演劇では素人かもしれないけど、わたしとおなじ気持ち――わたしたちとおなじ気持ちなのよね――でなければ、劇場へはこなかったでしょう。あれはとても長い闘争だった、演劇の全歴史はひとつの闘争なのよ。臨終まぎわに生まれてくる美しい女の子の産声。道徳家たち、検閲と弾圧、テクノロジー、そしていまでは貧困が、その子の息をふさごうとしてる。わたしたちだけが、つまり、俳優と観客だけが、その子の命を長らえさせてきた。このワシントンでのわたしたちはずいぶん健闘してるのよ、ナダン」

「そう、たしかにね。ぼくが見た芝居は、どちらもすばらしい出来だった」

「でも、それは最近の二シーズンだけ。わたしの加入したときの劇団は、もうばらばらだったの。それをなんとかここまで持ってきた――ボビーとポールとわたしとで。それができたのは、わたしたちに熱意があったからだし、生まれつきの才能を持ち、演出家の指示に応じられるような人たちが見つかったからでもあるわ。そのなかでも最高なのはボビー――彼はどんな役でも演じられる。一種の悪意が必要な役柄なら……」

そこまでで彼女は息が切れたようだ。ぼくはいった。「彼を釈放してもらうには、なんの問題もないと思うよ」

「ああ、よかった。わたしたちは劇団を再建中。新しいお客もきてくれるようになったし、ひいき筋もふえた――演目が変わるたびにきてくれるお客が。それに、やっと経営も黒字になった。でも、『メアリー・ローズ』をもう二週間つづけてから、つぎはボビーをメフィストフェレスにして、『ファウスト』を予定してるの。彼の代役がつとまる人間なんて考えられない。だれも彼の域にはせまれない」

「ぼくからたのめば、警察はきっと彼を釈放してくれると思う」

「ぜひともね。明日の晩にはもどってきてほしいわ。今夜の第三幕は、ビルが――あなたの知らない男だけど――代役をつとめたの。惨憺たる出来。イランでは、だれもが礼儀正しいんですってね。話に聞いたけど」

「ありがたいことにね」

「この国はちがう。むかしから。それに……」

声はかすれてとぎれたが、ほっそりした片腕の動きがイメージを呼びおこした――ひび割れた漆喰《しっくい》壁が空気に変わり、廃墟の都市、破壊された大陸が部屋のなかにはいってきて、ぼくらとひとつになった。「わかるよ」とぼくはいった。

「彼らは――わたしたちは――裏切られたの。だれに裏切られたのか、心の奥底ではまだはっきりわからない。だまされたと感じたとき、わたしたちはすぐ相手を殺そうとする。でも、ひょっとすると、いつもだまされたと感じているのかもね」

彼女は椅子の上で肩を落とした。もっと早く気づくべきだった。彼女はすっかり疲れきっている。代役を立てた芝居が大失敗に終わったあと、警察でひたすら懇願をつづけてやっとぼくの名前と住所を聞きだしたすえに、まっすぐここへやってきたのだ。おそらく徒歩で。ぼくは、ボブ・オキーンの釈放の交渉にはいつ行けばいいのか、とたずねた。

「明日の朝。もしあなたが行ってくれるなら」

「きみもいっしょにくる?」

彼女はうなずき、スカートをととのえてから立ちあがった。「ぜひとも結果を知りたいから。もしあなたさえよければ、九時ごろにここへくるつもり」

「いまから着替えをするあいだ外で待っててくれれば、家まで送っていく」

「その必要はないわ」

「着替えるのにひまはかからないよ」

青い瞳にふたたび訴えがこもった。「あなたはわたしを送ってきて、そのまま家のなかへはいってくる――そのつもりでしょう。わかってるわ。この部屋にはベッドがふたつある――わたしの小さな部屋のふたつのベッドよりも大きくて、清潔なベッドが。もし、それをひとつにくっつけて、とあなたにたのんだら、そのあとでも、あなたはわたしを家まで送ってくれるかしら?」

まるで夢を見ているようだった――ぼくの望むすべてのもののそろった夢が――純化された宇宙が――すんなり目の前に届けられたような気分だ。「家へ帰らなくていいよ――今夜はぼくといっしょにここで過ごせばいい。そのあと、いっしょに朝食をすませてから、きみの友人の釈放をたのみにいこう」

彼女は美しい頭をもたげ、また笑いだした。「家へ帰らないと、必要なものがそろわないのよ。まさか化粧もせずに、このよごれた服のまま、あなたと朝食をつきあうとは思わないでしょう？」

「じゃ、家まで送っていこう――そう、たとえきみがカズヴィーンに住んでいてもだ。それともカフ山の頂上に住んでいても」

彼女は微笑した。「じゃ、着替えてちょうだい。外で待ってる、それからアパートメントへ案内するわ。そしたら、もうあなたはここへもどってきたくなくなるかも」

彼女は出ていった。木製のヒールのついたアメリカ靴が、むきだしの床をコツコツ踏みしめる音。ぼくは急いでズボンをはき、シャツと上着をはおり、ブーツに両脚をつっこんだ。ドアをひらいたとき、そこに彼女の姿はなかった。廊下の突き当たりの格子窓に駆けよると、後ろ姿がちらと見えた。横丁へ折れるところだ。夜風にあおられたスカートのイメージを残して、彼女はビロードの闇のなかへ消えた。

それからしばらく、ぼくはそこに立ったまま、崩れかかった建物の列をながめた。腹は立たなかった――彼女が相手では腹の立ちようがない。ここで真実を語ることはむずかしいが、ある意味でぼくはうれしかった。べつに愛の抱擁が怖かったわけではない――男が好きな女なら、だれが相手でも満足させられるだけの自信はある――だが、ぼくの協力とひきかえにあっさり体をさしだされたのでは、ロマンというか、ある種の冒険、危険と愛が二ひきの蛇のようにからみあう冒険への欲求が満たされない。アーディス、ぼくのエレンは、ヤースミーンも、また彼女の代理をつとめたあの哀れな娼婦も与えてくれなかったものを、いずれぼくに与えてくれるだろう。ぼくはいまようやく、この世界が目の前でひらかれるのを感じた。ぼくはいまから生まれようとしている。この廊下は産道であり、アーディスはぼくをおきざりにすることによって、逆にぼくをひきよせたのだ。

部屋の戸口までもどってくると、廊下に紙きれが落ちているのに気づいた。その内容を正確にここへ書き写すことにする。ライラックの香りまでは伝えられないが。

あなたがとても魅力的な男性なので、嘘をついて、ボビーが釈放されたらわたしの体を自由にしていいのよ、といいたくなりました。でも、自分を売るつもりはありません、なーんて。実をいうと、ボビーのためなら自分を売ってもいいと思っていますが、今夜はほかにやらなくちゃならないことがあるし。朝にまた会いましょう。もしあなたがボビーを自由の身にしてくれたら、いいえ、うんと努力をしてくれるだけでもいい、あなたはきっと（本物の）愛を手に入れるでしょう。

消えたメアリー・ローズより

朝。早起きして、いつものようにホテルで朝食。食事をすませたのが八時ごろ。アーディスを待つあいだは手持ちぶさたなので、この日記を書くことにする。けさはアメリカ風の朝食にした。思いきってたのんだのはこれがはじめてだ。カリカリに焼いたパイ皮をクリームに浸したもの、それにシュトルーデルと例のアメリカン・コーヒー。土地の人間の大部分は、スパイスをきかせたいろんな種類の豚肉を食べていたが、まさかこっちはそれを真似るわけにいかない。しかし、まわりの何人かは卵料理や、オーブンで温めたパンを食べていたから、明日そっちを試食してみるつもりだ。

ゆうべはとても不愉快な夢を見たので、目がさめてからずっと、それを心から締めだそうと努力中だ。あたりは暗く、ぼくは空の下をアーディスといっしょに歩いていた。大地は、運河の対岸にある公園のどこよりもひどいでこぼこだった。おとといの夜に射殺したあの恐ろしい怪物の同類がわれわれを追ってくる——というより、どこか近くに隠れていて、最初は左、つぎには右に現れ、夜空を背景にしたシルエットになる。その姿が見えるたびにアーディスがぼくの腕をつかみ、早く撃ってとうながすが、拳銃の小さな表示ランプに赤がつく。エネルギー残量不足のシグナルだ。もちろんただの夢でしかないが、機会がありしだいに新しい電池パックを買おうと思う。

いまは夕方——もう六時過ぎ——で、まだふたりともディナーはおあずけだ。ぼくは風呂から出て、裸でここにすわっている。きょうの分の卵菓子（ぼくよりも濃いピンク色）は、テーブルの上、この日記帳のそばにある。アーディスとぼくは、実りのない、疲労のたまる時間を過ごし、そのあと、身なりをととのえるため、ぼくだけがホテルへひきかえした。ディナーの待ち合わせは七時。芝居は八時開演だから、あまりゆっくりできない。だが、楽屋へはいって舞台の袖から芝居を見せてもらえることになった。彼女が出番でないときは、そこで話もできるだろう。

いま、卵菓子をひと口かじった——べつにへんな味はしない。いやな甘ったるさだけ。考えれば考えるほど、あのドラッグは最初に食べた一個にはいっていたような気がする。ぼくの見たあの怪物は、『夕日の彼方の神秘』を読んで以来ずっと脳の奥にひそんでいたものが、ドラッグで解きはなたれたのではなかろうか。たしかにぼくの服には血痕がついていたが（これも〝妖精ペリの水仙〟だ！）、頬の内側の傷からの出血かもしれない。その傷はいまも痛む。あんな恐ろしい経験をして、残されたのはこの菓子だけだ。残りを捨ててしまおうかという気にもなる。またひと口。

着替えをしてでかけるまでに、まだ二十分ある——アーディスは自分の家を教えてくれた。劇場からほんの二、三軒先だ。では、日記のつづきを。

けさのアーディスはすこし遅刻はしたものの、約束どおりにやってきた。クレトンを自由の身にする手続きにはどこへ行けばいいのか、とぼくはたずねた。彼女の返事を聞いて——〈墓場の町〉の東端にまだちゃんと立っている建物らしい——一頭立てのおんぼろ軽二輪馬車を雇うことにした。こうした馬車の通例で、曳いているのは腹を空かせた馬だ。しかし、意外に早く着いた。

アメリカの警察は、奇妙なシステムの上に成り立っている。国家秘密警察(公式名称は連邦調査審問部、略称FED)が、ほかの全部門を統括し、各部門の決定を再検討し、昇進、降格、懲戒などの権限を持ち、しかも最終的な特権として、ほかの部門から職員をひきぬくことができる。それに加えて、制服を着たおかかえの武装集団まで持っている。だから、もしアメリカ人のだれかが制服警官に逮捕された場合、彼を捕らえたのは地元警察なのか、FEDの制服を着た連邦軍なのか、おなじFEDでも前二者のいずれかを装う秘密警察なのか、容疑者の友人たちには判断がつかない。

ボブ・オキーンの身柄を拘束したのが三者のうちのどれであるかは、そんな区別さえまったく知らなかったぼくには、もちろん推測しようもない。しかし、昨夜アーディスが話しあった地元の警察官は、拘束したのはFEDだと説明したらしい。馬車にゆられながら、アーディスはこうした事情をくわしく話したのち、これから彼の釈放を求めに行く先はFED本部だ、とつけたした。ぼくはよほどまごついた顔をしたらしい。彼女がこんな説明をつけたしたからだ。「そこの一部は、ワシントン警察本部なの——FEDからスペースを借りてるわけ」

ぼく自身が(そこに到着して)受けた印象からすると、そんなきれいごとではなかった——この機構ぜんたいが、アーディスの芝居の舞台と同様に現実ばなれしていて、われわれと話しあう男女の全員が実は秘密警察の一員であり、見かけの権力の十倍もの権力をふるい、おごそかな欺瞞の儀式をつづけているような気がした。アーディスとふたりでオフィスからオフィスへたらい回しにされ、単純な用件を何度も説明しているうちに、彼女もぼくとおなじ考えらしいという印象がしてきた。そうした気持ちを彼女が馬車のなかで説明しなかったのは、ぼくが彼女を裏切るおそれとか、御者がスパイであるおそれとか、そんな危険だけでなく、彼女が自分の祖国を恥ずかしく思い、外国人であるぼくに、この国の政府が実際より狡猾で虚偽的でないように見せたかったからではなかろうか。

もしそうだとすると——あの窓のない、石の迷宮のなかでぼくは確信をいだいたのだが——馬車のなかでの彼女の説明（それはさっき述べたとおり）、つまり、地元警察と、制服姿のＦＥＤと、秘密警察とを明らかに区別した説明は、もっとねじくれて、もっと複雑怪奇な現実を隠した、たんなるおとぎ話でしかなかったのだ。

面接の相手は、ぼくには礼儀正しいが、アーディスにはぞんざいで（また、これはぼくの印象だが）ぼくたちに何度も何度も物語らせた単純な出来事の裏に、もっとなにかがあるという考えにとりつかれているようだった——あまりむこうがそこを強調するので、こっちまでそれを信じそうになった。いまここに面接の一部始終をくわしく記すだけの根気も時間もないが、見本としてひとつだけを挙げておこう。

そこは小さくて窓のないオフィスだった。隣りあったふたつの部屋は、明らかに空室らしい。スチールデスクのうしろにはアメリカ人の中年女性がすわっていた。口をひらくまでの彼女は、正常で、そこそこ魅力的にも思えた。だが、傷ついた歯ぐきからわかったのだが、元来そこには正常な数の二、三倍の歯が生えていたらしい——上あごにも下あごにも、おそらく四、五十本の歯が。しかも、歯科医はよぶんな歯を抜くさいに、どの歯を残すべきかを賢明に判断しなかったようだ。その係官はたずねた。「外はどんなぐあい？　お天気は？　一日中ここにすわってるもんだから、さっぱりわからないのよ」

アーディスがいった。「とてもいいお天気です」

「巡礼者《ハッジ》、あなたはこのお天気が好き？　この偉大なわが国での滞在はたのしいですか？」

「ぼくがここへきてから、まだ雨は一度も降りません」

彼女はこの言葉をひそかな非難と受けとったようだ。「雨の季節を見るにはちょっと遅いんじゃないかしら。でも、この地方はとても肥沃なのよ。わが国最古のコインには、小麦の穂が刻まれているぐらい。見たことがありますか？」彼女は小さい銅貨をデスクの上でこちらに押しやり、ぼくはそれをよく見るふりをした。アーディスのために買って、まだ渡してない腕輪にも、これに似たコインが一、二枚くっついている。「この地区を代表して、あなたの身に起きた事件をお詫びします」と係官はつづけた。「犯罪防止には最善をつくしているのですがね。これ以前になにかの被害に遭われたことは？」

酸欠ぎみの部屋でなかば窒息しそうになりながら、ぼくは首を横にふり、そんな経験はない、と答えた。

「で、いまあなたはここへこられた」彼女は手に持った書類をめくり、その一節を読むふりをした。「あなたをおそった強盗の釈放を求めに。それはとても度量の大きい、りっぱな行為ね。ところで、なぜこの若い女性をいっしょに連れてこられたのですか？　彼女のことはこの報告書のどこにも出ていませんよ」

　ぼくはアーディスがオキーンの仕事仲間であり、彼女がオキーンのために仲裁に立ったのだと答えた。

「では、この囚人の釈放をかちとるのにいちばん関心が深いのは、ミズ・ダール、あなたなのね。あなたと彼の関係は？」

　などなど。

　ひとつの面接が終わるたびに告げられるのは、この事件が、いましがた半時間から一時間にもわたってわれわれの話を聞いた人物の権限外であるため、べつのだれかの許可を得ることが必要か、それとも新しい宣誓証言を作成することが必要だ、という説明だった。二時ごろになって、ぼくたちはポトマック川の対岸――ガイドブックによれば、まったくべつの管轄区域――にある刑務所を訪ねるようにいわれた。約五百人のみじめな囚人のなかからクレトンを探しだせ、というわけだ。すべての囚人がひどい悪臭を放ち、シラミをわかせていた。結局クレトンは見つからず、ぼくたちは半分倒れかかっても考えこんでいる〈すわった男〉の像や、〈墓場の町〉の廃墟や、乞食の群れのわきを通ってFEDビルへもどり、またもや新しい面接を受けることになった。五時すこし前に、帰ってもいいといわれたときは、ふたりとも疲れきっていたが、アーディスは意外なほど希望に満ちた表情だった。そして、ついさっき、アーディスの住んでいる建物の戸口で別れるとき、ぼくはクレトンぬきで今夜の芝居をどうするつもりか、と彼女にたずねたのだ。

「ハリーぬきで、という意味ね」彼女は微笑した。「ベストをつくすしかないわ。すくなくとも、今夜の代役はポールがどこかで探してくるでしょう」

うまくいくかどうか、たのしみだ。

このペンを手にとってから、すくなくとも十回はテーブルの上にもどした。日記を書きつづけるのをやめ、いますぐ破棄するのが賢明かもしれないとも思った。だが、日記を隠しておける安全な場所が見つかったのだ。

今夜、アーディスのアパートメントからもどってくると、卵菓子がふたつしか残ってなかった。確信を持って——絶対の確信を持っていえるが——アーディスとの待ちあわせにでかけたとき、卵菓子はまだ三つ残っていたはずだ。それと、書きおえた日記をいつものようにデスクの左の引き出しに入れたことにも、同様の確信がある。だが、日記は右の引き出しにはいっていた。

すべては、部屋の掃除にくるメードのしわざかもしれない。卵菓子がひとつぐらい減ってもわからないだろうと思ったのかもしれず、また、引き出しを掃除中に日記の置き場を移動したのかもしれない。それとも好奇心から、日記の中身をのぞいたのかも。

しかし、最悪の場合を想定することにしよう。ぼくの部屋を調べるよう命じられたスパイは、日記のページを撮影する器具を持っていたかもしれない——だが、持っていなかったかもしれず、また、アラビア文字が読める可能性も考えにくい。いまぼくはこの日記を最初から読みかえし、この病みおとろえた国を訪問する理由を書いたくだりをぜんぶ削除した。明日、この部屋を出ていく前には、いろいろな目印——毛髪や、さまざまの品物をそこらじゅうに配置し、その位置をきちんと記録しておく——そうすれば、もしだれかがまたこの部屋を捜索しても、すぐにわかるはずだ。

さて、ここで今夜の出来事を書きとめておく。実に風変わりな体験だった。

予定どおりにアーディスに会い、彼女はアパートメントからそう遠くない小さなレストランへぼくを案内した。席についてまもなく、ふたりの肥った男がはいってきた。どちらの顔もはっきり見えなかったが、ひとりは〈プリンセス・ファーティマ〉号の船上で会ったアメリカ人、もうひとりは、ぼくがこれまで顔を合わせるのを避けつづけてきた穀物商人のゴラン・ガッセームのように思えた。神々しいばかりのわがアーディスが不美人に見えることはありえないはずだ。だが、そのときの彼女は、自然の法則が許すかぎり、それに近づいたように思えた――顔から血の気が失せ、口が半びらきになり、一瞬、愛らしい死骸そっくりに見えたのだ。いったいどうしたのかとたずねかけたが、まだぼくがひとこともいわないうちに、彼女はぼくの唇に指をふれて黙らせてから、いくらか落ちつきをとりもどしたようすでこういった。「あのふたりはまだこっちに気づいてないわ。わたしはいまから出ていく。あなたは食事をすませたふりをして、あとからついてきて」彼女は立ちあがり、ナプキンで口を拭くまねをしながら（そのおかげで顔の下半分が隠れた）表の通りへと出ていった。

そのあとを追いかけると、レストランの三軒ほど先の戸口で大笑いしている彼女が見つかった。たとえそれまでかけられていた呪縛を解かれたとしても、その変化はこれほど劇的ではなかったろう。

「とてもおかしいわ」と彼女はいった。「さっきはそれどころじゃなかったけど。さあ、早くここを離れましょう。食事は芝居がはねてからに」

ぼくは彼女にたずねた。あのふたりの男といったいどういう関係があるのか。

「友人よ」彼女はまだ笑いながら答えた。

「もし友人なら、見つからないようにどうしてあれほど用心したんだ？　あの連中と話しこむと、舞台に穴があくとでも？」そんなばかげた説明が真実でありえないのはわかっていたが、もし彼女が真実を打ち明けられないなら、せめて質問をはぐらかすきっかけを与えたかったのだ。

彼女は首を横にふった。「ちがう、ちがう。あのふたりのどちらにも、わたしがむこうを信用してないと思わせたくなかっただけ。あとでもっとくわしく話すわ。もしわたしたちのささやかな茶番に仲間入りしたければね」

「ぜひそう願いたいな」

この言葉に彼女はほほえんだ——それを見るためならライオンの巣にだって喜んで飛びこみたくなる、あの陽光にあふれた笑顔だ。しかし、劇場の裏口はほんの二、三歩先で、それ以上話しあう時間はなかった。彼女がドアをあけると、クレトンが女と議論している声が聞こえた。あとでわかったが、衣装係らしい。「釈放されたのか」とぼくがいうと、クレトンはこっちをふりむいた。

「そう。きみのおかげだと思う。感謝してるよ」

アーディスが彼をながめる目つきは、まるで溺れる寸前に救われた子供を見るようだった。「かわいそうなボビー。ひどい仕打ちをされた？」

「怖かった、それだけさ。一生、もう外へ出られないのかと思った。テリーが消えたのを知ってるか？」

彼女は首を横にふりながらいった。「どういう意味？」だが、ぼくには確信があった——ここでのぼくは事実を誇張も潤色もしていないが、白状すると、この日記のべつの個所ではときどきそうしたことはある——彼女は、ボビーに知らされる前からそれを知っていたにちがいない。

「とにかくあいつはいない。ポールがやっきになって探しまわっている。ゆうべはおれがいなくて淋しかったって？」

「ええ、そうよ」アーディスはそう答えて、とつぜん出ていった。あとを追いかけるひまもなかった。クレトンがぼくの腕をつかんだ。ぼくの所持品を奪おうとしたことを詫びるのかと思ったが、むこうはこういっただけだ。「彼女に会えたようだな」

「彼女は、告訴をとりさげてほしいと、ぼくにたのみにきたんだ」

「きみがおれに申し出た金額――二十リアルだっけ？　道義上はおれがそれをもらう権利はあるわけだが、請求はしないよ。もっと有益な経験をする気になったら、おれに会いにおいで――ところで、さっそくだが、彼女はお気に召したか？」

「それはぼくから彼女に話すことだ。あんたにじゃない」

そう答えているとき、アーディスがもどってきた。口ひげをたくわえ、頭の禿げかかった黒人がいっしょだ。「ポール、こちらはナダン。彼の英語はとてもうまいわよ――外国の人にありがちなイギリス風の英語じゃなくて。彼ならやれると思わない？」

「やってもらわなくちゃな――やる気があるのか？」

「とても乗り気」アーディスはそう断言すると、またもやいなくなった。

〝テリー〟というのは、メアリー・ローズの夫で恋人でもあるサイモンを演じていた俳優らしい。そして、ぼくが――学校演劇にも出たことのないずぶの素人が――代役をつとめることになったのだ。幕開きまでにはおよそ半時間。セリフをおぼえる時間は、第一幕の終わり近くにある登場場面までの、わずか五十分間。

演出家のポールはこう警告した。もしぼくの本名を観客に知らせると、反感を持たれるだろうし、もともとこの役は（この劇団の使っている台本では）アメリカ人のはずだから、うまくいってもあら探しをされかねない。ということで、やがてぼくがまだ必死にリハーサルをつづけているうちに、ポールがこうアナウンスするのが聞こえた。「サイモン・ブレーク役は、ネッド・ジェファソンが演じます」

はじめて舞台に立った気分は、この体験のなかでも最悪の部分だった。まだしも幸いなのは、恋人に婚約を申し込もうとしてそわそわしている青年の役だったから、ぼくのふるえのこもった笑い声や、口ごもりが、いちおう〝演技〟に見えたらしい。

二度目の出番――魔法の島でのメアリー・ローズやキャメロンとの出会い――は、第一幕よりもはるかにむずかしいはずだった。短い幕間しかセリフをおぼえる時間はなかったし、この場面で要求されるのは単純な不安でなく、悲観的な懸念なのだ。しかし、セリフはどれも短い上に、もうこのときには舞台の両袖でポールと助手がセリフを書いた大きな紙を上に掲げてくれていた。何度か、即興でセリフをいう羽目になったが、劇作家の書いたセリフは忘れても、ドラマの進行する方向は一度も見失わなかったので、アーディスやキャメロンが受けて立てるような言葉をなんとかでっちあげることができた。

第一幕と第二幕にくらべると、第三幕の短い出番は鼻歌気分だったが、今夜ほどへとへとになったのは、ぼくとしてもはじめての体験だった。アーディスとクレトンの最後の対決場面で舞台が暗くなったすきに、キャメロンとぼく、それにモアランド夫妻を演じた中年の男女は、そうっと退場した。

幕が下りて観客にあいさつするまで、全員が舞台衣装のままでいなくてはならなかった。きのう、そこからの帰りがけにクレトンがぼくの所持品を奪おうとした例のうすぎたない酒場で、アーディスといっしょにようやく食べ物にありついたときは、もう真夜中近かった。湯気の立った料理を前にして、演技をするのはたのしかったかとアーディスに聞かれ、ぼくはうなずくしかなかった。

「だろうと思ったわ。実直そうな外見に似合わず、あなたの性格はとてもドラマチックなのよね、きっと」

たしかにそうだ、とぼくは答え、なぜ自分が人生のロマンこそ追求する価値のある唯一のものだ、と考えているかを説明しようとした。説明がうまく通じないようなので、それはぼくが『シャー・ナーメ』（『王書』の意味で、ペルシア民族最高の民族・英雄叙事詩）を読んで育ったからだとつけたしたが、彼女はその名を聞いたこともないらしい。

　そのあと、ふたりで彼女のアパートメントへ行った。もし必要なら力ずくでも犯そう、とぼくは心をきめていた――べつに彼女を陵辱するのがたのしいわけじゃない。ただ、もしここで二度目のおあずけを許したら、きっとこちらの愛情を過小評価されると思ったからだ。彼女は自分のアパートメントを見せ（小さい部屋がふたつあり、どちらもひどく散らかっていた）、アメリカの住宅では護符の一種らしい重いかんぬきをふたりではめたあと、ぼくの首に腕をまわした。彼女の息はかぐわしかった。さっきの酒場でぼくがおごったアラック酒の香りだ。これからの一生、その香りを嗅ぐたびに、きっとぼくは今夜のことを思いだすだろうと思う。

　抱擁を解いたあと、ぼくが彼女のブラウスの編みひもをほどきはじめると、むこうはさっそくロウソクの火を消した。それでは愛を交わすさいの喜びの半分が失われてしまう、とぼくは訴えた。だが、彼女はロウソクに火をともすことを許さず、われわれの睦みあいは漆黒の闇のなかで行われることになった。ぼくは恍惚境にあった。彼女の姿を見れば、ぼくの目はつぶれたかもしれない。だが、それは無上の喜びだったろう。

とうとう最後におたがいの体が離れたときは、ふたりともへとへとで、彼女は体を洗いにいき、ぼくはマッチを探した。まず、ベッドわきのがたついた小テーブルの引き出し、つぎに自分の脱ぎすてた衣類のなか。いまの荒々しい交わりのあいだに、ぼくの衣類は床へ落ちてしまっていた。やがてマッチは見つかったが、ロウソクは見つからない——アーディスが隠したのだろう。ぼくはマッチをすった。だが、彼女はすでにガウンをはおっていた。「きみの体は永久に拝めないのか?」「明日また会えるわ。ボートに乗せてちょうだい。ピクニックをしましょう。水辺の桜の下で。明日の晩は復活祭で劇場もお休みだから、パーティーへ連れていって。でも、いまはホテルへお帰りなさい。わたしはここでひと眠りするわ」服を着おわって戸口に立ち、愛しているかと彼女にたずねたが、むこうはキスでぼくの口をふさいでしまった。

そのあとのことは、すでに書いたとおりだ——ホテルの部屋へもどってみると、卵菓子が三個でなくて二個しかなく、この日記の置き場所もちがっていた。二度とそのことは書かない。しかし、いまのぼくは——このパラグラフとその前のパラグラフとのあいだで、今夜早くに書いた部分を読みかえしたが、そのなかの文章のひとつは、当時考えていたよりも重みがあるように思う——つまり、サイモンの役を演じたとき、ドラマの進む〝方向〟を一度も見失わなかった、というあれだ。

むかしのアメリカ人たちが、あの彫刻された山の下に隠したという有名な秘密がなんなのか、ぼくは知らない。だが、もしそれが人間社会の謎を解く鍵のひとつであるなら、それは人間社会をかたどったなにかだろうと思う。あらゆる偉人は、意識すると否とにかかわらず、なんらかのかたちでその秘密を把握していた——ただし、自分の人生というドラマのなかでは、だれもがその方向をつかみ、そうする意志さえあれば、左へも右へも思いのままにそれを動かすことができるはずだ。

いまのぼくもそうしている。たとえ卵菓子を食べることに意味がなくても、それに意味を持たせることはできる――いや、すでにそうした。あのドラッグを卵菓子の一個だけにしみこませたときに。たとえアーディスの巻きこまれている計画が――ひょっとするとゴラン・ガッセームやミスター・トールマンのからんだ計画が――なにかの政治力や秘宝のからんだものではなくても、いずれそれがそうなるようにぼくがしむけてみせる。もしぼくたちの愛が、若者たちの心と詩人たちの口のなかで永久に生きる偉大な愛ではないとしても、いずれそうなるようにぼくがしむけてみせる。

ふたたびホテルの部屋。告白するが、この日記を書くのは、あとでそれを読みかえしたいからではないかと思いはじめた。古今東西のどんな人間も、いまのぼくほど幸福ではないだろう――それほど幸福なので、残った二個の卵菓子を食べずにおきたい誘惑にかられた。もし、かりにあのドラッグが、幻覚と、自己認識と、陶酔感の代わりに、不治の絶望的な狂気をもたらすとしたら？　だが、それにもかかわらず、ぼくはそれを食べた。甘ったるい塊をふた口か三口でのみこんだ。自分を臆病者と考えるより、なにが起きるかもしれないというリスクに賭けたかったのだ。それから冷静な気分で、なにかの効果が現れるのを待った。

実をいうと、ゆうべ日記に書いたファウスト的な決意のすべてとはうらはらに、ぼくはものすごく幸福だった（あの劇団の次回の興行が『ファウスト』であるとは、なんと奇妙な暗合だろう。もちろん、クレトンがメフィストフェレス――アーディスがそういったし、どのみちそれは確実だ。アーディスはマルゲリータを演じるだろう。ところで、ファウスト博士はだれが？）。しかし、歯を食いしばり、テーブルをたたく種類の決意がどこかへ去ったいまも、自分があの計画に必要な行動のすべてを、前にもまして確実に実行することはわかっている――いうならば、ヴァイオリンの名手が、ほかに心をさまよわせながら、なにかの単純な曲を弾くようにだ。きょうは（通称）ジェフの廃墟を見学したが、それをきっかけに、あらためてむかしのアメリカ人たちの運命に思いをはせた。むかしのアメリカ人たちは、力と知恵と決意を備えていそうな外見に欺かれ、性懲りもなくどれほどたびたび指導者を選びそこなったことだろうか。彼らがそんな票を投じたのは、昨夜のぼく同様、へとへとに疲れきっていたからにちがいない。

こちらは一時ごろに、バスケットいっぱいのごちそうを仕入れてアーディスを訪ねるつもりだったが、十一時ごろにむこうが中身の詰まった小さなバスケットをかかえてやってきた。ぼくたちは、前にも書いた古い墓地まで運河の岸辺を北へ歩き、アメリカ人がベイスンと呼ぶ人造湖へ向かった。岸辺の並木は花ざかりだった――節こぶだらけの老木だが、白い花びらの衣装をまとったところはとても美しい。アメリカの小額硬貨の何枚かできれいなブルーのボートを借り、ぼくのハンカチの三倍ほどの帆を張って、穏やかな湖上へ出ることにした。

岸辺の人びとからかなり離れたとき、アーディスがやぶから棒にたずねた。アメリカでの滞在期間をずっとワシントンで送るつもり？

ぼくはこう答えた。最初の計画では、ここに一週間ほど滞在したあと、海岸を北上し、フィラデルフィアをはじめとする古都めぐりをしてから母国へ帰るつもりだったが、きみと知りあったいまでは、もしきみがそう望むなら、永久にここで暮らしたい。

「この国の内陸部を見たいとは思わない？　わたしたちの暮らしてるこの細長い海岸地帯は、海とその上を往復する貿易のおかげでなんとか息をしてる状態。でも、海岸から百キロか二百キロ奥へはいれば、アメリカ文明ぜんたいの廃墟が横たわってるわ。略奪しほうだいの感じで」

「じゃ、どうしてだれも略奪しないんだ？」とぼくはたずねた。

「してるわよ。年に一度はだれかがでっかい掘り出し物を持ち帰ってくる――だけど、陸地があんまり広いので……」彼女は湖と香しい木々のむこうに目をやった。「あんまり広いので、いくつもの都市がすっぽりそのなかに隠れてる。セントルイスの入口には黄金のアーチがあった――それがどうなったかはだれも知らない。高さ一マイルの町と呼ばれたデンヴァーは、銀の鉱山にかこまれていた。いまはだれもその町を発見できない」

「古い地図はまだたくさん残ってるはずだが」

アーディスはこっくりとうなずいた。もっとくわしいことを話したがっているのが感じられる。数秒間は、ボートの船べりを波が洗う音だけだった。

「テヘランの博物館で古い地図を見たことがあるよ――わが国の地図だけじゃなく、アメリカのも。百年も前の時代のね」

「川の流れる道すじが変わったのよ。それに、たとえ変わっていなくても、もうだれひとりそれに確信が持てない」

「たくさんの建物がまだ残ってるはずだよ。ここの〈墓場の町〉のように」

「あれは石造だから――この国のほかの建物よりずっと丈夫だから。でも、そうね、いくつかの建物、たくさんの建物がまだそこにある」

「だったら、空を飛んでどこかに着陸し、建物の中身を略奪することは可能だよ」

「危険がいっぱいだわ。それに、どこもガラクタの山だから、一生かけて探したところで、ほんの上っつらをかするだけ」

そんな話をつづけていると、彼女の気分がますますめいってくるのがわかったので、話題を変えようとした。「今夜のパーティーにエスコートしてほしいといったよね？　どんなパーティー？」

「ナダン、わたしはだれかを信用するしかないの。あなたはわたしの父に会ったことがない。実をいうと、わたしの父はあなたの泊まってるホテルのすぐそばに住んでいて、自分の店で古い本や地図を売ってるのよ」（だとすると、ぼくの訪ねた家は——結局——九分どおり正しかったわけだ！）「若いころの父は、内陸部にあこがれていた。三度か四度の旅を企てたけど、アパラチア山脈のふもとまでしか行けなかったらしいわ。やがて父は母と結婚して、もう危険をおかす気持ちがなくなった……」

「なるほど」

「でも、過去の宝物探しのために勉強したことは、のちに父の商売道具になったのよ。いまでも、もっと奥地に住んでいる人たちが、古い書類を持って父の店へやってくる。父はそれを買いとって、べつのお客に売る。奥地の人びとのなかには、女の死体から結婚指輪を盗む墓場荒らしと大差ない連中もいたらしいわ」

折れたオベリスクの影にある露店で買った腕輪のことを思いだし、ぼくはぞくっと身ぶるいしたが、さいわいアーディスはこちらを見ていなかった。

「いま、墓場荒らしと大差ない連中といったけど、実はそれ以下の人間もいるのよ——奥地の人たちのなかには、もう人間でない生き物もまじってる。わたしたちの肉体は毒物にやられた——そのことは知ってるわね？　アメリカ人のみんながそう。ところが、彼らはその変化に適応した——と、うちの父はいうの——でも、そのために人間じゃなくなったって。父はずっと前に彼らと和睦して、いまでもまだ彼らと商売をしてるわ」

「ぼくにそこまで話さなくてもいいのに」

「いいえ、話したい――ぜひとも。もしわたしが奥地へ行くといったら、あなたもいっしょにきてくれる？　もし政府にそれが知れたら、きっとむこうはストップをかけて、わたしたちの発見物を没収しようとするだろうけど」

ぼくは思いだせるかぎりの誓いの言葉をつらねてからこういった。彼女といっしょなら、たとえ二本の足で歩くしかなくても、ぼくはこの大陸を横断してみせる、と。

「さっき父のことを話したわね。彼らが持ってくる地図や記録を父が売りさばいていたことを。でも、まだ話してないことがあるのよ。父は買いとったものをいつもまっさきに読むわけ。若いころの希望をまだ捨ててないから」

「で、お父さんはなにかの発見をしたのか？」

「ええ、たくさんの発見をね――何百となく。ボビーとわたしはそれを役に立てようとした。あのレストランにいたふたりの男をおぼえてる？　ボビーはあのふたりをべつべつに訪ね、地図や古い記録を見せたの。そして、奥地への探検旅行に出資してほしい、と相手を説得するときに、どっちの男にもこう信じさせたのよ。もう片方の相手をだましたければ、わたしたちが協力する、と――そうしておけば、あのふたりが結託してわたしたちをだますおそれはなくなるから」

「で、ぼくにもいっしょにこい、というのか？」ぼくは喜びにわれを忘れていた。

「もともとは奥地へ行く気なんかなかったのよ――ボビーはそのお金を横領して、バグダッドかマラケシュへ逃げるつもりだった。わたしを連れて。でもね、ナダン」ここで彼女が身を乗りだし、ぼくの両手をとったのはおぼえている。「ほんとの秘密がひとつあるのよ。たくさんの秘密のなかでもとりわけ大きなひとつ――ほかのどれよりも真実である可能性が高くて、ほかのどれよりも巨万の富を生みだしそうな秘密。あなたなら、公平な分配をしてくれそう。ふたりでなにもかも山分けにしましょう。それからわたしはあなたといっしょにテヘランへ行くわ」

これまでの一生で、あの小さなボートに乗っていたときほど幸福だったことはない。船尾にふたりですわると、いまにもボートが沈みそうになったが、小さい帆とアーディスの大きな麦わら帽子が作りだす日かげで、長いあいだおたがいにキスと愛撫をつづけた。イランでこんなことをしたものなら、十回以上もさらし台にかけられていたことだろう。

とうとう、成就されない愛にもうこれ以上がまんできなくなると、アーディスの持ってきたサンドイッチをふたりで食べ、果実味のなまぬるい飲料でのどをうるおしてから、岸へひきかえした。しばらく前に彼女をアパートメントへ送りとどけたとき、二階の部屋まで上がらせてくれとぼくはかなり強引に口説いた。欲望で体が燃えあがっていた。ぼくの肉柱で彼女をつらぬき、ぼくの精を彼女の内部へそそぎこみたかった。ちょうど預言者の到来以前、どこかの狂った神がおのれの金色の血を海にそそぎこんだように。だが、アーディスは許してくれなかった――あのアパートメントでは、彼女の慎み深さにふさわしいほど部屋が暗くならないからだろう。だが、ぼくは彼女の裸身をぜひとも見とどけるつもりだ。

パーティーに出席するため、入浴してひげを剃った。まだ時間があるので、人造湖からの帰りにすれちがった行列のことを書き加えておこうと思う。そう、旅行記執筆計画をまだ完全にあきらめたわけではない。
かなり高齢の老人が——おそらく僧侶だろう——長い棒の先についた十字架を運ぶというよりも、職杖のように、いや、ほとんど杖代わりにそれを使っていた。もっと若い男、太って汗だくの男が、煙の出た吊り香炉をぶらさげながら、その老人の前をうしろ向きに歩いていた。長い衣を着た少年がふたり、大きなロウソクを掲げて先頭を歩き、行列のしんがりではおなじ衣を着たおおぜいの少年が歌をうたっていたが、この子供たちは太った男の目を盗んでは、おたがいをつっつきあったり、つねりあったりしていた。

ご多分にもれず、ぼくも見たことがあるが、ローマではこの種の儀式がもっとうまく行われているようだ。しかし、ここで見たもののほうが強く印象に残る。あの老いた僧侶が生まれたとき、アメリカの偉大さはまだ記憶に新しく、それが永久に去ったことを実感できる人間はまだすくなかっただろう。あの行列ぜんたいは——うららかな日ざしのもとでちらちら光るロウソクの炎から、高く掲げられた亡き指導者と、そのうしろにつづいてよそ見と小競り合いをくりかえしている行列にいたるまでが——アメリカ人たちの哲学とジレンマを具現しているかのように、ぼくには思えた。いや、ここの人びとが、まるで外国旅行者のように、理解不能のまなざしでそれを見物しているのを見るまでは、すくなくともそう思っていた。だが、そこでぼくは気がついた。よみがえる命というこの儀式化された訴えは、このぼくが感じる以上に、彼らにとっては異質なものであることに。

いまは夜更けだ——ぼくの腕時計では午前三時。
さっきまでは、もう二度と日記を書くまいと決心していた。焼くか、ずたずたに破り捨てるか、それともどこかの乞食にやるか。だが、いまのぼくはまたもや日記を書きはじめている。もう眠れないからだ。この部屋は、まだぼくの嘔吐物のにおいがする。鎧戸をひらいて、夜風を部屋のなかへ入れたのに。

どうしてぼくはあんなものを愛することができたのだろう？（そういいながらも、ついさっき眠ろうとしたときには、エレンの幻に追いかけられて、またもやぱっちり目がさめてしまったのだが。）

パーティーは仮装舞踏会で、アーディスはぼくのためにコスチュームを用意していた——劇場の衣装部屋から持ちこんだすばらしい金めっきの甲冑だ。彼女はエジプト王女の衣装と仮面をつけていた。真夜中にぼくたちは仮面をはずし、キスを交わした。心のなかでぼくは誓った。今夜こそ、暗闇の仮面も剝ぎとってみせるぞ。

ふたりでパーティーへ持ちこんだ酒瓶、まだ中身の半分残った酒瓶を手にさげて、ぼくらはホテルへもどった。彼女がロウソクの火を消す前に、ぼくはこうたのんだ。欲望の最初の狂熱がおさまったとき、ふたりでわかちあう一杯をついでおいてほしい、と。彼女は——あいつは——ぼくのたのみを聞いて、そのグラスをベッドわきの小テーブルの上においた。それから長い時間ののち、息をはずませながらベッドに並んで横たわっているとき、ぼくは手さぐりで拳銃を見つけ、ふくらんだグラスめがけてレーザービームを発射した。とたんに、燃焼するアルコールの青い炎があたりを照らしだした。アーディスは悲鳴を上げ、ぱっと跳びあがった。

いま、自分に問いかけている。どうしてぼくはあんなものを愛することができたのか？　だが、それをいうなら、どうしてわずか一週間で、この死体めいた国を愛する寸前までいったのか？　この国の鷲は死んだ――アーディスこそ、その支配の正しい象徴だ。
ひとつの希望、ひとつのごく小さい希望だけが残されている。ぼくが今夜見たことは、あの卵菓子のひきおこした幻覚にすぎないのかもしれない。いまのぼくが知っているのは、アーディスの父親の家の前で殺した怪物が現実の存在であること、そして、このパラグラフとその直前のパラグラフのあいだで、最後の卵菓子を食べたことだ。もし、いま幻覚がはじまれば、燃えるアラック酒の明かりでぼくが見たものこそ、事実、ぼくの同衾《どうきん》した相手だったということになる。その場合は、わが不朽の民族の女たちの清浄な子宮を二度とけがすことのないよう、ぼくは帰国をあきらめなくてはならない。なんなら、われわれの民族遺産である写本絵画を盗みにはいって、わざと警備員たちに殺されるか――だが、もし盗むのに成功したらどうする？　ぼくは写本絵画にふれる資格がない。たぶん、ぼくにいちばんふさわしい末路は、この蛆《うじ》に蝕まれた大陸をひとり旅することだろう。そうすれば、自分とお似合いの連中の手にかかって死ねるわけだ。

あのあと、クレトンがぼくの部屋の前の廊下を歩きまわり、ゆがんだ黒靴の足音が、地震のようにこの建物をゆるがした。〝警察〟という言葉が、まるで雷鳴のようにひびいた。ぼくの死んだアーディスは、とても小さく、まばゆい姿でロウソクの炎の輪から出ていき、毛深い顔が窓からのぞいていた。

老婦人は日記を閉じた。老婦人の肩ごしにその日記を読んでいた若い女は、小さいテーブルの反対側へまわり、クッションの上にすわった。両足をつつましくそろえたので、足の裏は見えなかった。

「じゃ、あの人はまだ生きてるんですね」と彼女はいった。

老婦人は黙ったまま、両手でひろげた日記の上に白髪頭をうなだれていた。

「あの人はきっと牢屋へ入れられたか、それとも病気。でなかったら、わたしたちに連絡してきたはずです」若い女はそこで言葉を切り、右手でチャドルをととのえ、左手で細い鎖の上につけている模造宝石をいじった。「もうすでに手紙を書いたけれど、その手紙が途中で紛失したということもありえますわ」

「あなたはこれがあの子の筆跡だと思う？」老婦人はそう問いかけ、適当なページをひらいた。若い女が答えないのを見て、老婦人はつけたした。「たぶんね。たぶん」

眼閃の奇蹟

柳下毅一郎訳

The Eyeflash Miracles

「そんな男は覚えていない」

――アナトール・フランス『ユダヤの総督』

まだ遠く離れているときから、リトル・ティブは列車が近づく音を聴き、足で感じていた。線路から鋼弦コンクリートの枕木に降りて、耳を澄ます。それから片方の耳をどこまでも伸びる鋼鉄にくっつけ、その歌が、だんだん、だんだん大きくなってくるのに聴きいった。体の下で地面が揺れはじめるのを感じて、ようやく頭を持ち上げ、土手から、丈が高くちくちく刺す草のあいだを、杖で探りながら降りていった。

杖が水を叩いた。通り過ぎる列車の轟音に水音はかき消された。けれど、その感触から、杖の先を動かそうとしたときの抵抗感から水だとわかった。杖を脇に置き、膝をつく場所を手で探る。大丈夫そうだった。少し軟らかすぎるが、ガラスは落ちていない。そこでひざまずき、水の匂いを嗅いだ。新鮮な匂いで指にも冷たかったので、リトル・ティブは体を曲げて口をつけて水を啜り、顔や首の裏にふりかけた。

「おい！」命令調の声が飛んできた。「おい、そこの子供！」

リトル・ティブはまた杖をひろい、立ちあがった。ここはシュガーランドに違いない。「あなたは警察官？」

「わたしは教育長だ」

それでもだいたい同じようなものだろう。リトル・ティブは頭を後ろにそらし、声の持ち主に自分の眼を見せた。シュガーランドに着いたときのこと、そこがどんなふうかはよく想像していた。でも、いざ着いたら何と言うべきかについては考えたことがなかった。「ぼくのカードは……」列車がガタゴトと遠ざかっていく音がまだ聞こえた。

別な声が聞こえた。「あらあら、子供に怪我させちゃいけないよ」これは命令調ではなかった。責任ある人の声だった。

「きみ、学校はどうしたんだ」と最初の声が言った。「わたしが誰だかわかるか？」

リトル・ティブは頷いた。「教育長」

「その通り、わたしは教育長だ。パーカーさんと呼ぶといい。先生から、わたしのことは聞いているはずだ」

「ねえ、怪我をさせてはいけませんよ」二番目の声がまた言った。「その子は何もしてないんだから」

「学校をふける。子供たちはそんな風に言うそうだ。われわれは、もちろん、そんな言葉は使わない。きみは欠席者と認定される。名前は？」

「ジョージ・ティブス」

「そうか。わたしのことはパーカーさんと呼ぶといい。わたしは教育長だ。こいつはわたしの召使いだ。名前はニッティ」

「こんにちは」とリトル・ティブは言った。

「パーカーさん、たぶんこの欠席児童はお腹が空いているんじゃないかな。どうやら、ずいぶん長い間欠席していたように見えるよ」

「魚釣りだ。子供はみんな釣りをしにいくんだ」

「目が見えないんだね？」手がリトル・ティブの腕をつかんだ。大きくて堅い手だったが、力はこもっていなかった。「ここのところで渡れる。真ん中に岩がある――そこに足を乗せて」

リトル・ティブは杖で岩を探りあて、片足を乗せた。腕にかかった手に運ばれてゆくようだった。岩の上に立つと、水に差し入れた枝を底について、身体を支えた。「さあ、大いなる一歩だ」靴が向こう岸の柔らかな土を踏んだ。「すぐそこでキャンプしてるんだよ。パーカーさん、欠席児童はスイート・ロールが好物なんじゃないかなあ」

「うん、好きだよ」とリトル・ティブ。

「ぼくもさ」とニッティが教えた。

「きみ、どうして学校に行っていないんだ」

「黒板も見えないでしょ？」

「盲人向け特殊施設だってあるんだよ、ニッティ。グローヴハーストには、障害者向けにしつらえられた特殊学級もある。今すぐには名前を思いだせないが、教師はたいへん有能な若い女性だった」

リトル・ティブが訊ねた。「グローヴハーストはシュガーランドにあるの？」

「グローヴハーストはマーティンズバーグにある。わたしはマーティンズバーグ公立学校機構の教育長だ。ニッティ、ここからマーティンズバーグまではどのくらいだ？」

「二、三百キロかな、だいたいのところ」

「マーティンズバーグに着きしだい、きみをそのクラスに入れてあげよう」

ニッティが言った。「ぼくらはメーコンに行くんだよ——何度もそう言ってるでしょう」

「書類はすべて整ってるだろうね？　前の学校での成績と出欠記録だ。退学証明書と出生証明と連邦準備銀行発行の網膜パターン・カードだ」

リトル・ティブは黙って座った。べとべとのパンを誰かに手に押しこまれたが、口にはもってゆかなかった。

「パーカーさん、この子は書類なんか持ってないんじゃないかな」

「それは重大な——」

「書類なんかどうだっていいでしょう。犬じゃあるまいし！」

リトル・ティブは泣き出した。「わかった！」とパーカーさんは言った。「目が見えないんだ。ニッティ、この子は網膜が破壊されているんだろう。なんだ、こんな子はいやしないんだ」

「もちろんここにいるよ」

「幽霊だ。われわれが見てるのは幽霊だ、ニッティ。社会学的には本物とは言えない——存在を剝奪されているんだ」

「この年になるまで、幽霊なんて見たことないよ」

「うすのろの間抜けめ！」パーカーさんが怒鳴った。

「パーカーさん、ぼくにそんな口をきいてはいけないよ」

「うすのろの間抜けめ。おれの周りにいるのは、きさまみたいなうすのろの間抜けばっかりだ」パーカーさんも泣いていた。リトル・ティブは掌に大きくて熱い涙の粒を感じた。自分の涙はしずまり、消えていった。大人の――男の――人の泣き声を聞くのははじめてだった。もらったパンを一口かじると、甘くべとべとした砂糖の味がして、レーズン味だったらよかったのにと思った。

「パーカーさん」ニッティがそっと呼んだ。「パーカーさん」

少しして、返事があった。「ああ」

「この子が――このジョージって子が――役に立ってくれるかもしれないよ、パーカーさん。前に二人であのビルに行ったときのことを覚えてる？　たっぷり時間をかけて調べたでしょ。そしたら窓を見つけたじゃない。鉄格子がはまって、かけがねの壊れた古い窓。押してみたら、ガラスが動いた。だけど、ぼくらには格子をくぐれなかったよね」

「この子は目が見えないんだぞ、ニッティ」

「わかってるよ、パーカーさん。でも覚えてるでしょ。中はとても暗かった。普通の人ならどうする？　明かりをつける？　違うよ、懐中電灯の明かりを暗くして、その上で周りにテープかなんかを貼って、蛍の明かりくらい暗くしたのを使うんだよ。目の見えない人なら、明かりがなくったって、そんなちっぽけな光しかない目明きよりはうまくやれるさ。どうやら、昨日今日に見えなくなったわけじゃなさそうだし。きっと目を使わなくても道がわかるよ」

手がリトル・ティブの肩に触れた。小川を渡るのを助けてくれた手より、小さく、柔らかく感じられた。パーカーさんの声が言った。「狂ってる。狂ってる。ニッティって奴は。わたしは頭がおかしい。本当に気が狂ってる。だけど、こいつはわたしより狂ってる」

「この子ならできるよ、パーカーさん。ごらんよ、こんなに痩せてる」

「やってくれるかい？」とパーカーさんが訊ねた。

リトル・ティブはパンの塊を飲みこんだ。「なにを？」

「ある物を手に入れてほしいんだ」

「たぶんね」

「ニッティ、火をおこせ。今晩はここまでにしよう」

「もうこの先には行かないんだよ」

「いいかい、ジョージ。わたしは一時的に職権を停止されている。時々、それを忘れてしまうことがあるが」

ニッティの含み笑いが、思っていたよりも遠いところから聞こえた。ほとんど音をたてずに動いたのだろう。

「だが復職したらすぐに、きみにしてあげると約束したことはすべてやってあげよう。盲人の特殊学級に入れてあげるとか。そういうようなことだ。楽しみだろう、ジョージ？」

「うん」左手ずっと遠くからよたかが鳴きかけた。ニッティが枝を折る音が聞こえた。

「きみは家出してきたのかい、ジョージ」

「うん」とリトル・ティブはくりかえした。

「どうして？」

リトル・ティブは肩をすくめた。また泣き出しそうになった。喉がしめつけられて詰まり、目がうるみはじめた。

「なるほどな。その件も何とかなるかもしれん」

「はい、どうぞ」とニッティが声をかけた。抱えていた枝を、がらがらと、リトル・ティブの前あたりに落とした。

その夜遅く、リトル・ティブはニッティの毛布を半分体の上にかけ、もう半分は下に敷いて横になっていた。遠くない場所で炎がぱちぱちと音をたてていた。煙が蚊を追い払ってくれる、とニッティは言った。リトル・ティブは掌のつけねを目に押しつけ、すると本物の炎みたいに赤と黄色が閃くのが見えた。もう一度押すと、今度は一面青色が広がった中に金色の塊があった。もうずっと前からこれだけしか見えなかったが、目の前に呼び起こすたびに、もう二度とあらわれないのではないかと思って怖かった。火をはさんだ向こうで、パーカーさんが荒い寝息をたてていた。

ニッティがリトル・ティブの上にかがみこみ、毛布を整えて、それから脇腹に押し当てるようにくるんでくれた。「だいじょうぶだよ」とリトル・ティブは言った。

「ぼくらと一緒にマーティンズバーグへ帰るんだよ」とニッティは言った。

「ぼくはシュガーランドへ行くんだ」

「あとからね。どうしてそこへ行きたいんだい」

リトル・ティブはシュガーランドのことを説明しようとしたけれど、どうしても言葉が見つからなかった。ようよう言った。「シュガーランドでは、自分が誰なのかわかってくれるんだ」

「じゃあぼくには遅すぎるな。ぼくが誰なのかわかってる人がいても、もうそういう人に会ってもしようがないからね」

「君はニッティだよ」

「そのとおり。昔はね、よく女の子と遊びに行ったりしたもんだけどね。女の子に何て言われたと思う？　『あんた、学校の用務員やってるんでしょ？』じゃなきゃ『あなたってバスター・ジョンソンの代役だったんでしょ』とか。一人も、ぼくが誰なのかわかってないんだ。わかってくれるのは小さな子供だけなんだよ」

ニッティが立ち上がる衣擦れの音が聞こえ、それから静かに歩み去る足音がした。一晩中起きてるつもりだろうか、とリトル・ティブは思った。やがて横になる音が聞こえた。

父親に手を握られていた。モノレールを降りて、どこかの大通りを歩いているところだった。目が見えた。わざわざそう気づくのも妙な話だったが、リトル・ティブはそう気づいており、心のどこか遠いところで、目を覚ましたら見えなくなっているはずだという声がした。ショーウィンドウを覗きこむと、女の子が持つ人形のような、毛皮のコートを着た大きな人形が並んでいた。すべての毛皮のすべての毛が光を浴びていた。通りに目をやると、どの車も明るい色をした大きな虫のようだった。

「ここだ」とビッグ・ティブは言った。一緒に入ったガラスの塊はくるりと回って二人を建物の中に吐きだし、それからすべてガラスでできたエレベーターに乗りこみ、エレベーターは建物の内側をアリみたいに這い登った。アリみたいに動いては止まった。「こういうのひとつ買おうよ」とリトル・ティブは言った。「そしたら、もう階段のぼらなくてすむよ」

見上げると、父親が涙を流していた。父親は彼の、リトル・ティブ自身のカードを機械に差しこみ、それからリトル・ティブを椅子に座らせ、明るい光のほうに顔を向けさせた。機械は白衣を着た男の人になって、眼鏡をはずして、言った。「この子供が誰なのかわからないが、誰でもないのは確かだ」

「リトル・ティブ、もう一度明るい光を見なさい」と父親が言い、その言い方から、リトル・ティブにも白衣の人は父親よりずっと力がある人なんだとわかった。明るい光を見つめ、落ちそうになって椅子につかまった。

そして目が覚めた。真っ暗だったので、明るい光はどこへ行ってしまったのだろうとしばらく考えた。それから思い出した。寝返りを打って、手を焚き火のほうに伸ばし、暖かくなってくるまでそのままにしていた。耳を澄ますと音も聴こえた。ぱちぱちとはぜていたが、音は小さかった。元通りの姿勢で寝て、それから体を回して仰向けになった。列車が通り過ぎ、間をおいてふくろうがホウと鳴いた。

今度も見えた。一晩に二度も見えるなんて、とても運がいい、と自分の中で告げる声が聞こえた。それからすぐにそんなことは忘れ、花を見つめていた。大きく、丸く、長い茎の上で開いており、黄色い花びらに茶色の芯がある。リトル・ティブが見ていないときにくるり、くるりと回っていた。花はリトル・ティブのことを見ていた。みな顔を彼のほうに向けていて、リトル・ティブが目をやると、すぐに止まってしまうのだ。

延々と花畑を歩いていった。花は肩より少し高かった。

そのとき空から雲のように都市が現われて、目の前の丘に降り立った。地面に着いた途端、まるで大昔からそこにあるのだと言わんばかりの顔をしていた。けれどそうしながら腹の底で笑っているのがリトル・ティブにはわかった。緑色の高い壁は上にいくにつれて内側に傾いていた。壁の上、はるか高くに、都市の内に建つ塔が突きだしていた。塔もやはり緑色で、ガラスでできているように見えた。

リトル・ティブは走り出し、すぐに門の前に着いた。門はとても背が高かったが、ちょうど頭ほどの高さほどに窓があり、そこで門番と話ができた。「王様に会いたいです」とリトル・ティブが言うと、門番は長く力強い腕を伸ばしてリトル・ティブをつまみあげ、小さな窓をくぐらせて中におろした。「これをつけなければいけない」と門番は言い、昔持っていた変装セットにも似たおもちゃの眼鏡をくれた。けれど門番がリトル・ティブにかけてくれた途端にそれは眼鏡ではなくなり、顔に書かれたただの線、鼻の上でくっついている目の回りの二つの輪になってしまった。門番が鏡を見せてくれた。突然、そこに自分の顔があり、目も眩む心地だった。

すぐにリトル・ティブは都市の中を歩いていた。家の庭も斜めになっていた——壁に向かって坂になっているので木ははたざおのように横に突き出している。水盤の水は、鳥が水浴びに飛びこむまで尽きることがない。水浴びすると細かな飛沫が雨のように街路に降った。

宮殿の壁は枝を絡みあわせた木だった。お辞儀をする象の門をくぐると、目の前には長い、とても長い階段があった。とても長く、とても高く、まるで宮殿などなくて、ただ雲まで上へ上へと永遠に昇っていく段があるだけにも見えたが、そういえばそもそもこの都市は雲から降りてきたものだった。王様がゆっくり階段をおりてきた。とてもきれいな女の人だった。本当はちっとも似てはいなかったのだが、リトル・ティブにはその人がお母さんなのだとわかった。

眠っているあいだずっと見えていたので、目を覚ましたとき周りが暗いのが不思議に思えた。心の片隅ではまだ考えていた。本当は起きているときが明るく、眠っているときが暗くあるべきで、その逆ではないはずだ。ニッティの声がした。「顔を洗ったほうがいいよ。水がどこにあるかわかるかい」

リトル・ティブはまだ王様のこと、クリスマス・ツリーの飾りでできたドレスのことを考えていた。まだ思い出せた。顔に水をはね飛ばしながら、夢のことをニッティにどう話せばいいだろうかと考えていた。けれど洗い終わったころには夢はすっかり消えてしまい、覚えていたのは王様の顔だけだった。

たいていの場合、パーカーさんは、偉いのは自分のほうでニッティではないような喋り方をする。

だけど「ニッティ、今朝はご飯を食べる？」と訊ねたときは違っていた。

「列車で食べよう」とニッティが答えた。

「ジョージ、マーティンズバーグまで行く列車を捕まえるんだ」とパーカーさんはリトル・ティブに言った。

列車はとても速いから捕まえられっこない、とリトル・ティブは思ったが、口には出さなかった。

「もうすぐここを通りがかるはずだ」とニッティは言った。「ちょっと手前に踏切があってスピードを落としてるんだ。ここら辺に来るときには、まだそんなにスピードをあげてない。きみは走らなくても大丈夫――ぼくが抱いていって、そのまま乗せてあげるから」

遠くのほうで、おんどりが時を告げた。

パーカーさんが言った。「ジョージ、わたしが若かった頃にはみんなじきに鉄道なぞなくなってしまうと考えていた。だけど、では代わりに何を使うのか、となると誰も答えられない。そのうちに、鉄道を残しておくのもよかろうということになった。優れて近代的な外観を取り入れたならば。それはこのようにして達成された。去年の授業で学んだと思うが、アルミニウム、グラスファイバー、マグネシウムの利用によって、鉄の大部分が代替されたのだ。利点は優れた外観だけではない。重量の削減によってエネルギーも大きく節約できるようになった――それがデザインをリニューアルする表向きの目的だった」パーカーさんは息をついだ。座っている近くで水が流れてゆく音、風が木を鳴らす音が聞こえた。

「あと残ったのは、乗務員の重労働という問題だ」とパーカーさんは続けた。「幸いにして、学校で教育者たちに取って代わったのと同じタイプの機械が、鉄道技師と制動手の仕事を肩代わりできたのだ。まさか、列車の運行が学級を教えるのと同様に機械的な仕事だなどとは誰も思うまい。だが、現実はそうだったのである」

「鉄道公安官も肩代わりしてくれたら良かったのにね」とニッティ。

「ジョージ、きみもまた、同じシステムの犠牲者だ」とパーカーさんは続けた。「包括的な労働力再配置と、そこから派生した放浪生活者たちへの対策として、現在の、網膜パターンによる身元確認システムが生まれたのだからな。たとえばわたしとニッティだ。われわれはメーコンへ行くところだが――」

「ぼくたちはマーティンズバーグに行くんだよ、パーカーさん。これからつかまえる列車は反対向きに行くんだ。ぼくたちは例のビルに入って、プログラムをしなおすんだよ。思い出した?」

「これは仮定の話だ。たとえば――メーコンに行くとする。店に入ったら、網膜パターンを登録し、品物を受け取ると、代金は社会保証給付が振り込まれる口座から自動的に引き落とされる。まちがいなくもっとも確実で、データ処理にも適した身元確認法である」

「以前はお金を持ち歩いていたんだよ」とニッティ。

「中国の皇帝は、帝室の刻印をした銀塊を使っていた。だが、連邦準備銀行への登録だけに貨幣を限定すれば――これが最終的な解決となったのだが――鋳造と紙幣印刷のコストを削減できるのは明白だった。もちろん徴税の目的にも完全に合致する。一方、身分証明としても網膜パターンは非のうちどころが……」

リトル・ティブはもう聞いていなかった。列車が近づいてくる。はるか遠くの音、遠くで橋かなにかを渡っている音が聞こえ、近づいてきた。杖を探って、ぎゅっと握り締めた。

そして列車はさらにやかましくなり、音はゆっくり近づいてきた。汽笛が聞こえた。それからニッティの力強い腕に抱えあげられた。ひっさらわれ、宙に浮き、そして回り回り回り、すると三人は列車に乗っており、ニッティがそっとおろしてくれた。「なんなら、端のところに座って、足をぶらぶらさせててもいいよ。でも気をつけるんだよ」

リトル・ティブは気をつけていた。「パーカーさんはどこ?」

「向こうで寝てるよ。すぐに眠る——パーカーさんは良く寝るんだ」

「聞こえるかな?」

「そこに座るの楽しいだろう? ぼくは大好きなんだ。坊やには、ぼくと違って、前を通りすぎてくものが見えないよね。だけどぼくが教えてあげられる。それでわかるね。今、長い坂を登ってくところで、こっちがわはずっと松の木だけだ。あそこにはきっといろんな動物がいるよ。ジョージ、動物は好きかい? 熊とかとっても大きな猫とかね」

「聞こえるかな」とリトル・ティブはまた訊ねた。

「たぶん聞こえないよ。いつもすぐに寝ちゃうからね。だけど、もし聞かれたくない話をしたいんだったら、もう少し待ったほうがいいな」

「うん」

「ところで、ひとつだけ、覚えとかなきゃならないことがある。ときどき、列車には鉄道公安官ってのが乗ってることがある。誰かが乗ってたら、外に放り出すのが仕事だ。きみみたいな子供を放ったりはしないと思うけど、パーカーさんやぼくのことはたぶん放り出すよ。きみは、たぶんそのまま連れてかれて、次の町で本当の警察に引き渡されるだろうね」

「ぼくのことは欲しがらないよ」

「なんで？」

「時々捕まえられるんだけど、みんなぼくが誰だかわからないんだ。いつも最後は行っていいって言われる」

「どうやら思ってたより遠くからきたみたいだね。パパとママの所を出てから、どのぐらいになる？」

「わからない」

「目が見えなくても本人確認の方法はあるはずだ。一人、二人のことじゃないんだから」

「機械はたいてい目の見えない人がだれだかわかるんだ。そう言ってた。だけど、ぼくのことはわからないんだ」

「網膜の写真を撮るんだよ——知ってる？」

リトル・ティブは答えなかった。

「それっていうのは、目の中で絵を見る部分なんだ。目がカメラだとすると、前にレンズがあって、その後ろにフィルムがある。それで、網膜がフィルムだ。そこで写真を写すんだよ。たぶん、きみはそれが無いんだね。自分の目のどこが悪いのかは知ってる？」

「目が見えないんだ」

「そう、でもなんで見えないのかは知らないだろう？　ああ、この景色を見せてあげたいなあ——今、深い谷を渡ってるんだ。ずーっと下のほうに木と岩と川が見える」

「パーカーさんに聞こえる？」リトル・ティブはまた訊いた。

「たぶん大丈夫。もう眠っちゃったみたいだ」

「あの人、だれ？」

「本人が言ってるとおりだよ。教育長だ。ただ、もう来なくていいって言われたんだ」

「本当に気が狂ってるの？」

「ああ。危険だよ。発作を起こすとね。あの人はね、教育長だったとき、仕事がよくできるように頭の中に小さなものを入れてたんだ——記憶力と計算力を増して、それにもっと働きたくなって、いい仕事をしたくなるように仕向けるもの。学区が費用をもってくれる。なんて名前だったか忘れちゃったけど、ちっちゃな回路がたくさんはいってるんだ」

「教育長じゃなくなったときに、取り出さなかったの？」

「もちろん取ったよ。でも頭のほうがそれなしじゃいられなくなっちゃったんじゃないかな。坊や、気分はどうだい？」

「いいよ」

「どうもそうは見えないけどね。ちょっと顔が蒼いよ。さっき顔を洗えばって言ったときにたっぷり泥を落としたせいかな。気分はどう？」

「気分いいよ」

「よし、熱を計らせておくれ」額にニッティの大きな、ごつごつした手を感じた。「ちょっと熱いなあ」

「病気じゃないよ」

「わあ、あそこ！　今の見えた？　熊がいたよ。とっても大きな熊、まっ黒の奴」

「犬だったかもね」

「熊ぐらい見ればわかるよ！　立ち上がって、手を振ったんだよ」

「ほんと？」

「まあ、人間とは違ってたけどね。じゃあねとも、こんにちはとも言わなかったけど。でもおおきな腕を持ちあげてたよ」ニッティの手がリトル・ティブの右腕を持ち上げた。

聞きおぼえのない声がした。女性の声だ、とリトル・ティブは思った。「あら、こんにちは」だれかが足で貨車の床を踏み鳴らす、どしんという音がした。それからもう一人が、もう一度。

「ちょっと待って」とニッティ。「ねえ、ちょーっとさ」

「興奮しなさんな」もう一人の女性の声がした。

「列車から放り出したりしちゃだめだよ。小さな子がいるんだ、目の見えない小さな子が。列車から飛び下りたり出来ないよ」

パーカーさんが言った。「何事だ、ニッティ」

「鉄道公安官だよ、パーカーさん。ぼくらを列車から放り出すつもりなんだ」

ひっかくような音が聞こえた。立ち上がろうとするパーカーさんがたてた音で、リトル・ティブは、パーカーさんは大柄なのか小男なのか、年はいくつくらいなのだろうかと考えた。ニッティの見かけについてははっきりイメージがあった。だがパーカーさんはよくわからない。たぶん若いだろうとは思っていたが。体格も中背くらいだと思うことにした。

「自己紹介させていただきたい。わたしは教育長として、マーティンズバーグ地区の三つの学校をあずかっている」

「こんにちは」と女性の片割れがいった。

「きみたち新任教師はすべて、低い等級から始めてもらう。経験を積んでいけば、希望によって昇級も可能だ。きみたちの専門は？」

「遊びにつきあってる暇ないのよ」

「良く分かってないいんだよ——起きたばっかりだから。きみたちが起こしたんだよ」

「そうね」

「ぼくたちを外へ放り出すつもり？」

「どこまで行くの？」

「ハワードまで。ちょっとのあいだだけだよ。ねえ、聞いてよ。この子供は目が見えなくて、しかも熱があるんだ。ハワードで医者に見せたいだけなんだよ——家出してきたんだ」

パーカーさんが言った。「ここの仕事がすべて終わるまで、学校を離れるつもりはない。わたしは全地区の責任を負っている」

「パーカーさんもあまり具合が良くないんだ」とニッティは女性たちに説明した。

「薬でもやってるの？」

「ときどき、こんな風になっちゃうんだ」

「チョークの粉を吸いすぎたんじゃない」

リトル・ティブが訊ねた。「あなたたちの名前は？」

「なんと、まったくだ。ねえ、それを聞くのを忘れてたね。こんな小さな子に礼儀知らずだって言われちゃったよ」

「わたしはアリス」と一人が言った。

「ミッキー」ともう一人が言った。

「で、あんたたちの名前は知りたくないから」とアリスは続けた。「いいこと、もしあんたたちが電車に乗ってるのがばれたら――名前を言わなきゃならなくなるでしょ」

「それにどこへ行くのかも」とミッキーが割り込んだ。

「きみたちみたいないい人が――どうして鉄道公安官になんかなったの？」

アリスは笑った。「きみみたいにいい娘が、こんな所でなにしてんの？　聞いたセリフね」

「気を付けなさい、アリス。ナンパしようって気よ」

「あんたたち、なんだってふらふらしてんの？」とアリス。

「そんなつもりはないんだ。この子だけは別かもしれないけど。この子は家出したんだよ、目の写真にとる部分がないんで、パパとママが給付を受けられなかったんだ。たぶんそうだと思うんだけど。ジョージ、そうなんだよね？」

パーカーさんが言った。「すぐに受け持ちクラスに案内しよう」

「この人とぼくとは、同じ学校にいたんだ」とニッティは続けた。「いい仕事だったよ、そう思ってたんだ。そしたらある日、ダウンタウンの大きなコンピュータが言うんだよ。『あんたら、もういらないよ』だから出てきちゃったんだ」

「妙な話し方しなくていいのよ」とミッキー。

「ああ、良かった。でもどうしてもちょっとやっちゃうんだけどね。パーカーさんが喜ぶんでさ」

「あなたの仕事は」

「ビルのメンテナンス。暖房設備の面倒を見てやって、教育機と清掃機の調整をして、あとは電気関係の修理全般」

「ニッティ！」とリトル・ティブが叫んだ。

「ここだよ、坊や。どこにも行かないよ」

「じゃあ、あたしたちは行くよ」とミッキーは言った。「すぐパトロールに戻らないと怪しまれるから。ハワードで降りるって約束したのを忘れないで。あと、誰にも姿を見られないこと」

パーカーさんが言った。「われわれなら心配無用だ」

女性のブーツが貨車の床に響く音が聞こえ、アリスがドアの外の梯子をつかんで身体を外に持ち上げる拍子にうなった声が聞こえた。それからぽんとソーダの栓を抜いたような音がして、そして何かが貨車の奥に当たってどしんがしゃんといった。

肺と鼻と口がみんな焼けていた。とうてい呑み込めないほどのよだれが溢れ出た。唇から流れだしてシャツに垂れ落ちた。走り出そうとして、昔知っていた場所のこと、トウワタとキリンソウが茂る土手をえぐって流れる（氷のように冷たい）小川のことを思った。ニッティが叫んでいた。「投げ捨てろ！　外へ投げろ！」そして誰かが、たぶんパーカーさんが、貨車の側面に思いっきり勢いよく突っ込んだ。リトル・ティブは再び小川の上の丘に立っていた。ヤグルマソウの向こうの波立つ暗い鏡のような水を見つめ、凧を揚げる西風が吹いていていた。

また貨車の床に座りこんでいた。パーカーさんはあまり酷い怪我はしていないようだった。動きまわる音が聞こえたのだ。ニッティも同様だった。

「蹴りだしたの、パーカーさん？」ニッティが言った。「うまいことやったね」

「その子がやったんだろう。ニッティ――」

「はい、パーカーさん」

「わたしたちは列車に乗っている……鉄道公安官が追い出そうとして催涙弾を放りこんできた。それで合ってるか？」

「たしかにそのとおりだよ、パーカーさん」

「わたしはひどく不思議な夢を見た。グローヴハースト小学校の中央廊下に立って、背をロッカーにもたれていた。その感触を感じられたよ」

「ああ」

「二人の新任教師に話しかけていた――」

「そうだったね」ニッティの指が自分の顔を探るのを感じ、ニッティの声が囁いた。「だいじょうぶ？」

「――毎度のオリエンテーションのセリフを喋っていた。そのときに何かが大きな音をたてた。ロケットみたいな音だ。顔をあげると生徒が悪臭弾を投げたところだった――煙を引いて、頭の上を飛んでいった。わたしは追いかけた。大学で外野を守ってたときみたいに追いかけて、そしたら壁にぶつかった」

「ぶつかってたよね。ひどい顔になってるよ、パーカーさん」

「痛みもひどい。ほら、そこにある」

「本当だ。じゃあ誰も蹴りだしてなかったんだな」

「ああ。ほら、触ってみるといい。まだ温かい。おそらく化学反応でガスを作るんだろう」

「触ってみたいかい、ジョージ？　さあ、握ってごらん」

リトル・ティブの掌に温かい金属製の円筒が押しつけられた。脇にはコカコーラの缶みたいに継ぎ目があり、先端にはおかしなかたちをしたものがついていた。

ニッティが言った。「それにしても、ガスはどこに消えたんだろう」

「吹き流されたんだろう」とパーカーさんが言った。

「普通、そんなことはないんだよ。投げ方もうまかった――貨車の後ろに放りこまれたろ。ガスもすぐ止まっちゃったし。こういうのは長いことガスが出続けるはずなんだよ」

「欠陥品に違いない」

「きっとそうだよね」ニッティの声にはなんの感情もこもっていなかった。

リトル・ティブが訊ねた。「あの女の人たちが投げたの？」

「そうだよ。最初、ここへ降りてきてあんなに親切に話していて、それから登っていったと思ったらこんなことをするんだから」

「ニッティ、喉が渇いたよ」

「たしかにねえ。パーカーさん、ごらんよ。熱があるよ」

パーカーさんの手はニッティよりも柔らかく、小さかった。「ガスのせいだろう」

「その前からあったんだ」

「この列車には看護室はないだろうな、残念ながら」

「ハワードにはお医者さんがいるよ。もともとハワードまで連れていくつもりだったし……」

「われわれの口座は空っぽだぞ」

リトル・ティブは疲れていた。貨車の床に横になり、空っぽのガス缶が投げすてられる音を聞いたが、疲れきってかまっていられなかった。

「……病気の子が……」ニッティは喋っていた。貨車が身体の下で揺れ、車輪はリズミカルに、女巨人の心臓から流れだす血液のように轟いた。

リトル・ティブは狭い泥道を歩いていた。道の両側に立つ木々はみな真っ赤な葉をつけ、根元には赤い草が生えていた。木にも顔があり、幹のところにあって、リトル・ティブが通りすぎると話しかけてきた。枝にはリンゴとさくらんぼが成っていた。

小道が縫ってゆく低い丘は、みな一面赤い木だった。紅冠鳥が枝から枝へと移り、一羽が肩へ飛んできた。リトル・ティブはとても幸せだった。紅冠鳥に言った。「どこにも行きたくないよ——もう二度と。いつまでもここにいたいよ。この道を歩いてたい」

「そうなるとも、わが子よ」と紅冠鳥は言った。鳥は翼で十字を切った。

大きくくねる道の先には小さな家があった。冷蔵庫がおさまる箱と変わらないくらいの大きさだ。家は赤と白の縞に塗られて、とんがり屋根が乗っていた。見かけは気に入らなかったが、一歩家に近づいた。

小さな家から普通の大きさの人間が出てきた。その人は銅でできており、したがって全身バスルームの新しいパイプみたいな赤銅色だった。胴体は丸く、頭も丸く、本物のバスルームのパイプでつながっていた。銅に立派な髭が印刷されており、ぼろきれを使って自分で自分の胴体を磨いていた。

「おまえは誰だ?」と銅男は言った。

リトル・ティブは教えた。

「見覚えないな」と銅男は言った。「よく見えるように、もうちょっと近くにおいで」

リトル・ティブは近くへ寄った。叩くような音が、どん、どん、どん、と丘の上、赤と白の家の裏から聞こえてきた。目を凝らして見つめたけれど、まるで朝早くでもあるかのように霧がかかっていた。「あの音はなに？」リトル・ティブは銅男に訊ねた。

「あれは巨大女だ」と銅男が言った。「おまえ……見え……ない……のか？」

リトル・ティブは見えないと答えた。

「それなら……わしの……話しネジを……巻いて……くれたら……教えて……やる……」

銅男が後ろを向くと、背中には三つの鍵穴が空いていた。真ん中の穴の脇にはきれいな銅板が張ってあり〝**話す動作**〟と書かれていた。

「……あいつの……ことを……」

鍵穴の隣のフックに素敵な柄のついた鍵がぶらさがっていた。リトル・ティブは鍵をとり、銅男のネジを巻いた。

「だいぶよくなった」と銅男は言った。「わが言葉が――おまえがちゃんと巻いてくれたから――霧を吹き払って、おまえの目にも女の姿が見えるようになる。わしなら巨人を止められる。だがもしわしがいなければおまえは殺されてしまうぞもうそれで充分」

銅男が喋るあいだにも霧が晴れてきた。だが一部はかかったままに見えた――それは霧ではなくて、山だった。山が動き、するとそれは山ではなくて、霧をからみつかせた巨大な女、まわりの丘の倍も背が高い女だった。女はほうきを持っており、リトル・ティブが見ている前で、丘にあいた洞窟から鉄道の列車ほど大きなネズミが走りだしてきた。どん、と女がネズミをほうきで叩いた。でもネズミは他の穴に逃げこんでしまった。すぐにネズミはまた走り出た。どん！　女はお母さんだったが、自分のことは覚えていそうもなかった――霧のせいで、それにネズミを叩くのに忙しいせいで、遠く隔てられていた。

「あれはぼくの母さんだよ」とリトル・ティブは銅男に言った。「ネズミは引っ越した先にいたんだ。でもいつも叩いてたわけじゃないし、あんな風に叩いたりもしなかったよ」

「あいつは一度しか叩いてない」と銅男は言った。「でもその一回が何度も何度もくりかえされるんだ。なんど叩いても当たらないのはそういうわけだ。でもこの道を先に進もうとしたら、おまえははたかれて、ほうきで掃き捨てられてしまうさ。わしが止めないかぎりはな」

「叩く合間に走り抜けられるよ」リトル・ティブにはできるはずだ。

「おまえが思ってるよりほうきは大きいんだ」と銅男は教えた。「自分で思ってるほどちゃんと見えてるわけじゃないからな」

「じゃあ、止めてよ」とリトル・ティブは言った。はたく合間に走り抜けられるのはまちがいなかったのだが、リトル・ティブは母親が可哀相だった。いつまでもネズミを叩きつづけて、いつまでたっても休めないなんて。

「それなら、おまえのことをじっくり見なきゃならん」

「どうぞ」とリトル・ティブは言った。

「わしの動きネジを巻いてもらわないとならん」

一番下の鍵穴には〝**動く動作**〟と書いてあった。それは一番大きな穴だった。その隣には大きな鍵がぶらさがっており、リトル・ティブがその鍵で動く動作のネジを巻くと、鍵をまわすごとに銅男の中で重たいツメが回った。「それでじゅうぶんだ」と銅男は言った。リトル・ティブが鍵を元通りにフックにかけると、銅男は身体をまわした。

「さて、ではおまえの目を見せてもらおう」と銅男は言った。銅男の目は銅に印刷されているだけだったが、それでも見えるのだとリトル・ティブにはわかっていた。銅男は両手でリトル・ティブの顔を挟むように摑んだ。ニッティの手よりもさらに固かったが、もっと小さくて冷たかった。銅男の目がどんどん、どんどん近づいてきた。

まるで鏡のように、銅男の顔に自分自身の目が反射して見え、その目の中には、教会の二本の蠟燭のように、小さな炎が点っていた。それから炎は消えた。銅男はさらに顔を近づけてきた。目の前がますます暗くなってきた。リトル・ティブは言った。「ぼくが誰だかわからないの?」

「わしの考えネジを巻いてもらわないとならん」と銅男は言った。

リトル・ティブは銅男の背面をさぐった。後ろに届くまで手を精一杯伸ばした。指が一番小さな鍵穴を探りあて、その隣には小さなフックがあった。だが、そこに鍵はなかった。

赤ん坊が泣いていた。消毒薬の匂いがして、聞き覚えのない女性の声がした。「よし、よし」女性の手が頰に触れた。硬く、冷たい銅男の手。リトル・ティブは自分の目が見えないことと、もう見えないことを思い出した。

「この子、病気なんでしょ?」と女性は言った。「火みたいに熱いわよ。それに、あんな悲鳴をあげて」

「へえ、奥様」とニッティが言った。「そりゃもう病気で」

少女の声がした。「ママぁ、この子はどこが悪いの?」

「熱があるのよ、それにもちろん目が見えない」

リトル・ティブが言った。「ぼくは大丈夫」

パーカーさんの声がした。「ジョージ、お医者さんに診てもらったら大丈夫になるとも」

「立っても平気だよ」リトル・ティブは自分がニッティの膝に座っていることに気づき、恥ずかしくなった。

「目が覚めたのかい」とニッティが訊ねた。

リトル・ティブは膝から滑り降りて杖を手探りしたが、見つからなかった。

「列車からずっと寝てたんだよ。ぐっすり眠ってて、列車から降りたときも、ちょっと眠りは浅くなったけどやっぱり寝たままだったし」

「こんにちは」と少女が言った。どん。どん。どん。

「こんにちは」とリトル・ティブも返した。

「顔を触らせちゃだめよ。手が汚れてますからね」

パーカーさんがニッティに話しかけているのはわかったが、リトル・ティブは聞いていなかった。

「あたし、赤ちゃんがいるのよ」と少女は言った。「それにワンちゃんも。名前はマグリーっていうの。赤ちゃんの名前はヴァージニア・ジェーン」どん。

「きみ、歩き方が変」

「しょうがないんだもん」

リトル・ティブは身をかがめ、少女の足に触れた。身をかがめると頭の中がおかしくなった。鈴が鳴るような音がしたがそれは本物ではなく、自分からこぼれ落ちて、自分の前のどこかで浮かんでいるみたいだった。指が少女のスカートの縁に触れ、それから温かくて乾いている足に触れ、それからゴムとその下の金属に、それから両側に伸びている銅男の首みたいな金属の帯に触れた。その中に手を伸ばし、もう一度足に触れたが、その足はリトル・ティブの腕よりも細かった。

「危ないからやめさせて」と女性が言った。

ニッティが言った。「ううん、この子は何もしないよ。何を怖がってるの？　こんなちっちゃい子なのに」

リトル・ティブは小道を歩いていくときの自分の足を思い浮かべた。くるくる回る花のあいだを縫い、緑の街まで歩いていく足のことを。少女の足はあの足のようだった。思っていたよりも太く、指の下でだんだん大きくなってきた。

「ねえってば」と少女が言った。「ママがヴァージニア・ジェーンを持ってるのよ。あの子に会いたい？」どん。「ママ、ブレースはずしてもいい？」

「だめよ、いい子だから」

「家ではずしてるじゃん」

「寝るときだけでしょ。あとお風呂に入るとき」

「もう要らないのよ、ママ。本当だってば。ほら」

女が悲鳴をあげた。リトル・ティブは耳を覆った。前の家に住んでいたころ、お母さんとお父さんがあんまりひどい大声で喋りだしたときには、リトル・ティブはそんな風に耳を覆って、それを見ると両親は静かになった。でも、この女には通じなかった。女は叫びつづけた。

お医者さんのところで働いている女性がなだめようとして、しまいにお医者さんが出てきて女に何かを与えた。何をもらったのかはわからなかったが、お医者さんが「これをお呑みなさい、お呑みなさい」とくりかえし言うのは聞こえた。そしてようやく女は呑んだ。

それから少女と女は診察室に入っていった。待合室にはリトル・ティブが気づいていなかった人が何人もおり、今、みながいちどきに喋っていた。ニッティがリトル・ティブの肘を握った。「ニッティの膝には座りたくないよ」とリトル・ティブは言った。「膝に座るのは嫌いなんだ」

「ここに座ればいいよ」ニッティの声はほとんど囁くようだった。「ヴァージニア・ジェーンをどかせばいい」

リトル・ティブは柔らかい合成樹脂の椅子によじ登った。ニッティが片側に座り、反対側にパーカーさんが座っていた。

「残念だね。あの子の足が見られなくて。ぼくは見たんだよ。ここに座ったときはまるでマッチ棒みたいにとっても細い足だったんだ。でも、診察室に入るときはもう片方とほとんど変わらなかった」

「良かったね」とリトル・ティブは言った。

「不思議がってたよ――きみは何かしたの?」

リトル・ティブにはわからなかった。だから何も答えなかった。

「ニッティ、無理強いしてはいかん」とパーカーさんが言った。

「無理強いなんかしないよ。ちょっと訊いてみただけだよ。大事なことだからね」

「たしかに大事だ。ジョージ、もう一度よく考えて。もし何か言っておくことがあったら、私たちに教えておくれ。ちゃんと聞くからね」

リトル・ティブは長いことそこに座っていたが、やがてお医者さんのところで働いている女性がやってきた。「その子なの?」

「熱があるんだ」とパーカーさんが説明した。

「パターンを取らないと。こっちに連れてきて」

ニッティが「無駄だよ」と言った。パーカーさんも言った。「この子のパターンは取れない——網膜がないんだ」

お医者さんのところで働いている女性はしばらく黙っていた。それから言った。「ともかく、やってみましょう」そしてリトル・ティブの手をとって明るい光の機械のところへ連れていった。手ざわりと匂い、それに顔のまわりの感触で明るい光の機械だとわかった。しばらくして、女性はリトル・ティブの目を機械から離した。

「お医者さんに診せないといけないんだ」とニッティは言った。「パターンがなかったら政府に請求できないのはわかってる。でもこの子は病気なんだよ」

女性は言った。「もしカルテを作ったら、この子は誰なんだってことになるわよ」

「額に触ってみてよ。火傷《やけど》しそうに熱いよ」

「不法入国者じゃないかってことになるわ。捜査がはじまっちゃったら、もう止めようがないのよ」

パーカーさんが訊ねた。「ドクターと話せないかな?」

「それを申し上げてるんです。お会いさせるわけにはいきません」

「わたしならどうなんだ。わたしは病気だ」

「その子のことだと思ったけど」

「わたしも病気なんだ。ほら」パーカーさんは肩に手をやってリトル・ティブを導き、明るい光の機械の前の椅子から下ろし、そこに自分で座った。パーカーさんは前に背をかがめ、機械はぶーんと唸った。「もちろん、この子は一緒に連れていく。待合室に一人でおいとくわけにはいかないからな」

「こちらの方《かた》が見てればいいでしょ」

「彼には用事がある」

「へえ、奥様」とニッティが言った。「たしかにあるんですよ。本当はこんなところで油売ってちゃいかんのですけど、面白いもんで、つい」

リトル・ティブはパーカーさんの手を握り、二人は曲がりくねった狭い廊下を抜けてお医者さんのいる小部屋にたどりついた。

「病識はないようだけど」とお医者さんは言った。「どこが悪いの？」

パーカーさんはリトル・ティブのことを説明し、自分のカルテになんでも適当に書いてくれていいから、と言った。

「それは法律違反よ」とお医者さんは言った。「そんなことしたらまずいんだけど。目のどこが悪いの？」

「わからない。どうやら網膜がないらしい」

「網膜移植手術という手もあるわ。うまくいくとは限らないけど」

「それで身元確認に通用するんだろうか？　見えるかどうかは問題じゃないはずだ」

「そのはずよね」

「この子を入院させられる？」

「いいえ」

「網膜パターンなしでは無理だ、という意味か」

「その通りよ。違う答えができればいいんだけど、それは嘘になるわね。受け入れてはもらえないでしょう」

「わかった」

「他にも患者が待ってるの。あなたをインフルエンザということにしておきます。この子にこれを呑ませて。それで熱が下がるはず。明日になっても良くならなかったら、また来なさい」

後になって、まわりが涼しくなってきて、昼鳴き鳥がみんな静かになり、夜鳴き鳥がまだ騒ぎはじめていない頃合、ニッティは火をおこして何かを料理したあとで、こう言い出した。「なんでこの子を助けてくれなかったのか、どうしてもわからない」

「熱さましをくれたじゃないか」

「もっとできたはずだ。もっとちゃんとしてくれても良かったはずだ」

「患者は他にもたくさん――」

「ああ、そうだよね。そんな言い訳は聞き飽きたよ。本当にたくさんいるわけじゃない。中国とかそういうところにはもっといっぱいいる。薬は効いてると思う?」

パーカーさんはリトル・ティブの額に手を当てた。「たぶん」

「ここにいて、お医者さんに診せる? それともこのままマーティンズバーグに向かう?」

「明日の朝、様子を見て決めよう」

「ねえ、今のあなたを見てるとさ、パーカーさん、あなたならできると思うよ」

「わたしは優秀なプログラマーなんだ、ニッティ。嘘じゃない」

「わかってるよ。あのプログラムをちゃんとしてやって、そうしたら機械もやっぱり動かしてくれる人が必要だってわかるさ。メンテの人間もね。人間は本物の、ちゃんとお金をもらえる仕事がないと惨めなもんだからなぁ――そうだよね。ぼくも、あなたみたいに頭の中に何か入れさせちゃったのかなあ？」

「わたしに訊かなくたって、自分でもよくわかってるだろう」とパーカーさんは言った。

リトル・ティブはもう聞いていなかった。あの少女のこと、少女の足のことを考えていた。ぼくは夢を見たんだ、とリトル・ティブは思った。誰にもあんなことはできない。ぼくはただ触れるだけで、何もかもうまくいくって夢を見た。ということは本当なのはもうひとつのほう、銅男とほうきを持った大女のほうだ。

フクロウが鳴き、リトル・ティブは新しい家でお母さんのベッドの脇に突っ立っていたうるさい時計のことを思い出した。朝早くに時計が鳴り、するとお父さんは起きなければならない。昔の家に住んでいて、お父さんの仕事がたくさんあったころは、時計は必要なかった。フクロウは本物の時計に違いない。音を鳴らして、目覚めるとそこは本当の場所なのだ。

リトル・ティブは眠った。それからもう一度起きたが、見えなかった。「何か食べたほうがいいよ」とニッティが言った。「昨日の晩は何も食べなかったでしょ。眠っちゃったから、起こさなかったんだ」ニッティはリトル・ティブの手にコーンブレッドのかけらを押しつけた。「昨日の残りしかないけど、おいしいよ」

「また列車に乗るの？」

「列車ではマーティンズバーグに行けない。さあて、お皿はないから、新聞紙の上に乗せてあげよう。

落ちないように、膝をたいらにしてね」

リトル・ティブは足を伸ばした。お腹が空いていた。こんなに空いているのは本当に久しぶりだった。リトル・ティブは訊ねた。「歩いていくの？」

「遠すぎる。ヒッチハイクするんだよ。準備できた？　真ん中に置いたよ」厚ぼったい紙が太腿の上に広がり、前の晩の寒気をまとってひんやりと冷たかった。真ん中に重いものがあった。指を伸ばすと、サツマイモに触れた。皮はついたままだったが、二つに割ってあった。「昨日の晩、焚き火で焼いたんだ」とニッティは言った。「ハムもひとかけら取ってあるからね。忘れずに食べるんだよ」

リトル・ティブは半分になったサツマイモをアイスクリームのコーンみたいに持ち、もう一方の手で皮を剝いた。灰の中に埋もれていたせいで皮は剝がれかけており、ひび割れて固かった。シカモアの古木の樹皮のように、粉々に砕けて落ちた。かぶりつくと、イモは柔らかかったが繊維質で、美味しいけれど喉が渇いた。

「貧乏な女の人の家に行ったんだ」とニッティは言った。「お腹が空いてどうしようもないときは、そういうところへ行くのがいちばんだよ。お金持ちはこっちを怖がるんだ。パーカーさんとぼくはね、ぼくらは何も買えない。九月分の給付をまだ受け取ってないんだ――メーコンに着いたら、それもなんとかしよう」

「ぼくには何もくれないよ」とリトル・ティブは言った。「ママは自分の分を削って、ぼくのご飯にしてたんだ」

「それは網膜パターンを読み取れなかったからだよ。でも、どっちにしたってたいして違いはないさ！　もう本当にケチくさくって、ほとんどもらってないようなもんだよ。パーカーさんはぼくより余計にもらってるけど、働いてるときからそうだったからね、でもそれでもたいした額じゃないし、どうせ最低限度しかもらえない」

「パーカーさんはどこ？」

「川まで行って、身体を洗ってる。あのね、不潔に見られちゃうと、すっごくヒッチハイクが難しいんだよ。誰も拾ってくれないんだ。昨日の晩、使い捨てのカミソリみたいなのが手に入ったんで、それで髭を剃ってるところだよ」

「ぼくも洗ったほうがいい？」

「悪いことはないわな」とニッティ。「昨日の晩、寝ているあいだに泣いたから、頬に筋ができてるよ」ニッティはリトル・ティブの手を引いていった。道は涼しく、くねくねとうねり、両側に雑草が高く伸びている。草は朝露に濡れ、露は氷のように冷たかった。水辺でパーカーさんを見つけた。リトル・ティブは靴と服を脱ぎ、水に浸かった。冷たかったが、朝露ほどではなかった。ニッティも後に続いて水に入り、水をはねかけて、両手で器を作ってリトル・ティブの頭から水をかけ、しまいに水の中に沈めて——もちろん最初に断ってからだが——頭を洗ってくれた。それから二人は服を洗い、草の上に広げて乾かした。

「たいへんだよ、今朝ヒッチハイクするのは」とニッティは言った。

リトル・ティブはなぜかと訊ねた。

「人数が多いからね。多ければ多いほど、拾ってもらいにくくなる」

「分かれてみるか」とパーカーさんが提案した。「くじを引いて、どっちがジョージを連れていくか決めればいい」

「だめだよ」

「わたしなら大丈夫だ。心配ない」

「今は大丈夫そうだけど」

パーカーさんは身を前に乗り出した。衣擦れの音がして、声が大きくなって、近くから聞こえてきたのでそうわかった。「ニッティ、ボスは誰だ？」

「あなただよ、パーカーさん。でもそんな風に一人で行ってしまったら、ぼくは心配で心配でおかしくなっちゃうよ。ぼくは何も悪いことしてないのに、なんでそんな酷い目に遭わせるの？」

パーカーさんは笑った。「わかった。じゃあこうしよう。十時までは一緒にヒッチハイクする。そこまでやっても乗れなかったら、わたしは半マイル先まで歩いて、おまえたちが優先で車を拾う」パーカーさんが立ち上がる音が聞こえた。「ジョージの服はもう乾いたかな？」

「まだちょっと湿ってる」

「もう着られるよ」とリトル・ティブは言った。前にも雨に濡れたとき、乾いていない服を着たことがあった。

「いい子だ。ニッティ、服を着るのを手伝ってやれ」

道路に向かって歩き出し、パーカーさんが少し先へ行ったとわかったところで、リトル・ティブはニッティに十時までに車に乗れると思うかと訊ねた。

「乗れるってわかってるよ」とニッティは答えた。

「なんでわかるの？」

「なぜって、ぼくは一生懸命祈ってるからね。ぼくががんばってお祈りしたことは、必ず実現するんだ」

　リトル・ティブはそのことを考えた。「仕事をちょうだいってお祈りすればいい」仕事が欲しいんだ、とニッティが言っていたのを覚えていたのだ。

「もちろん祈ったよ。前の仕事をクビになったあと、すぐね。そうしたらパーカーさんと再会して、あの人があんなになっちゃったのがわかって、それから一緒に旅して世話してあげるようになった。だから仕事ができたんだよ——今もやってる仕事がね。仕事がないのはパーカーさんのほうだ」

「お金もらってないでしょ」とリトル・ティブは指摘した。

「二人とも給付をもらってるし、ぼくはそれを——二人分のを合わせて——必要なものを買うのに使ってる。もしパーカーさんがパーカーさんの分、ぼくがぼくの分、と分けてたら、パーカーさんのほうが余計にもらってるはずだよ。さあ、もう黙って——道路に着いたよ」

　三人はそこに長いこと立っていた。ときおり、車やトラックが通りすぎた。リトル・ティブは、パーカーさんとニッティは親指を突き出してるんだろうかと考えた。両親と一緒に昔の家から引っ越したとき、親指を突き出してる人を何人も見かけた。ニッティがお祈りの話をしたことを思い出し、自分でもお祈りした。神様のことを思い、次に来る車を止めてくれるように頼んだ。

　長いあいだ一台も止まらなかった。リトル・ティブは家畜運搬用トラックが止まるところを想像し、家畜と一緒でいいからと神様に告げた。ゴミ運搬車が止まるところを想像し、ゴミの上に乗っていってもいいと神様に言った。それから何か古いものが道路をやってくるのが聞こえた。そいつはガタガタいって、エンジンはエンジンらしからぬ甲高い不思議な音をたてていた。「昔のスクール・バスみたいだ」とニッティは言った。「でもすごいペイントだなあ」

「止まるぞ」とパーカーさんは言い、リトル・ティブにはドアが開く音が聞こえた。

新しい声、男にしては甲高く、早口の声が言った。「この先へ行くのかな？　それなら乗ってゆけ。デーヴァの神殿はどんな人も歓迎じゃ」

パーカーさんが乗りこみ、ニッティはリトル・ティブを抱きあげてステップを登った。ドアが背後で閉じた。中には不思議な匂いが漂っていた。

「幼い子供と同行か。それは結構。神はとりわけ幼子と老人を愛しておられる。幼い少年少女は無垢を知っている。老人は平穏と知恵を知っている。それこそが神を喜ばすものだ。われらは努めることなくして無垢を保ち、できるだけ早くに平穏と知恵を得るよう努力しなくてはならぬのだから」

ニッティが言った。「よしきた」

「ハンサムな子ではないか」顔に運転手の温かく甘い息を感じ、何かぶらさがったものが胸に触れるのを感じた。リトル・ティブが捕まえてみると、それは革ひもに縛られた木のかけらに横棒が三本ついたものだった。「おお」と運転手の声が言った。「魔除けが見つかったな」

「ジョージは目が見えないんだ」とパーカーさんが言った。「どうか許してやってくれ」

「気づいていたとも、しっかり見とったからな。ただ、他人の口からそういう言葉を聞かされるのは不愉快ではないかと思ったまでよ。さあて、もう行くとしよう。いつまでも止まってて、警察に首を突っこまれたくないからな。座席はないぞ――こいつひとつ残して、シートは全部取っ払った。デーヴァの御前では、みな床に座るべきじゃ。なんならわしの後ろに立っていてもよろしい。そっちのほうがよければな」

「喜んで立っていこう」とパーカーさんが言った。

バスはよろめいて動きだした。リトル・ティブは片手でニッティの手を握り、もう一方の手で手探りで見つけたポールをつかんだ。「さあてまた動き出したぞ。こうでなくてはならん。いつも動きつづけて、決して止まらないのがいちばんよい。わしはボートに神殿をしつらえようと考えたこともある――ボートは波に揺られてるから、決して止まらんというわけだ。今でも諦めたわけではないぞ」

「マーティンズバーグを通ってく？」

「もちろん、もちろん」と運転手は言った。「自己紹介させていただこうか。わしは地天《プリティヴィー》博士と申しあげる」

パーカーさんはプリティヴィー博士と握手した。リトル・ティブはバスが車線からはずれるのを感じた。パーカーさんは叫び声をあげ、またバスがまっすぐ走りはじめてから、ニッティとリトル・ティブを博士に紹介した。

「ドクターだったら」とニッティが言った。「ときどきジョージを診てやってよ。調子がよくないんだ」

「そういうドクターではないんじゃよ」とプリティヴィー博士は説明した。「どちらかと言えば、魂の癒し手と言うべきか。わしはボンベイ大学で神学博士号を取った。病気の者がいたら医師を呼ばねばならん。悪に誘われたときはわしを呼ぶといい」

ニッティは言った。「たいてい、家族はそうしないんだよね。これでやっとお金儲けできるって喜ぶだけで」

プリティヴィー博士は笑った。音楽みたいな甲高くて小さい笑い声だった。笑い声は中古バスの上をスキップしながら口笛を吹いているみたいに聞こえた。「だがわしらはみな悪だ」とプリティヴィー博士は言った。「にもかかわらず、金を儲けている者はほとんどおらん。そこんところはどう説明するんだね？　笑えるではないか。わしは悪に関する専門家じゃから、世界中の人から求められているわけよ。でも、行くことはできん。営業時間九時から五時まで、看板にそう書いとくかね。往診お断り。だがそのかわりに家ごと持って往くわけだ。神の家を、誰のところにも届ける。お代は見てのお帰りで。バスの奥までくれば残りのすべてを目の当たりにできるという寸法じゃ」

「お金払わなきゃいけないなんて知らなかった」とリトル・ティブは言った。ニッティが、自分もパーカーさんも口座にお金がないと言っていたので心配だったのだ。

「誰も払う義務はない——そこがこの仕組みの美しいとこじゃよ。神のために代用ディーゼルを買おうという者はここにカードを押しつけてもらえばよろしい。じゃが強制はせんし、それ以外のご喜捨も大いに歓迎だ」

「おや、奥は暗いね」とニッティは言った。

「見せて進ぜよう。ほれ、この先、あそこに公園があるじゃろう？　この宇宙はなんと見事にしつらえられとることか。あそこで車を止めて休憩としよう。そしてさらに先を行く前に、きみらに神を見せて進ぜよう」

バスがいきなりカーブを切ったので、リトル・ティブは息がとまりそうになった。昔の家に住んでいた最後の年、リトル・ティブはバスに乗って学校に通っていた。ひどく暑かったこと、そして最初の一週間が過ぎるとごく当たり前になってしまったことを覚えていた。今、リトル・ティブは闇の中で不思議な匂いのする古いバスに乗っている夢を見ていた。もうじき目が覚めて、そうしたらあのバスに乗っているだろう。ドアが開くと、暑い、明るい陽光の中を学校に向かって走っていくだろう。

ドアが開いた。ガタガタ、キイキイいいながら。「さあ表に出ようぞ」とプリティヴィー博士が言った。「英気を養って、ここが見せてくれるものを楽しもうではないか」

「ここは展望スポットだ」とパーカーさんが教えてくれた。「七つの郡が一望できる」リトル・ティブは抱き上げられ、ステップを下りた。そこには他にも人がいた。あまり近くではなかったが、声が聞こえたのだ。

「これはまことに美しい」とプリティヴィー博士が言った。「インドにも美しい山がある――ヒマラヤ山脈、と呼ばれとるがな。この美しい風景を見ていると、あの山を思い出すわい。わしがまだほんの子供だったころ、夏のあいだ、父がヒマラヤの別荘を借りてくれた。シャクナゲが自生していて、一度など庭にヒョウが入りこんできたこともあったかな」

聞き覚えのない声が言った。「ここではマウンテンライオンを見られる。朝早くがチャンスだ――車の窓から大岩の上に気をつけてるといい」

「まさしくそのとおり！」プリティヴィー博士は興奮しているようだった。「ヒョウを見たのも朝早くのことじゃった」

リトル・ティブはヒョウがどんなものだったか思い出そうとしたが、何も浮かんでこなかった。今度は猫を思い出そうとしたが、あまりいい猫は浮かんでこなかった。暑くて疲れを感じ、そう言えばついさっきニッティに服を洗ってもらったばかりだった、と思い出した。シャツの前、ボタンがついているところがまだ湿っている。目が見えていたころは、猫がどんな姿をしているかもはっきりとわかっていた。今でも腕にさえ抱ければ、ちゃんとわかるのに。リトル・ティブは猫を、大きくて毛の長い猫を思い描いた。すると思いがけず猫はそこ、目の前に立っていた。いや、猫ではなくライオンだった。後ろ足で立っている。長い尻尾の先にはふさがついており、たてがみに赤いリボンを結んでいた。優しくぼやけた顔をして、ライオンは踊っていた――プリティヴィー博士の笑い声を思わせる笛の音に合わせて踊っていた――手の届くほんの少しだけ先のところで。

リトル・ティブは一歩近寄ろうとしたが、二本の金棒に前を阻まれた。棒のあいだをすり抜けた。ライオンは踊っていた。飛び跳ね、スキップし、動きを止めずにポーズをつけて。お辞儀をし、上下にひょこひょこ踊りながら遠ざかり、リトル・ティブもその後を追いかけながら踊った。走ったり歩いたりするのはズルだった――そんなことをしたら、たとえライオンを捕まえても負けたことになってしまう。ライオンは足を蹴り上げ、遠くへ逃げては手に触れそうなくらい近くまで戻ってきて、リトル・ティブはそれを追っていった。

背後で人の喘ぎ声が聞こえたが、踊りの伴奏である笛の調べを前にするとはるかに遠く、かすかなものだった。ライオンはさらに近づいてジグを踊り、リトル・ティブは前足をつかまえて、二人は一緒に上下に跳ね、くるくる回って振り向くと、どんどんライオンの顔がよく見えてきて――それはおかしな、おどけた、恐ろしい顔だった。

すべての葉が掌と化した茂みにはまったようだった。身体のあちこちをつかまれて、後ろに引っ張られて硬い金属棒へと押しつけられた。ニッティの声が聞こえたが、怒鳴っていたのでなんと言っているのかはわからなかった。女が泣いていた――一人じゃなくて何人かの女性が。そしてはじめて聞く男の声が叫んでいた。「つかまえたぞ！　つかまえたぞ！」誰に向かって叫んでいるのか、リトル・ティブにはわからなかった。たぶん誰でもなかったんだろう。

聞き覚えのある声、プリティヴィー博士の声が喋っていた。「わしもつかんだぞ。あんたは手を離してくれ。持ち上げて柵を越すから」

リトル・ティブの左足が、生き物みたいに勝手に動いて、前方を探った。そこには何も、まったく何もなかった。ライオンはいなくなっており、今は、自分がどこにいるのかわかっていた。断崖のへりで、下はどこまでもどこまでもまっすぐ落ちている。恐怖が襲ってきた。

「あんたが離してくれたら、わしが持ち上げて柵を越すから」プリティヴィー博士は誰かに言っていた。プリティヴィー博士の手はとっても小さくて骨がないみたいに柔らかい、とリトル・ティブは考えていた。それからニッティの大きな手がリトル・ティブの片側、腕と足を摑み、それからパーカーさんの（じゃなかったら誰かパーカーさんくらいの）中ぐらいの手が反対側を摑んだ。それからリトル・ティブは持ち上げられて引き戻され、地面に下ろされた。

「歩いてた……」と女が言った。「踊ってた」

「この子は一緒に来なければならん」とプリティヴィー博士はさえずった。「失礼、前を空けとくれ」プリティヴィー博士はリトル・ティブの左手を握っていた。ニッティがまたリトル・ティブを持ち上げた。そしてニッティの大きな頭が足のあいだに入ってきて、リトル・ティブは肩の上に乗っていた。リトル・ティブはニッティのモジャモジャの髪に手を突っ込んで、しっかりつかまった。他の手もリトル・ティブのほうに伸びてきた。だが手はリトル・ティブを見つけても、ただ触るだけで、それ以上のことをしたくないかのようだった。

「今から降ろすからね」とニッティが言った。「そうしないと、頭ぶつけちゃうよ」バスのステップが足下にあり、プリティヴィー博士も手を貸してくれた。

「どうしても神様に会ってもらわねば」とプリティヴィー博士は言った。バスの中は暑くて息が詰まり、不思議な匂いが濃厚に鼻をついた。「さあ。お祈りせねばならん。何か神に捧げるものはあるか？」

「ない」とリトル・ティブは言った。人々はバスまで付いてきた。

「それなら祈るだけでよろしい」プリティヴィー博士はライターを持っていたに違いない――リトル・ティブにはライターのひっかくような音が聞こえた。みなから低く「おおおうう」という音が漏れた。

「さあ、デーヴァの像を見よ。そなたらには見慣れぬものゆえ、最初に目につくのはデーヴァが六本の腕を持っていることだろう。わしがこの十字を身につけておるのも同じ理由だ。これもまた六本の腕がある。わしはデーヴァをキリスト教に結びつけたいと思っているわけだ。それ、デーヴァのひとつの手が二本腕の十字架を持っておるじゃろう。他の手が持っているのは――ここからはじめてぐるっと順に説明していくぞ――それぞれイスラムの三日月、ダビデの星、ブッダの像、男根、日本刀だ。これは神道の信仰を表現するシンボルとしてわしが選んだんじゃがね」

リトル・ティブは、プリティヴィー博士の指示にしたがい、お祈りしようとした。ライオンと踊っていたときに自分が何をしていたのか、ある意味ではリトル・ティブにはわかっており、ある意味ではわかっていなかった。なぜ自分は落ちなかったのだろう？　谷底の岩が顔に触れたらどんなふうに感じるかを想像し、身震いした。

岩のことはよく覚えていた。じゃがいもみたいな形をしているけれどもっと大きく、硬くて灰色をしている。リトル・ティブは、険しい岩の壁がそびえ、草がまったく生えていない荒れ地で迷子になっていた。熱から逃れるため、岩壁の投げる影に立っていた。反対側の壁が見え、そのあいだには割れ落ちた粗石が散らばっていた。だが、今回は目が見えると思っても嬉しくはなかった。喉が渇いたので、さらに影の奥に進んでいくと、壁などないのがわかった。影はどこまでもどこまでも深く、遠く遠く山まで伸びていた。リトル・ティブはその影を追いかけてゆき、振り向くと、ちょうどわずかな陽光のくさびが落ちて消え、ふたたび目が見えなくなった。

洞窟は——今ではそれが洞窟だとわかっていた——さらにさらに岩の中を伸びていた。お日様は照っていなかったのに、周りはどんどん暑くなってくるように思えた。そのとき、はるか上方のどこかからコンコン、トントンと叩くような音が聞こえてきた。まるで袋からビー玉が石の床にぶちまけられ、そこでぽんぽん跳ねているみたいだった。音はとても不思議だったし、リトル・ティブはとても疲れていたので、そこに座りこんで耳を傾けた。

座るのを合図にしたように、松明《たいまつ》が灯った——最初は洞窟の片側にひとつ、それから反対側にもうひとつ。背後では金属棒のゲートが音をたてて閉じ、前からは、蜘蛛とも見紛う不気味な姿がふたつ近づいてきた。胴体は小さかったが丸々としていた。腕と足は長くて細かった。顔は狂った老人で、飛び出した目は怒りに燃え、高々と盛り上がった髪を冠に、口髭は夜行性の虫の触角のように広がり、カールした三角形の顎髭はまるで生きているみたいに、蛇のように、うねりくねっていた。男たちは長い柄のついた斧を持っており、赤い服を着て、生まれてはじめて見るような太い革ベルトを巻いていた。「止まれ」とそいつらは叫んだ。「停めよ、動くな、進むな、自分を逮捕しろ。きさまが入ろうとしているのはノーム王の領国なるぞ！」

「もう止まってたよ」とリトル・ティブは答えた。「それにぼくは警察じゃないから、自分を逮捕なんてできないよ」

「逮捕しろと言うのは警官だからではない」と怒り顔の一人が指摘した。

「だがたしかにそれは問題だ」ともう一方が付け加えた。「この国は警察国家だからな。警察部隊に入るかどうかはおまえ次第だ」

「おまえの場合だと」と一人目のノームが後を続けた。「労働部隊ということになるな」

「一緒に来い」二人が声を揃えて叫び、リトル・ティプの両腕をつかんで岩山の向こうへと引きずりはじめた。

「ちょっと待って」とリトル・ティプは言い張った。「ぼくが誰だか知らないでしょ」

「おまえが誰だろうと関係ないよ」

「ニッティがいたら、おまえらなんかのしちゃうのに。じゃなきゃパーカーさんがやってくれるさ」

「じゃあさっさとパーカーさんを直してやりゃいいのにな。俺たちは壊れてないし、これからお前をノーム王の御前に連れていくところだからな」

三人は曲がりくねった洞窟の中を歩いていった。明かりといってはノームたちの目の光のみ。やがてこだまが響く巨大な洞窟に出た。泥の床の真ん中に湯気立つ川が流れている。最初のうち、リトル・ティプはちょっぴり楽しんでいた。だが、そのうちにどんどん本当らしくなってきて、まるでノームはまわりの熱から力と本物らしさをもらっているようで、とうとうリトル・ティプはここ以外の場所があったことを忘れてしまい、するともうノームが言うことがおかしいとは思えなくなった。

ノーム王の王座が据えられた洞窟はまばゆい光に照らされ、黄金と宝石が積み上げられていた。カーテンも金で——金色の布ではなく、本物の黄金でできていた——王はダイヤモンドをつないだベッドカバーの上に、足を組んで座りこんでいた。「きさまはわが領国に侵入した」と王は言った。「どう申し開きするつもりだ？」王は他のノームたちとよく似ていたが、いちばん痩せていて意地悪そうだった。

「お慈悲を」とリトル・ティブは言った。

「ならば罪を認めるのだな？」

リトル・ティブは首をふった。

「そうでなければおかしい。お慈悲を求めるのは罪人だけだ」

「あなたは侵入者を許してあげるはずじゃないの」そうリトル・ティブが言うと、王座の間《ま》の明るい光がすべて一度に消えた。衛兵たちは口々に毒づき、闇の中でめくらめっぽうに振り回す斧が空を切る音がした。

リトル・ティブは金のカーテンの裏に身を隠せるんじゃないかと思って走った。だがいくら手を伸ばしてもカーテンは見つからなかった。走りに走り、まちがいなく王座の間から抜け出した、と思えるまで走った。ようやく止まって一休みしようと思ったとき、かすかな光が見えた——あまりにかすかだったので、目の錯覚ではないかと恐かった。両手を目に強く押しつけたときに見えるようなものなのかと。これはぼくの夢なんだ、とリトル・ティブは思った。だから光はなんでも自分の思ったものになるんだ。よおし、じゃあこれは太陽の光だ。そしてあの光の中に出たら、どこかでニッティとパーカーさんとぼくがキャンプしてる——冷たい水の流れる小川のそばのきれいな野原で——ぼくは見えるようになってる。

光はますます、ますます明るくなってきた。金色を帯びて、陽光のようだった。

それから木が見えたので、リトル・ティブは走りはじめた。林の中に走りこんだとき、はじめてそれが本物の木ではなく、自分が見ていた光も木から発していたことに気づいた――頭上の空は岩の蒼穹だった。そこでリトル・ティブは立ち止まった。木の幹と枝は純銀で、葉は黄金で、足下の緑は草ではなくて緑色の宝石の絨毯、胸に本物のルビーをはめた鳥たちが木々のあいだを飛び交い、鳴き交わしていた――でも、それは本物の鳥ではなくておもちゃだった。ニッティもパーカーさんもおらず、小川もなかった。

果物に気づいたときには思わず叫び声をあげそうになった。果物は葉っぱの下にぶらさがっており、葉っぱと同じように黄金でできていた。だけど果物のほうはあまり不自然ではない。どれもグレープフルーツほどのサイズだった。果物を木からもげるだろうかと思い、手を伸ばしてみると、触れた瞬間に手に落ちてきた。中までぎっちり詰まっているにしては軽すぎる。すぐにへたの部分がネジになっているのがわかった。リトル・ティブは草の上に座り（いつの間にか本物の草になっていた。草でなければ絨毯かベッドカバーだ）果物を開けた。中身はお弁当だったが、食べ物は熱すぎて食べられなかった。リトル・ティブはかたっぱしから果物を開け、濡れていて冷たいはずのサラダを探した。だがあるのは熱い肉とグレービーソース、湯気立つほど熱々の挽き割り粉マフィン、それに熱くて水っ気がまったくないので口に入れる気にもならない温野菜だけだった。

ようやく蓋つきの小さなカップを見つけた。中身は熱いお茶だったが――熱すぎて唇に火ぶくれができた――リトル・ティブはかろうじてほんの少し飲みこんだ。カップを置き、立ち上がって、金と銀の森から出て、もうちょっとましな場所を探しにいこうとした。けれど、そう思った瞬間、木々はすべて消え去り、リトル・ティブはまた暗闇にいた。見えなくなっちゃった、とリトル・ティブは思った。目が覚めてしまうんだ。それから頭上に光の輪が見え、叩きつけるような音が聞こえた。そのとき、さっき聞いたのはビー玉が床に落ちる音ではなく、何百本も、何千本ものつるはしがたてる音、ノームが山の中で黄金を掘っている音だったのだとわかった。

光はさらに大きくなった――だが同時に輪郭がおぼろになり、中に星形の影が見えてきた。それは星ではなくて、リトル・ティブを追いかけてきたノームどもだった。そしてノームの数はどんどん増え、次から次へと、手足をいろんな方向に突き出して、まるで一匹のノームに百本の手が生えているような姿になって、リトル・ティブに迫ってきた。

そこで目が覚め、すべてが真っ暗だった。

起きあがった。「目が覚めたんだね」とニッティが言った。

「うん」

「気分はどう?」

リトル・ティブは答えなかった。自分がどこにいるか、手で探っていた。ベッドの上だった。背後には枕があり、清潔で糊のきいたシーツが敷かれていた。お医者さんが病院の話をしていたことを思い出した。「ここ、病院?」

「いや。ここはモーテルだ。気分はどう?」

「たぶん、大丈夫」

「空中で踊ってたのは覚えてる?」

「夢を見たんだと思ってた」

「ふむ。ぼくもそう思ったよ――でも、本当に空に浮かんでたんだ。みんな見たよ、あのとき周りにいた人はみんな見た。それで、きみが近くまで寄ってきたところで、みんなで捕まえて中に引っ張り込んで、プリティヴィー博士がバスまで連れてきたんだよ」

「それは覚えてる」

「博士は自分の仕事やらなんやらを説明して、みんなからお金を集めて、そしたらきみは寝ちゃったんだ。また熱が出てきたから、パーカーさんとぼくは、しばらく起こさないことにしたんだよ」

「こんな夢を見たんだ」リトル・ティブはニッティに夢の話をした。

「夢の中でお茶を飲んだっていうのは、たぶんぼくがお薬をあげたときだと思うな。ただ、熱いお茶じゃなくて氷水だけどね。それに、そういうのは夢を見たって言わない。悪夢に魘《うな》されたって言うんだ」

「でもそんなに嫌じゃなかったよ」とリトル・ティブは言った。「王様はすぐ目の前にいたから、直接事情を説明できるし」手がベッドの脇の小さなテーブルを見つけた。上にはランプが乗っていた。電球がついていても見えないとわかってはいたが、それでも指でスイッチをはじいてみた。「どうやってここまで来たの？」

「そうだね、お金を集めて、みんなが帰ったあと、プリティヴィー博士はきみと話をしたがった。でもぼくとパーカーさんで、ぼくらは仲間だから、まずきみを寝かさないかぎり勝手なことはさせないと言った。きみが病気だとかそういうことを説明したんだよ。だからプリティヴィー博士がパーカーさんの口座にお金をいくらか移して、ぼくらはこの部屋を借りたってわけ。博士はデーヴァをほっとけないからいつもバスで寝るんだってさ」

「今もそこにいるの？」

「いや、ダウンタウンで人を集めて話をしてる。言い忘れてたけど、今日は、空中で踊ってた次の日なんだよ。きみはまる一日とちょっと寝てたわけ」

「パーカーさんはどこ？」

「あちこち見てまわってる」

「窓の掛けがねが壊れたままかどうか確かめに行ったんでしょ？　それにぼくが格子の隙間を通り抜けられるかどうかも」

「うん、それもあるね」

「ニッティがいてくれて良かった」

「目が覚めたってプリティヴィー博士に伝えないと。そういう約束だから」

「それでも一緒にいてくれる？」リトル・ティブはベッドから降りようとしていた。内緒にしていたが、モーテルに来るのははじめてだったので、中を探検してみたかったのだ。

「誰かはかならず一緒にいるようにするよ」リトル・ティブには電話機の番号がたてるかすかな笛の音が聞こえた。

　そのあと、プリティヴィー博士がやってきて、リトル・ティブをふかふかした肘かけのついた大きな椅子に座らせた。リトル・ティブは、踊りのこと、そのときどんな風に感じていたかを話した。

「きみは少し目が見えるんじゃないか？　完全に見えないわけじゃなかろう」

　リトル・ティブは「見えないよ」と答え、ニッティは「ハワードのお医者さんは網膜がないんだって言ってた。網膜がなかったら、どうやってたって見えないでしょ？」

「ああ、じゃあわかった。たぶん、誰かが話したんだろう、わしのバスのことを――バスの脇に描いている絵のことをな。ふむ、そうに違いない。誰かに聞いたのかな？」

「何を聞いたって？」とリトル・ティブは訊ねた。

プリティヴィー博士はニッティに向かって言った。「バスの脇に描いてある絵のことを、この子に説明したかい？」

「いいや」とニッティは言った。「乗りこむときに見たけど、話はしてないよ」

「うむ、実際、そう思っていたわけでもないが。あんたを拾うために止まる前、道路に立ってるときに見えたとは思えんし、そのあとはずっとわしと一緒だったからな。だがそれでもだ、バスの左側には獅子の頭を持つ人間の絵が描いてある。ヴィシュヌ神が悪魔のヒラニヤカシプを懲らしめているところを描いたものだな。おもしろいと思わんかね？　そんな絵のついたバスに乗ってきた子が、ライオン頭の者に導かれて空中で踊るだなんて。ヴィシュヌは二歩で宇宙をへめぐるとも言う。空中で踊ってるようなものだとも言えよう」

「ふんふん」とニッティは言った。「でも、ジョージがその絵を見たはずはないよ」

「だが、たぶん絵のほうはこの子を見ている——そのことを忘れてはならんぞ。とはいえ、ライオンにはいろんな意味がある。ユダヤ人のあいだではライオンはユダ族を象徴する。ゆえにエチオピアの皇帝はユダヤのライオンになぞらえられる。あとモハメッドの娘婿がいて、肝心なときにかぎって名前が出てこないんだが、こいつも神の獅子と呼ばれた。キリスト教にもライオンの象徴は数多い。そのライオンは翼を生やしてたかどうか、この子にわざわざ確かめたのには気づいたね？　なぜ訊ねたのかと言えば、有翼の獅子は聖マルコの紋章だからだ。だが翼のないライオンはキリストを意味する——古くから、ライオンの子は生まれたときには死んでおり、母ライオンが舐めると甦ると信じられているからだ。サー・C・S・ルイスの小説ではそういう意味でライオンが使われておる。そしてスウェーデンの聖ビルイッタのお祈りの中では、キリストは『力強きライオン、不滅にして不抜の王』になぞらえられたという」

「それに審判の日、子羊の隣に横たわるのはライオンだ」とニッティは言った。「ぼくはむずかしいことは何もわからないけどね、でもそれだけは知ってるよ。それに子羊はいちばん広く使われているイエス様のシンボルだ。幼子――それもイエスのしるしだよね」

パーカーさんの声がした。「どうしてきみたちは二人とも、これが神様絡みだってことに疑問を持たないんだ？」ニッティとプリティヴィー博士にとっては思いがけぬ声だった、とリトル・ティブにはわかった――パーカーさんは遠くから声をかけてきたが、そのまま歩いてきてベッドに座ったので、三人の中でいちばんリトル・ティブに近くなった。

「神の手はあまねくすべてに伸びているんじゃよ、パーカーくん」とプリティヴィー博士は言った。「たとえそれが見つからないと証明しようとしても、その証明は見いだせぬ。そしてまた、いまだかつて見いだされておらぬ」

「結構。そういう哲学的立場は論破不能だ。いかなる議論に対してもすでに反駁を含んでいるからね。だが、論破できないからといって、証明されたわけではない――それは単なるきみの個人的信念の表明だ。しかもきみが言っていたのはそういうことじゃない。きみは本物の、目に見える、あらたかなる神の手を求めている――神の指紋を採ろうとしてね。わたしは指紋なぞないかもしれない、と言っているんだ。踊るライオンはジョージの想像力がこしらえただけかもしれない――ただの踊るライオンだ。空中浮遊自体は――要するにそういう現象だな、あれは――たいてい、他の超常現象の関連で報告されている」

「そうかもしれぬ」とプリティヴィー博士は言った。「だが、あるいは本人に訊ねてみるべきかもしれんな。ジョージ、ライオン男と踊っていたとき、ひょっとして相手は神かもしれないと感じなかったかね？」

「ううん」とリトル・ティブは答えた。「天使だった」

それからしばらくして、根ほり葉ほりたくさんいろんなことを訊いたプリティヴィー博士が行ってしまうと、リトル・ティブはニッティに今晩何をするのかと訊ねた。プリティヴィー博士が何を言っていたのかわからなかったのだ。

パーカーさんが言った。「顔見せをしなきゃならない。クリシュナの少年になるんだよ」

「ふりをするだけでいいから」とニッティが付け加えた。

「まあ、仮装行列みたいなもの、と思ってればいいだろう。プリティヴィー博士は宗教に興味を持っている連中に神話のキャラクター役を演じてもらう段取りをつけたらしい。みながきみに会いたがってるから、きみがクリシュナとして登場するのが劇のクライマックスになる。きみの衣装も用意してある」

「どこにあるの？」とリトル・ティブが訊ねた。

「まだ着ないほうがいいだろう。大事なのは劇の中身じゃなくて、みんながきみとニッティとプリティヴィー博士と仮装した人たちに夢中になってるときにチャンスが生まれるんじゃないかってことだ。郡庁舎に入りこんで、例の再プログラミングをやるチャンスだ」

「良さそうだね」とニッティは言った。「ちゃんとやれると思う？」

「要するにプログラムのプリントアウトを手に入れて、それに修正パッチを当てればいいだけだ。今現在は、機械が人間の機能をより効率的にこなせる場合、つねに人間を排除するような設定になっている。パッチを当てて、教育長の職務をその対象から除外すればいい」

「それにぼくのも」とニッティが言った。

「ああ、もちろんだ。いずれにせよ、アセンブル言語の山の中に隠れてしまえば、ほぼ気づかれる可能性はない――気づかれるとしてもかなりの時間がたってからだろうし、そのときには、気づいた人間も、管理側の判断としてそうなったんだと思うだろう」

「ふんふん」

「それからわたしたちを再雇用して、ジョージにここグローヴハーストで盲人援護措置を受けさせるための一回かぎりのサブルーチンを加えて、そのあと消去する。全部合わせても二時間もかからないはずだ」

「ねえ、ぼくがずっと何を考えてるかわかる?」とニッティが言った。

「なんだ?」

「この子のことだよ――この子は、いわゆる〝癒し手〟だ」

「あの女の子の足のことだな。あのときには踊るライオンなんて出てこなかった」

「それより前だよ。鉄道公安官の女の子から催涙弾を投げられたときがあったでしょ?」

「はっきりとは覚えてないんだ、正直に言うと」

(リトル・ティブは起きあがった。すでにモーテルにはキッチンがあるのを知っており、ニッティがコーラを買ってきて冷蔵庫に入れてあるのもわかっていた。二人は自分のことを見ているだろうか)

「ああ。そうだよ、あれの前――だから、催涙ガスの件の前――あなたはすごく調子悪かったんだよ。

言ってる意味わかるよね？　まだ自分は教育長なんだと思ってて、他人に何か言われて、ひどく怒ったりすることもあった」

「仕事を失ったせいで情緒面の問題があったんだ——ひょっとしたら普通の人よりちょっぴり重かったかもしれない。でももう乗り越えた」

「ずいぶん時間かかったね」

「二、三週な、ああ」

（リトル・ティブはできるだけ静かに冷蔵庫のドアを開けた。明かりのスイッチが入る音がした。ニッティとパーカーさんになにか取ってあげようかとも考えたが、やっぱり気づかれないほうがいいと思いなおした）

「三年ばかしね」

（リトル・ティブの指がいちばん上の段にあった冷たい缶を探りあてた。缶を取り出し、リングをひっぱると、ぽんという小さな音がして開いた。変な臭いがして、すぐにビールだとわかったので棚に戻した。その下の段から取った缶はコーラだった。リトル・ティブは冷蔵庫を閉じた）

「三年か」

「ほとんどそれくらいだったよ」

間があった。二人ともなんで喋らないのだろう、とリトル・ティブは思った。

「たぶん、おまえの言うとおりなんだろう。わたしは今が何年かわからない。生まれた年は言えるし、大学を卒業した年も言える。でも今年が何年かはわからない。何もかもおぼろげになってる」

ニッティは教えた。それから、またしても、長いこと誰も喋らなかった。リトル・ティブはコーラを飲み、舌の上ではじける炭酸の泡を味わった。

「一緒にあちこち旅してたのは覚えてる。でもそんなに長かったとは……」

ニッティは何も言わなかった。

「覚えているのはいつも夏だ。もし本当に三年もたってるんなら、なんでいつも夏なんだ？」

「冬には、ぼくらはいつもガルフ・コーストを南下してたんだ。ビロクシ、モビール、パスカグーラ。パナマ・シティーやタラハシーまで行ったことだってある。ある年にはね」

「ともかく、今は大丈夫だ」

「それはわかってるよ。大丈夫なのはわかる。ぼくが言いたいのは、前はそうじゃなかったってこと――長いあいだね。それからあの鉄道公安官の奴が催涙ガスを投げて、でもガスは消えちゃってあなたは元気になったんだ。どちらも同時に起こった」

「わたしはひどく頭を打った、貨車の壁にぶつかったから」

「それは関係ないと思う」

「じゃあ、ジョージの仕業だって言いたいのか？　なんで直接聞いてみない？」

「具合が悪かったからね。それにどのみち、この子は知らないでしょ。女の子の足のこともよくわかってなかった。ぼくはこの子の力だってわかってるけどね」

「ジョージ、列車に乗ってたとき、わたしの気分を良くしてくれたか？　ガスを消し去ったのはきみだったのか？」

「このソーダ飲んでもいい？」

「いいとも。列車でそういうことをやったのか？」

「わからない」リトル・ティブはビールのことを言ったほうがいいんだろうかと考えた。

ニッティが訊ねた。「列車ではどんな風に感じた？」ニッティの声はいつも優しかったけれど、そのときはいつも以上に優しく聞こえた。

「おかしな感じ」

「当然、おかしな感じだろう」とパーカーさんは言った。「熱を出してたんだから」

「イエスだっていつもすべてを知ってるわけじゃない。『わたしに触れたのは誰だ？』とイエスはおっしゃった。『力が出て行ったのを感じたのだ』」

「マタイ伝十四章五節――ルカ伝なら十八章二節（正しくはマルコ伝五章三十節、ルカ伝八章四十五節）。残業代もらうよ」

「別にイエスが神だって信じなくたっていいんだ。イエスは現実の人間で、ああいうことをしたんだよ。たくさんの人を癒して、水の上を歩いたんだ」

「イエスはライオンを見たのかねえ」

「聖ペテロも水の上を歩いたよ。聖ペテロは主を見たんだ。でも、ぼくが気になってるのはそういうことじゃないんだ。もしこの子が治してくれたんだとしたら、この子がいなくなったら、パーカーさんはどうなるんだろ？」

「どうもなりゃしない。治ったというなら治ったんだ。ジョージがイエスかなんかだって言うんだろ。イエスが死んでも、イエスが治した人は別にどうもならなかったんだろう？」

「わからないよ」とニッティは言った。「何も伝えられてないから」

「そもそも、いなくなる心配なんてしてどうなる？　われわれであの子の面倒を見てやるんだろう？」

「もちろんだよ」

「それなら問題あるまい。行く前に、この子に衣装を着せてやるか？」

「あなたが中に入るまで待とうと思うんだ。それから、この子が出てきたら、ぼくがここまで連れてきて、衣装を着せて、会合に連れていく」

ブラインドが音をたてた——軋るような、ぶつかるような小さな音だった。パーカーさんが巻き上げたのだ。パーカーさんは言った。「あそこに行くころには暗くなってるかな？」

「いや」

「たぶんそうだろうな。窓はやっぱり閉まってなかった。それにこの子なら通り抜けられるだろう——格子のあいだも。最後に見に行ったのはいつのことだ？　三年前？」

「去年だよ」とニッティは言った。「去年の夏だ」

「今もまったく変わっていなかった。ジョージ、わたしとしては、中に入れればとりあえず用は足りる。でも、人の目につく正面玄関以外から中に入れたら、そのほうがずっといい。わかるかい？」

リトル・ティブはわかったと答えた。

「さてと、問題の場所は古い建物で、一階の窓には全部鉄格子がはまってる。だからたとえ内側から窓の鍵をあけられたとしても、わたしはそこからは入れない。でも、資材の運搬にしか使われていない通用口が脇にある。外から南京錠がかけられているんだ。中に入ったら、その南京錠の鍵を探して、窓越しに渡しておくれ」

「コンピュータはどこにあるの？」とリトル・ティブは訊ねた。

「それは関係ない——コンピュータのことはわたしがやる。きみはわたしを中に入れてくれればいい」

「どこにあるか知りたいんだ」とリトル・ティブは言い張った。

ニッティが言った。「どうして知りたいんだい？」

「何も悪さはしないよ」とニッティが言った。「ただのでっかい数字食いだよ。それにどのみち、夜はスイッチを切ってある。そうでしょ、パーカーさん」

「怖いから」

「残業してなければな」

「ともかく、怖がらなくても大丈夫だから」とニッティは言った。

それからパーカーさんはリトル・ティブに通用扉の鍵がありそうな場所を教えた。さらに、もし鍵が見つからなかったときは、内側から正面の扉を開けるように言った。ニッティからテレビの音を聞きたいかと訊ねられ、リトル・ティブはうんと答え、二人はカントリー・アンド・ウェスタン音楽のかかる番組を聞き、そうするうちに出かける時間になった。ニッティがリトル・ティブの手を握り、三人は通りを歩いていった。リトル・ティブはニッティの手に緊張を感じた。もし誰かに見つかったらどうなるのだろう、とニッティが考えているのがわかった。音楽が聞こえてきた――さっきテレビから流れていたカントリー・アンド・ウェスタン音楽とは違う――ニッティの気を紛らわせてあげようと思って、リトル・ティブはなんの音楽かと訊ねた。

「あれはプリティヴィー博士だよ」とニッティは言った。「音楽を鳴らして人を集めて、説教を聞くように、衣装を着た人たちを見るように誘ってるんだ」

「自分で鳴らしてるの？」

「いや、テープに録音してあるんだよ。バスの上にスピーカーがついてるんだ」

リトル・ティブは耳を傾けた。音楽は遠くから聞こえてきたが、実際以上にはるかに遠くから響いてくるように聞こえた。ここマーティンズバーグではなくどこか遠くから響いてくるように。ニッテイにそのことを訊ねた。

パーカーさんが言った。「ジョージ、きみが感じているのは時間的な隔たりだ。インディアンの笛は、おそらく、五世紀ごろのものだ。それとも紀元前五世紀とか、それとも十五世紀くらいかもしれない。死ぬこともできないとても、とても古いものがこの地上をさまよいつづけているんだ」

「ここに来たのは初めてなんでしょ?」とリトル・ティブは訊ねた。パーカーさんはそのとおりだと答え、そこでリトル・ティブは言った。「それなら、そもそも古いものじゃないのかも」パーカーさんは笑ったが、リトル・ティブは通りの先の奥さんが子供を授かったときのことを考えていた。子供は弱々しく小さく歯もなく、リトル・ティブのお祖母さんのようだった。てっきり老人かと思ってたが、みんなからその子は新しく生まれたばかりで、おそらくは、その母親が老いて死んだあとまでもずっと生きているだろうと言われた。リトル・ティブは今からずっと後まで生きているのはどっちだろうと思った――パーカーさんか、プリティヴィー博士か。

三人は角を曲がった。「もうあとちょっとだよ」とニッティが言った。

「ぼくらのこと見張ってる人いる?」

「心配はいらないよ。人がいるところでは何もしないからね」

唐突に、パーカーさんの手がリトル・ティブの身体を上から下まで探った。「この子なら通り抜けられる」とパーカーさんは言った。「ごらん、こんなに痩せてるじゃないか」

また角を曲がり、リトル・ティブは足下に落ち葉と古新聞を踏んでいた。「たしかに暗いね、ここは」とニッティが囁いた。

「このくらい暗ければ誰にも見られないだろう。ここだぞ、ジョージ」パーカーさんはリトル・ティブの手を取って、鉄格子に触れさせた。「じゃあ、忘れるなよ。倉庫を抜けて、メイン・ホールに出て、右に曲がって、ドアを六つ数えて――たぶんあってるはずだ――その先を半地下に降りる。そこがボイラー・ルームのはずだ。用務員の机は向かって右の壁にくっついてる。鍵は机の近くのフックにぶらさがってるはずだ。鍵を持ってここに戻ってきて、わたしに渡してくれ。見つけられなかったら、戻ってきたところで、正面玄関への行き方と鍵の開け方を教える」

「鍵は元通りにするよね？」とリトル・ティブは訊ねた。左足を二本の鉄棒のあいだに突っ込んだ。簡単だった。お尻もそのまま滑りこませた。重たい、錆びついた窓を押すと、窓は動いた。

「ああ、きみに入れてもらったら、まず最初にボイラー・ルームに行って鍵を戻しておく」

「良かった」とリトル・ティブは言った。決してものを盗んではいけない、と母から言われていたからだ。ただ、家出をしてからは、いろんなものを盗ることがあったが。

一瞬、耳がこそげ落とされてしまうのではないかと恐かった。それから頭のいちばん幅の広い部分が通り抜け、あとは簡単だった。窓が引き戻ってきて、リトル・ティブは足を床につけた。パーカーさんにこの部屋の出口はどこにあるのか訊ねたかったけれど、訊くと怖がっていると思われてしまうだろう。リトル・ティブは片手を壁につけ、もう片手を身体の前に突きだし、壁に沿ってそろそろと進んだ。杖があればいいのにと思ったけれど、今では、最後にどこに置いてきたのかすら思い出せなかった。

「ぼくが前を歩くよ」

見たことないほど妙な格好をした人がいた。

「ぼくは柔らかいんだ。何にぶつかっても怪我しないよ」

人でもなんでもない、とリトル・ティブは思った。ただ服に詰め物をして、描いた顔を上にのっけただけだ。「なんでぼくにはきみが見えるの？」とリトル・ティブは訊ねた。

「きみは暗いところにいるだろう？」

「たぶんね」リトル・ティブは認めた。「ぼくにはわからないけど」

「そのとおり。さて、目の見える人が明るいところにいるときは、そこにあるものが見える。そして暗いところにいるときは、おやまあ、そいつが見えなくなっちゃうじゃないか。ぼくの言ってることは正しいかい？」

「たぶんね」

「でもきみは明るいところではそこにあるものが見えないよね。それなら当然、暗いところにいけば、そこにないものが見える。ほら、単純なことだろ？」

「うん」リトル・ティブはよくわからなかったが、そう答えた。

「ほら。これが証拠だよ。きみにはこれが見えるし、これは全然単純なことじゃない」服男の手は──古い手袋だ、とリトル・ティブは気づいた──大きな金属ドアのノブに伸びていた。服男が触ると、リトル・ティブも見えるようになった。「鍵がかかってる」と服男は言った。

リトル・ティブはまだ服男に言われたことを考えていた。「きみは頭がいいね」と服男に言った。

「だってぼくは世界でいちばんいい頭を持ってるからね。たいへん力のある大魔法使い様からじきじきにいただいたんだよ」

「きみってコンピュータよりも頭いいの」

「コンピュータよりもずっと、ずっといいとも。でもどうやったらこのドアが開くのかはわからないよ」

「やってみた？」

「うん、ドアノブを回そうとしてるんだけど——どうしても回らないんだよ。それにずっと掛けがねを探してるんだ。こういうの、やってみたって言うよね」

「そうだと思うよ」とリトル・ティブは言った。

「ああ、きみも頭を使ってるね——それはいいことだ」リトル・ティブがドアに手を伸ばすと、服男は脇にのいてドアを触らせてくれた。「もしルビーの靴を持ってたら」と服男は続けた。「かかとを三度打ち合わせてお祈りするだけでもうドアの反対側にいるんだよ。もちろん、きみはもう反対側にいるけどね」

「ううん、違うよ」とリトル・ティブは言った。

「いや、そうだよ。きみは向こうに行きたいんだろ——それはあっち側にあるんだ。だからこっちはその反対側なんだ」

「きみの言うとおりだ」とリトル・ティブは認めた。「でも、それでもやっぱりドアは通り抜けられないよ」

「そんな必要はないよ、今は」服男は告げた。「もう反対側にいるからね。段でつまずかないように気をつけて」

「段って？」とリトル・ティブは訊ねた。そう言って、一歩後ろに足を引いた。あると思っていなかったものに踵《かかと》がぶつかり、リトル・ティブは勢いよく、床があるはずの場所より高いところにあるものに尻を打ち付けた。

「その段だよ」服男はそっと言った。

リトル・ティブはそれを両手で探った。歩道みたいに持ち上がっていて、縁は金属だった。リトル・ティブの指には、ついさっき、思いがけず座らされたときと同じく、硬く本物らしく感じられた。

「こんなところ降りてこなかった」

「降りてないさ。でもこれから登って上の部屋に行かなきゃならないよ」

「上の階って？」

「廊下に通じるドアがある部屋だよ」と服男は言った。「そこから廊下に出て、それからあっ、あっちに曲がって、それから――」

「知ってるよ」とリトル・ティブは言った。「パーカーさんが言ってたもん。何度も何度もくりかえして。でも鍵のかかったドアのことも、この階段のことも言ってなかったけど」

「ひょっとしたらパーカーさんは自分で思ってるほどこの建物の中をよく覚えてるわけじゃないのかもしれないな」

「以前ここで働いてたんだ。そう言ってたよ」リトル・ティブは階段をあがった。片側には鉄の手すりがついていた。話しかけていないと服男が消えてしまうのではないかと怖かった。でも何も言うことを思いつかず、それでも消えたりはしなかった。ライオンには話しかけなかった、と思い出した。

「きみのかわりに、鍵を取ってきてあげられるよ」と服男は言った。「ここまで持ってきてあげてもいいけど」

「どこにもいかないでよ」とリトル・ティブは言った。

「ほんの一瞬で戻ってこられる。ぼくは転がり落ちるけど、鍵は壊れない」

「だめだよ」服男がひどく傷ついた顔をしたので、リトル・ティブは言い足した。「怖くて……」

「暗闇が怖いはずはないよね。一人になるのが怖いのかい？」

「ちょっぴり。でも、ぼくが怖いのは、きみが鍵を取ってきてくれないかもしれないから。きみが本物じゃないかもしれないから怖いんだ。本物になってほしいけど」

「取ってこられるとも」服男は胸を突き出し、ポーズをつけた。けれど中身に詰まっている藁は小さな、悲しい、衣擦れのような音をたてた。「ぼくは本物だよ。試してみるかい」

もうひとつドアがあった——リトル・ティブの指先が見つけた。このドアは施錠されておらず、そこを抜けると床は舗装からなめらかな石に変わった。「我もまた本物だ」と聞き覚えのない声がした。

声がしたときもまだ服男はそばにいたが、少し薄くなったようだった。

「あなたはだれ？」リトル・ティブが訊ねると、雷鳴のような音がした。最初に聞いたときからこの声は気に入らなかったが、雷鳴のような音を聞いて、どんなに嫌な相手かはっきりわかった。本当は雷鳴に似てるわけじゃない、とリトル・ティブは思った。ノーム王の夢のことを思い出したが、これはあれよりずっとたちが悪かった。リトル・ティブには、世界でいちばん深い穴の底で、大きな岩同士が擦りあうような音に聞こえた。本当は、それよりずっと悪いものだった。

「ぼくだったら、中には入らないね」と服男が言った。

「鍵が中にあるんだったら、取りにいかないと」とリトル・ティブは返事した。

「ここにはないよ。そもそも近くにすらない——まだいくつも先のドアの中だ。黙ってドアの前を通り過ぎればいいんだよ」

「あれはだれ？」

「コンピュータだよ」と服男は教えた。

「あんな喋り方をするなんて知らなかった」

「きみだけが特別なんだよ。それにコンピュータがみんな、あんな風に喋るわけじゃない。ともかく中にさえ入らなければ大丈夫だから」

「ぼくを追っかけて外に出てきたら？」

「そういうことはしない。きみが怖がってるのと同じくらい、向こうも怖がってるんだ」

「絶対入らないよ」とリトル・ティブは約束した。

そいつがいる部屋のドアの前に来ると、何かに責め苛まれているような呻き声が聞こえた。リトル・ティブは振り向き、中に入っていった。とても恐ろしかった。でも、自分が間違った場所にいないのは知っていた——自分がやったのは正しいことで、間違っていない。それでも、リトル・ティブは心底怯えていた。恐ろしい声が言った。「我らがおまえと何のかかわりがある？　我らを苦しめようとして来たのか？」

「きみの名前は？」とリトル・ティブは訊ねた。

雷鳴のような、岩を擦るような音が再び響き、今度は、リトル・ティブにはたくさんの声、何百も何千もの声が一時に喋っているのが聞こえたように思った。

「答えて」とリトル・ティブは言った。前に進み、機械のおさまったキャビネットに手を触れられるところまで近づいた。恐ろしかったが、服男の言うとおりだとわかっていた——自分が怖いのと同じくらい、コンピュータも自分のことを怖がっているのだ。服男がすぐ後ろに立っているのを感じた。もし誰も見守ってくれていなかったら、こんな勇気を奮い起こせたろうか。

「我らはレギオン」と恐ろしい声は言った。「多数なればなり」

「出ていけ！」地中深くから上がってきたような呻き声が聞こえた。家具の上に乗っていたガラス製のものが倒れ、転がり、床に落ちて砕けた。

「行ってしまったよ」と服男は言った。リトル・ティブにコンピュータが見えるように、コンピュータをおさめたキャビネットの上に腰掛けていた。服男はこれまで以上に輝いて見えた。

「どこに行っちゃったの？」

「知らないよ。たぶん、きみはまたどこかで会うよ」まるでふと思いついたかのように付け加えた。

「きみはとっても勇敢だね」

「怖かったんだ。今でも怖いよ——新しい家を出てからいちばん怖かった」

「あいつらを怖がる必要なんかないって言ってあげられればいいんだけど」と服男は言った。「誰のことも怖がらなくてもいい、って。でも、そう言ったら嘘になる。だからそれよりもずっといいことを教えてあげよう——最後はすべてめでたしめでたしで終わるんだよ」服男が大きな黒いつば広の帽子を脱ぐと、出てきた禿げ頭はただの麻袋だった。「さっきは、ぼくが鍵を取りに行くと言ったら嫌がったよね。でも今はどう？　やっぱりぼくが消えちゃうかもしれないって思う？」

「ううん。でも鍵はぼくが自分で取りに行く」

その瞬間に服男は消えた。リトル・ティブは手の下に冷たく、滑らかなコンピュータの金属を感じた。暗闇の中で、それが唯一の現実だった。

もう一度窓を探す手間はかけなかった。そのかわり、リトル・ティブは別の窓の鍵をはずし、ニッティとパーカーさんを呼び寄せ、ひんやり冷たく湿った春の空気を嗅いだ。開いた窓から、まず鍵を外に放り、それから格子の隙間に自分の身体を押しこんだ。リトル・ティブが外に出たときには、パーカーさんが通用扉の鍵を開ける音が聞こえていた。

「ずいぶん長いことといたね」とニッティは言った。「一人きりで大変だったかい?」

「一人じゃなかったよ」とリトル・ティブは言った。

「詳しくは聞かないことにしよう。ぼくは愚か者だったけど、ちょっとは知恵がついたからね。まだプリティヴィー博士の会に行く気あるかい?」

「博士は来てほしがってるんでしょ?」

「きみがメイン・イベント、今夜のスターだからね。きみが来なかったら、ピクニックのランチにポテト・サラダがないみたいな感じだ」

二人は黙ってモーテルまで歩いた。笛のメロディはさらに大きく早くなり、鋭いむせび泣きの合間に銅鑼の音がはさまった。リトル・ティブは足台の上に立ち、ニッティがティブの服を脱がせて、腰のまわりと頭にそれぞれ別の布を巻き、首からビーズを下げ、額に何かを塗った。

「さあ、これで立派になった」とニッティは言った。

「馬鹿みたい」とリトル・ティブ。

ニッティは気にしなくていいよと言い、二人はまたモーテルを出て数ブロック歩いた。群衆のざわめき、つづいて騒々しい音楽が聞こえ、それからおなじみの、プリティヴィー博士のバスの甘く濁った匂いがした。誰かに見られてはいないか、と博士に訊ねられて、ニッティは大丈夫、みんな外のステージの出し物を見ていた、と答えた。

「よかった」とプリティヴィー博士は言った。「来てくれたな。ちょうど間に合った」

リトル・ティブの格好はこれでいいか、とニッティは訊ねた。

「まさしくぴったりの格好よ。だが手にこれを持たんとな」プリティヴィー博士は長くて軽い棒をリトル・ティブの手に押しこんだ。棒には小さな穴がたくさん開いていた。リトル・ティブは喜んで受け取った。必要となれば杖代わりに使えるとわかったからだ。

「さあ、ではお仲間を紹介しよう」とプリティヴィー博士は言った。「クリシュナ少年、こちらがインドラ神だ。インドラよ、ヴィシュヌのもっとも魅力的な化身、クリシュナ神を紹介できるのはわしにとっても大いなる喜びだ」

「ハロー」聞き覚えのない、低い声が言った。

「すでによく知った物語とは思うが、われらのささやかな舞台に登場する前に、今一度記憶を新たにしてもらうとしよう。クリシュナはデーヴァキー女王の息子だが、デーヴァキーの兄、邪悪なカンサ王はデーヴァキーに子が生まれるとみな殺してしまう。善き女王はクリシュナを守るために村に隠す。やがてクリシュナがインドラ神を怒らせたので、インドラはクリシュナを滅ぼそうと……」

リトル・ティブは、どうせ覚えられっこないとわかっていたので、心よそに聞いていた。すでに女王の名前は忘れてしまっていた。指に感じる笛は冷たく滑らかで、バスの中の空気は蒸して重たく、不思議な、眠気を誘う香りをはらんでいた。

「わしはカンサ王になる」プリティヴィー博士は喋っていた。「それから、その出番が終わったあとは、牛飼いになるから、その場で何をどうしたらいいか説明してあげよう。山を持ち上げるとき、落とさないようにするんだぞ」

「気をつける」リトル・ティブは学校で覚えた答えを返した。

「さあ、ではわしはそろそろ準備をはじめなければならん。銅鑼が三度鳴らされるのを聞いたら、出てきなさい。きみの友達が舞台袖まで連れていってくれる手はずだ」

バスのドアが開いて閉じる音が聞こえた。「ニッティはどこ?」とリトル・ティブは訊ねた。

インドラの低い声——硬く、乾いた声のようにリトル・ティブには思えた——が言った。「彼なら手を貸しに行ったよ」

「一人になりたくないのに」

「一人ではないよ。わたしがいる」

「うん」

「クリシュナとインドラの話は気に入ったかね? わたしが別なお話をしてあげよう。昔々、ここからそう遠くない村で——」

「あなたはここの人じゃないでしょ?」とリトル・ティブは訊ねた。「だって喋り方が違うもの。この人はみんなニッティやパーカーさんみたいな喋り方をして、違うのはプリティヴィー博士だけだけど、あの人はインドから来たんだ。顔に触ってもいい?」

「そうだ、わたしは遠いところから来た」とインドラ神は言った。「わたしはナイアガラからやってきた。ナイアガラってなんだか知ってるか?」

リトル・ティブは言った。「ううん」

「あそこはこの国の首都だ——政府のあるところだ。さあ、わたしの顔を触ってみなさい」

リトル・ティブは手を上に伸ばした。だがインドラの顔は笛と同じようになめらかで冷たい木で出来ていた。「顔がないよ」とリトル・ティブは言った。

「インドラの仮面をかぶっているからね。昔々、ここからそう遠くない村に、立派な女の人がたくさん集まって、世界のためになることをしようと考えた。そこで女の人たちは自分の身体を実験に提供した。実験ってなんのことか知っているかい？」

「ううん」とリトル・ティブは言った。

「生物学者が女の人の身体の一部を取った——後から男の子や女の子になる部分だ。その中の本当に小さなところに手を伸ばして、そこを改良したんだ」

「改良ってどんなの？」

「女の子と男の子がもっと賢く、もっと強く、もっと健康になるようにしたのだよ——そういう改良だ。それでだ、その立派な女の人たちは、ほとんどが大学の先生や、大学の先生の奥さんたちだった」

「わかったよ」とリトル・ティブは言った。外からみんなの歌声が聞こえてきた。

「だがしかし、その女の子や男の子が生まれてみると、生物学者たちはもっと研究材料の子供たちが欲しくなった——比較の対象に使う、改良されていない子供たちだよ」

「そういう子はたくさんいるよね」とリトル・ティブは言ってみた。

「生物学者たちは子供を研究させてくれたらお金を払うと言い、たくさんの親がその申し出に乗った——農家や牧場や工場で働く人たちだ。隣の町から来た人までいた」インドラは言葉を切った。この人はオーデコロンの匂いがする、とリトル・ティブは思った。それにオイルと鉄の臭いも。てっきりお話はもう終わったと思ったころ、インドラはまた口を開いた。

「男の子と女の子が六歳になるまではすべて順調だった。それから研究所で——実験が行われていたのはヒューストンの医学研究所だったんだ——おかしなことが起こりはじめた。危険なことだ。誰にも説明できないことが起こった」説明できないこととは何かとリトル・ティブが訊ねるものと思っているかのように、インドラは黙って待った。だがリトル・ティブは何も言わなかった。

しかたなくインドラは言葉を続けた。「人間や動物——ときには怪物さえも——が廊下や治療室で目撃された。建物に入れたはずはなく、出て行くところも、もちろん誰も見ていない。実験動物が解き放たれた——檻は開けられていないのに。家具が勝手に動かされていた。そして何度か、休憩室に誰も持ち込んでいないはずの食料品があふれていた。

そうした出来事が一度かぎりの椿事ではなく、くりかえしのパターンになっていると判明すると、科学者たちはそのデータをコンピュータに食わせてみた——医学研究所のスケジュール情報と併せてね。すぐに、事件の発生が、遺伝子改良された子供たちの定期診察と一致していることが判明した」

「ぼくはその子供じゃないよ」とリトル・ティブは言った。

「子供たちは徹底的な検査を受けた。何千人時《にんじ》をも費やして子供たちの超自然的能力が調査された。だが何も見つからなかった。そこでグループを半分に分けて、毎回その一方だけを研究所に集めることにした。この原理はきみでも理解できるだろう——もしグループの一方がいるときだけ超自然現象が発生し、もう一方が来るときには何も起きないなら、問題の発生源をある程度まで絞りこめるというわけだ。だが、これはうまくいかなかった。いずれのグループが来たときにも超自然現象が起こったのだ」

「わかるよ」

バスのドアが開いて、新鮮な夜風を運びこんだ。ニッティの声がした。「二人とも、用意はいいかい？　もうすぐ出番だよ」

「用意はできている」とインドラは告げた。またドアが閉ざされ、インドラは続けた。「われわれの機関は、どちらのグループがいるときでも現象が起きるからには、複数の個体がかかわっているのはまちがいないと考えた。つまり我々が考えていたよりもはるかに危険な問題だということでもある。そのとき、最初から関わっていた生物学者の一人が――このころにはわれわれがプロジェクトを引きついでいたんだよ――われわれの要員と雑談をしている中で、何気なく、彼らが行った遺伝子改良は自然にも起こり得る、と洩らしたのだ。ちゃんと聞くんだよ。ここは大事なところだ」

「聞いてるよ」リトル・ティブは律儀に返事した。

「われわれのグループはこの点に大いに関心を抱いた。われわれは――きみは身分確認と失業者への社会保障給付を管理している中央データ処理ユニットのことは知っているかい？」

「覗きこむと、自分が誰だか教えてくれるはずのやつ」とリトル・ティブは言った。

「そうだ。そこにはすでに逃亡者を検知するシステムも含まれている。われわれはさらに、超常性をあぶり出すのに有効だと考えられたルーチンを付け加えた。生物学者たちは超常能力の持ち主は網膜にある種の異常を見せる可能性が高いと考えていた。そうした人は通常では人間に見えないもの、たとえばキルリアン式オーラなどを目撃するとされているからだ。中央データ・バンクは、離れたターミナルを通して、そうした異常性を検知できるように改造された」

「目を覗けば、その人が誰だかわかるんだ」とリトル・ティブは言った。しばらくしてから付け加えた。「それを男の子や女の子にもやればよかったのに」

「やったとも」とインドラは告げた。「異常は見つからなかったが、現象は止まらなかった」声はそれまで以上に低く、厳粛になった。「われわれは大統領に報告をあげた。大統領は深い憂慮を示された。現今の不安定な経済状況にあっては、そうした人間の登場は全国的混乱を引き起こしかねない。実験は終結されることになった」

「おしまいにして放り出したの？」

「超常現象の継続やこれ以上の深刻化を食い止めるため、実験材料は犠牲にせざるを得なかった」

「意味がわからないよ」

「実験に参加した男の子と女の子の脳髄と脊髄は検査のために生物学者に回された」

「ああ、その話なら知ってるよ」とリトル・ティヴは言った。「三賢者がやってきてヨセフとマリアに警告したから、二人は赤ん坊のイエス様をロバに乗せてエジプトに行ったんだよ」

「いや」とインドラは言った。「それはこの物語とは関係ない。実験は終了し、超常現象も起きなくなった。だがそれから数週間後、中央データ・バンクに組み込まれた警報が鳴った。超常個体が発見されたのだ。実験現場からなんと五百キロほども離れた場所だった。拘留するために、数名のエージェントが派遣された。だが、問題の人物は見つからなかった。事ここにいたって、われわれは深刻な過ちをしでかしたことに気づいた。われわれは、犯罪者に対して用いられていた同定と拘禁の手法を応用した——網膜の破壊だ。すなわち対象者は二度と同定できないということを意味する」

「ふーん」

「この手法は重罪犯に対してはたいへん実用的だ——同定には他の手段も使えるし、盲目となれば逃亡や効果的な反抗をおこなう術《すべ》がない。もちろん、これを応用した本当の理由は遠隔ターミナルの機械的性能に改良を施さなくともそのまま使用できるからだ——通常、網膜写真の撮影に使用されるナトリウム灯ランプの電力をわずかに上げるだけでいい。

だが、今回の場合、このシステムはわれわれに不利に働いた。エージェントが到着したときには対象者は姿を消していた。苦情を申し立てもせず、叫びも暴れもせず。ターミナル施設の責任者たちはそんなことが起きていたことすら知らなかった。だが前と後に検査を受けていた者の記録は調べられるわけだ、それでもね。われわれが何を見つけたか、知りたいかい？」

見つかったのは自分のことだとリトル・ティブにはわかっていた。「ううん」

「見つかったのは実験に参加していた子供の一人だった」インドラは微笑んだ。リトル・ティブには笑顔は見えなかったが、笑ったのが感じられた。「不思議な話じゃないか？　実験に参加していた男の子だったんだよ」

「みんな死んだんだと思ってた」

「われわれもそう思っていたとも。何が起きていたのか理解するまでは。つまりだね、われわれが犠牲にしたのは誕生前に遺伝子改造を施した子供たちだった。対照群は死んでいない。この子はその中にいた子だった」

「もう一方の子供たち」

「そうだ。貧しい子供たち、母親が金目当てで連れてきた子供たちだ。だからグループを分けても効果がなかったわけだ——どちらのグループの検査をするときも対照群は呼ばれていたからね。だがもちろん、そんなはずはなかった」

リトル・ティブは言った。「え？」

「そんなはずはない——われわれの意見は一致した。対照群のはずがない、という点で。そんな偶然はありえない。母親の誰かが——父親という可能性もあるが、母親と考えるほうが自然だ——先を見通して、自分の子供を救うために子供を取り替えたんだ。何年も前にすでにすり替えられていたんだろう」

「クリシュナのお母さんみたいに」リトル・ティブは、プリティヴィー博士の話を思い出して言った。

「そうだ。神は牛小屋では生まれない」

「その最後の子も殺すつもりなの——その子を見つけたら？」

「おまえが最後の子供だというのはわかっている」

狭いバスの中で目が見える人から逃れられるわけがない。だが、それでもリトル・ティブは飛びだした。三歩も進まぬうちにインドラが肩を押さえ、椅子に戻した。

「今、ぼくを殺すの？」

「いや」

外で雷鳴が轟いた。その瞬間、インドラが銃を撃ったのかと思って、リトル・ティブは飛び上がった。「今ではない」とインドラは告げた。「だがまもなく」

ドアがもう一度開き、ニッティが言った。「さあ、出ておいで。どうやら雨になりそうだから、プリティヴィー博士は降り出す前にショウをおわらせたがってるんだ」インドラをすぐ後にしたがえ、リトル・ティブはニッティに手を借りてステップを降り、バスの外へ出た。外には何百人もいた——足をすり合わせる音、言葉にならないざわめきが聞こえた。お互い同士で喋っている者も、歌っている者もいた。だがみな、リトル・ティブがニッティとインドラとともに通りすぎると、静かになった。空気は嵐の予感をはらんで重たく、風は強かった。

「ほら」とニッティが言った。「高い段があるよ。気をつけて」

でこぼこした木製の階段が七段あった。リトル・ティブが最後の段を登りきると……い、い、い、目が見えた。

一瞬（それはほんの一瞬だけだったが）自分が盲目ではなくなったのかと思った。リトル・ティブは泥でできた家の村におり、たくさんの人に取りかこまれていた。大きな、茶色の、柔和な目をした褐色の肌の人々――男たちは赤と黄色と青の布を頭のまわりに巻き、女たちは美しい黒髪にカラフルなドレスをまとっていた。牛の臭いと土の臭いと料理の臭いが一度に漂ってきた。村のすぐ向こうには、アイスクリーム・コーンのようなかたちをした、完璧で傷ひとつないひとつきりの山があった。山の向こうには宮殿と戦車と絵に描いた象が浮かぶ目も絢な空が広がっていた。空の向こうには数え切れないほどたくさんの顔があった。

そのときリトル・ティブに、これはただの想像、ただの夢なのだとわかった。今回は自分の夢ではなく、プリティヴィー博士の夢なのだ。ひょっとしたらプリティヴィー博士も自分みたいに夢を見て、夢見る力がとても強かったから天使が夢を本物にしてくれたのかもしれない。それともプリティヴィー博士の夢がリトル・ティブに働きかけただけかもしれない。インドラが言ったことを考えていた――インドラはお母さんが本当の母親ではないかもしれないと言っていたけれど、そんなことはありえない。リトル・ティブにはわかっていた。

茶色い肌で茶色い目をした、可愛いハート型の顔の女性から「吹いてちょうだい」と言われ、リトル・ティブは自分が木の笛を握ったままだったのを思い出した。吹けるかどうかわからぬまま笛を唇に寄せると、素晴らしい音楽が流れはじめた。自分が奏でているのではなかったが、リトル・ティブは指を動かして吹いているふりをしながら踊った。女たちはリトル・ティブと一緒に踊った。ときに手を打ち鳴らし、ときに小さな鈴を鳴らしながら。

踊っていたのはほんの一瞬に思えた。そのときインドラがあらわれた。インドラはリトル・ティブの父親よりも背が高く、顔は彫った面でかぎ鼻だった。右手には蛇のようにうねりくねる恐ろしい剣を握り、左手には輝く目を持っていた。リトル・ティブはその目を見て、なぜバスの中で二人きりだったときにインドラが自分を殺さなかったのかがわかった。その目を通して誰かが遠いところで見ており、リトル・ティブがときどきできること、ものを出したり消したり、天使を連れてきたりするのをその人が見ないかぎり、インドラは手にした剣を使えないのだ。何もやらないでいよう、とリトル・ティブは思った。けれど、起こることをいつも自分で止められるわけではなかった――ときどき、起こったことに自分が引きずられてしまうのだ。

雷鳴が轟き、プリティヴィー博士の声がした。「力を添えよ！　嵐に力を添えるのじゃ。これこそわれらの舞台にはうってつけよ！」

インドラはリトル・ティブの前に立ち、村がまるごと溺れるほどの雨を降らすというようなことを言った。そしてプリティヴィー博士の声がリトル・ティブに山を持ち上げるよう告げた。目をやると本物の山、遠く完璧なかたちの山があった。とうてい自分には持ち上げられっこない山だった。

そのとき雨が降りはじめ、灯りが消えて、舞台は暗闇に包まれ、氷のように冷たい水に顔を打たれていた。稲妻が光り、たくさんの人たちが車に向かって走るのが見えた。その中には猿の頭をつけた男がおり、象の頭をした男がおり、九つの顔を持った男もいた。

　そしてそのときリトル・ティブはまた盲目に戻り、すべてが消えて、残ったのは足の裏に感じる白木の舞台の感触、打ち付ける雨、インドラがまだ前に立って目と剣を構えているという事実だけだった。

　そしてそのとき全身が金属でできた男（雨が胴体に打ちつけて音をたてた）がそこに立っていた。斧を持ち、とんがり帽子をかぶっていた。磨き上げた表面が反射する光に、インドラとその手に握った目が照らし出された。

「おまえは誰だ？」とインドラは言った。インドラは金属男に話しかけていた。

「おまえこそ誰だ？」と金属男は言い返した。「木の仮面で、俺から顔を隠しているな——でも、俺の力なら、木なんてひとたまりもないぞ」金属男は斧でインドラの仮面を打った。大きな木のかけらが飛び散り、支えていた紐が切れ、仮面が落ちてけたたましい音をたてた。

　リトル・ティブには父親の顔が見えた。顔から雨が滴っていた。「おまえは誰だ？」父親はもう一度金属男に訊ねた。

「俺が誰だかわからないのか、ジョージー？」と金属男は言った。「昔はいい友達同士だったじゃないか。俺は——はばかりながら——温かな心の持ち主で——」

「パパ！」リトル・ティブは叫んだ。

　父親は顔を向け、言った。「やあ、リトル・ティブ」

「パパ、パパがインドラだってわかってたら怖がったりしなかったのに。お面のせいで声が変わって聞こえたんだよ」

「息子よ、もう恐れることはない」と父親は言った。リトル・ティブに向かって二歩近づき、次の瞬間、目にもとまらぬ早さで、剣を持ち上げ振りおろした。

金属男の斧はもっと早かった。下から振り上げて剣を受け止めた。インドラの剣と音をたてて打ち合った。

「そんなことでこの子を助けられると思うか」リトル・ティブの父親は言った。「この子の顔は見られた。おまえの姿も見られた。わたしはすべてを終わりにしてやりたかったのに」

「俺は見られてないぜ」と金属男は言った。「あんたが思うより暗くなってるんだよ」

その瞬間、あたりが暗くなった。雨はやんだ——あるいは降っていたとしてもリトル・ティブには感じられなかった。なぜわかるのかはわからなかったが、自分のいる場所がわかった。リトル・ティブは立っていた。まだコンピュータの前に立っており、いまだ悪魔は追い出されていなかった。

それから雨がまた降り出して、また父親が前におり、だが金属男の姿はなく、やがて暗闇が沸きあがってきてふたたび目が見えなくなった。「お父さん、まだぼくを殺すつもり?」

返事はなく、リトル・ティブはもう一度くりかえした。

「今はしない」と父親は言った。

「後で?」

「おいで」腕に父親の手を感じた。昔と同じだった。「座りなさい」リトル・ティブは舞台のへりに導かれ、足をぶらさげて座った。

「だいじょうぶ?」とリトル・ティブは訊ねた。

「ああ」と父親は言った。

「じゃあ、なんでぼくを殺したいの？」

「殺したくはない」突然、父親は怒ったように言った。「殺したいなんて一度も言ってない。やらなきゃいけなかった、それだけだ。わたしたちのざまを見ろ、どんなざまだか見てみるがいい。あてもなく旅から旅を続け、建設現場で働き、道路工事で働き、百年前と変わらず主に祈りを捧げる。こういうのをなんていうか知ってるか？　わたしたちは野兎《ジャックウサギ》だ。リトル・ティブ、ジャックウサギってなんだかわかるか？」

「ううん」

「おまえが生まれる前の話だからな。ロバ《ジャッカス》みたいな長い耳をした、長い脚の大きな兎のことだ。兎たちは、おまえが生まれる前に、自分たちが役立たずだとわかったんで、みんな死んだ。一年ほどのあいだは、あちこちで死骸を見かけた。見かけたのはそれが最後だ。自分一人で突っ張ってたら手遅れになってしまったんだ。それとも、元から適応なんかできなかったのかもしれない。わたしたちみたいな人間に起こってるのはそういうことだ。わたしたち一家にな。自分たちがどうなったんだと思ってる？」

リトル・ティブは、問われた意味がわからなかったので、黙っていた。

「子供だったころ、学校へ通って、いろんな偉人や王様や女王様や大統領の話を聞かされたとき、そういう人たちが自分の家族だったらと想像してみたものだ。でもそんなのはただの想像でしかない。今ならはっきりわかる。聖書の時代だって、戻ってみれば、みんなインディアンみたいに森の中で暮らしてたんだ」

「ぼくはそれがいい」とリトル・ティブは言った。

「ふん、そうできないように森の木は伐り倒されてしまったんだよ。その土地でみんなかつかつの暮らしをするようになった。それからずっと、そうやって生きて税金を払ってきただけだ。言ってる意味がわかるか？　やってるのはそれだけだ。もうすぐ、そういう人間はまったく無用の存在になってしまう。手遅れになる前に、向こう側に加わらないといけないんだ――わかるか？」

「ううん」とリトル・ティブは言った。

「おまえこそが救い主だ。おまえは神童で癒し手で、だから奴らはおまえを殺そうとする。おまえはわたしたちにとっての入場券だ。誰にでも生まれてきた理由があるが、これこそがおまえの生まれた理由なんだ。おまえのおかげで、わたしたち一家は手遅れになる前に向こうの仲間になれる」

「でもぼくが死んだら……」リトル・ティブは考えをまとめようとした。「お父さんとお母さんにはもう子供が作れないよ」

「おまえはわかってないんだな」

父親は腕をリトル・ティブにまわしていたが、背をこごめて顔を近づけた。だが触れあったとき、父親の顔はなんだかおかしいような気がした。リトル・ティブが顔に手を伸ばし、両手で触れると顔は新しい家にあったプラスチックの野菜みたいな感触で手の中に落ちてきた。たぶんこれはビッグ・ティブの夢なのだ。

「やらないほうがよかったのに」と父が言った。

リトル・ティブは父親のふりをしていたのは誰だろうかと手で探った。新しい顔は金属で、硬く冷たかった。

「わたしはいまや大統領の部下なのだ。そのことは知られたくなかった。おまえを動揺させるのではと思ったからな。この件に関しては大統領閣下が直接指揮をとっていらっしゃる」

「ママはまだ家にいるの？」とリトル・ティブは訊ねた。新しい家という意味だった。

「いや。あいつは別の部署にいる——G7局だ。今でもときどき会ってはいるが。たぶん、今はアトランタだろう」

「ぼくを探してる？」

「わたしには何も言わない」

リトル・ティブの中で、何かが、胸の真ん中、ぜんぶの肋骨がひとつに集まる固い場所のすぐ下で、きつく、きつく張りつめ、まるで膨らませすぎた風船みたいに張りつめた。それが破裂したら、自分自身もはじけ飛んでしまうと思った。息もほんのわずかしか吸えず、首の中の声を出すところが押しつけられて口もきけなかった。自分の中で、いつまでもいつまでも、それはぼくの本当のお母さんじゃないし、ぼくの本当のお父さんじゃない、と叫ぶ声がした。ぼくの本当のお母さんとお父さんは、昔の家にいたときのお母さんとお父さんなんだ、と。本当のお母さんとお父さんはいつでも自分の中にしまってある。雨が激しく顔に打ちつけた。鼻は粘液で詰まっていた。口で息を吸わなければならなかったが、よだれが口にあふれ、顎を伝い落ちて恥ずかしかった。

涙があふれだして冷たい頬に熱い洪水となり、そしてインドラの金属の顔は古いパイ皿が棚から落ちたみたいに、舞台の下のアスファルトに当たって、がらがら、がちゃんとけたたましい音をたてた。

もう一度父親の顔を探った。そこにあったのは元通りの父親の顔だったが、言葉は変わらなかった。

「リトル・ティブ、まだわからないのか？　連邦準備カードのせいなんだ。あの忌々しいカードの。

お金もなく、やることもなく、死ぬまでずっと鞭打たれた犬みたいに尻尾を巻いて過ごすってことなんだ。わたしが向こうに入れたのはおまえのおかげだ――おまえを狩りだしてみせると言ったからだ。わたしたちはいろんな訓練やなんかを受けた。スキナー式の条件付けとか深層催眠とかいろいろ、それは全部向こうがやってくれた――だけど詰まるところ、すべてあの糞カードのせいなんだ」そしてそう言うあいだにも、インドラの剣が白木の舞台を引っ掻き、引っ掻き、本当にゆっくりと、擦って探っている音が聞こえていた。リトル・ティブは舞台から飛び降りて走った。何かにぶつかるかもしれなかったが構わず、気にもしなかった。

結局、ぶつかったのはニッティだった。雨のせいで、ニッティはもう汗と燻煙の臭いはさせていなかった。でも体に触れた手ざわりは同じだったし、同じ声でこう言った。「やっと見つけたぞ。もうあちこち探しちゃったよ。雨に濡れちゃうから、てっきり屋根のあるところに連れてってもらったのかと思ってたよ。どこにいたんだい？」ニッティはリトル・ティブを肩の上に乗せた。

リトル・ティブはニッティの濡れた濃い髪に両手を突っ込んでつかまった。「舞台の上」

「まだ舞台の上にいたの？　うへえ、そいつはやられた」ニッティはきびきびと大股で早く歩いた。身体の揺れにあわせてリトル・ティブも揺さぶられた。「そこだけは思いつかなかったよ。てっきりさっさと舞台を降りて、ぼくを探してるか、どこかで雨宿りをしてるんだと思ってた。でも、落ちると危ないからそのまま上にいたんだね」

「うん」とリトル・ティブは答えた。「落ちるのが怖かったんだ」雨の中で走ったせいで、すっかり風船から空気が抜けてしまった。自分の中が空っぽになって、骨もなくなったみたいだった。二度もニッティの肩から滑り落ちそうになったが、二度ともニッティの大きな手が伸びて、リトル・ティブをつかまえた。

翌朝、いい匂いのする女性が学校からリトル・ティブを訪ねてきた。部屋がノックされたとき、リトル・ティブはまだベッドにいた。それでもニッティがドアを開ける音と、女性の言葉は聞こえた。

「こちらに目の不自由な子供がいると思うんですけど」

「はい、奥様」とニッティが言った。

「パーカーさんから――新任の教育長代理でいいのかしら?――こちらにお邪魔して、学校へ連れてゆくように言いつかったんです。マンソンと申します。盲学級の教師を務めています」

「学校に着ていけるような服はないんじゃないかな」とニッティは説明した。

「ああ、最近はなんでも大丈夫なんですよ」とマンソン先生は言い、それからリトル・ティブのほうを向いた。ドアが開く音を聞いてすぐにベッドから降りてきていたのだ。「おっしゃる意味がわかったわ。お芝居の扮装なのかしら?」

「昨日の晩ね」とニッティは言った。

「ああ。噂は聞きましたけど、うかがいませんでした」

それでリトル・ティブにもわかった。自分は昨日もらったスカートみたいなものをはいたままなのだ――でもそうではなかった。身につけていたのはふわふわの乾いたタオルだった。ただしビーズはつけたままだったし、手首には金属のブレスレットをはめていた。

「これ以外は本当にボロ着なんだ」

「それでも、着がえてもらうしかなさそうね」とマンソン先生は言った。ニッティはリトル・ティブをバスルームに連れてゆき、ビーズとブレスレットをはずさせ、タオルを取り、いつもの服を着せた。

それからマンソン先生がモーテルから外へ導き、小型電気自動車のドアを開けて乗せてくれた。「パーカーさんはまたお仕事についたの？」リトル・ティブは、車がモーテルの駐車場から道路へと飛びだしてから訊ねた。

「またかどうかは知らないけど」とマンソン先生は言った。「以前も勤めてらしたの？　でも教育用プログラミングに関してはたいへん優秀な方みたいよ。今朝コンピュータが故障しててみんな困ってたら、資格を持ってるからってお手伝いを申し出てくださったの。わたしは十時頃呼ばれて、あなたを連れてくるように言われたんだけど、この時間まで学校を抜けられなかったのよ」

「今、お昼でしょ？」とリトル・ティブは言った。「暑すぎるもん」

その日の午後、リトル・ティブは目の見えない子供たち八人と一緒にマンソン先生の教室に座って過ごした。座っていると機械がリトル・ティブの指を動かして紙についた小さな点々をたどらせ、その意味を教えてくれた。授業が終わって、外のホールで目の見える子供たちがはしゃぐ声が響きはじめると、マンソン先生よりも年上の太った女性がリトル・ティブを呼びに来て、目が見える、リトル・ティブより大きな子供たちが一緒に暮らしている家へ連れていった。リトル・ティブはそこで食事をした。一度、リトル・ティブがあやまって皿からビートをこぼすと、太った女性は怒った。その夜、リトル・ティブは狭いベッドで寝た。

それからの三日間はすべて同じだった。朝、太った女性に連れられて学校へ行く。夕方には女性が迎えに来る。太った女性の家にはテレビがあり――後になってみるとリトル・ティブはその女性の名前をどうしても思い出せなかった――夕御飯のあと、子供たちはテレビに耳を傾けた。

学校に行きだして五日目、外の廊下で父親の声が聞こえた。父はすぐに、大物ぶった喋り方をする学校の人と一緒にマンソン先生の教室に入ってきた。

「こちらはジェファーソンさんだ」学校の人はマンソン先生に向かって言った。「政府のお方だ。あなたの生徒を、こちらの方にお預けしてもらいたい。ジョージ・ティブスという子はここにおるかね？」

リトル・ティブは父親の手が肩をつかむのを感じた。「ここにいます」と父親は言った。二人は正面から建物を出て、階段を降り、それから歩道を歩き始めた。「息子よ、命令に変更があった。おまえをナイアガラに連れて行って、検査にかける」

「わかった」

「この忌々しい学校には駐車スペースもないんだ。一ブロックも先に止めなきゃならなかった」

リトル・ティブは、昔の家に住んでいたとき父が乗っていたガタガタいうトラックのことを思い出した。だけどあのトラックは昔の家とともに消え去り、記憶の中に封じ込められた本当の父親のものになっているのだ。そうリトル・ティブは知っていた。この父親はもっといい車に乗っているだろう。

リトル・ティブに足音が聞こえた。すると自分たちの前を歩いている男が見えた——リトル・ティブとほとんど背が変わらない小男だった。てっぺんがツルピカの禿げ頭で、両脇の髪は上向きに巻いている。明るい緑色のコートからは長いテイルが二本伸び、輝く緑のボタンが二個ついていた。小男がくるりとまわって向かい合うと（遅れないように後ろ向きにスキップしていた）、その顔は赤と白に塗り分けられており、真っ黒で小さい二つの目からは、今にも火花が飛びそうだった。インドラに似た大きなかぎ鼻だったが、この顔についていると冷たい感じはしなかった。「で、何をして欲しいのかな？」とリトル・ティブに訊ねた。

「ぼくを自由にして」とリトル・ティブは言った。「この人がぼくを放してくれるようにして」

「で、そのあとは？」

「わからない」とリトル・ティブは正直に答えた。

緑の服の男は、その返事を最初から予想していたかのように一人うなずき、コートの内ポケットから銀紙の封筒を取り出した。「今度捕まったら最後だからね。わかってるだろう？　逃げまわるのは助けの手が伸びてこない人がやることだよ」男は封筒の片側をちぎって破った。中にはキラキラ輝く粉が入っており、リトル・ティブの目の前で、自分の手に振りだした。「きみを見ていると、ティップって名前の友達のことを思い出すよ。ｐのティップだよ。ｂはｐの逆さまだからねえ」緑の服の男は輝く粉を宙に撒き、リトル・ティブにははっきり聞き取れない言葉で何かを唱えた。

一瞬、二つのことが同時に起こっていた。歩道があって、その脇には車の列が並んでおり、反対側には芝生が広がっていた。それとマンソン先生の教室があって、他の子供たちの声が聞こえ、モップをかけた床の臭いがした。リトル・ティブは自動車に当たる光を探して見回したが、その明かりは消えて、ただ外の廊下から聞こえてくる父親の声と、学校の机とその上の紙の点の感触だけが残った。緑の服の男の声がした（まるでまだそこにいるみたいに）。「ティップは結局われわれ全員の支配者だったわけなんだけどね」それから大きな翼がはばたく音がした。そして何もかも消え、完全に消え去った。教室のドアが開き、大物ぶった喋り方をする学校の人が言った。「マンソン先生、こちらの紳士が生徒の父兄の方だとおっしゃっている。

お名前はなんとおっしゃいましたっけ？」

「ジョージ・ティブスです。息子の名前も同じジョージ・ティブス」

「ジョージ、こちらがお父さん？」とマンソン先生は訊ねた。

「その子にわかるわけがない。目が見えないんだから」リトル・ティブが何も言わないでいると、大物氏が言った。「わたしのオフィスに参りましょうかな。連邦政府のお仕事をなさってるっておっしゃいましたっけ、ティブスさん？」

「生物発生改良部です。さぞかし驚きでしょう、こんな山出しの農民なんで——実は農業改良プログラムがきっかけで局に入ったんですよ」

「はあ」

マンソン先生はリトル・ティブの手を握って、廊下の角まで連れてきた。

「わたしがこの子の担任をしてます……とりあえず、この子は外で待たせておきましょうか」ドアが開いた。「この子は身元確認ができておらんのですよ。というのも」大物氏が言った。「この子は網膜がないんですよ。御面倒かと思いますがそういうわけでして」

マンソン先生はリトル・ティブを椅子に座らせた。「ここで待ってて」それからドアが閉じ、そこには誰もいなくなった。リトル・ティブは掌のつけねを目に押しつけ、すると緑の服の男が投げた輝く砂のような光点が見えた。これからどうするか、逃げないとどうなるかと考えた。それからクリシュナのことを考えた。自分がクリシュナだったから。クリシュナは逃げたんだったろうか？　それとも王に殺されそうになったとき、戻って戦ったのか？　リトル・ティブにはよくわからなかったが、クリシュナが逃げるはずはないと思った。イエス様はエジプトから逃げた、そのことは覚えていた。でも戻ってきた。逃げ出したベツレヘムではなく、ナザレへと。そこが本当の故郷だったからだ。舞台の上に座って、父親とイエスの話をしていたのを思い出した。父親は一蹴した。けれどリトル・ティブには、理由はわからぬが、大事なことだと思えた。リトル・ティブは両手の上に顎をおいてじっくり考えた。

椅子は固かった――これまで座ったどんな岩よりも。考えているあいだ、身体の左右に伸びる肘掛けの感触を感じていた。その肘掛けはどこか恐ろしかった。なぜなのかは思い出せないけれど恐ろしかった。ドアのすぐ外でベルが鳴り、廊下に子供たちの足音が聞こえた。休み時間だった。子供たちはドアから外へ流れだし、暖かくかぐわしい春の日の中へ流れだしていった。

リトル・ティブは立ち上がり、指でドアのへりを探った。誰かに見られているかもしれなかったが、気にしなかった。すぐに押し合いへし合いする子供たちの中に混ざった。流れに身をまかせて階段を降りていった。

表に出ると、まわりじゅうでみんなが遊んでいた。リトル・ティブは手を前に突き出し、すり足で進むのをやめ、歩きはじめた。最初の一歩を踏みだしたとき、このまま一日中でも歩いていけるとわかった。歩くのが、これまでやったどんなことよりも楽しかった。遊んでいる子供たちの中を突っ切って校庭を囲むフェンスに達し、それからフェンスに沿って校門まで歩き、そして校門から道路へと出た。

杖を見つけなくちゃ、とリトル・ティブは思った。

リトル・ティブの感覚では五キロばかり歩いたころ、遠くで列車の汽笛が聞こえたので、そちらへ向きを変えた。道路より鉄道の線路のほうがいい――何ヶ月も前にそう学んでいた。人とは会いにくいし、列車は時々しか通らない。乗用車やトラックはいつも走りまわっていて、はねられたら簡単に死んでしまう。

しばらく歩いたところでいい杖を拾った——軽くてしなやか、長さも手頃だった。そこで土手を登り、最初から歩きたかったところ、線路の上を、杖でバランスを取りながら歩いた。自分の前に女の子がおり、その姿が見えたので、天使なのだとわかった。「きみの名前は？」

「教えちゃいけないの」と少女は答えた。「でもドロシーって呼んでいいわよ」おかえしに名前を訊ねられたので、ジョージ・ティブスではなくリトル・ティブと答えた。お母さんとお父さんはいつもそう呼んでくれていたからだ。

「あたしの足を治してくれたから、一緒に行ったげる」とドロシーは宣言した（実を言えば、あのときの女の子の声ではないような気がした）。しばらくしてから付け加えた。「いろいろ助けてあげられるよ。何を探したらいいかとか」

「うん、わかってる」リトル・ティブは謙虚に答えた。

「たとえば今とかね。前に人が立ってるのよ」

「悪い人？」とリトル・ティブは訊ねた。「それともいい人？」

「いい人よ。モジャモジャでボロボロの人」

「やあ」それはニッティの声だった。「正直言って、ここで会うとは思ってなかったよ、ジョージ。でも予想しとくべきだったな」

リトル・ティブは言った。「学校は嫌いなんだ」

「そこはぼくと違うところだね。ぼくは実は好きだったんだ。ただ向こうがぼくのことを好きじゃなかったんだよ」

「パーカーさんに仕事を取り戻してもらわなかったの？」

「たぶんパーカーさんはぼくのことを忘れちゃったんじゃないかな」

「それは良くないよ」とリトル・ティブは言った。

「ふむ、目の見えないちっちゃな子に教えてあげよう。パーカーさんは白人なんだよ。白人の人が黒人に助けてもらったときは、ときどき、そのことを忘れたくなっちゃうことがあるんだ」

「わかった」とリトル・ティブは答えたが、わかってはいなかった。黒も白もたいして大事なこととは思えなかった。

「その逆の場合もあるらしいよ」ニッティは笑った。

「この子はドロシーだよ」とリトル・ティブは言った。

ニッティは言った。「ぼくにはドロシーなんて見えないよ、ジョージ」声の調子が少し変だった。

「でも、ぼくもニッティは見えないよ」とリトル・ティブは教えた。

「たしかにそのとおりだ。こんにちは、ドロシー。きみとジョージはどこに行くの?」

「ぼくらはシュガーランドに行くんだ」とリトル・ティブは言った。「シュガーランドでは、自分が誰だかわかるんだよ」

「シュガーランドって本当にあるの?」とニッティは訊ねた。「ずっときみがこしらえた場所なんだと思ってたよ」

「違うよ、シュガーランドはテキサスにあるんだ」

「知らなかったなあ」とニッティは言った。陽の光が、暮れかけて、線路の枕木をバターのような黄色に染めた。ニッティはリトル・ティブの手を握り、リトル・ティブはドロシーの手をとり、三人はレールのあいだを歩いていった。ニッティは場所を取ったが、リトル・ティブはあまり場所を取らず、ドロシーはまったく場所を取らなかった。
半キロも歩いたころ、三人はスキップしはじめた。

ジーン・ウルフ——言葉の魔術師

柳下毅一郎

アルジス・バドリスは〈新しい太陽の書〉を評して言う。

「目の前にいる業師の手の動きがつかまえられない。本業じゃない一般人が見ているのと同じイリュージョンしか見えない。どこかにカードを隠してるのは間違いないんだが、どうもこいつには手が一本余計にあるみたいだ」

およそジーン・ウルフほど言葉を使った手品が巧みなSF作家はいない（パトリック・オリアリーは「〝スペキュラティヴ・フィクション〟なんてラベルは関係ない。ジーン・ウルフは現代最高の作家だ」と断言している。けれどまあ、ここでは謙虚に「SFとファンタジー作家の中で」くらいにしておこう）。ジーン・ウルフは言葉の魔術師であり、言葉を使って読者に魔法をかける。ウルフは内容と同じくらい、書くスタイルにもこだわる作家だ。「何を書くのか」と同じくらい「どう書くのか」にも意識的なのだ。そのためにウルフの小説はときに迂遠で、謎めいて、茫洋としているとのそしりも受ける。だが、ウルフは「自分は決して読者を幻惑するためにそうしたアプローチを取るわけではない」と言う。「わざと曖昧にしても作者にとっていいことは何もない。わたしはつねに自分に見えているとおりのものを見せようとしている――そして自分が語らなければならないその物語にもっともふさわしい語り口を見つけようとしている」。だからある物語は一人称の語りとなり、ある物語は三人称で語られ、また別の物語は夢の論理で語られる。「題材と形式は単純にこれとそれといった具合に分けられるものではない。そのふたつは物語の中で絡み合っている」。それを見出す鋭い目と華麗で確実なテクニックをウルフはわがものにしており、手練の技で読者に魔法をかけるのだ。

ウルフの小説にはしばしば一人称の語り手や手記が登場する。だが、読者はその内容をそのまま額面通りには信じられない。人間には記憶違いもあれば忘れてしまったこと、覚えていたくないこともある。だから読者は文章を注意深く吟味し、表面の裏に隠れている物語をあぶり出してやらなければならない。ヒントはすべてそこにある。マイクル・ビショップが言うように「ジーン・ウルフは強烈なくせ球を投げてくるが、でもプレイはいつもフェア」なのである。ウルフがよく「信頼できない語り手」を呼び出すのは、その物語自体が記憶と歴史にまつわるものだからである。記憶はしばしばその持ち主自身をも裏切る。長篇 *Peace* (1975) で、あるいは本書に収録された中篇「アメリカの七夜」であきらかになるように。

ウルフには手ごわい作家というイメージがある。ウルフ自身「わたしの考える優れた文学とは小説に親しんでいる読者が楽しめるもの、再読によって喜びがいや増すものだ」と述べているほどだ。しかし、ウルフは決して難しい作家ではない。「アイランド博士の死」や「アメリカの七夜」の流麗な語り口に身を浸してみれば、そうした誤解も解けるはずだ。何よりも「アメリカの七夜」の甘く悲しい恐怖、「眼閃の奇蹟」の爽やかな感動は、ウルフでなければ味わわせてもらえぬものなのである。

本書は日本オリジナル編集となるジーン・ウルフの本邦初の短篇集である。一九八〇年に発表されたウルフの第一短篇集 *The Island of Doctor Death and Other Stories and Other Stories*（『デス博士の島その他の物語その他の物語』）に収録された作品から「島医者もの」三部作と長めの中篇二篇を訳出、それに八三年に発表された短篇集 *The Wolfe Archipelago* の序文を加えたものだ（あるいは *The Wolfe Archipelago* に『デス博士〜』掲載の中篇二篇を加えたもの、と言ってもいい。どちらにしても同じことだ）。SF界（あるいは現代アメリカ文学界）きっての短篇の名手ウルフの作品がようやくまとまって紹介できることになった。巧みな語り口を存分に味わっていただきたい。

本書はウルフの邦訳としては通算六冊目であり、本叢書では二冊目となる。ここらでこの作家がいかに誕生したのかおさらいしてもいいころだろう。

ジーン・ウルフは一九三一年五月七日、ニューヨークで生まれた。父親に連れられてあちこち転居するが、少年時代をもっとも長く過ごしたのはテキサス州ヒューストンである。幼いころから活字の虫で、近所のドラッグストアでパルプ雑誌を立ち読みするのが最大の趣味だった。両親とも読書家だったが、ウルフは微妙にその影響に逆らっていた。子供の頃、Famous Fantastic Mysteries 誌に掲載されていた小説を夢中になって読んだことがあるという。読み終えたあとになってはじめてそれが父親がずっと自分に読ませようとしていた作家——H・G・ウェルズの『モロー博士の島』だったことに気づいた。そのときの記憶は、もちろん、「デス博士の島その他の物語」に谺《こだま》している。

ウルフはテキサス農工大に入学してから小説を書きはじめる。寮のルームメイトが学内誌でイラストを描いていたため、ウルフもいくつかの短篇を寄稿したのだ。だがウルフはじきに大学をドロップアウトし、徴兵されて歩兵として朝鮮戦争に従軍する。「何度か銃で撃たれたし、こちらも何度か撃ったし、砲撃も受けた」従軍経験は〈新しい太陽の書〉に深く反映されている。また、戦地から母親宛に送った手紙は書簡集 *Letters Home*（1991）にまとめられている。兵役を終えてのち、一九五六年に復員軍人援護法の適用を受けてヒューストン大学に入りなおし、卒業後はエンジニアとして働く。五六年に幼なじみのローズマリーと結婚。ローズマリーがカソリックだったため、ウルフも改宗した。カソリック信仰はウルフの小説に深く根を下ろしている。「探偵、夢を解く」（ハヤカワ文庫NV『闇の展覧会・敵』に収録）のようなストレートな作品もあるし、一方で〈新しい太陽の書〉をキリスト教小説として読むこともできる。死にゆくウールスを新しい太陽によって甦らせる救世主セヴェリアンはイエスの再臨なのである。カソリック信仰から発見したG・K・チェスタートンやC・S・ルイスの小説はウルフに大きな影響を与えることにもなる。

ウルフは仕事のかたわら小説を書きつづけていたが、六五年、はじめて短篇 The Dead Man が男性誌 Sir に掲載され、商業作家としてデビューする。七二年には業界誌の編集者に転職、八四年に勤めをやめてフルタイムの作家となるまで、兼業で執筆を続けた。『ケルベロス第五の首』、*Peace*、〈新しい太陽の書〉といった複雑精妙な傑作・大作の数々を兼業作家として書いているのには驚かされる。

作家ジーン・ウルフと切っても切り離せないのがオリジナル・アンソロジー〈オービット〉である。名編集者デーモン・ナイトが一九六六年に創刊した〈オービット〉は「秀れたSFは予測可能なものでも、平凡なものでも、安全なものでもありえない」というナイトの信念に基づき、ときに難解で過激とも言われながらも、まちがいなくアメリカSF界における最良の短篇のいくつかを世に送り出し、ハーラン・エリスン編集の『危険なヴィジョン』をはじめ多くのアンソロジーに影響を与えた（八〇年までに二十一巻が刊行された）。ウルフは *Orbit 2*（1967）に短篇“Trip, Trap”で初登場してから常連となり、R・A・ラファティ、ジョアンナ・ラス、ケイト・ウィルヘルムらと並ぶ〈オービット〉の看板作家となる。的確なアドバイスを与えてくれるデーモン・ナイトを自分の育ての父として深く尊敬しているようで（『ケルベロス第五の首』では献辞を捧げている）、「デス博士の島その他の物語」（*Orbit 7*）、「ケルベロス第五の首」（*Orbit 10*）、「アメリカの七夜」（*Orbit 20*）と最高傑作のいくつかを寄稿もしている。ウルフが試みた文体や叙述の実験を理解し、さらにハードルを高くしてボールを投げ返してきてくれる編集者はナイトくらいしかいなかったのだ。

ウルフは影響を受けた作家として、チェスタートン（「最近はあまり人気がないが、わたしに言わせればいずれこの大作家の人気は復活するよ。『木曜日の男』はとてつもない本だし、『新ナポレオン奇譚』は忘れられている大傑作ファンタジーだ」）、マルセル・プルースト、チャールズ・ディケンズ、ボルヘス、トールキン、ライマン・フランク・ボーム、ウェルズ、エドガー・アラン・ポー（ウルフは〝エドガー・アラン・ポー記念小学校〟に通っていた）、H・P・ラヴクラフト（「わたしには、ポーが拓いた恐怖小説の流れの後継者だと思える」）、ウラジミール・ナボコフ（「『蒼白い炎』は真に驚嘆すべき小説だ」）などの名を挙げる。SF作家ではラファティ（「とても説明しにくいすごく不思議な小説を書く」）の他アーシュラ・K・ル＝グィン、ケイト・ウィルヘルム、マイクル・ビショップ、ジョアンナ・ラス（ここら辺は仲間誉めか）、さらにはアルジス・バドリス、シオドア・スタージョン、クラーク・アシュトン・スミスらの名を挙げている。最近ではパトリック・オリアリーやニール・ゲイマン（「ゲイマンはわたしよりもはるかに有名だ。はるかにお金持ちみたいだし」）らがお気に入りらしい。ゲイマンとは架空のガイドブック*A Walking Tour of the Shambles*（2002）を共作している。

一九八〇年にインスタント・クラシックと評され、八〇年代最重要のSFファンタジーと呼ばれた〈新しい太陽の書〉シリーズを発表してからの活躍はもはやここに書くまでもない。未訳作品も含む主要長篇の内容、著作リストについては『ケルベロス第五の首』解説または〈SFマガジン〉二〇〇四年十月号掲載のリストを参考にされたい。ウルフは一九九六年に世界幻想文学大賞の生涯功労賞を受けた。

以下、収録作品について簡単に解説を加えておく。一部、内容についても触れるのでご注意を。

「まえがき」Foreword　初出*The Wolfe Archipelago*（1983）／本邦初訳

ウルフの第二短篇集*Gene Wolfe's Book of Days*（『ジーン・ウルフの暦』）は短篇十八篇をアメリカの祝日・記念日に合わせて並べたものである。「ツリー会戦」がクリスマス・イヴのお話、「ラファイエット飛行中隊よ、今日は休戦だ」が休戦記念日のお話といった具合だ。その序文はこんなふうにはじまる。「出版社によれば、誰もまえがきは読まないそうだ。わたしはそんなことはないと思う。自分では序文を読むからだ。だが、この神話の裏にいくばくかの真実があることは認めざるを得ない――言い換えれば、あなた、この頭の何行かを読んでいるあなたは選ばれた少数派なのだ」

そしてその「あなた」に報いるためにウルフは特別な贈り物を用意している。今回もそれが踏襲されているわけだ。

「デス博士の島その他の物語」The Island of Doctor Death and Other Stories　初出デーモン・ナイト編 *Orbit 7*（1970）／初訳〈ＳＦマガジン〉一九七二年十一月号

浜辺で遊んでいる孤独な少年の元を、彼が読んでいる小説の登場人物たちが訪れる。Ｈ・Ｇ・ウェルズの『モロー博士の島』にオマージュを捧げた短篇で、ＳＦＷＡ（米国ＳＦ作家協会）が選ぶネビュラ賞短篇部門の候補になった。授賞式で起こったハプニングについてはウルフ自身のまえがきにあるとおり。ハーラン・エリスンは「自分があんな目にあったら、気絶するか、叫び出すか、スクリブナ社のノーバート・スレピャンを――たまたま隣に座っていたから――殴り倒すかしていただろう。ジーン・ウルフはただ微笑んで、我々みんなの気を楽にしようと肩をすくめ首を軽くふっただけだった」とウルフの人柄を紹介している。

本篇については〈ＳＦマガジン〉二〇〇四年十月号に若島正氏による詳細な読書ノートが掲載されているので合わせて読まれたい（氏のウェブ・ページ上でも読める。http://www.wombat.zaq.ne.jp/propara/articles/044.html）。ひとつだけ付記しておくとすれば、二人称現在の語りは現在の、すなわち大人になったタッキー少年から過去の孤独な自分に向かっての呼びかけ、とも読めるようである。

「アイランド博士の死」The Death of Dr.Island　初出テリイ・カー編 *Universe 3*（1973）／初訳〈ＳＦマガジン〉一九七五年九月号

少年ニコラスが送られた〝島〟には、無口な青年と若い娘、それに話しかけてくる〝島〟ことアイランド博士がいた――「デス博士〜」のテーマを裏返しにして描かれる、通常の意味とはまったく異なる〝続篇〟。前作の雪辱を果たして見事ネビュラ賞とローカス賞を受賞、ヒューゴー賞にもノミネートされた。

「デス博士〜」とのポジ・ネガ関係はいくつも挙げられるが、たとえば「デス博士〜」では少年が想像の世界に逃避しようとするのに対し、「アイランド博士〜」では少年の精神状態に合わせて〝島〟の環境が変化する、という点がある。

「死の島の博士」The Doctor of Death Island　初出ジャック・ダン編 *Immortal : Short Novels of the Transhuman Future*（1978）／本邦初訳

doctor、island、death の三語のさらなる順列組み合わせからなる連作短篇シリーズ第三弾。物語る本の発明者アルヴァードは冷凍睡眠から目覚める。彼は殺人罪で有罪となったが、癌が発見されたため治療法が発見されるまで冷凍睡眠に入れられることになったのだ。死んだはずの（そこにはいないはずの）主人公は陸の孤島で話す本にまわりを取り囲まれている……と読めばこれが前二作に通暁するテーマを持つのもあきらかだろう。エピグラフにディケンズが掲げられているが、ディケンズはウルフ最愛の作家の一人である。長篇シリーズ *Book of the Long Sun*（1993〜94）はディケンズ的SF（！）とも評された。

「アメリカの七夜」Seven American Nights　初出 *Orbit 20*（1978）／初訳〈SFマガジン〉二〇〇四年十月号

文明が崩壊した未来のアメリカにやってきたイランの御曹司が経験する愛と汚辱のストーリー。美しくもグロテスクな物語を流麗な筆致で綴り、ヒューゴー、ネビュラ両賞にノミネートされた。ウルフの華麗な語りに酔っていただきたい。

「アメリカの七夜」というタイトルは、もちろん「千夜一夜物語（アラビアン・ナイト）」を意識したものである。「千夜一夜物語」ではバグダッドを訪れた旅人が壮麗なる都の驚異を語るが、裏返しにされた本作では偉大なるテヘランから来た旅人が名付けられない町での経験を日誌に綴る。本作にはいくつもの仕掛けがこらされており、ウルフの読み方を学ぶには最適の入門作だと言える。

一読しただけでは気づきにくいが、「アメリカの七夜」と言いつつ、物語の中でナダンが数える夜は六夜しかない。もちろん、ウルフにかぎってただの数え間違いなどありえない。ナダンの冒険には物語に書かれていない一夜が存在するのである。そのヒントになるのはナダンが芝居を見に行ったときに買った卵菓子である。ナダンは宿に持ち帰った六個の卵菓子の内のひとつに「幻覚剤を研究した科学者の最大の創造物」を染みこませ、それを一晩に一個ロシアン・ルーレットのように食べていく。つまりそこからあと、ナダンの日記のどこが幻想であってもおかしくない。これこそ「信頼できない語り手」というものだ！　読者はどの卵に幻覚剤が入っていたのかを記述から読み取ってやらなければならない。これは読者を引っ張る仕掛けであると同時に、読者に与えられたヒントでもある。

五日目、アーディスのアパートから帰ってきたナダンは日記が動かされており、卵菓子が一つ減っているのに気づく。不安にかられて、ナダンは日記から「この病みおとろえた国を訪問する理由を書いたくだりを全部削除」する。あるいは欠けた一夜はそのときに日記から抜き取られたのかもしれない。

「眼閃の奇蹟」The Eyeflash Miracles　初出ジャック・ダン、ガードナー・ドゾワ編 *Future Power* (1976)／本邦初訳

ネビュラ賞ノミネート。近未来、超管理社会となったアメリカを盲目の少年が放浪している。少年の前には親切な中年男、狂った元教育長、足の悪い少女らさまざまな人があらわれる。夢の中で少年はさまざまな不思議を目撃する……少年ティブには不思議と当たり前なことの区別が付かない。したがって少年の視点から語られる物語では、奇蹟もすべて日常の中にあるマジック・レアリズムと化す。ティブが出会う天使たち――ライオン、服男、ブリキ人間――については説明は不用だろう。本作もやはりウルフが少年時代に愛読した小説シリーズへのオマージュなのだ（同時にウルフの信仰の一端がうかがえるキリスト教小説でもある）。少年は辛い現実から逃れるために幸せな小説世界を呼び起こすのだが、それは『デス博士～』の変奏曲とも言える。

作中でプリティヴィー博士が指揮する劇はインドに伝承される大叙事詩『マハーバーラタ』の一エピソード、クリシュナ神の誕生物語である。ウルフの小説にはよく劇中劇が登場するが、この場面はとりわけ〈新しい太陽の書〉のタロス博士の移動演劇を想わせる。

ウルフほど読書の喜びと苦しみを知っている作家もそうはいないだろう。本短篇集に集められているのはいずれも読むこと＝読書によって新たな世界を作りあげることを扱った作品だが、それはウルフの終生のテーマでもある。読書にまつわる小説を集めた短篇集の末尾を飾るにはふさわしい作品と言えるのではなかろうか。もちろん、ウルフは素晴らしい読書の世界に船出しないかと誘いかけているのだ。あなたも是非ウェルズを、ディケンズをもう一度読んでいただきたい。きっと新しい発見が

待っているはずだ。

著者　ジーン・ウルフ　Gene Wolfe
1931年，アメリカ・ニューヨーク生まれ。兵役に従事後，ヒューストン大学の機械工学科を卒業。1972年から“Plant Engineering”誌の編集に携わり，1984年にフルタイムの作家業に専心するまで勤務。1965年，短篇“The Dead Man”でデビュー。以後「デス博士の島その他の物語」(1970)，「眼閃の奇蹟」(1976)，「アメリカの七夜」(1978）などの傑作中短篇を次々と発表，70年代最重要・最高のSF作家として活躍する。その華麗な文体，完璧に構築され尽くした物語構成は定評がある。80年代に入り〈新しい太陽の書〉シリーズ（全5部作）を発表，80年代において最も重要なSFファンタジイと称される。現在まで20冊を越える長篇・10冊以上の短篇集を刊行している。最新長篇は *The Wizard Knight*（全2巻）。

訳者　浅倉久志（あさくら　ひさし）
1930年生まれ。大阪外国語大学卒。英米文学翻訳家。訳書にP・K・ディック『アンドロイドは電気羊の夢を見るか？』『スキャナー・ダークリー』，R・A・ラファティ『九百人のお祖母さん』，J・ティプトリー・ジュニア『たったひとつの冴えたやりかた』（以上ハヤカワ文庫SF）など多数。

伊藤典夫（いとう　のりお）
1942年生まれ。早稲田大学文学部中退。英米文学翻訳家。訳書にA・C・クラーク『2001年宇宙の旅』，S・R・ディレイニー『ノヴァ』『アインシュタイン交点』，K・ヴォネガット『猫のゆりかご』（以上ハヤカワ文庫SF）など多数。編著に『SFベスト201』（新書館）がある。

柳下毅一郎（やなした　きいちろう）
1963年生まれ。東京大学工学部卒。英米文学翻訳家・映画評論家。著書に『愛は死より冷たい』（洋泉社），『興行師たちの映画史』（青土社）など。訳書にG・ウルフ『ケルベロス第五の首』（国書刊行会），R・A・ラファティ『地球礁』（河出書房新社）など多数。

未来の文学
FUTURE/LITERATURE

デス博士《はかせ》の島《しま》その他《た》の物語《ものがたり》

2006年 2 月 10 日初版第 1 刷発行
2024年 3 月 15 日初版第 5 刷発行

著者　ジーン・ウルフ
訳者　浅倉久志　伊藤典夫　柳下毅一郎
発行者　佐藤今朝夫
発行所　株式会社国書刊行会
〒174-0056　東京都板橋区志村 1-13-15
電話 03-5970-7421　ファックス 03-5970-7427
https://www.kokusho.co.jp
印刷所　藤原印刷株式会社
製本所　株式会社ブックアート

ISBN 978-4-336-04736-6